*Pour Stephen F.*
*avec toute mon affection et toute ma*

Titre original : Tl




ISBN 978-2-258-073

envie de vomir. Je ramenai ma main vers ma poitrine, remarquai que mes ongles étaient incrustés de noir.

Avais-je creusé la terre pour me sortir d'un trou ?

Le flic assis à califourchon retourna le papier et, rien qu'au format, je sus immédiatement ce que c'était.

Une photo de scène de crime.

Un gros plan de l'abdomen d'une femme, au ventre maculé de sang noir. Sous les côtes, une fente si profonde que seul un flash plus puissant aurait permis de la sonder.

Je levai la main comme pour repousser l'image, et à la lumière froide, d'un bleu mortel, je distinguai des reflets écarlates dans la crasse que j'avais sous les ongles. Un effet des médicaments ou de la douleur ? En tout cas, ma gorge se contractait spasmodiquement. Ce n'est qu'à la seconde tentative que je réussis à émettre, autour du tube en plastique, un filet de voix rêche, à peine audible :

— Qui est-ce ?

— Votre ex-fiancée.

— Qui... qui lui a fait ça ?

L'inspecteur eut un mouvement de la mâchoire, comme si la réponse était difficile à lâcher, et finit par dire :

— Vous.

# 1

Ma voiture était à la fourrière, place 221. Un Toyota Highlander, modèle hybride choisi pour me permettre de conduire un 4 × 4 sans perdre la face. Je mis le contact et restai assis, les mains sur le volant, le temps de me réhabituer à l'engin. Ma tête bourdonnait, et ma cicatrice, maintenant presque recouverte par mes cheveux, me grattait. Je sentais une pression derrière mes paupières, comme si j'avais envie de pleurer. L'autoradio s'alluma automatiquement, et Bruce Springsteen se remit à descendre vers la rivière, comme il le faisait depuis bientôt trente ans. Je me demandai si c'était moi qui avais laissé la radio en marche, ou si quelqu'un avait appuyé sur le bouton pendant le remorquage. Avais-je écouté de la musique, la dernière fois que j'avais pris la voiture ? Etait-ce moi qui conduisais ? Etais-je seul ?

Evidemment, je dus payer pour faire sortir mon véhicule de la fourrière. Plus de six cents dollars. Je réglai avec une carte de crédit que mes anges gardiens avaient eu la délicatesse de laisser dans mon portefeuille, lorsqu'ils me l'avaient pris pour le mettre en sécurité. Sur le chemin pour rentrer chez moi, je passai devant une enseigne lumineuse jaune, et je me garai avec une pointe d'excitation à l'idée de pénétrer à nouveau chez un marchand de spiritueux.

— Je voudrais du bourbon. Vous avez du Blanton's ?

— Non.

Derrière son comptoir, le vendeur ne releva pas le nez d'une télé en noir et blanc de la taille d'un radio-réveil. Il avait au coin des lèvres un mégot dont la cendre avait atteint une longueur impossible. Je ne voyais pas l'écran, mais un journaliste parlait d'un pauvre type qui s'appelait comme moi.

— Knob Creek ? demandai-je.

Le type secoua la tête.

— Maker's ?

Il releva péniblement les yeux, daignant m'accorder un poil d'attention, lâcha :

— Jack Daniel's.

J'aurais pu lui faire remarquer que le Jack Daniel's était un *sour mash* du Tennessee, pas un bourbon, mais je décidai de réserver mon premier accrochage après ma sortie pour quelque chose de plus fondamental. Le vin en cubi, par exemple.

— Du Single Barrel ?

— Ouais, du Single Barrel. On a ça en magasin.

Quand je sortis de la boutique, son regard me brûla le dos.

Deux minutes plus tard, j'étais sur Mulholland Drive. La liane d'asphalte s'enroulait autour des collines de Santa Monica, projetant ses radicelles au nord, dans la Vallée, vers Santa Ana, et au sud, dans la cuvette de Los Angeles. A ma gauche, des touristes s'arrêtaient pour l'incontournable photo du *HOLLYWOOD* en grandes lettres blanches. Des palais persans et des pueblos néo-rétro étaient perchés sur les crêtes et les flancs des collines, tapis derrière des grilles et des murs de pierre. C'est une route dangereuse, touristique et romantique à souhait, dont la rambarde de sécurité cabossée éveille des images de Marlowe en filature, de fantasmes à la David Lynch, de courses folles à 2 heures du matin, le cerveau confit dans l'alcool.

Ce soir-là, je respectai la limitation de vitesse, en me disant qu'en matière de problèmes j'avais déjà été copieusement servi. Je pris Mulholland West jusqu'en bas de la pente et l'embranchement avec la 405. Au stop, je tournai à droite. Comme d'habitude, l'impasse où j'habitais était constellée de points lumineux : les lampes des porches et les lampadaires des allées. De l'autoroute, au loin, montait un bruit d'océan. Ma maison baignait dans une semi-obscurité, et je m'arrêtai pour en reconnaître les contours. Elle n'avait pas l'air d'avoir souffert de mon absence, et semblait toujours la même – du Frank Lloyd Wright au rabais, une concrétion de parois de verre, d'acier et de béton se raccordant à angles plus ou moins droits, le tout agréable à regarder, mais pas suffisamment pour être qualifié d'élégant. Après avoir signé le contrat de mon troisième livre, j'avais mendié, emprunté et suremprunté pour rattraper la vague éternellement hors de portée du marché immobilier de Los Angeles. J'avais payé beaucoup trop cher, mais je me consolais en admirant la vue à un million de dollars offerte en prime avec la terrasse de derrière. Si avant le procès elle n'était déjà pas dans mes moyens, elle l'était encore moins maintenant.

Il n'y avait pas de hordes de journalistes massés sur ma pelouse. Pas de paparazzis cachés dans des voitures miteuses. Pas de grand reporter en tenue de camouflage et moustache conquérante, prêt à me sauter dessus.

Je laissai la voiture au garage, pris le bocal coincé dans le porte-gobelet, le sac d'épicerie sur le siège arrière, et entrai dans la maison. Ça me faisait bizarre de revenir avec si peu de choses, après tout ce temps. Pas de valise, pas de mallette, juste les vêtements que j'avais sur le dos, une bouteille dans un sac et une tumeur cérébrale dans un bocal.

Après quatre mois d'absence, l'endroit m'était toujours aussi familier. La porte d'entrée, qui frottait par terre quand je l'ouvrais. Le parfum particulier, à l'intérieur, un mélange d'odeurs de moquette, de café et de bougie. Les objets que j'avais achetés, les choix que j'avais faits. L'émotion qui gonflait ma poitrine me submergea au moment où je refermai la porte. Là, chez moi, tout seul, j'éclatai en sanglots, debout, la tête penchée, les larmes s'écrasant à mes pieds même si je m'étais plaqué les mains sur les yeux, dans le vain espoir de contenir le fleuve d'angoisse qui m'emportait. Je ne sais combien de temps je restai là, secoué de spasmes, mais lorsque je baissai les mains la lumière du plafonnier m'éblouit.

Je traversai ma cuisine en teck et acier brossé, puis le couloir avec ses « multiples » de Warhol dont même moi je m'étais lassé depuis longtemps, et arrivai devant le grand escalier. Tout dans la maison était froid et net – les dalles de pierre sous mes pieds, les arêtes de marbre des comptoirs, les poignées anguleuses des tiroirs. L'ambiance me paraissait affectée, prétentieuse. J'aurais dû être soulagé de me retrouver chez moi, heureux, même ; je ne me sentais que mal dans ma peau.

J'allai vers le seul meuble de la maison qui semblait avoir servi : le fauteuil-club du salon. Du cuir fatigué, des clous en cuivre, le repose-pieds assorti : abandonné sur le trottoir, lors d'une braderie du côté de Melrose, il m'avait fait piler net au volant de mon Highlander.

Je posai le Jack Daniel's et la tumeur côte à côte sur la table basse, m'effondrai dans le fauteuil et sentis mes épaules se relâcher pour la première fois depuis quatre mois.

Un profond soupir. Une expiration si longue que j'avais l'impression de l'avoir retenue pendant tout mon séjour à l'hôpital.

C'était plus fort que tout ce que j'avais jamais écrit. Et Dieu sait si je m'étais lâché... J'avais publié cinq livres, dont trois avaient été achetés par Hollywood. L'un d'eux avait déjà fait l'objet d'une adaptation au cinéma, même si ceux de mes lecteurs qui l'avaient vue – trois en tout – n'avaient rien retrouvé du livre d'origine, pas plus que moi d'ailleurs, en dépit du fait que j'en avais écrit le premier scénario. Le script porté à l'écran, et qui racontait les aventures d'un prêtre chasseur de primes, s'appelait – je l'avoue à ma grande honte – *Le Signe de proie*, et devait consacrer l'arrivée au cinéma d'une star du petit écran, qui n'avait pas su transformer l'essai. Le héros de mes livres, Derek Chainer (malencontreusement rebaptisé Père LaChaîne dans le navet ci-dessus mentionné), officie à la Criminelle de Los Angeles. Dans mes livres, la douleur provoque toutes sortes d'explosions et la colère vous fait bouillir. Ce que mes livres sont impuissants à rendre, c'est le sentiment que l'on éprouve en voyant, sur les photos d'une scène de crime, le corps mutilé de son ex-fiancée. Ce qu'ils ne disent pas non plus, c'est à quel point il est difficile de faire disparaître le sang séché sous les ongles.

Je croyais connaître ce monde. En fait, je ne le connaissais que de l'extérieur. Il avait fallu que je me retrouve dans les entrailles de la bête, que les sucs digestifs commencent à me dévorer, pour que je découvre que j'en ignorais tout. Je n'étais qu'un touriste égaré dans le côté obscur.

Mon regard dériva de l'autre côté de la pièce, vers la rangée de mes ouvrages – grands formats, poches, éditions étrangères –, et je compris soudain que j'avais surestimé jusqu'au peu d'importance que je leur accordais. Mon fauteuil trouvé sur le trottoir, solide et confortable sous mes fesses, me paraissait soudain inestimable. Alors que mon nom, imprimé en caractères gaufrés sur cinq dos de livres pelliculés... Un jour, je ne serais plus qu'un vague souvenir, comme tant d'autres ayant connu leur quart d'heure de célébrité ; je rejoindrais les rangs poussiéreux de ceux que la notoriété avait un jour effleurés. Dans quelques années, lors d'une soirée, un hâbleur en mal de conversation lâcherait mon nom au détour d'une phrase. Et les autres hocheraient la tête et diraient poliment : « Andrew Danner... Ça me dit vaguement quelque chose. Aidez-moi un peu... »

Et quelle serait la réponse de notre grande gueule ? Se souviendrait-il des complexités de l'affaire ? Des subtilités juridiques qui avaient décidé du verdict ? Ou seulement des gros titres des journaux à sensation ?

Comme toujours, j'avais du mal à empêcher mes doigts de se porter vers ma tête, vers cette croûte de tissus rosâtres en cours de cicatrisation, héritée de mon brouillard amnésique. La cicatrice, qui signalait l'endroit où on m'avait ouvert le crâne pour fouiller dans mon cerveau, partait de mon oreille gauche, longeait en montant la naissance de mes cheveux, puis s'incurvait légèrement vers mon front. J'avais mémorisé, au toucher, chaque millimètre de ma cicatrice, comme si ses bosses et ses aspérités contenaient des réponses écrites en braille.

J'allumai la télé pour penser à autre chose. Raté. J'étais sur l'écran. Mon traumatisme à l'annonce du verdict. Un écran splité à la *24 heures chrono*, où s'entremêlaient des procureurs, des militants des droits des victimes et Alan Dershowitz[1]. Une interview de mon prof de cinquième. Toujours les mêmes vieilles prises de vue aériennes de la maison de Geneviève. Un petit malin de la télé avait trouvé judicieux de retoucher avec Photoshop des photos de moi faites au procès pour me représenter sous la forme des trois singes de la sagesse, mains plaquées sur les yeux, les oreilles et la bouche.

J'avais déjà mon petit succès comme romancier, mais c'était en tant qu'assassin que j'allais connaître la gloire. Squeaky Fromme, Johnny Stompanato, O. J. Simpson, les frères Menendez[2]... J'étais des leurs, maintenant. Un savoureux cocktail d'infamie et de célébrité, voué à devenir un classique. Le remake d'une tragédie grecque... Vous connaissez celle du mec qui se réveille et qui ne sait même pas qu'il a tué son ex ? C'était la conversation du moment dans les Starbucks, l'info du jour à la radio.

J'éteignis la télé et restai assis dans le silence assourdissant.

Qu'aurais-je pensé s'il s'était agi de quelqu'un d'autre ? Mobile. Moyens. Occasion. Tout m'accusait. Qu'est-ce que mon instinct pouvait opposer à ça ?

Qu'avais-je dit à la barre ? « Je crois que n'importe qui est capable de n'importe quoi. »

Malheureusement, c'était mon histoire, et j'en étais le narrateur tout sauf fiable. Ce qu'il me fallait, c'étaient des faits en béton armé à mettre sur la table à côté de mon whisky et de ma tumeur.

---

1. Professeur de droit à Harvard et célèbre défenseur des libertés individuelles. [*Toutes les notes sont du traducteur.*]

2. Lynette « Squeaky » Fromme tenta d'assassiner le président Gerald Ford. Le mafieux Johnny Stompanato fut assassiné par la fille de l'actrice Lana Turner, dont il était l'amant. Les frères Menendez, fils de bonne famille hollywoodienne, massacrèrent leurs parents dans des conditions particulièrement horribles.

Le gamin du voisin, un tyran joufflu à lunettes, remit ça avec sa trompette : il répétait « Siffler en travaillant » – faux et pas en rythme : *Sifflez un air joyEUX, vous vous sentirez miEUX, vous serez bien plus couragEUX, pour chasser les soucIS, les tracas, les ennuIS...*

Je me levai et fis le tour de ma maison pour reprendre possession du territoire. Sur la table de cuisine bancale, à côté de deux sacs d'épicerie pleins de courrier, était posé, enfermé dans un sachet pour pièces à conviction, mon bloc de couteaux à découper japonais. Je m'arrêtai net. Un cadeau de bienvenue offert par l'accusation ou les flics, dans le but de me faire perdre les pédales au cas où j'aurais imaginé reprendre une vie normale. La série de couteaux en inox avait été un cadeau de Geneviève, une version dix fois améliorée de mes pauvres couteaux à manche en plastique. Elle possédait exactement la même. Mes couteaux avaient fait une apparition remarquée au procès, au cours d'une scène dramatique. Vous voyez, mesdames et messieurs du jury, il a un jeu de couteaux exactement comme celui de la victime, brillant et étincelant, et c'est elle-même qui le lui a offert ! L'instrument du crime !

Le couteau à désosser de Geneviève était l'un des principaux éléments à charge. Car, d'après ce qu'on m'avait dit, c'était l'objet que je lui avais plongé dans le ventre.

Je pris des ciseaux dans le tiroir et j'ouvris le sachet pour pièces à conviction. D'une façon étrangement cérémonieuse, je remis le bloc à sa place sur le comptoir. Puis je roulai l'emballage en boule, le jetai à la poubelle et m'appuyai un instant au comptoir.

J'essayai de me concentrer, de me retrouver. Que faisait-on pour s'occuper de soi ? La dernière chose dont j'avais besoin, c'était une crise postopératoire. Je sortis le flacon de Dilantin de ma poche et avalai un cachet que je fis passer avec un peu d'eau du robinet prise dans le creux de ma main. Quel pathétique retour chez moi...

Dans l'évier étaient posés un verre vide et un bol blanc orné d'une arabesque orange – trace indiscutable de melon. Petit déjeuner du 23 septembre. Le dernier événement préopératoire tangible dont je gardais le souvenir. Cette vaisselle avait la valeur de véritables reliques archéologiques. Je la lavai et la rangeai, après quoi je me traînai péniblement au premier, emportant les sacs de courrier et ma tumeur, et empruntai l'espèce de couloir suspendu que mon agent immobilier avait baptisé « passerelle ».

Nouveaux râles laborieux de mon cher voisin : *Sifflez EN travaillant, Pour VIVRE heureux touJOURS contENT.*

Mon bureau était la pièce qui bénéficiait de la meilleure vue. La double porte insonorisée qui donnait sur la chambre à coucher était fermée. Mon fauteuil, renversé par terre, me sauta aux yeux quand j'arrivai en haut de l'escalier. On aurait dit un cadavre. Je le regardai un bon moment avant de le remettre d'aplomb. Retourné par un flic au cours de la perquisition ? Par un intrus ? Par moi, au cours du black-out provoqué par cette foutue tumeur au cerveau ?

Chiffonnés dans la corbeille à papier de mon bureau se trouvaient des billets déchirés pour les Dodgers, une offre faxée par un éditeur italien et quelques publicités. Les restes d'une journée ordinaire, vouée à l'oubli. Je consultai mon PalmPilot pour voir les éventuels rendez-vous que j'aurais pu rater depuis le 23 septembre. Comme de bien entendu, l'écran était vierge. En remettant le Palm sur son support, je fus frappé par une chose étrange : j'enquêtais sur moi-même. J'étais un étranger dans ma propre maison.

Je décrochai mon téléphone avec l'idée de me faire livrer quelque chose à manger au cas où mon appétit reviendrait. Mais je me rendis vite compte que je n'avais pas la tonalité. Je fouillai dans les sacs d'épicerie et exhumai une poignée d'avis de coupure de ma ligne téléphonique. Les autres abonnements étaient heureusement prélevés automatiquement sur mon compte en banque – qui fondait à vue d'œil –, comme celui de mon téléphone portable, que j'avais mis à recharger. Je le pris, le connectai à mon oreillette et composai un numéro.

Tandis que la musique d'attente de Pacific Bell rivalisait avec les Sept Nains qui piaulaient toujours dans la maison d'à côté, je consultai mes mails. Des messages de soutien, d'amis et de lecteurs, d'autres, moins amicaux, de personnes convaincues de ma culpabilité, et la traditionnelle flopée de mails vendant du Viagra ou me promettant l'allongement de mon pénis. Quand j'arrivai aux journées entourant la mort de Geneviève, je fus à la fois déçu et soulagé de ne rien remarquer d'inhabituel.

Je me déconnectai de ma messagerie et considérai l'écran vide. La pensée de me remettre à écrire un jour – ou jamais, d'ailleurs – constituait un défi. Rien de tel qu'un bon vieux traumatisme pour ramener à la surface les doutes inhérents à ma profession. Je me pris à regretter de ne pas pouvoir sauter sur un prétexte quelconque. Quelque chose qui me sorte du face à face avec un écran d'ordinateur, et de l'idée que mes écrits pouvaient intéresser des centaines de milliers de gens, dont la plupart faisaient des boulots réellement utiles, eux.

« Serge » finit par répondre, et me demanda ce qu'il pouvait faire pour m'offrir « un excellent service ». J'expliquai que j'avais omis de payer ma note de téléphone, mais que je n'allais pas tarder à le faire, et que j'avais besoin que ma ligne soit rétablie. Quand il eut fini de m'accabler avec toutes sortes de pénalités insensées et autres frais de rétablissement, que je promis humblement de payer, il poussa un soupir déçu et prit mon numéro de carte de crédit.

— Je pourrais garder le même numéro ? demandai-je, désireux de me raccrocher à quelque chose de connu.

— Votre abonnement n'a pas été supprimé, juste interrompu, répondit Serge. Alors, ouais. On va vous envoyer un gars pour rétablir la ligne.

— Quand ça ?

— Jeudi prochain.

— Vous ne pouvez pas plus tôt ?

— Faut voir. Mais la première date qu'on peut vous garantir, c'est jeudi prochain.

Ce qui ne me donna pas l'impression d'être un « excellent service ».

— Ecoutez, dis-je. Je ne peux pas me passer de téléphone en ce moment.

— Alors, c'était peut-être pas une si bonne idée que ça de négliger vos rappels de facture pendant quatre mois...

— Je suis tombé sur un centre d'appels en Inde ?

Une brève interruption, et il dit :

— Ah, d'accord. Andrew Danner... Vous avez été, euh, retenu, c'est ça ?

Mais, bien que des circonstances exténuantes m'aient valu la liberté, pour la compagnie de téléphone elles ne valaient pas tripette. Serge ne voulut rien entendre, alors je coupai la communication et j'éteignis mon ordinateur, laissant le bureau en paix.

La chambre racontait sa propre histoire, celle du départ d'April. La porte entrouverte. Les draps froissés. Quelques objets de toilette renversés autour du lavabo alors qu'April rassemblait précipitamment les affaires qu'elle avait apportées pour passer la nuit chez moi. Et dans la douche, le rasoir rose qu'elle avait oublié. Qui sait ? Peut-être que je m'en resservirais, en souvenir du bon vieux temps. April était si pressée de partir qu'elle avait laissé tomber une de ses chaussettes près du lavabo.

Nous n'en étions encore qu'au tout début de notre relation. Elle était orthopédiste, elle avait les traits fins, agréables, et un caractère égal que j'attribuais avec une pointe d'envie à une éducation dans le Middle West. Nous nous étions rencontrés lorsque je m'étais cassé une clavicule en jouant au basket à Balboa Park. Le toucher médical, ferme, la proximité de nos visages alors qu'elle manipulait mon bras pour lui faire faire les exercices... c'était gagné d'avance ! Nous étions ensemble depuis trois mois, pleins de ces rêves que des gens comme nous, ayant atteint les trente-huit ans et à qui on ne la faisait plus, auraient qualifiés de puérils. Les coups de fil pour se souhaiter bonne nuit. La glace mangée au lit, à même le pot. Les classiques de Howard Hawks et les pizzas de Fabrocini. Les nuits passées ensemble, juste pour voir. Et puis, soudain, le meurtre.

Cela avait cassé le mélange d'innocence et d'espérance que je me pensais incapable d'éprouver à nouveau quand nous nous étions séparés, six mois plus tôt, Geneviève et moi, pour vivre chacun de notre côté une vie stérile. Ou, à en croire l'accusation et les présentateurs de télévision, une vie d'amertume et de rancœur.

Je ramassai la chaussette d'April, me sentant à nouveau envahi par une vague d'émotion, avant de décider qu'il était hors de question de sombrer dans le pathos pour un vulgaire cache-pied. Je posai ma tumeur sur la table de nuit, refis le lit et m'assis sur la couverture, me demandant vers quel genre de solitude nous nous embarquions, ma tumeur et moi.

En regardant cette masse flottante de cellules brunâtres, je ne pus m'empêcher de repenser à Geneviève, à l'horreur de sa mort, et à l'horreur plus grande encore du rôle que j'y avais peut-être joué. Geneviève apportait à ses goûts et à ses affirmations une pointe d'exotisme que je trouvais irrésistible. Presque tout en elle me paraissait séduisant. L'irrévocabilité de ses jugements. La sûreté de ses passions. C'était une grande femme, aux cuisses et aux hanches fortes, qui était à l'aise dans son corps – non, qui *faisait confiance* à son corps et savait ce qu'elle pouvait lui demander ; c'était rafraîchissant. Dans mon souvenir, elle était surtout un florilège de sensations. La douceur d'une joue caressant ma poitrine. Des traces de *Petite Chérie* sur l'oreiller. Des perles de sueur sur l'albâtre de son dos. Son visage, quand elle dormait, aussi lisse que celui d'une enfant. Elle n'avait pas de mauvais profil, Geneviève, pas de tête des mauvais jours. Il est toujours difficile d'en vouloir à quelqu'un qui n'a pas de mauvais côtés. Cela exige une sacrée dose de goujaterie. Pendant que je m'efforçais d'y parvenir, elle mettait les bouchées doubles, ruminant suffisamment de rancœur pour nous deux. J'étais amoureux d'elle, indubitablement, mais j'aimais surtout l'idée que je l'aidais à tenir le coup. Et, de nous deux, elle était la seule à avoir suffisamment de sensibilité pour se rendre compte de la complexité de notre relation.

La nuit de notre rupture, elle m'en avait fait voir des vertes et des pas mûres. J'étais sorti de mon bureau, à la fin de l'après-midi, pour la trouver assise dans ma chambre, en train de regarder la cérémonie de la rose du Bachelor, un énorme pot de glace banane-cacahuètes sur les genoux. Elle avait brandi la cuillère dans ma direction, comme pour m'interdire d'interrompre ce grand moment de télévision.

« Jane est une grosse pétasse, et j'espère vraiment qu'il va la renvoyer chez papa-maman ! »

La trace d'accent français atténuait le côté prosaïque de sa déclaration, et j'avais réprimé un sourire. Plus tard, avec un gloussement démoniaque, elle avait lâché :

« Viens, on va se faire un resto. Parce que si on reste ici, soit on s'engueule, soit on baise. »

Elle m'avait tenu la main sur la nappe du restaurant, le visage extatique. Puis on était rentrés et on avait fait l'amour, transpirant dans la brise chaude qui filtrait à travers la moustiquaire. Cette nuit-là, elle avait sombré dans l'un de ses épisodes dépressifs et je l'avais perdue. La crise l'avait frappée sous la douche, où elle avait fondu en larmes.

« Il n'y a plus de dignité nulle part, de nos jours. Tout est tellement *galvaudé.* »

Elle était assise sur le carrelage, l'eau martelant sa poitrine. Je m'étais accroupi, accablé par le sentiment d'impuissance habituel, tandis que le jet d'eau trempait ma manche.

« Quoi donc ?

— Tout. La télé. Rien. Je suis désolée. Il y a quelque chose qui cloche dans ma tête. C'est une de ces... Pardon. C'est injuste pour toi. Je ferais mieux de partir. »

Plus tard, je m'étais réveillé aux petites heures du matin, la main crispée entre ses paumes moites. Ses dents de devant torturaient une lèvre inférieure exsangue, ses yeux cherchaient le réconfort alors même qu'elle disait : « Ça ne marchera jamais entre nous. »

Je n'avais plus la force de discuter avec elle. Elle avait remballé les quelques affaires qu'elle avait apportées, mis une musique d'opéra sur son iPod pour nous éviter de nous disputer.

Toutes les bêtises que colportaient les médias à son sujet m'avaient fait comprendre à quel point elle était difficile à cerner. Elle prétendait plus ou moins gérer une partie du portefeuille immobilier de sa famille, mais en réalité elle ne travaillait pas. Elle lisait beaucoup. Elle allait au théâtre. Elle connaissait les bonnes boulangeries. Elle ne demandait pas grand-chose à la vie, qui d'ailleurs ne lui avait pas beaucoup donné. A présent, je ne pouvais m'empêcher de penser à tout ce qu'elle ne connaîtrait jamais. Le monde entier lui était refusé, irrévocablement.

Je voulais me sortir des quatre mois précédents comme on se sort d'un mauvais rêve. Mais certains faits sont des récifs. Ils se mettent en travers de votre chemin. Ils ont des aspérités tranchantes qui vous entaillent les mains. Pendant des semaines, après la mort de ma mère, je m'étais réveillé le matin, incapable d'avoir autre chose que des pensées basiques, enfantines. *Faites que ce ne soit pas vrai. Faites que ce ne soit pas arrivé.* Je ne pouvais tout simplement pas me résoudre à l'accepter. La mort de mon père, un an et demi plus tard, avait été tout aussi atroce, même si à ce moment-là je commençais à avoir de la pratique. Mais dans quelle catégorie ranger Geneviève et sa plaie à l'abdomen ?

— C'est pas moi qui ai fait ça, dis-je à la tumeur.

Elle se contenta de flotter avec indifférence.

Je descendis au rez-de-chaussée, débouchai la bouteille de Jack Daniel's et en humai l'arôme riche, réconfortant. Puis je m'approchai de l'évier et y versai le Single Barrel au goût de tourbe. Les juifs offrent un verre de vin à Elijah ; les bouddhistes font des offrandes de fruits ; les gangsters versent de l'alcool par terre en hommage à leurs copains tombés au champ d'honneur. Il faut nourrir les dieux. Sinon, les dieux se nourrissent de vous.

Sauf qu'ils vous boufferont de toute façon.

Une machine à expressos en cuivre trônait sur le comptoir. Je l'avais achetée pour Geneviève pendant les cinq minutes où tout allait bien entre nous, ce qui avait porté à cent quarante-sept dollars la tasse chacun de nos quinze expressos à la consistance goudronneuse. Dans le réfrigérateur, trois bouteilles d'eau minérale et une tablette de chocolat noir à moitié grignotée par April. Je ressortis du placard le verre à jus de fruits et le bol blanc que je venais d'y ranger. Je les posai sur le comptoir et les observai. Allaient-ils se mettre à parler ?

Petit déjeuner du 23 septembre. Mon dernier souvenir avant d'ouvrir les yeux en salle de réveil.

Je ne pouvais empêcher mon regard de revenir vers les couteaux alignés dans le bloc posé sur le comptoir. Une curiosité noire me tordait l'estomac, me brûlait comme la flamme d'un chalumeau. Je m'approchai du bloc de bois, repérai immédiatement le couteau à désosser. Je le soupesai dans ma main pour en apprécier l'équilibre. Le reflet de l'acier, les caractères japonais sur la lame. J'avais dû utiliser ces fichus couteaux quatre ou cinq fois. Pourquoi ma main avait-elle trouvé si facilement le couteau à désosser ?

Je regardai un bon moment mes mains, puis mon reflet dans la vitre, au-dessus de l'évier : un type tenant un couteau, une ligne de cheveux hérissée masquant une cicatrice. Cette vision me fit frissonner.

Je rendis une petite visite à ma cave à cigares, sortis m'asseoir sur un transat, posai les pieds sur la rambarde et fumai un Partagas jusqu'à la bague mouchetée d'or. Mon dernier vice. A part l'écriture.

Si je réussissais jamais à écrire de nouveau.

La nuit, d'un noir d'encre, avait le tranchant des mois de janvier. Les gens oublient à quel point il peut faire froid, l'hiver, à L.A. : la brise du Pacifique, les vents de Santa Ana, les averses de pluie avec leurs piteux éclairs, comme une mousson constipée cherchant à se soulager.

Une belle vue console de bien des malheurs. Une belle vue donne l'impression de posséder quelque chose de plus grand que soi, l'impression d'être propriétaire d'un morceau de la planète.

Je regardai la Vallée clignoter dans la chaleur, à mes pieds. Comme l'océan, mais en plus joli parce que c'était une mer de lumières, parce que c'était le mouvement et la vie, parce que ça me permettait d'être à l'écart et en même temps relié à un millier de gens, dans un millier de maisons, avec un millier d'histoires, peut-être plus tristes que la mienne. Le boulevard Sepulveda se ruant vers le nord et sa démographie galopante. Van Nuys, qui n'était beau que de loin, et où les Mexicains jouaient au foot le matin, en semaine, faisant le signe de croix avant de shooter, comme si Dieu en avait quoi que ce soit à foutre de l'issue d'un match disputé sur un terrain vague. La 405, fleuve incurvé de phares blancs. Ventura filant vers l'est, devant des motels aux noms de grands studios de cinéma, où on pouvait louer des chambres à l'heure et où des types amenaient des gosses des rues à qui la vie n'avait pas fait de cadeau. Et de l'autre côté de la passe de Cahuenga, la ville tapie comme à l'affût, maîtresse insatiable et impénétrable, étendue avec un sourire de sphinx sur une couche de néons, les pattes posées sur des rêves à l'agonie.

Je fermai les yeux, et planai dans le Hollywood des branchés et de ceux qui aspiraient à le devenir, celui de ces consommateurs pour qui la culture consistait à porter du velours avec un nom de marque italienne. Je dérivai derrière des Cutlass[1] avec des plaques de l'Arkansas, qui roulaient à dix à l'heure sur le boulevard, indifférentes aux coups de klaxon. Je passai devant des gamins noirs qui jouaient du tambour sur des seaux de fer-blanc retournés, je humai l'odeur tenace de la crème solaire, la fumée étouffante, j'errai dans les ruelles du vrai Hollywood, entre des prostituées agenouillées au bord de flaques de vomi et des camés titubant de porte en porte, occupés à se gratter le dos en marmonnant leur scie nocturne, *Faut qu'j'm'en sorte, faut qu'j'm'en sorte.*

Je longeai une enfilade de cabarets, où des maris de Wichita rigolaient de blagues sur Jésus sous les regards incendiaires de leurs bonnes femmes, où des amateurs débitaient leur numéro en suant sang et eau, et où peut-être, mais seulement peut-être, quand des serveuses blasées auraient débarrassé le deuxième verre du « deux consommations minimum », l'acteur de sitcom au nom célèbre ferait son apparition pour tester son nouveau

1. Grosses Oldsmobile des années soixante-dix, comme celle de Starsky et Hutch.

numéro. Je repartis ensuite vers l'ouest et Boys Town, ses couples gays, ses affiches de porno soft surplombant des salons de tatouage, ses vitrines où étaient exposées panoplies en cuir clouté et cartes de tarot étincelantes, ses amoureux sirotant des cafés à portée de voix des Palais du Porno, dans un environnement de polystyrène violet et de pancartes de parking entassées les unes sur les autres, où une chatte n'aurait pas retrouvé ses petits, voguai devant le Café Urth, où des divorcées lessivées ruminaient des laitues bio, le visage bouffi de collagène, les traits creusés par les pilules, en une guerre d'usure que la chair n'en finissait pas de perdre. Je descendis le long du serpent luisant de Sunset avec ses vieilles bâtisses, son Hustler Store rutilant, son Carnation Building engoncé dans son habit de lumières de Noël. Je contemplai, dans les allées de palmiers de Beverly Hills, souvent filmés mais dont l'essence n'a jamais été capturée, les gens en tenue sport se rendant chez Valentino en Segway[1], les starlettes tirant après elles des chiens de salon, les agents avec leur oreillette invisible et leurs lèvres en perpétuel mouvement, bavardage désincarné devant les restaurants et aux carrefours.

Et puis Westwood, et Brentwood, où les mamans des quartiers chics promènent leurs enfants parfaits en poussettes de designers dans des marchés bio tout en rêvant distraitement d'hôtels à Bali. Ensuite, Palisades, le canyon de Santa Monica, et Malibu, en haut de la côte étincelante couverte de guano puant les gaz d'échappement. Et, pour finir, les enfilades de canyons, profonds plis roussâtres pareils à des filons ou aux rides d'une femme qui aurait trop longtemps trop mal vécu, dans l'air salé, d'une fraîcheur surprenante.

J'avais les joues trempées, par les embruns et parce que mon cœur débordait d'amour pour les lumières d'en dessous. Los Angeles. Un mirage de ville surgi comme une suée glacée sur le dos des chercheurs d'or et des poseurs de rails, et qui avait pris forme quand des corsaires distributeurs de films, fuyant les bre-

1. Sorte de trottinette électrique à la mode dans la population branchée de Californie.

vets d'Edison, avaient pris le train et misé sur leur propre énergie de gars de la côte est.

Los Angeles, terre de toutes les promesses. De tous les échecs. Los Angeles des cruautés mesquines. L.A. des pansements sur les nez opérés de frais, des restos chinois et des procès en diffamation. L.A. des intitulés de poste à rallonge et des garages à deux places pour 4 × 4. L.A., son ouverture d'esprit et ses opinions bien arrêtées. L.A., son coucher de soleil à haut indice d'octane, la chaleur enivrante de son air nocturne. L.A., son adolescence prolongée, sa séduction au ralenti, sa blonde sans âge, interchangeable. L.A., où une star du porno peut être candidate au poste de gouverneur et un héros de films d'action être élu. L.A., où tout peut arriver n'importe quand, à n'importe quel pauvre type, à n'importe quel imbécile heureux. Où n'importe quoi peut vous arriver.

Où il m'était arrivé n'importe quoi.

# 2

Je suis au volant de mon Highlander et je remonte une rue en pente raide. Les seules lumières sont celles de mes phares et d'un lampadaire qui se perd dans le feuillage. De la sueur me coule sur le front, me pique les yeux. Une odeur âcre, comme du caoutchouc brûlé, s'attarde dans mes narines. Je conduis vite. La rue est absurdement étroite et je suis obligé de zigzaguer pour éviter les voitures en stationnement. Je connais cette rue. Je négocie une épingle à cheveux en faisant crisser les pneus, et elle est là, droit devant.

La maison de Geneviève.

Elle dresse sa masse sombre au-dessus de moi, une façade de bois en saillie sur la paroi de la falaise. Les pilotis s'enfoncent dans la terre comme des tentacules. Des branches de lierre rampent sur le bardage de bois, volettent au vent.

L'horloge lumineuse du tableau de bord indique 01 h 21.

L'angoisse m'étreint la poitrine. Je me gare trop près du trottoir, un pneu monte sur le bord, arrache un arroseur automatique à la modeste bande de pelouse. J'ouvre ma portière à la volée, je remonte en courant la pente abrupte, les dalles de béton de l'allée branlant sous mes pieds. L'odeur de caoutchouc brûlé devient plus forte, presque insupportable.

Je manque trébucher sur la dernière marche et m'affaler sur le seuil. J'entends de la musique, quelque chose de classique et de majestueux. Dans ma tête ?

Le philodendron frémit dans la brise. Je me penche, je prends le pot de terre cuite entre mes mains moites, les feuilles luisantes me caressent le visage. La plante s'incline légèrement, le pot me glisse entre les mains, heurtant la soucoupe de terre cuite, y traçant comme un éclair qui atteint presque le bord. Je m'essuie les mains sur mon jean, je me penche, regarde à nouveau sous le pot, et là, brillant dans la saleté, se trouve la clé de cuivre...

Je me réveillai empêtré dans mes draps, englué dans une panique visqueuse, saturée d'adrénaline. Ma cicatrice était une coulée de lave si brûlante qu'en la palpant j'eus un instant l'impression qu'elle était humide. Mon lit. Première nuit à la maison. Ma fenêtre était devenue deux rectangles flottants. Je me frottai les yeux afin de réconcilier les deux images. Je trouvai à ma langue un goût amer, comme la peau d'un fruit dur. Sur ma table de nuit, le réveil affichait 23 h 30.

J'essayai de calmer ma respiration, mais mon rêve n'arrêtait pas de tourner en boucle dans ma tête, me désorientant complètement. Il me paraissait différent de tous les cauchemars que j'avais faits jusque-là. Plus réel et en même temps plus irréel. Avais-je retrouvé un fragment de temps perdu ? Moi, allant en voiture chez Geneviève, la nuit du 23 septembre ? Plus tôt dans la soirée ? Ou n'étaient-ce que des fantasmes faisant la sarabande pendant que la censure s'offrait une pause-café ?

Dans le rêve, le pneu de ma voiture avait endommagé une buse d'arrosage. Et le pot de terre cuite m'avait échappé des mains, fendant la soucoupe au-dessous. Les images ne voulaient rien dire. Mais... Et si cet arroseur et cette soucoupe étaient vraiment cassés ? Au moins quelque chose de concret, à confirmer ou non de mes propres yeux.

Je repoussai les draps et me levai, péniblement, comme ivre, avec l'impression de marcher sous l'eau. L'air était inexplicablement froid, et tout à coup je crus discerner un mouvement, en bas. Je me traînai sur la passerelle et jetai un coup d'œil pardessus la balustrade, dans le salon.

Posée sur le tapis, une tige de métal d'un mètre vingt. Dans l'état d'hébétude où je me trouvais, il me fallut un moment pour reconnaître la barre de sécurité censée bloquer la porte de verre coulissante qui donnait dehors. J'entendais le vent siffler contre le bâti, à l'extérieur, et j'eus à nouveau conscience de l'air froid qui montait vers ma peau nue. Le bruit de la circulation sur la voie express était faible, mais restait audible.

J'essayai de m'extirper de ma torpeur et de comprendre ce qui se passait. En revenant de la terrasse, j'avais dû oublier de refermer derrière moi. Après tout, je sortais de quatre mois où je n'avais eu aucun pouvoir sur l'ouverture et la fermeture des portes. Un doute me tenaillait, toutefois. La barre de sécurité, j'avais très bien pu l'oublier, mais oublier de refermer la porte derrière moi ? Avec ce froid ?

Je descendis l'escalier avec la prudence d'un chat. La baie vitrée était bel et bien ouverte. Quelques feuilles étaient entrées, poussées par le vent, de grandes taches jaunes qui s'agitaient sur le tapis. Je regardai le carré noir de la terrasse et, prenant mon courage à deux mains, m'avançai. Je ramassai les feuilles et me glissai au-dehors. La terrasse était déserte, tout comme la bande étroite de pelouse sur la droite, devant la pente couverte de lierre. Un bruit, sur le côté de la maison, attira mon attention : la barrière agitée par le vent, peut-être. Je m'approchai du coin à pas de loup, jetai un coup d'œil dans la rue. Les lampes de l'allée, devant la maison d'en face, s'éteignirent et se rallumèrent l'une après l'autre, comme si une silhouette s'était déplacée devant. J'étais content de ne pas avoir allumé la lumière, pour ne pas me faire éventuellement remarquer, mais la lune, perdue derrière le sycomore des Johnson, ne m'était pas d'un grand secours. Je dévalai l'allée qui longeait ma maison. Le portillon battait contre la grille – c'était le bruit que j'avais entendu. Je le franchis, suivis mon allée pavée et me retrouvai au milieu de la chaussée. Là, je tournai sur moi-même, hébété, en caleçon. Personne, nulle part. Aucun bruit de moteur qui démarrait.

Je revins sur mes pas, rentrai dans la maison, bloquai la porte vitrée derrière moi. Je distinguai sur la moquette, à peine visible à la lueur des lumières lointaines de la ville, une piste de terre. Des « C » qui se répétaient, peut-être imprimés par le bord d'une semelle.

Téléphone coupé. Portable à l'étage. Et moi, le chouchou des médias, le chéri des forces de l'ordre, en petite tenue.

Je suivis sans bruit la piste en pointillé qui menait à la cuisine. Sans quitter des yeux la porte d'entrée, je pris sur le bloc de bois le couteau à découper, long de vingt-cinq centimètres. Mes jointures sentirent un vide, à côté. Baissant les yeux vers le bloc, je remarquai, entre les manches soigneusement alignés, une fente noire.

Le couteau à désosser avait disparu.

# 3

Membre incontournable de la meilleure société française de la ville, elle avait été fauchée dans la fleur de l'âge par un auteur de romans policiers dont les ventes plafonnaient... Six mois après avoir été largué, il s'était introduit chez elle à 1 h 30 du matin. Il était entré dans sa cuisine, y avait pris un couteau à désosser, l'exact jumeau de celui qu'elle lui avait offert. Puis il s'était faufilé dans cette chambre où il n'était plus le bienvenu et l'avait poignardée. Il avait été surpris, les mains encore rouges de sang, au-dessus de sa victime. Le temps que les flics arrivent, elle était morte et lui en pleine crise d'épilepsie. On l'avait expédié illico presto à l'hôpital, où les médecins avaient diagnostiqué une tumeur au cerveau dont on l'avait opéré toutes affaires cessantes. Quand il s'était réveillé, le lendemain matin, ladite tumeur lui avait été ôtée, en même temps – prétendait-il – que le souvenir de tout ce qui s'était passé après le petit déjeuner de la veille. Une amnésie qui tombait à pic, le vieux poncif des romans de gare. Le genre de défense qui ne pouvait marcher nulle part... sauf à Los Angeles.

C'est comme ça que *The Enquirer* avait tourné l'histoire. Et le *Times* de Los Angeles, et Fox News, et même *Vanity Fair*. C'était du grand n'importe quoi, en long, en large et en travers, mais c'était raconté avec une ferveur tabloïdesque.

Moi, cette histoire, je ne peux la raconter qu'à ma façon.

Je passai la première nuit de mon incarcération à vomir dans le haricot d'inox, jusqu'à ce que le fond de mon estomac me paraisse en aussi mauvais état que le matelas miteux posé sur le sommier rivé au sol. Après quarante-huit heures dans le secteur de l'hôpital universitaire réservé aux détenus, je m'étais retrouvé dans une cellule d'isolement, au septième étage d'une des prisons de Los Angeles. La cellule exiguë, tout en métal, disposait d'une bouche d'aération carrée par laquelle m'arrivait l'air virginal du centre-ville. Mon lit me manquait, tout comme les cartes des personnages de Shakespeare qu'on trouvait dans les paquets de cigarettes et que j'avais fait encadrer pour les mettre à côté de mon armoire. Mon père et ma mère me manquaient. Dieu sait si j'avais passé des nuits blanches, sans parler des heures blêmes de l'aube, quand l'état de santé de mes parents s'était détérioré, ma mère après une série d'attaques qui l'avaient beaucoup diminuée, peu après son soixantième anniversaire, et mon père dix-huit mois plus tard, moins cruellement, à la suite d'un anévrisme. Mais rien – *rien* – de tout ce que j'avais vécu jusque-là n'arrivait à la cheville de l'horreur totale de cette nuit-là.

Jour et nuit, les gardes cornaquaient des détenus par ce que je pensais être un étroit corridor juste au-dessus de moi ; et le cliquetis des fers qu'ils avaient aux pieds, leurs voix désincarnées, puissantes et rauques, noires ou blanches, la plupart plaintives, suintaient le long des murs de béton de ma cellule. Chantant la complainte de tous les prisonniers.

*C'était pas moi.*

*Un putain d'enfoiré m'a piégé.*

*J'suis innocent. Je faisais rien de mal quand tout à coup...*

Là, tout en haut, dans mon frigo, loin des leviers du pouvoir, il me paraissait judicieux de ne pas joindre ma voix au chœur. Mais je savais que ce n'était pas moi qui avais fait ça. Je savais que je n'aurais pas pu tuer Geneviève, tout en tremblant de peur à l'idée de l'avoir fait.

Chic était venu le premier, évidemment, dès qu'il en avait eu l'autorisation.

On me conduisit dans un couloir éclairé par une lumière aveuglante et puant l'ammoniaque, vers une petite salle d'interrogatoire qui servait aux prisonniers maintenus à l'écart du gros de la troupe pour leur propre sécurité. Des chaises en bois qui avaient essuyé pas mal de combats, un écran en plexi, des obscénités tracées au doigt sur le dessus de table en métal – ça y est, j'étais de retour à l'école.

Le garde écorcha le nom de Chic en le prononçant à la française, lui donnant un côté snob. Tout le contraire de Chic. Il était habillé, à son habitude, comme s'il venait de s'acheter des fringues pour la première fois sans sa mère : un bermuda en jean, une chemise de soie vert olive trop grande pour lui, boutonnée sur sa vaste poitrine. Au cou, une chaîne en or massif assortie à la pépite qu'il avait à l'annulaire gauche.

Il déplaça sa grosse masse dans l'espoir de trouver une position confortable sur une chaise qui n'avait pas été conçue pour un athlète professionnel. En le voyant, mes yeux s'emplirent de larmes devant le tour sinistre que ma vie avait pris depuis la dernière fois que je l'avais vu. Une semaine ? Dix jours ?

Chic posa une paume étrangement blanche sur la vitre en plexi. J'en fis autant avec la mienne – ça paraissait surréaliste d'imiter ce geste que je ne connaissais que pour l'avoir vu au cinéma.

— De quoi as-tu besoin ? demanda-t-il.

A force de garder le silence, ma voix s'était réduite à un souffle aussi rauque que ceux qui parvenaient jusqu'à ma cellule.

— Ce n'est pas moi qui ai fait ça.

Il eut un geste apaisant, les mains écartées, la tête inclinée et légèrement baissée.

— Pleure pas, Drew-Drew, dit-il doucement. Pas ici. Ne leur fais pas ce cadeau.

Je m'essuyai les yeux avec la manche de ma tenue de prisonnier.

— Je sais. Voilà, c'est fini.

Chic donnait l'impression d'avoir envie de passer à travers la vitre et de livrer quelques combats pour moi, afin de remettre au pas ceux qui auraient été tentés de m'emmerder.

— Qu'est-ce que je peux faire ?

— Etre là, c'est tout.

Il se rembrunit un peu, signe, je pense, qu'il avait envie qu'on lui confie une tâche, une meilleure façon de m'aider. Chic, qui était né à Philadelphie, avait ce sens de la loyauté typique des gars de la côte est, et adorait en faire la démonstration. Plus tard, j'apprendrais qu'il avait poireauté quatre heures et demie en bas avant d'être autorisé à me voir.

Il serra ses énormes poings.

— On se croirait dans un de tes livres. En pire.

— Je prends ça pour un compliment.

Mes doigts s'étaient à nouveau portés vers ma cicatrice et palpaient les perles du chapelet formé par les sutures. Je remarquai que Chic me regardait, et je baissai la main.

Il avait l'air inquiet.

— Tu tiens le coup ?

Je levai les yeux vers le plafond, le temps que mes larmes sèchent.

— Je crève de trouille.

Une vague d'angoisse me noua la gorge, me rappelant pourquoi il valait mieux éviter de regarder la peur en face.

Il parut réfléchir à sa réplique suivante.

— J'ai fait un petit séjour en prison, mais rien qui ressemble à ça. Ton ombre doit avoir peur de son ombre.

Je me frottai les yeux, attendis que les battements de mon cœur ne me fassent plus l'impression du roulement de tambour qui accompagne le condamné à l'échafaud, et dis :

— Je voudrais que tu t'occupes d'April. Elle n'est pas venue me voir. Ni à l'hôpital, ni ici.

— Vous n'êtes pas ensemble depuis assez longtemps.

— Je suppose que c'est pas facile à encaisser.

Chic haussa les sourcils comme pour dire « Sans blague ! ».

Je ne pouvais pas évoquer à haute voix, sans flancher, la perspective de perdre April, alors je demandai :

— T'as des nouvelles du front ?

— Le bordel habituel. CourtTV, des sujets de trois minutes sur la Cinq, de cinq minutes sur la Trois. Des journalistes qui se sentent hyper-professionnels parce qu'ils n'ont pas oublié de dire « aurait, paraît-il »...

Je savais déjà que la version du procureur avait influencé le traitement des médias, et vice versa. La victime était photogénique, et le public s'était identifié à elle comme il aimait le faire, et à moi comme il le fallait. L'histoire avait acquis une vie propre, et on m'avait attribué le pire rôle qui fût.

Chic me regarda en plissant les paupières.

— Tu arrives à dormir, au moins ?

— Ça va.

En fait, non. La nuit précédente, j'étais resté debout, comme lady Macbeth, à regarder mes mains, tenaillé par les secrets qu'elles recelaient. Une tache de sang séché était restée coincée sous l'ongle de mon pouce droit. Après avoir essayé de la déloger, encore et encore, ma frustration avait fini par se transformer en un sentiment qui ressemblait à de l'horreur, et je m'étais arraché le bout de l'ongle avec les dents. Par la suite, j'avais rêvé de Geneviève – sa peau blanche de Parisienne, ses lèvres pulpeuses, tellement attirantes. Elle se prélassait sur le transat de ma terrasse, mangeait à la cuillère un demi-avocat, et elle me regardait avec un petit sourire d'excuse lorsque je m'étais réveillé, mon oreiller trempé de sueur. Je me dis que je devais offrir un triste spectacle, à trembler ainsi dans le noir, sous mon mince drap de polyester, terrifié par quelque chose que je n'arrivais même pas à nommer.

— Tu pourrais transmettre mes condoléances à la famille de Geneviève ? demandai-je tout bas. Dis-leur que ce n'est pas moi qui ai fait ça.

— Avec tout le respect que je te dois, ils n'ont probablement pas très envie d'entendre parler de toi en ce moment.

J'allais protester, quand il leva la main.

— Comment sont les avocats que t'a dénichés ton cinglé d'éditeur ?

— Ils ont l'air de savoir ce qu'ils font.

— Espérons-le.

Il sortit un document agrafé et le mit dans le tiroir de transfert. Le garde se précipita en bredouillant :

— Per... permettez que je regarde ça, monsieur.

Chic attendit en piaffant pendant que le garde épluchait le document à la recherche de la lampe à souder dissimulée entre ses pages. Il se justifia en enlevant l'agrafe du coin.

Je pouvais faire une croix sur le plan B. Pas question de me tirer d'ici sur une agrafe volante.

Une fois que le document eut été validé par la Sécurité, Chic me le fit passer. Une procuration préparée par un avocat qui donnait tous pouvoirs à Chic Bales sur mes finances et mes affaires juridiques.

— « Tous pouvoirs », dis-je. Ça inclut la vision aux rayons X, ou seulement le pouvoir de changer de forme ?

Il esquissa un sourire, mais dans les rides qui entouraient ses yeux je vis que le cœur n'y était pas.

— Le cabinet d'avocats a besoin d'une provision de deux cent cinquante plaques. Il va falloir que tu prennes une seconde hypothèque sur ta maison.

— Une troisième.

Le seul fait de penser à l'état de mes finances me donnait la migraine. Il y eut quelques atermoiements bureaucratiques, parce que le garde dut aller chercher un certain sceau de notaire exigé pour ratifier toute procuration rédigée par un avocat. Encore une bribe de réalité dont ne tenaient pas compte les pages de mes romans – rigoureusement irréalistes, je m'en apercevais maintenant avec désespoir.

Je signai et renvoyai le document par le même tiroir. Les yeux de Chic tombèrent sur la note que j'avais ajoutée.

— C'est quoi, ça ?

— C'est pour Adeline.

— La sœur de Geneviève ? Tu crois vraiment qu'elle a envie que tu te rappelles à son bon souvenir ?

Il déplia le papier sans me demander mon avis et regarda mes pattes de mouche adolescentes.

*Je n'ai pas tué votre sœur.*
*Dites-moi si je peux faire quoi que ce soit.*
*Je suis de tout cœur avec vous dans cette pénible épreuve.*

Il replia la note et elle disparut dans sa poche. Son regard en disait plus long qu'un roman.

— Alors, quand on est accusé, on n'a plus le droit d'avoir des réactions humaines ? demandai-je.

— Tu as tous les droits, mais personne ne te croira. Si tu te montres trop sincère maintenant, tu vas te faire bouffer. Tout le monde croira que tu cherches à manipuler le jury. C'est un jeu. Plus vite tu l'auras compris, mieux ça vaudra.

— Alors, qu'est-ce que je peux faire ?

— Avoir l'air innocent.

— Mais *je suis* innocent !

— Ben, essaie d'en avoir plus l'air.

Nous restâmes pendant un instant assis sans rien dire, à nous regarder. Le garde s'approcha.

— C'est l'heure...

Chic n'eut même pas un coup d'œil pour le reflet du garde dans la vitre.

— Je viens juste d'arriver.

— La sortie est à droite. Pigé ?

Chic passa la langue sur ses dents et tordit la bouche sur le côté.

— Ouais, sûr. Cramponne-toi, ajouta-t-il à mon intention. Je serai toujours là pour toi, quoi qu'il arrive.

Il repoussa sa chaise avec un affreux grincement et le bruit de ses pas retentit contre les parois de béton froid.

Le lendemain matin, je fus rappelé par mes avocats dans ce couloir parfumé à l'ammoniaque, vers ce palais de plexiglas. Ils attendaient sur leurs chaises, silhouettes décolorées par la lumière vive du matin, l'un penché en avant, les coudes plantés sur les genoux, les lèvres pincées comme s'il avait du mal à supporter le poids des décisions à prendre ; l'autre appuyé au dossier de sa chaise, le pouce creusant une joue, l'index caressant sa lèvre supérieure, la tête inclinée comme s'il était en prière. En voyant leurs traits résolus, j'eus la forte impression d'entrer dans la célèbre photo de John et de Bobby Kennedy prise alors que les cargos de Khrouchtchev faisaient route vers Cuba.

Ils avaient l'air préoccupés, et je les comprenais. Je leur avais déjà prouvé que je n'étais pas un client facile. En dépit de leurs conseils, j'avais décidé de ne pas m'opposer à une procédure accélérée. On m'avait refusé la libération sous caution, mesure de prudence décidée par le juge dont nous avions hérité, un gars soucieux de protéger ses fesses et à qui le ramdam médiatique ambiant faisait rentrer la tête dans sa carapace. La perspective de passer plusieurs années à l'ombre dans l'attente du procès était assez terrifiante pour m'empêcher de penser correctement. Mes avocats et moi, nous avions aussi eu quelques échanges orageux sur la façon de plaider l'affaire. Mes options étaient *coupable* ou *non coupable*. La question de la folie temporaire serait abordée – dans une deuxième phase du procès – seulement si j'étais jugé coupable.

Donnie Smith, aux cheveux plaqués par sa douche d'après gym, reprit juste à l'endroit où nous en étions restés :

— Le fait de plaider non coupable va vous mettre à dos le juge, le public, la presse et la cour. Et ce sont eux qui décident de votre sort. Pas seulement les douze membres du jury. Vous *devez* plaider coupable. Vous gagnerez en crédibilité lorsque la question de votre santé mentale sera abordée. Avec tout le raffut que fait cette affaire, vous pouvez compter sur Harriman pour vous traîner plus bas que terre dans la première phase du procès. Ça ne sera pas beau à voir... Nous devons arriver rapidement à la folie passagère, après avoir fait table rase du reste, sans vous infliger un procès que vous avez peu de chances de gagner.

Mon cœur palpitait comme un oiseau pris en cage.

— Mais je n'ai rien fait. Bordel, pourquoi personne ne veut me croire ?

Ce n'était pas la première fois qu'un client leur servait ce discours. Regard atone.

— Alors votre position, c'est que vous ne vous souvenez pas de *ne pas* l'avoir tuée ? demanda lentement Donnie, comme s'il s'adressait à un enfant retardé.

Je ne répondis pas. Ça me paraissait stupide, à moi aussi. Comme chaque fois, chaque minute passée avec eux me rappelait avec horreur que je n'avais pas de moyen de défense. Et que si je ne voulais pas mourir en prison, je devais admettre quelque chose dont je ne me souvenais pas.

Je n'arrivais plus à dissimuler ma frustration :

— Mais y a-t-il seulement quelqu'un, quelque part, qui essaie de découvrir qui a vraiment fait le coup ? demandai-je rageusement. Ou sont-ils tous trop occupés à jouer comme nous au jeu du procès ?

Donnie et Terry se regardèrent, mal à l'aise.

— Quoi ? demandai-je, inquiet. Qu'est-ce qui se passe ?

— Hier, la police a découvert quelque chose de troublant, dit Donnie. Geneviève vous a appelé le soir du meurtre. A 1 h 08 du matin, vingt minutes à peu près avant d'être assassinée.

— On me l'a déjà dit. Et alors ?

Donnie retira de sa mallette un sachet pour pièces à conviction. Il contenait un CD.

— Et elle vous a laissé un message.

— C'est mauvais ? demandai-je.

Pas de réponse. Agité, je me levai, tournai quelques instants comme un ours en cage, puis me rassis.

— C'est pour ça qu'ils ont modifié le code d'accès de ma messagerie vocale...

Donnie introduisit le CD dans son ordinateur portable et cliqua sur quelques icônes.

La voix familière de Geneviève, revenue d'entre les morts pour me hanter :

« Je voulais que tu saches que je suis avec quelqu'un. J'espère que ça te fait mal. J'espère que tu souffres. J'espère que tu te sens bien seul. Adieu. »

Je mis quelques instants à m'en remettre. Je restai là, le sang battant à mes tempes, mes avocats me regardant calmement, l'air préoccupés. La voix de Geneviève, son accent, ses intonations nuancées. Mais j'étais doublement choqué par la façon dont ce message m'était parvenu. Les flics avaient entendu les dernières paroles de Geneviève avant moi. Ce message, mis en stand-by pour le procès, comme tout le reste de ma vie, ne m'appartenait plus directement. C'était le dernier coup de marteau porté sur le couvercle du cercueil où nous gisions, moi, mon intimité et mes droits.

Je ne me rappelais évidemment pas avoir entendu le message de Geneviève cette nuit-là. Sa hargne contredisait l'état dans lequel je pensais que les choses en étaient restées entre nous. Mais elle était d'humeur changeante, et parfois difficile, de sorte que ce n'était pas son ton qui me choquait. Je n'arrivais toujours pas à croire que c'était *ça* qui aurait pu me pousser à lui faire du mal. Mais je me rendais compte avec une épouvante croissante que le message paraîtrait formidablement convaincant à un juré exposé au préalable aux photos de son corps mutilé.

— Ça ne fait que renforcer le mobile, dit Donnie avec une douceur exagérée. C'est pourquoi il nous faut quelque chose de très simple à vendre au jury. La folie passagère est votre seule échappatoire. C'est propre, c'est net. Ça tombe sous le sens. C'est corroboré par les faits. *C'est la tumeur cérébrale qui a fait le coup !*

Je lui rendis son regard exaspéré.

Il en remit une couche :

— Nous exposons les faits ; vous sortez de là. Vous aurez tout le loisir, après, de ruminer le reste depuis le fond de votre lit.

Il étudia mon expression, et y lut un je-ne-sais-quoi qui ne lui plaisait pas.

— Nous n'avons pas la partie facile, avec tous ces éléments contre nous...

La pensée des durs moments qui m'attendaient me donna envie de me rouler en boule, de retourner à l'état fœtal. Je m'aperçus, lorsque j'empêchai mes genoux de remonter sur ma poitrine, que je faisais le dos rond et que mes semelles s'étaient soulevées de trois ou quatre centimètres du sol. Vous pouvez regarder n'importe quel film, toutes les prisons se ressemblent. Vous y entrez terrifié, on vous appelle « bleubite » et on parie des cigarettes sur le temps que vous mettrez avant de vous effondrer en morceaux. Vous vous retrouvez en cellule avec un dur, il vous dépucelle, et puis vous vous endurcissez, vous êtes mort à l'intérieur, et vous faites du troc pour avoir des barres chocolatées, ensuite vous devez planter un mec pour éviter que ses potes ne vous violent en tournante, et vous vous faites violer en tournante de toute façon, juste pour le principe.

— Vous êtes auteur de romans policiers, dit calmement Terry. Laissez-nous vous aider à comprendre la lecture que le jury fera de tout ça. On va tout vous réexposer depuis le début...

Et c'est ce qu'ils firent, depuis le début – le si sordide début – jusqu'à la fin. J'étais assis sur ma petite chaise dure, la bouche sèche, assommé par l'évidence des preuves à charge – comme on dit à la télé. Je connaissais les éléments du dossier, naturellement, mais entendre décrire par le menu la façon dont j'avais assassiné Geneviève avait quelque chose de glaçant. Lorsque je me fus un peu calmé, je n'avais plus qu'une seule pensée cohérente.

*Je suis foutu.*

Plaider vertueusement non coupable ne tenait pas le coup face à la force – et à la réalité – de ce à quoi j'étais confronté. Je n'avais à offrir que la conviction viscérale de mon innocence, et c'était à peu près tout. Rien ne me paraissait plus important que de rester en vie, et libre. Même si ça m'obligeait à clamer à la face du monde que j'étais un meurtrier.

Quand ils eurent fini, j'aurais voulu leur sortir la réponse que je m'étais répétée dans ma tête, mais je me rendis compte que j'étais pétrifié. Je croisai les mains sur le bois criblé de trous, les considérai, et m'entendis répondre :

— Je ne plaiderai pas coupable pour un meurtre que je ne crois pas avoir commis.

Les avocats tournèrent la tête avec ensemble pour se regarder, leur pire crainte confirmée. Ils avaient l'air aussi choqués que moi de ma décision.

— Avec tout le respect que nous vous devons, dit Terry, comment pouvez-vous encore penser que vous ne l'avez pas fait ?

— Parce que si je l'avais fait, je le sentirais au fond de moi.

Dehors, dans le couloir, le garde s'éclaircit bruyamment la gorge. Terry se gratta vigoureusement l'arrière de la tête. Le soleil remonta d'un cran dans la fenêtre, m'éblouissant, m'obligeant à plisser les paupières.

D'un soupir, Donnie mit un coup d'arrêt au silence envahissant. Il se pencha brusquement en avant, se flanqua une tape sur les genoux et se leva.

— Je ne plaiderai pas coupable, dis-je. Alors, maintenant, qu'est-ce qu'on fait ?

— On va se battre, à chaque phase du procès, comme si votre vie en dépendait, dit-il en levant les yeux des papiers qu'il enfournait dans sa mallette. Parce que c'est le cas.

J'avais froid. Je me recroquevillai sous mon drap, les yeux rivés sur le mur nu. Juste à la hauteur de mon regard, une tache maculait le ciment. Une grosse éclaboussure, puis des dégoulinades. Ça n'avait pas pu être provoqué par un incident anodin. Je pensai aux hommes qui avaient occupé cette cellule avant moi, qui y avaient dormi d'un sommeil sans repos, y avaient fait des rêves de morts-vivants.

*C'était pas moi.*

*Un putain d'enfoiré m'a baisé.*

*J'suis innocent.*

Un garde s'approcha et balança une enveloppe entre les barreaux.

— Vous avez une lettre !

Je ramassai l'enveloppe tombée par terre. Mon nom, écrit d'une main féminine. Je me rassis et l'ouvris. Des morceaux de papier déchirés. Les morceaux du petit mot que j'avais écrit à Adeline. Ils s'échappèrent de mes mains, glissèrent à mes pieds.

*é votre sœur.*
*Dites-moi si je peux faire quoi que*
*Je n'ai pas tu*
*cette pénible épreuve.*
*ce soit. Je suis*
*de tout cœur avec vous dans*

Il y en avait un en particulier dont je n'arrivais pas à détacher les yeux : *cette pénible épreuve.* Le rude contact du sol en béton sur ma joue me fit comprendre que je m'étais lentement effondré par terre, les genoux ramassés sur la poitrine. Je restai plus ou moins dans cette position jusqu'au lendemain matin, quand on vint me chercher pour m'emmener au tribunal.

Cela faisait plus d'un an que L.A. se morfondait dans l'attente du procès pour meurtre d'une célébrité. Je n'étais pas vraiment ce qu'on pouvait appeler une célébrité locale, ni, pour autant que je le sache, un assassin, mais la pénurie du marché faisait de moi l'un et l'autre. Les débats commencèrent soixante jours après l'audience préliminaire, ce qui avait amplement laissé le temps à mon corps de maigrir, à mon visage de se creuser, et à mes cheveux de s'ébouriffer, me donnant l'air éminemment condamnable.

Quelques minutes après le début du procès, je savais que mes avocats avaient raison, et que ça finirait de façon désastreuse. Comme attendu, la star montante des procureurs généraux – la très chic Katherine Harriman, équipée de chaussures plates très comme il faut, et d'un père assis au premier rang qui avait fait en avion le voyage depuis Chicago pour assister, fier comme un paon, aux exploits de sa fille –, Katherine Harriman, donc, m'avait traîné dans la boue, et le jury avait rendu son verdict après seulement huit jours de procès et une heure de délibération.

Coupable. La seule question, maintenant, c'était de savoir si j'allais m'en sortir pour raisons psychiatriques. Pendant le début de la phase d'examen psychiatrique, je ne trouvai d'autre moyen pour ne pas sombrer dans la dépression que de me détacher de tout cela. J'appris rapidement – à l'instar des autres protagonistes – à ne pas me concentrer sur les ingrédients du procès, mais sur la chantilly du gâteau.

Heureusement, ainsi que mes avocats furent agréablement surpris de le remarquer, j'avais le soutien de mes amis, qui constituaient un bel échantillonnage sociologique. Chic se frappait la poitrine avec le poing chaque fois que je croisais son regard. De temps à autre, Preston levait les yeux de l'un ou l'autre des manuscrits qu'il retravaillait, et me gratifiait d'un hochement de tête encourageant. Il ne se déplaçait jamais sans une flopée de feuillets dépassant de son sac, et qu'il posait sur ses cuisses en s'asseyant. Plus d'une fois, quand le silence se faisait dans le tribunal, il m'arriva d'entendre distinctement le bruit de sa plume courant sur le papier. April, bénie soit-elle, était bien venue ce matin-là comme promis, se soumettant même à l'éprouvante traversée du troupeau de journalistes massés devant le tribunal. Il était clair que nous n'avions plus d'avenir ensemble, et je lui étais infiniment reconnaissant de ce dernier bout de chemin qu'elle faisait en ma compagnie.

Mais la cour n'avait d'yeux que pour Katherine Harriman. Je la regardais faire son numéro devant le jury, prenant bien soin d'ignorer ma tumeur, que Donnie avait ingénieusement disposée dans un bocal sur notre table. Flottant entre deux eaux saumâtres, elle avait un air menaçant de grenade dégoupillée, prête à exploser. J'avais enduré l'humiliation d'être assis face à elle pendant toutes les audiences préliminaires et après. Je l'imaginais dans ma tête, accrochée à mon cerveau, me gouvernant à son gré, faisant de moi sa chose. J'avoue, à ma grande honte, que ce petit agrégat brunâtre m'effrayait.

Et pourquoi pas ? L'expert venu témoigner en faveur de notre camp, un neurologue avec tout ce qu'il fallait de cheveux blancs et de dignité, l'avait identifiée comme un gangliogliome temporal antérieur gauche. Il fut beaucoup question de ventricules et de glandes, dans le but, je suppose, d'impressionner les jurés à grands coups de vocables scientifiques. Un gangliogliome ? Rien qu'avec sa syllabe répétée, ce terme semblait avoir été inventé pour imposer le respect. Même si, en dépit de son aspect malin, le gangliogliome n'était pas la Rolls des tumeurs au cerveau. Après résection, les patients ont un taux de survie avoisinant les cent pour cent. Le lobe temporal, ainsi que l'apprit la cour, jouait un rôle dans le processus de mémorisation, d'où mon si malencontreux trou de mémoire. Des états comparables au mien pouvaient induire des psychoses de type schizophrénique, des hallucinations, voire des accès d'agressivité.

— Et qu'est-ce qui provoque le déclenchement de cet impressionnant arsenal de symptômes ? demanda Harriman au cours du contre-interrogatoire, orientant une joue parfaite en direction des mâles triés sur le volet qui constituaient les jurés numéros 3 à 7.

— La tumeur, répondit notre neurologue, doit évidemment atteindre une masse critique – pardonnez-moi l'expression –, à partir de laquelle elle commence à affecter les structures essentielles. Quand cela se produit-il exactement ? Tout se joue à quelques cellules près, celles qui déclenchent la compression des vaisseaux sanguins. Parce que le lobe temporal est impliqué dans tout ce qui touche aux émotions, on a toutes les preuves qu'une fois qu'un patient a atteint un état aussi fragile, la rupture mentale fatale peut être déclenchée par un stress intense.

Le médecin nettoya les verres de ses lunettes avec un mouchoir brodé à ses initiales, et poursuivit :

— Bien qu'on sache beaucoup de choses sur le cerveau...

— ... on en *ignore* encore plus, finit pour lui Harriman avec un fin sourire.

Il est vrai que pendant les six mois qui avaient précédé mon opération j'avais eu migraine sur migraine, certaines si fortes qu'elles m'avaient littéralement aveuglé. Au début, j'avais incriminé les suspects habituels : le stress, l'ordinateur, de mauvaises habitudes alimentaires. Jusqu'au jour où je m'étais évanoui audessus de la machine à laver, ne revenant à moi qu'une quinzaine de minutes après, l'estomac en révolution, de la lessive entre les doigts.

— Cependant, la plupart des gens qui ont ce type de tumeur ne sombrent pas dans la psychose pour autant, n'est-ce pas ?

— Le comportement erratique, violent, n'est pas rare, sur...

— Vous n'avez peut-être pas bien compris ma question. Je vous ai demandé s'il était exact que la plupart des gens atteints par ce genre de tumeur ne devenaient pas psychotiques.

— Statistiquement parlant.

— Y a-t-il une autre façon de formuler la réponse à la question médicale que je viens de vous poser ?

Non, il n'y en avait pas.

— Pouvez-vous citer un seul précédent médical mettant en cause un individu atteint d'un gangliogliome au lobe temporal antérieur gauche qui ait commis un meurtre ?

Elle avait judicieusement évité d'employer le terme de « patient ».

Le médecin réfléchit un instant, son visage se contracta :

— Non.

Donnie, Terry et moi laissâmes échapper un concert de soupirs silencieux.

Pas Katherine Harriman.

— La plupart des individus atteints d'un gangliogliome au lobe temporal antérieur gauche souffrent-ils d'amnésie rétrograde, après l'opération ?

— La plupart, non. Mais si l'on ajoute une exposition importante au stress, plus de trente pour cent...

— Alors il est possible qu'un individu atteint d'une tumeur comme celle de l'accusé dispose de toutes ses facultés mentales à la suite d'une telle opération ?

— Bien des choses sont possibles. Le corps n'a pas fini de nous surprendre, il le prouve tous les jours. Le cerveau plus encore. Et l'esprit, encore davantage.

— Ce qui veut dire oui ?

— Oui.

— Et il est *également* possible, poursuivit Harriman, se tournant vers moi pour m'asperger de son mépris, qu'un individu très intelligent, tel notre accusé, puisse exploiter toutes les conditions que vous venez si généreusement d'énumérer afin de dissimuler un plan prémédité de longue date ?

Alors que mes avocats bondissaient pour faire objection, Harriman resta parfaitement calme, ses yeux rivés sur les miens, un léger sourire retroussant ses lèvres. Elle allait droit au but et faisait mouche, soulignant tout ce que cette affaire avait de grotesque. Son calme m'énervait. Un brouhaha parcourut la cour, et le juge fit signe à l'huissier de suspendre la séance.

A notre retour, le massacre se poursuivit. Nos témoins. Leurs témoins. L'inspecteur Kill Bill Kaden se présenta à la barre –

moustache hérissée, poignets épais, chemise de golf sous le veston –, aussi imposant que lorsque j'avais repris conscience à l'hôpital. Un Ed Delveckio grincheux, au visage dépourvu de menton, suivait les débats depuis la galerie du public et ponctuait d'un hochement de tête chacune des assertions de son coéquipier, sept à huit mètres de tribunal et une rambarde le séparant de son aîné. Le couteau à désosser fit une prestation remarquée, maculé de sang presque jusqu'au bout de son manche, se balançant cruellement au fond de son sachet. Je pris sur moi pour ne pas m'effondrer ni me laisser emporter par la colère.

Le prochain sur la liste était Lloyd Wagner, un expert de la police scientifique qui m'avait accordé un peu de son temps en plusieurs occasions afin de m'aider à autopsier quelques cadavres fictifs. Il avait fait partie de l'équipe qui s'était occupée de la maison de Geneviève. Nouvel écho troublant de mon ancienne vie. Nous nous entendions bien, et je l'avais trouvé terriblement doué pour manipuler les éléments d'intrigue sur lesquels je le consultais, à tel point que je lui soumettais parfois des scènes entières pour qu'il y exerce ses talents. Vêtu de son vieux costume spécial tribunal et brandissant le couteau jumeau de l'arme du crime, pris dans ma propre cuisine, Lloyd me gratifia d'un petit mouvement de tête désolé avant de faire sur un mannequin la démonstration du coup qui avait frappé Geneviève. Je ne pus m'empêcher, en même temps que le jury et le public, de fermer les yeux devant tant d'horreur.

Après le numéro de Lloyd, le message téléphonique que Geneviève m'avait laissé la nuit de sa mort eut droit à une énième rediffusion, à partir de l'ordinateur portable de Katherine Harriman.

Un silence respectueux accueillit la voix de la morte. « Je voulais que tu saches que je suis avec quelqu'un. J'espère que ça te fait mal. J'espère que tu souffres. J'espère que tu te sens bien seul. Adieu. »

Evidemment, Geneviève n'avait trouvé personne. Ou du moins, personne dont elle ait parlé à ses amies ou à sa famille.

De là où je l'entendais maintenant, cette petite pique, pas très subtile, ne me faisait aucun mal. Bien que l'accusation prétendît que cela avait été le cas, la nuit du 23 septembre. Mes défenseurs affirmaient quant à eux, en privé, que ce message rendait Geneviève moins sympathique, et publiquement que c'était la goutte qui avait fait déborder le vase, provoquant la surpression intracrânienne qui avait déclenché l'entrée en scène de mon gangliogliome. Compte tenu de mon absence de passé criminel, arguait Donnie, la tumeur était la seule explication logique à mon comportement.

Le cinquième jour d'examen de ma santé mentale, la famille de Geneviève fit elle aussi une arrivée très remarquée. Sa mère, longue tige osseuse à la poitrine proéminente, l'indispensable carré Hermès drapé sur ses épaules bronzées à point, cramponnée au bras de son mari, vêtu d'un costume sur mesure impeccable. Ils se déplaçaient avec une élégance de chiens de race, mais ils avaient les joues creusées et on devinait une imperceptible érosion dans leur posture, qui trahissait l'effroyable perte qu'ils avaient subie. A la gauche de Luc marchait Adeline, à la peau tellement rouge que l'on ne voyait plus ses taches de rousseur. Ils me regardaient avec une haine sans mélange, mais l'image diminuée qu'ils offraient, la main tremblante que Luc posa sur la rampe de bois avant de s'asseoir eurent raison du périmètre autoprotecteur que j'avais réussi à ériger autour de moi. Leur apparition programmée juste avant mon propre interrogatoire eut exactement sur moi l'effet voulu par Harriman. Ma gorge se noua. Mes lèvres frémirent, et je me penchai en avant, enfouissant mon visage entre mes mains pour l'empêcher de partir en morceaux. Ma réaction fut naturellement interprétée par le jury comme de la honte, mais c'était pire que de la honte. C'était la confirmation définitive de la mort de Geneviève, une femme que j'avais aimée, peut-être pas très bien, mais aimée quand même.

Donnie demanda une suspension de séance pour que je puisse reprendre mes esprits avant de témoigner, mais le juge la lui refusa. Le cœur battant à se rompre, je gravis les trois petites marches qui montaient vers le prétoire et levai la main droite, enfin en mesure de voir les visages de l'assistance sans avoir à jeter furtivement un coup d'œil par-dessus mon épaule. Tout cela était à la fois hautement dramatique et d'une banalité consternante. Les journalistes, tirés à quatre épingles, les cameramen, avec leur matériel numérique, la sténo, qui faisait semblant de ne pas mâcher son chewing-gum.

Donnie m'interrogea doucement en faisant preuve d'une grande empathie. Quand ce fut son tour, Harriman louvoya vers moi, détendue, un livre ouvert dans une main comme s'il s'agissait d'un missel. Elle en avait enlevé la jaquette, et je ne sus ce qui m'attendait qu'en l'entendant lire :

— « Nous avons tous eu envie un jour de tuer une ex-maîtresse. Et même, avec un peu de chance, deux ou trois. »

Elle referma le livre avec un claquement sec, qui retentit comme les mâchoires d'une tortue, faisant sursauter les jurés.

— C'est vraiment ce que vous pensez ?

— Non, répondis-je.

— Pourtant, c'est ce que vous avez écrit.

J'admis que oui.

— Alors, nous ne sommes pas supposés croire ce que vous écrivez ?

— Bien sûr que non, dis-je.

Terry me fit signe avec les mains d'y aller mollo, et je poursuivis, aussi humblement que possible :

— C'est le protagoniste, Derek Chainer, qui dit ça. Un auteur ne partage pas forcément la façon de penser de ses personnages. Je crée des personnages qui ne sont pas moi et, quand tout va bien, je leur insuffle la vie.

— Alors, vous écrivez des choses auxquelles vous ne croyez pas ?

— Je laisse mes personnages libres d'exprimer leurs propres opinions.

— Et c'est comme ça que vous fourguez votre marchandise dans les supermarchés ?

— Et les aéroports.

Elle eut un sourire. Deux copains se renvoyant la balle.

— Et cette réplique… « Je crois, dans le coin le plus sombre de mon cœur, que, quand le destin et la passion s'en mêlent, tout le monde, jusqu'au dernier d'entre nous, du prêcheur en haut de sa chaire jusqu'à la vieille à l'arrêt d'autobus, est capable de meurtre. »

Elle se rapprocha de moi.

— C'est ce que vous croyez, ou ne s'agit-il encore là que des ratiocinations de votre personnage ?

Un silence sépulcral, chargé d'électricité, suivit sa déclaration. On touchait enfin, comme on dit, au cœur du problème.

— Je crois que n'importe qui est capable de n'importe quoi, répondis-je.

Mes avocats se ratatinèrent sur leur siège, d'une façon qui aurait pu être amusante en d'autres circonstances. Et les yeux de Harriman s'embrasèrent en voyant sa proie s'offrir à elle.

— Vous croyez donc vraiment que vous pourriez être capable de commettre l'acte indicible dont vous avez été reconnu coupable ?

— *Capable*, oui.

Là, je levai la voix pour l'empêcher de m'interrompre :

— Tout comme vous.

— Sauf que, aux dernières nouvelles, ce n'est pas avec moi que Geneviève Bertrand a rompu.

Harriman écarta d'un mouvement du menton le rappel à l'ordre du juge et leva la main en signe de mea culpa.

Les scandales, si sordides qu'ils fussent, étaient le sang et la chair de L.A. J'aurais parié que Mlle Harriman, comme tous les procureurs situés non loin des studios de cinéma, s'était vu proposer au moins une fois un poste de consultante sur un téléfilm. Ou alors il y avait un auteur dans mon genre qui ne la quittait pas d'une semelle et la harcelait de questions au sujet de ses procès. Le mari d'une cousine, peut-être, qui avait besoin de quelques minutes au téléphone pour donner du relief au troisième acte de son scénario. Plus d'une fois j'avais été ce type, celui qui ne pouvait s'empêcher d'écouter honteusement aux portes des tribunaux battre le cœur de la vie juridique de Los Angeles. J'avais eu affaire à des flics qui regardaient trop de séries policières, et qui se comportaient comme les flics qu'ils avaient vus à la télé, lesquels imitaient les vrais flics chargés de les conseiller. Crime et dramaturgie – le serpent qui se mord la queue. *C'était pas moi. J'faisais rien de mal et tout à coup...*

Quelques heures plus tard, alors que j'écoutais, fasciné, le brillant réquisitoire de Katherine Harriman, je fus frappé par l'idée qu'elle aurait fait un excellent auteur. Et pourtant – insistait-elle – c'était *mon* histoire.

La nuit du 23 septembre, à 1 h 08 du matin, réveillé par la sonnerie du téléphone, je m'étais levé sans déranger April, qui dormait à côté de moi. J'avais écouté le message que Geneviève Bertrand avait laissé sur mon répondeur, et toute ma hargne, toute mon amertume s'étaient cristallisées en un plan machiavélique. J'étais allé en voiture chez elle, une sorte de ranch à demi niché dans un pli de canyon, non loin de Coldwater. J'avais récupéré la clé cachée dans le pot du philodendron sous le porche et j'étais entré. J'avais pris à gauche vers la cuisine, où je m'étais emparé du couteau à désosser dans le bloc à couteaux, puis j'avais grimpé l'escalier menant à la chambre de Geneviève. Alertée par le bruit, elle était venue à ma rencontre sur sa moquette blanche, où je lui avais enfoncé la lame dans le plexus solaire, frappant de bas en haut, passant sous les côtes et lui transperçant le cœur. Elle était morte plus ou moins sur le coup. Puis je l'avais secouée dans tous les sens, dans sa nuisette en soie, tel un chat jouant avec une souris blessée. Pour finir, paniqué par l'acte que je venais de commettre, j'avais craqué. Quand la police et les infirmiers étaient enfin arrivés, mon état avait dégénéré en une crise d'épilepsie. Je m'étais effondré sur le corps, et j'avais convulsé presque sans arrêt jusqu'à mon arrivée aux urgences de Cedars-Sinai, où l'on m'avait fait une perfusion de Lorazepam. Un scanner avait révélé le passager clandestin tapi dans les profondeurs antérieures de mon lobe temporal, ainsi qu'un saignement, et on m'avait aussitôt dirigé vers le bloc. Je ne m'étais réveillé que le lendemain matin, à l'heure du petit déjeuner, avec des circonstances atténuantes en béton.

Katherine Harriman remercia le jury pour son attention, se fendit d'un sourire désarmant et retourna s'asseoir à sa place, où elle plongea aussitôt le nez dans ses papiers, ignorant superbement Donnie quand ce fut son tour de parler.

— Notre *rusé* assassin, ce brillant planificateur d'un si horrible meurtre, n'aurait-il pas pu trouver un meilleur scénario que celui-ci ? Il se présente à la maison de Geneviève Bertrand, et puis... *quoi ?* Il laisse la porte grande ouverte ? Pour que les vigiles de Westec *et* les voisins appellent la police ? Parce qu'il avait *même* prévu le moment où il allait avoir sa crise d'épilepsie ? Parce qu'il s'était retenu jusqu'à l'instant précis où elle lui serait utile ? Parce que cet homme, si rusé, s'était dit qu'il avait intérêt à ce que son ganglio-gliome grossisse de ce millimètre fatal, juste là, à ce moment précis, dans la chambre à coucher de Mlle Bertrand, provoquant une crise d'épilepsie afin que la police puisse le trouver ainsi diminué, apportant la preuve de l'état de folie passagère dont il savait qu'il aurait besoin lors du procès auquel il savait ne pas pouvoir échapper ? C'est certainement l'approche la plus logique pour un individu sain d'esprit, vous ne trouvez pas ? Eh bien, il faut croire que ce plan ultrasophistiqué se révèle payant. Parce qu'il réussit même à me berner, *moi*, figurez-vous. J'ai eu à m'occuper de plus d'une trentaine d'affaires d'homicides, et jamais – je dis bien *jamais* – je n'ai été plus convaincu qu'aujourd'hui de la maladie mentale d'un client à l'époque des faits qui lui sont reprochés.

Tandis que Donnie continuait, véhément et passionné, j'éprouvai un élan d'affection, quelque chose qui ressemblait même à de l'amour, pour cet homme qui avait, moyennant finance, pris fait et cause pour moi et me défendait comme si sa propre vie en dépendait. Quand il eut fini, quarante-cinq minutes de suspense exaltant plus tard, il se rassit, suant l'adrénaline par tous les pores, et remit ses papiers en ordre avant de les enfourner dans son attaché-case.

Quand le jury se fut retiré, je me penchai vers lui, le pris par le cou et lui dis :

— Quoi qu'il arrive, je veux que vous sachiez, Terry et vous, que j'apprécie énormément tout ce que vous avez fait pour moi.

Nous nous serrâmes un moment les mains, tous les trois.

Le second verdict tomba, trois heures et dix-neuf minutes plus tard.

# 4

Le sol de la cuisine sous mes pieds nus était aussi froid que la poignée d'acier du couteau à découper. Malgré l'obscurité, je voyais le vide laissé dans le bloc de bois où le couteau à désosser aurait dû se trouver. J'avais refermé la baie vitrée – avais-je enfermé quelqu'un avec moi ? Le cœur battant la chamade, je regardai dans le salon les marques que j'avais prises pour des empreintes de pied. Les dernières étaient nettement visibles sur la moquette, avant de disparaître en arrivant aux dalles de l'entrée.

Ce n'était pas de la terre, comme je l'avais cru.

C'était du sang.

Pendant un moment, la terreur me paralysa – une de ces authentiques terreurs que l'on ressent quand on est enfant, dans le noir. Puis je me rappelai que j'étais adulte, et que je n'avais pas d'autre solution que de dominer mes états d'âme et d'affronter la situation. Fermant le poing autour du manche de mon couteau, j'avançai vers le salon. Il n'y avait personne sur la passerelle qui prolongeait le haut de l'escalier et ouvrait sur mon bureau et ma chambre.

En fait, les empreintes ne s'arrêtaient pas aux dalles de l'entrée. Elles étaient juste plus difficiles à distinguer sur l'ardoise. Mais là, sur la moquette des deux premières marches, il y avait encore un « C » sanglant. Je levai les yeux vers l'escalier, qui disparaissait dans l'obscurité.

Faisant taire ma peur, je suivis les marques. Toutes les autres marches en portaient.

Arrivé en haut de l'escalier, les empreintes continuaient tout droit jusqu'à ma chambre. J'avançai, la lame du couteau tournée vers moi, le long de mon avant-bras, comme m'avait appris à le faire un expert en combat à l'arme blanche qui m'avait permis d'ajouter une nouvelle corde à l'arc de Derek Chainer. J'arrivai au seuil. Prenant mon courage à deux mains, je me coulai à l'intérieur.

Personne. Mais sur la moquette, au pied de mon lit, le couteau à désosser brillait. Encore un pas, et je me baissai pour l'observer de plus près. La peau de mon pied droit était souillée juste au-dessus du petit orteil, et la tache se prolongeait sous le pied. Tendant la main vers le couteau à désosser, je remarquai que le bout de mes doigts arborait lui aussi des taches sombres. Des traînées sur le manche du couteau et sur le bout de la lame. Ma tête se mit à tourner.

Je levai le pied, remarquai le « C » encore net, bien qu'atténué, que je laissais derrière moi sur la moquette.

Mon sang. Mes empreintes.

J'allumai la lumière, posai sur mon lit le couteau que j'avais pris dans la cuisine et revins au couteau à désosser abandonné sur la moquette. Une vague empreinte de sang sur mon pouce gauche correspondait à une trace laissée sur le manche d'acier. Le sang sur mes doigts provenait – du moins le supposai-je – du fait que j'avais palpé la coupure que j'avais au pied, laissant ainsi des marques sur le manche du couteau.

Mes empreintes. Sur mon couteau à désosser.

Je me lavai les pieds dans la baignoire. Tant de sang pour une aussi petite coupure. Une incision bien nette de deux ou trois centimètres, pas plus, à un ou deux centimètres de la base du petit orteil. Rien qu'un sparadrap ne saurait arranger.

J'avais la tête encore étrangement embrumée – *Gangliogliome II, le Retour* ? J'essayai de faire la part des choses entre les craintes raisonnables et celles qui ne l'étaient pas, mais il me fallut me rendre à l'évidence : j'étais momentanément incapable de réfléchir. Quelqu'un me faisait-il arpenter un labyrinthe, tel un rat de laboratoire ? Soit je devenais dingue, soit on se donnait beaucoup de mal pour me le faire devenir. Assis sur le bord de la baignoire, les mains crispées sur mon ventre, je fus saisi de tremblements jusqu'à ce qu'une compulsion irrésistible me fasse faire le tour de la maison, appuyant sur tous les interrupteurs les uns après les autres, en quête d'un cadavre, d'un intrus, ou d'une équipe de la Caméra cachée.

A la recherche de signes de cambriolage, j'examinai la barre de sécurité. Portait-elle des marques d'éraflures ? Y avait-il des traces sur la peinture de la gorge dans laquelle elle coulissait ? Non. Elles étaient toutes les deux impeccables. Etais-je descendu en dormant l'ouvrir moi-même ? Et pourquoi serais-je sorti ?

Je remontai dans ma chambre et regardai mon lit, perplexe. Quelques traces de sang sur les draps, ces mêmes draps dans lesquels j'avais rêvé de la maison de Geneviève. Un rêve étrangement réaliste. Au cours duquel j'étais descendu en dormant au rez-de-chaussée, avais pris le couteau à désosser à la cuisine, étais retourné me coucher et m'étais entaillé le pied ? Et pourquoi ? Je n'avais rien trouvé de mieux pour me punir ?

Le rêve m'envahit à nouveau, dans toute sa signification, et j'éprouvai un spasme d'excitation. Je ne pouvais pas savoir si j'étais devenu temporairement fou, mais il m'était facile de vérifier certaines choses. Si l'arroseur de Geneviève était vraiment cassé, si la soucoupe était effectivement fêlée, alors je n'hallucinais pas complètement. Au moins, je pouvais déterminer avec certitude si j'avais retrouvé un fragment de la nuit où Geneviève avait été tuée.

Je m'habillai et descendis. Parvenu à mon hybride, j'inspectai le compteur kilométrique, comme s'il recelait la réponse à toutes mes questions. Je commençai par reporter le kilométrage sur un calepin que je gardais dans la boîte à gants, pour le cas où mon cerveau embrumé oublierait par la suite que je l'avais emmené faire un tour.

Je pris Mulholland Drive, sous un mince clair de lune, avec l'impression d'enfreindre la loi. Et c'était probablement le cas.

Slalomant le long de Coldwater, je ralentis pour négocier un virage en épingle, juste après un panneau embouti. Et je me retrouvai dans mon rêve, à remonter la pente abrupte. Le lampadaire, à moitié masqué par une branche vagabonde. La rue trop étroite, construite avant que les habitants de chaque maison ne se mettent à garer négligemment leurs gros 4 × 4 le long du trottoir. Conformément au scénario, de la sueur me coulait sur le front. Et si c'était maintenant que j'étais en train de rêver ? Peut-être que j'avais imaginé toute cette histoire et que je la réimaginais maintenant.

Le virage en épingle arriva très vite, mes pneus émirent le crissement attendu, et la maison de Geneviève me domina de toute sa hauteur. Du haut de son perchoir, elle paraissait défier les arrivants – adossée à flanc de colline, ses pilotis enfoncés de façon réprobatrice dans la terre, elle semblait maîtresse de la situation, comme si mon véhicule était un rat et elle un doberman.

Je descendis de voiture. Au bord de la pelouse, l'arroseur écrasé me fit stopper net.

*Faites que ce ne soit pas vrai. Faites que ce ne soit pas arrivé.*

J'ignorais que l'arroseur était cassé. Je ne l'avais appris que dans mon rêve, quand mon Highlander était monté sur le trottoir. Ce qui voulait dire que ce n'était pas un rêve.

*Oh, mon Dieu ! J'étais tout seul dans ce Highlander. Je suis venu ici, tout seul. C'est moi qui ai trouvé la clé, et personne d'autre. Il n'y avait que moi, et moi seul.*

Je remontai l'allée, les pavés branlants sous mes chaussures, jouant dans leur lit de terre, chassant dans l'air des volutes de poussière. Je savais ce que j'allais trouver. Mais il fallait que j'en aie le cœur net.

Les planches craquèrent quand j'arrivai devant le seuil. La maison était silencieuse, et – je l'espérais – vide. Quelle excuse pourrais-je bredouiller si Adeline, la sœur, apparaissait à la porte ?

Le philodendron me fit signe depuis son pot de terre cuite. Je m'essuyai les mains sur mon jean et m'accroupis, repoussant les feuilles vernissées pour voir au-dessous.

Une fêlure zigzaguait sur la soucoupe de terre cuite, un éclair qui arrivait presque jusqu'au bord.

Ce n'était pas un rêve.

Mais un fragment de mon obscur passé.

# 5

Rentrant chez moi dans un état second, j'essayai de renouer les fils de ce que je venais de découvrir. Si mon rêve disait vrai, ainsi que l'arroseur et la soucoupe semblaient l'indiquer, alors j'étais allé seul chez Geneviève. Ce qui ne jouait pas en ma faveur. Mais les mêmes questions demeuraient. Pourquoi y étais-je allé cette nuit-là ? Le fait d'avoir vu quelqu'un d'autre tuer Geneviève aurait-il pu déclencher ma crise d'épilepsie ? La même vieille frustration remontait à la surface en bouillonnant. Pourquoi personne – les flics, les procureurs, mes propres avocats – ne s'était-il intéressé à autre chose qu'à ma santé mentale ? N'avions-nous pas tous un train de retard ?

Je m'étais plongé dans les rapports de police fournis par la brigade des homicides à l'issue de l'enquête. Ni les comptes rendus de la police, ni les rapports d'experts ne faisaient allusion à une autre piste, il n'y était fait mention d'aucune des fausses pistes ou culs-de-sac qui émaillaient d'habitude les reconstitutions que l'on pouvait faire d'un crime, a posteriori. Ces comptes rendus étaient trop propres. Une enquête dont le résultat était dicté d'avance. Je m'étais moi-même fait une opinion dès le début, bien que ma position ait l'inconvénient de n'être étayée par aucune preuve et d'être la moins défendable de toutes.

Une lueur d'espoir pointait à travers l'épuisement. Si j'avais retrouvé un souvenir de la nuit de la mort de Geneviève, alors d'autres pourraient me revenir. Ce qui voulait dire que la vérité pourrait m'apparaître, si laide fût-elle.

Mon téléphone portable sonna, ce qui me fit sursauter. Je branchai mon oreillette, me demandant qui pouvait bien m'appeler à minuit.

Donnie.

— Où étiez-vous ? On a essayé de vous joindre toute la soirée. C'est Terry qui a fini par trouver votre numéro de portable.

— Tout va bien, répondis-je. J'étais juste sorti faire un tour.

— Parfois, la première nuit à la maison est très pénible.

Je regardai mes mains, crispées sur le volant.

— Je me demande bien pourquoi, fis-je.

Comprenant l'ironie, il rigola :

— Vous vous sentez seul ? On pourrait venir vous voir, Terry et moi...

— Merci, mais ça va aller.

— Enfin, si vous avez besoin de quoi que ce soit...

— En fait...

L'idée surgit brusquement, comme par surprise, et pourtant cela faisait longtemps qu'elle était là, tapie à l'orée de ma conscience.

— Je me demandais si je ne pourrais pas jeter un coup d'œil au dossier de l'accusation...

— On a gagné le procès, Andrew. Vous n'avez plus de souci à vous faire.

Il y eut un silence, puis il ajouta :

— Vous écrivez un livre ?

— J'essaie juste de comprendre ce qui s'est passé.

— Et si vous vous accordiez une nuit de repos ? Même Katherine Harriman est sortie prendre un verre. Un de nos collaborateurs l'a vue en train de pleurer à chaudes larmes dans son Martini, sur la Promenade.

— Katherine Harriman ne pleure pas. Et surtout pas en public.

— Et vous ne devriez pas le faire non plus. Pas ce soir, en tout cas. Ecoutez, on a souvent vu ça, Terry et moi, avec nos clients acquittés. Ils se repassent le procès dans leur tête en essayant de trouver... quoi, l'absolution ? Mais ce n'est pas là qu'elle se trouve. Je vais vous donner un bon conseil. Laissez tomber. Retournez vivre votre vie.

J'arrivais au coin de ma rue. A droite, ma maison ; à gauche, l'autoroute. Je tournai à gauche.

— Donnie, il me faut ces dossiers.

Je l'entendis souffler.

— Ecoutez, Andrew, on ne peut pas vous empêcher d'y fourrer votre nez. En tout cas, on n'essaiera même pas. Laissez-nous seulement un jour ou deux pour les photocopier.

— Merci.

— Autre chose ?

— Ouais. Dans quel bar m'avez-vous dit que votre collaborateur avait vu Harriman ?

Douillettement situé à un demi-pâté de maisons de la Promenade – l'hyper-branchée Troisième Avenue de Santa Monica –, le Voda avait sur sa carte plus d'une centaine de vodkas et tout le caviar qu'il fallait pour les accompagner. Avec ses portiers en habit noir et ses réservations obligatoires, l'endroit aimait à se faire passer pour hyper-sélect, mais la direction ne rechignait pas à aguicher les touristes quand certains des box capitonnés restaient inoccupés trop longtemps. Une fois passée l'hésitation du videur – qui m'avait reconnu sans mettre un nom sur mon visage –, je me retrouvai cerné par des myriades de bouteilles importées disposées sur des corniches en pierre incrustées dans les murs. Elles regardaient défiler des hommes et des femmes magnifiquement habillés, eux aussi offerts à la consommation. Des bougies, des fleurs venues de Hawaii en avion et des cascades de grès complétaient ce décor confus aux allures de goulag tropical.

Ses longues jambes croisées, Harriman était installée à un bar de laque noire. Tapotant sur le bord de son verre de Gibson un oignon au vinaigre empalé au bout d'une pique, elle me regarda approcher sans même un haussement de sourcils.

Je me laissai tomber sur le tabouret voisin du sien, et commandai une vodka Brilliant on the rocks, que je humai sans la décoller de son napperon de papier. Elle m'ignora comme si ignorer les hommes était une discipline qu'elle avait mis toute une vie à perfectionner ; et c'est ainsi que nous nous retrouvâmes à contempler l'eau qui cascadait sur les dalles de grès, tandis que je prenais mon courage à deux mains.

— J'étais au courant, pour ma tumeur au cerveau.

Les mots, enfin prononcés, continuaient à résonner dans ma tête.

— Je n'avais plus d'assurance maladie. J'attendais de signer un nouveau contrat, pour obtenir à nouveau la couverture proposée par le syndicat des scénaristes. Ça faisait six mois que j'avais des migraines. Et puis, un jour, j'ai eu une brève perte de conscience. Alors je suis allé dans un laboratoire privé, à Ventura. Comme ça, si les examens révélaient quelque chose, ça ne figurerait pas dans mon dossier. Et voilà pourquoi il n'y en avait pas trace dans les dossiers médicaux que vous avez cités lors du procès.

Je me gardai bien d'ajouter que si je ne m'étais pas soigné, ce n'était pas seulement pour des raisons financières – même si l'argent avait joué un rôle non négligeable. J'ai remis ça à plus tard parce que j'avais un livre à écrire, une tournée de promotion programmée et une nouvelle petite amie. Et, comme n'importe qui dans ma situation, je crevais de trouille. Quand la perspective d'une opération vous pend au nez, à quel moment prenez-vous la décision ferme et définitive d'autoriser une bande d'inconnus à vous ouvrir le crâne pour fouiller dedans ? Comment choisissez-vous la date ? Et si vous ne vous réveilliez pas ? Ou, pire, s'ils faisaient une erreur et que vous vous réveilliez ?

Quelques jours après m'être évanoui au-dessus de la machine à laver, j'avais consulté un neurologue qui m'avait asséné le funeste diagnostic. Il m'avait vivement conseillé de me faire opérer, mais je lui avais affirmé que j'étais prêt à courir le risque d'attendre. Le procès m'avait amplement fourni le temps de repenser à sa réponse, qui était en fait une question : « Et le risque de tuer la famille dans la voiture que vous allez emboutir quand vous ferez une syncope au volant, vous êtes prêt à le courir ? »

Harriman croqua délicatement son oignon et le mâcha pendant que je me demandais si elle allait réagir et comment. Pour finir, elle dit :

— Combien l'opération devait-elle coûter ?

— Soixante-deux mille dollars.

— Et combien a coûté l'avocat ?

— Deux cent cinquante mille.

Elle ne put s'empêcher d'avoir un rictus, et il me fallut un moment pour comprendre qu'elle se moquait de nous deux.

— Enfin, dit-elle, je suis sûre que vous allez décrocher tout plein de contrats juteux, maintenant ?

— Ouais, probablement, je me disais que c'était un bon plan de carrière.

— Il y a chez vous quelque chose de particulièrement attachant. Votre naïveté. Voire votre candeur.

Elle esquissa une sorte de grimace et fit signe au barman de remettre ça. Et ce n'était pas son deuxième verre.

— C'est-à-dire ?

— Ce que vous venez de me raconter n'est pas vraiment un scoop. Vous vous doutez bien que nous l'avions envisagé, et que nous avions enquêté dessus.

— Alors, pourquoi ne m'avez-vous pas interrogé à ce sujet, quand j'étais à la barre ?

— Parce que nous n'en étions pas certains, et même si nous avions vu juste, vous auriez menti.

— Qu'est-ce qui vous fait penser ça ?

— Si vous aviez été un gars honnête, vous ne seriez pas allé consulter un médecin en douce pour truander une compagnie d'assurances, n'est-ce pas ?

— Pas faux. D'un autre côté, je n'aurais pas menti sous serment.

— Quoi qu'il en soit, fit-elle après une bonne gorgée, vous ne m'en voudrez pas d'avoir fait preuve de scepticisme et de ne pas avoir misé l'issue du procès sur votre intégrité. Un procureur ne peut pas se contenter d'accuser un témoin de mentir. On n'est pas à l'école maternelle, et il ne s'agit pas de vous envoyer au coin. Vu le genre de bouquins que vous pondez, vous devriez le savoir. Il aurait fallu que j'avance des preuves, ou que je produise des témoignages, pour infirmer vos allégations. Et vos avocats se sont bien gardés d'aborder ce sujet. Au fait, ils sont surpayés. Enfin, ce que j'en dis, moi... Après tout, vous avez gagné. Si l'on peut dire...

Elle m'octroya un grand sourire de félicitations.

— Evidemment, si votre conscience d'honnête garçon s'était manifestée hier, par exemple... Qui sait si nous serions assis là tous les deux ?

Elle tapota le bord de son verre du bout de son ongle manucuré.

— Pourquoi aujourd'hui, Danner ? Et pourquoi êtes-vous venu me trouver, moi ? Vous cherchez à vous faire pardonner ?

Son ton disait clairement ce qu'elle pensait de tout ça.

— Non, dis-je.

— Alors pourquoi remettez-vous l'affaire sur le tapis ? Vous vous en êtes sorti, après tout.

— Le verdict ne me convient pas.

— Je vois, dit-elle. « Acquitté pour cause de folie », ça sonne moins bien qu'« innocent ».

— Et pourtant, c'est comme ça. Vous ne m'avez pas fait condamner. Peut-être que ça aurait mieux valu...

— Quoi qu'il en soit, n'importe quel auteur de polar qui se respecte sait très bien qu'on ne peut pas être jugé deux fois pour le même crime.

— Je...

Mes mains avaient très envie de prendre mon verre, mais je les retins.

— Je me suis souvenu de quelque chose. Un détail de la nuit de la mort de Geneviève. J'ai vérifié. Et c'était vrai.

— Laissez-moi deviner. Ça vous disculpe ?

— Au contraire. Je me souviens que je suis allé là-bas en voiture. Et il n'y avait personne avec moi.

Elle porta le bout de ses doigts à sa bouche entrouverte, feignant une immense surprise.

— Je crois que je peux réussir à comprendre ce qui s'est passé cette nuit-là, poursuivis-je néanmoins. Il faut que je sache si c'est moi qui ai poignardé Geneviève. Et pour ça, vous pouvez m'aider.

Elle éclata de rire.

— Vous savez pourquoi vous avez été inculpé, Danner ? La pression du marché. Si vous n'aviez été qu'un simple quidam, il n'y aurait même pas eu de procès. Mais comme cette ville a décidé de vous offrir le rôle de la célébrité accusée, on ne pouvait pas laisser passer cette occasion d'améliorer notre quota de célébrités collées à l'ombre – notre taux de réussite en ce domaine étant, vous l'aurez peut-être remarqué, loin d'être édifiant.

— Alors, votre seul souci est de faire condamner les gens ? Il ne vous arrive jamais d'avoir plutôt envie de connaître la vérité ?

— La vérité ? Quelle vérité ? Quand on est procureur, il y a une chose qu'on apprend très vite. Tout le monde croit qu'on se contente d'interroger des témoins. Sauf que leur témoignage a été préparé – et on en a bien conscience. Une fois qu'un témoin a raconté la version de l'histoire à laquelle on l'a aidé à parvenir, on la lui fait répéter, encore et encore. Et pour finir, c'est cette histoire – qu'on a forgée de A à Z – qui devient la vérité. Et si on n'y prend pas garde, la vérité inclura des éléments qui n'y étaient pas au départ. Et c'est ce qui va finir par vous arriver, là, maintenant, en pire. Vous aurez beau vous raconter et vous reraconter l'histoire de la nuit du 23 septembre, vous pourriez vous la raconter mille fois, elle avait déjà été réinterprétée avant même votre réveil. La vérité vous échappera toujours.

Elle finit son verre.

— Vous savez pourquoi ? Les faits sont la matière première, pas le produit fini. Et si vous cherchez la vérité, vous ne ferez que vous mordre la queue. Vous feriez mieux de chercher l'absolution. Et ce n'est pas ici que vous la trouverez, fit-elle avec un geste en direction des bouteilles.

Je balançai un billet de vingt et descendis du tabouret.

— Merci de m'avoir consacré de votre temps.

Sans même relever les yeux de son verre, elle lâcha :

— Je vous enverrai ma facture.

Il était plus de 1 heure du matin lorsque je me décidai enfin à rentrer chez moi. J'aurais aimé avoir plus intéressant à faire, un autre endroit où aller. Quand je me retrouvai dans l'obscurité de ma cuisine, je compris brusquement que je n'avais pas envie de rester seul avec moi-même. Pendant les nuits glacées passées en prison, j'avais imaginé des tas de trucs, mais pas qu'un acquittement pour folie passagère me laisserait avec cette envie d'être mort plutôt que de continuer à vivre dans la peau d'Andrew Danner. Et il y avait beaucoup d'autres choses avec lesquelles j'allais devoir composer. Malgré l'avertissement du neurologue, j'avais décidé de prendre le risque de tuer – la famille de quatre personnes dans la voiture, Geneviève, moi-même. J'étais malade à la pensée de ce qu'avait coûté mon égoïsme.

Je nettoyai de mon mieux le sang sur la moquette, puis je lavai le couteau à désosser. Ensuite, je remontai me coucher. 2 h 13. Plus que quatre heures avant le lever du soleil. Et après ? Quelle serait ma vie ?

J'observais le plafond, en écoutant les bruits de la maison. J'essayais de dormir. Mais chaque fois que je m'endormais, je me réveillais en sursaut, paniqué à l'idée de ce qui pourrait arriver. Ou, peut-être, à l'idée de ce que je pourrais faire.

Un peu après 3 heures, j'allai chercher mon Caméscope dans mon bureau, et un trépied dans le garage. Je les installai dans un coin de ma chambre, l'objectif braqué vers le lit. J'appuyai sur « enregistrer » et retournai me coucher. Comme ça, si je me changeais en l'Incroyable Hulk, j'en aurais la preuve. Idem si l'Effroyable-Coupeur-de-Petits-Doigts-de-Pied faisait irruption chez moi, pour me taillader l'autre petit orteil. Peut-être que je devrais mettre des rangers à titre préventif ? Peut-être que je devrais m'enfermer quelque part ? Peut-être que je devrais demander à Katherine Harriman de sortir avec moi ?

Je regardai l'objectif.

Où se cacher, quand c'est de soi-même qu'on a peur ?

# 6

Tôt le lendemain matin, je m'assis à ma table de cuisine et me mis à éplucher mon courrier tout en piochant dans un bocal de vieilles amandes salées. J'étais épuisé. Je n'avais pas fermé l'œil de la nuit, et je m'étais levé, puis traîné au rez-de-chaussée. Je n'avais pas réussi à m'abstraire de ce qui s'était passé la nuit précédente. Mes rêves. Cet étrange visiteur.

Une lettre envoyée par l'hôpital me regardait depuis le tas d'enveloppes, réclamant mon attention. Je l'ouvris. A l'intérieur, une facture de douze mille dollars pour l'anesthésiste. Une note en bas de page m'informait que, puisque je n'avais pas d'assurance, j'aurais dû demander à me faire opérer dans un hôpital du comté. La prochaine fois que je ferais un épisode psychotique aigu, doublé d'une amnésie, je veillerais à demander à être conduit aux urgences du Saint-Wilshire-des-Amphètes. Ou – tiens, ça, c'était une idée – peut-être qu'à la prochaine alerte je ne tergiverserais plus, histoire d'éviter que ça ne tourne au désastre pour moi et à l'horreur pour les autres.

Au nord, à travers la baie vitrée, le ciel avait des couleurs d'ecchymoses et la brume donnait à ce début de journée des allures de crépuscule. Gus, mon gros écureuil arthritique, clopina sur la terrasse. C'était un miracle que les coyotes ne l'aient pas encore dévoré. Il inclina la tête et me regarda avec une sorte de sympathie, puis leva ses petites pattes, à la façon d'un Juif éploré.

— Eh oui, mon pote. Toi et moi, on est dans la même galère, dis-je.

Je continuai à décortiquer le courrier. De mon agent, une poignée de droits d'auteur étonnamment conséquents. Trois demandes en mariage, photos à l'appui, dont l'une d'une séduisante ménagère de l'Idaho. Des relevés de banque, d'autres factures médicales, et quelques publicités pour des élagueurs.

Ce retour au quotidien était déstabilisant. Ma réalité – les miettes sur la table bancale, les courriers des sociétés de rachat de crédits – n'était pas du tout ce que j'avais imaginé. Mais à quoi d'autre m'attendais-je ? Moi, fuyant dans la Nouvelle-Angleterre coloniale, frappé du sceau de l'infamie et mis au ban de la société, subsistant de fruits trouvés dans la forêt ?

Ce que je voulais, c'était une ivresse bien peu romantique, un brouillard liquide, un baume alcoolisé, une cuite monstre, à se réveiller allongé dans le vomi. Je connaissais ça par cœur, ce sublime abandon dans l'autodestruction. Quand on n'a rien à perdre, on a toujours quelque chose à gagner. D'où parfois cette envie d'envoyer le monde se faire foutre. D'où cette vision surprenante, à votre entrée en seconde, de votre meilleur pote, blême de son assurance feinte, sa face de fromage blanc défigurée par une quinzaine de piercings. D'où les demandes en mariage adressées à Charlie Manson et à moi-même. Etant entendu que la perspective d'épouser Mlle Mary-Charlotte, de Plouc City, ne me disait vraiment rien, je m'interrogeai sur la marche à suivre.

J'avais un choix relativement important à faire. Me coucher par terre et mourir. Ou pas.

Je pris mon téléphone portable, composai un numéro. En attendant que Lloyd Wagner daigne répondre, je repensai aux petits mouvements de tête qu'il m'avait adressés au tribunal avant de lacérer le mannequin avec mon couteau à désosser. Ça l'avait visiblement mis mal à l'aise, mais il n'avait pas eu le choix, et je ne lui en voulais pas. Je l'avais déjà suivi au labo de médecine légale, et même sur une scène de crime ou deux. Nous avions partagé plusieurs repas, pendant lesquels il m'avait aidé à retravailler certains éléments de l'un ou l'autre de mes livres. Il avait un visage chevalin, des cheveux blonds ondulés, et un étrange sourire qu'il exhibait rarement. Un amateur de rhum-Coca, qui se levait avec les poules. Un peu froid, comme un criminologue se doit de l'être, ce qui n'empêchait pas le courant de passer entre nous. Plus important encore, c'est lui qui avait mis des sachets sur les pieds et les mains de Geneviève, cherché des empreintes digitales, procédé aux analyses d'ADN.

Son portable était sur messagerie. J'essayai de le joindre chez lui. Sa femme était malade, une sorte de cancer en phase terminale. Si elle n'était pas déjà morte.

Répondeur.

Après le bip, je dis :

— Salut, Lloyd. C'est Andrew Danner. Je sais que cet appel va te paraître bizarre, mais je suis, apparemment, libre. Je me demande comment je pourrais reconstituer la nuit où... je suis allé chez Geneviève. Je me dis que tu es la personne la plus indiquée pour m'aider. On n'a jamais eu l'occasion de parler des indices, et j'aimerais qu'on le fasse, de vive voix. Je crois... j'espère... je pense qu'on m'a piégé. A moins que je ne sois encore temporairement fou, ce qui est possible, je... Eh bien, j'aimerais avoir ton avis. Rappelle-moi, s'il te plaît.

Je raccrochai et fis deux ou trois fois le tour de la cuisine. Je pris le couteau à désosser sur le bloc, le regardai comme s'il avait quelque chose de nouveau à m'apprendre. Puis je composai un autre numéro.

Trois sonneries, puis une voix familière :

— Allô ?

— Je voudrais te voir, dis-je. Juste quelques minutes, avant que tu partes travailler. Ce serait possible ?

Il y eut un silence si long que je crus qu'April avait raccroché. Et puis :

— D'accord. Quelques minutes.

Je me rendis compte que j'avais toujours la main crispée sur le couteau, alors je le remis en place. Puis je la remerciai et me mis en route.

Je traversai les collines d'Encino. Des maisons bourgeoises d'après-guerre, avec leur pelouse ovale, défilèrent, les unes après les autres, à la lumière de mes phares, avant de redisparaître dans la pénombre du petit matin. En traversant la rue d'April, je l'appelai à nouveau. A part la faible lueur derrière les rideaux de sa chambre, la maison avait l'air morte.

Elle décrocha, et je dis :

— Je suis là.

Je suivis son parcours à l'intérieur de sa maison grâce aux lumières qu'elle alluma pour aller jusqu'à la porte d'entrée. Elle écarta les lamelles des stores.

— Pourquoi tu n'as pas simplement sonné à la porte ? me demanda-t-elle au téléphone.

— Je ne voulais pas te prendre au dépourvu.

— Bon, eh bien entre.

Je mettais le pied sur le seuil lorsque la porte, en s'ouvrant, fut bloquée par la chaîne de sécurité. April eut un petit rire embarrassé, retira la chaîne et me fit signe d'entrer. Nous nous assîmes l'un en face de l'autre, sur des canapés blancs tout droit sortis d'une pub pour tampons périodiques.

Elle regarda la cicatrice que j'avais à la tête.

— Le Dilantin ne te donne pas d'urticaire ?

— Non, pas de problème avec les médicaments.

Je me tortillai sur les coussins, sans trouver de position confortable.

— Je voulais te remercier d'être venue au tribunal. Je pense que ça m'a rendu service, et même si ce n'est pas le cas, merci.

— Je t'en prie. Je suis contente que tu aies été acquitté, et je regrette que tu aies dû subir tout ça.

April portait une jupe de lin, plissée en haut des cuisses, et un bustier à lanières nouées derrière le cou, qui soulignait sa gorge, marbrée de plaques rouges dues à la nervosité. Elle resta assise avec raideur au bord du coussin, comme sur le point de déguerpir, embarrassée, le regard fuyant. Qui aurait pu lui en vouloir ? Qu'était-elle supposée dire ?

— Tu me manques, fis-je.

Elle baissa les yeux, et je me sentis tout à coup glacé, vulnérable. Je repensai à ma cicatrice, sous mes cheveux. April avait-elle peur de se retrouver seule avec moi ? Ou me faisais-je des idées ?

Ça avait été très pénible pour elle. Les médias avaient envahi sa pelouse, des hélicoptères avaient même tournoyé au-dessus de sa maison. Les flics avaient tout retourné chez elle, renversé les poubelles, ils étaient allés jusqu'à se pointer à son cabinet avec un mandat. Elle avait attendu cinq jours avant de venir me voir en prison, ce qui m'avait bien fait comprendre le chemin que prenait notre relation. Elle était inquiète pour moi, navrée, mais ça n'avait fait que rendre son départ plus douloureux. Elle m'avait rappelé que notre histoire n'en était qu'à ses tout débuts, que nous n'étions pas fiancés. Ça faisait beaucoup à surmonter, pour une idylle de trois petits mois.

Je repensai à ces aubes bleues où je m'étais réveillé à côté d'elle, à la façon dont je me lovais contre elle pour me rendormir. Comme on oublie facilement, quand tout va bien, à quel point on a besoin des autres. Viscéralement besoin d'eux. Je n'avais pas touché April depuis le meurtre. Je l'avais vue à travers la vitre blindée, sous le regard attentif d'un gardien armé, et je la voyais maintenant par-delà une étendue de moquette blanche défraîchie. Je n'arrivais à penser qu'à la chaleur de son corps endormi, et je me demandais si je la sentirais jamais à nouveau contre moi. Rien n'est jamais acquis. Malgré tout ce que j'avais pu croire jusque-là.

Sa tension était palpable, et je fus cruellement frappé par l'idée que c'était à cause de moi qu'elle avait vécu cet enfer.

— Je suis vraiment désolé pour tout ce que tu as enduré, dis-je.

Elle tortilla l'ourlet de son bustier entre ses doigts, puis le lâcha.

— Ecoute, Drew, je... je...

La voix lui manqua, elle s'interrompit.

— Ne t'inquiète pas. Je comprends très bien que tu ne veuilles plus penser à tout ça.

Elle regarda sa montre.

— Alors, c'est tout ? Tu es juste passé me dire merci ?

— Oui, et...

Je me rendis compte que je me tordais les mains, aussi les posai-je bien à plat sur mes cuisses.

— Je peux te demander une chose ? Rien qu'une ?

Elle ne put dissimuler une pointe de méfiance.

— Tu pourrais m'aider à comprendre ce qui s'est passé, cette nuit-là ?

— Mais que... Comment...

— Il n'y a que toi qui puisses le faire. Depuis que je suis rentré chez moi, je n'arrête pas d'essayer de recoller les morceaux. Je n'ai que ce bol de petit déjeuner et une soucoupe fendue.

— Drew, de quoi tu parles ? Le procès est fini. Tu es libre. Tu ferais mieux d'aller voir un psy et de tourner la page. Au moins, essaie de dormir un peu. Pardon de te dire ça, mais tu avais meilleure mine en prison.

— Je pense que quelques réponses m'aideraient à retrouver le sommeil.

— A condition qu'elles n'entraînent pas d'autres questions.

— C'est vrai, dis-je. Mais cette fois, au moins, ce seraient les bonnes questions.

J'attendis, pendant qu'elle avait le regard fixé sur le mur au-dessus de ma tête.

— Je t'en prie, April. Je ne t'ennuierai plus après ça.

Elle prit une bruyante inspiration. J'attendis le soupir, mais il ne vint pas. A la place :

— Je te l'ai déjà dit en prison. Ce jour-là, tu as travaillé. Tu es rentré vers 6 heures. On est sortis prendre une pizza. Chez Fabrocini.

— On a croisé quelqu'un qu'on connaissait ?

— Non. Ensuite on est rentrés chez toi. Et on a fait l'amour.

— Où ça ?

— Sur le canapé. Celui avec la vue.

— Il n'y a pas eu de coups de fil ?

Elle secoua la tête.

— Ensuite, tu as senti monter une migraine. Très forte. Tu t'es allongé, lumières éteintes, tout le tralala. J'ai lu avec une petite lampe, de façon à pouvoir rester à côté de toi. Mais c'était comme les autres fois. Tu es allé te coucher, tout à fait normal...

Elle laissa la fin de sa phrase en suspens. *Et tu t'es réveillé meurtrier.*

Elle décroisa les jambes et les recroisa, posa les mains sur ses genoux, se tordit les doigts.

— Je me suis réveillée quand les flics sont arrivés. A 4 heures du matin, seule dans ton lit.

Elle avait le sommeil profond et beaucoup de mal à émerger. J'imaginais sa confusion en voyant le vide à côté d'elle, dans le lit. Peut-être qu'elle était allée voir si je n'étais pas aux toilettes. Deuxième coup de sonnette, insistant, à la porte. Son trouble laissant place à l'inquiétude, puis à la peur. Pieds nus sur la moquette, elle avait tâtonné dans l'obscurité jusqu'au palier. Lumières des voitures de police brillant à travers la vitre dépolie de la porte, léchant les murs, maculant de rouge et de bleu le plafond du premier. Que la descente de l'escalier avait dû être longue et pénible !

— Tu ne te souviens pas d'avoir entendu sonner le téléphone, au beau milieu de la nuit ? Et je ne t'ai rien dit, après avoir soi-disant écouté le message de Geneviève, sur mon répondeur ?

— Je ne me rappelle absolument rien.

— Si tu savais à quel point je te comprends... Merci, April. Pour tout.

Elle me regarda, et les paroles s'échappèrent d'elle, comme trop longtemps retenues :

— Si tu ne m'avais pas menti à propos de cette tumeur, on aurait pu éviter tout ça.

J'essayai de répondre, mais j'avais la gorge sèche et je dus m'y reprendre à deux fois.

— J'avais peur.

— C'est vrai. Tu avais peur. Et tu as préféré te taire. Ça en dit long sur ce que j'étais pour toi.

Incapable de lui dire à quel point j'aurais voulu revenir en arrière, je me contentai de hocher la tête, lentement. Elle se leva, et je l'imitai. Je la remerciai encore une fois – je ne la remercierais jamais assez – et elle me raccompagna jusqu'à la porte, où elle me prit dans ses bras, me serra très fort, avant de se détourner rapidement pour me cacher son visage.

— Prends bien soin de toi, Drew.

— Je vais essayer, dis-je.

# 7

Cherchant à tout prix le sommeil, je m'allongeai sur mon lit, espérant sombrer à nouveau dans un autre de ces fragments de temps disparus. Mais mon horloge interne avait décidé de me tenir éveillé et de ne pas me laisser oublier qu'il était 11 heures du matin. Je redescendis, m'assis à la table de cuisine, où je retrouvai mon bocal d'amandes, et me mis à siroter un verre de jus de grenade en admirant la vue. Je ne m'étais pas encore réhabitué à l'effet que produit le jour quand il n'est pas filtré par des barreaux.

En sortant de chez April, j'avais commencé ma première vraie journée à l'extérieur. J'étais allé faire les courses chez Whole Foods, où j'avais trouvé les gens étonnamment chaleureux. Une vieille dame avec une visière vissée sur la tête avait discrètement levé le pouce en signe de victoire depuis le rayon des fruits secs. L'employé qui rangeait mes achats dans des sacs biodégradables s'était penché vers moi, tandis que nous attendions que le ticket daigne sortir de la caisse, et m'avait susurré :

« Je suis content pour vous. »

Je savais que j'avais affaire à un échantillonnage non représentatif – ceux qui ne me prenaient pas pour un fou, la bave aux lèvres et le couteau entre les dents, étant les plus à même de venir me parler –, mais ces échanges aimables, apaisés, faisaient plus que compenser les volées de bois vert infligées par les animateurs de mon talk-show matinal préféré.

Mon portable sonna.

— Qu'est-ce que tu fabriques ? me demanda Chic.

Je récupérai une amande dans un repli de ma chemise, et me la fourrai dans la bouche.

— J'écris.

— Un barbecue, ça te dirait ? Histoire de te sortir la tête de cette putain de condition humaine…

— En fait, non, merci.

— Super, je passe te chercher dans vingt minutes.

— Très bien, répondis-je à la tonalité. Super !

Chic conduit un pick-up Chevrolet rouge cerise, si gros qu'on a l'impression d'être un Playmobil quand on est dedans. Officiellement, depuis que j'ai passé mon permis de conduire, je fais un mètre quatre-vingts. Chic me domine d'une bonne tête. Il lui faut donc une voiture plus haute de plafond.

A l'époque, première base chez les Dodgers, il avait été All-Star deux saisons de suite, mais c'était avant le fameux épisode de la Chandelle. Ensuite, il avait fondé une chaîne de viande rôtie à emporter, qu'il avait appelée « Chics Stics », négligeant l'apostrophe et laissant tomber le « k ». Tout était parti de là. Quel talent ! Et tout ça sans suivre le moindre cours de marketing !

Sa Chevy arbore sur son pare-chocs un autocollant élaboré, où l'on peut lire *CHIC'S STICS*, l'apostrophe ayant été ajoutée au feutre par moi, un jour où Chic était occupé à réparer un pneu crevé. Le fait que son pick-up ait encore une plaque d'immatriculation à la gloire des Dodgers en dit plus long sur le bonhomme que tout ce que je pourrais écrire.

Sa façon de conduire – calme et coulée – est à son image. Chic n'est pas snob pour un sou, il a l'attitude relaxe de l'alcoolique réformé qui sait ce qui compte vraiment dans la vie. Quelqu'un qui a mené une vie de bâton de chaise, a trouvé que ça ne valait pas le coup, et fait maintenant la différence entre ce qui est important et ce qui ne l'est pas. Nous nous étions rencontrés dans une de ces réunions, cinq ans auparavant, quand j'avais appuyé sur le bouton de réinitialisation de ma vie, et nous

nous étions aussitôt trouvés. Bien qu'il ait failli envoyer son mariage dans le décor plutôt dix fois qu'une – cohorte de petites amies de troisième mi-temps, revers de fortune –, il était encore avec sa chérie du lycée. Il n'était pas d'une beauté renversante, sauf quand il souriait. Et il avait un rire doux, sucré, le genre qui rendait folles ses fans. En tout cas, avant la Chandelle.

Il avait joué pendant toutes les années quatre-vingt-dix, juste avant que les sportifs commencent à se faire des couilles en or. Et bien que conscient de son talent, il vous disait d'emblée qu'il n'était pas pour grand-chose dans le succès des équipes dans lesquelles il avait joué, et qu'il s'était crashé alors qu'il avait encore le meilleur de lui-même à donner. Abstraction faite du déshonneur, il menait une vie tranquille, avec sa famille, à Mar Vista, une cité-dortoir coincée entre Santa Monica et Venice. Suffisamment près de la mer pour jouir de l'érosion provoquée par l'air marin, mais pas assez pour profiter d'une belle vue. Au cours des dix dernières années, ce quartier petit-bourgeois s'était métamorphosé de manière stupéfiante en quartier huppé. Quand sa chaîne de restaurants avait connu le succès, Chic aurait pu déménager pour Brentwood ou Palisades, mais il avait préféré racheter la maison de son voisin. Il l'avait rasée pour en faire un terrain de jeux pour ses huit gamins, avec tout ce qu'il fallait, y compris un mini terrain de base-ball.

Angela nous attendait à la porte, un bébé dans les bras, tandis que l'avant-dernier s'accrochait à sa jambe en sanglotant, et que trois ou quatre gamins virevoltaient autour d'elle, se pourchassant autour de la table, en jouant à chat ou à l'épervier. Angela s'approcha de moi après avoir posé une cuillère en bois pleine de haricots à la tomate, et m'offrit une joue délicieusement lisse à embrasser, ce que je fis avec plaisir.

— Mon Dieu, si tu savais comme on a pu user le sol à force de rester agenouillés, à prier pour toi...

Quelques-unes des petites comètes hurlantes quittèrent leur orbite et entrèrent en collision avec mes genoux, en braillant mon prénom. Je distribuai quelques caresses sur des têtes de passage, au hasard.

— Dis donc, Ronnie, qu'est-ce que tu as grandi !

— C'est parce que moi c'est Jamaal !

— Oh ! Et Ronnie, il est où ?

— Par là.

— Je croyais que tu étais Keyshawn.

— Y a pas de Keyshawn à la maison, Drew.

Et ainsi de suite.

Tout en réussissant je ne sais comment à jongler avec trois enfants et une assiette de cuisses de poulet frites, Angela nous conduisit vers une porte latérale. Nous nous assîmes à une table de pique-nique au milieu de ce qui avait été le jardin du voisin. Je regardai Angela, impressionné, comme toujours. Pour moi, elle figurait la Mère par excellence, une belle femme aux courbes douces et au sourire spontané, perpétuellement enceinte, en train de donner la tétée ou de déposer un pain fait maison sur la table impeccable de la cuisine.

Nous nous installâmes pour déjeuner. Assiettes de patates douces, plâtrées de maïs, épaisses tranches de pain au levain découpées sous nos yeux.

Soudain, Angela se palpa les seins et fit la grimace.

— Oh mon Dieu ! Ça déborde. Vite, une bouche !

— Ne me regarde pas comme ça, fis-je.

Avec un froncement de sourcils amusé, elle se mit en position pendant que Jamaal lui tendait le bébé.

Chic rongeait à la chaîne des épis de maïs, projetant des grains dans tous les sens. Il fit une pause pour roter, et Asia, le menton au ras de la table, dit :

— Papa, n'oublie pas que tu ne pourras plus faire ça quand tu entreras en maternelle.

— Tu as raison, mon chou.

Puis il pointa son doigt vers l'assiette de Ronnie.

— Tu crois que tu vas manger tout ça ?

Ronnie fit une muraille autour de son assiette avec ses deux bras.

— Pas de problème.

— Bon, très bien. Mais si tu ne finis pas, je te fais nettoyer les toilettes avec ta brosse à dents.

Ronnie se remit à son assiette. Finalement, il la fit glisser vers son père, qui passa tendrement le bras autour de la tête de son fils et lui déposa sur le front un baiser, arrachant des hurlements aux autres gamins. Angela installa le bébé entre ses genoux et entreprit de lui couper les ongles. Il faisait doux et l'air embaumait le jasmin. Je regardai Angela et murmurai :

— Merci.

Elle me fit un clin d'œil et se leva, signifiant qu'il était temps de desservir. Les gosses en âge de marcher donnèrent un coup de main, puis furent expédiés dans leur chambre, pour faire la sieste, lire ou mettre le feu aux rideaux.

Chic et moi restâmes assis à la table de pique-nique, à boire de la bière sans alcool et à compter les voitures qui passaient. Nous en étions à quinze lorsqu'un type d'une quarantaine d'années au volant d'un camion de chantier beugla :

— T'es qu'un putain d'manchot, Bales !

Chic et moi le saluâmes, comme nous l'avions si souvent fait, d'un revers de main distingué que n'aurait pas renié Miss Monde.

Un match comptant pour la NL West avait eu lieu à San Francisco, quelques années avant que je rencontre Chic. La Chandelle. Qu'est-ce que j'avais pu gueuler, quand je l'avais vue se produire en direct, puis lors des milliers de rediffusions qui m'avaient empêché de l'oublier ! Fin du huitième tour de batte, les Dodgers mènent avec un point d'avance. Coureurs dans les coins. Jeu décisif. Robbie Thompson frappe une balle en chandelle. Chic Bales est juste en dessous et fait un signe à la deuxième base. Une éternité s'écoule pendant que la balle redescend en luttant contre les vents tournants de San Francisco. Uribe, qui arrive à toute allure de la première base, est à mi-chemin de la troisième quand la balle effleure le gant de Bales, lui frappe la cuisse et finit sa route dans l'abri des Dodgers. A la fin du neuvième et dernier tour de batte, les Dodgers marquent trois points, s'en prennent trois, et perdent le titre. Chic sort boire un coup et met deux ans à revenir.

— Maintenant au moins, dis-je, je peux te tenir compagnie dans les rangs des réprouvés. Je suis un peu comme le joueur de tuba, au lycée.

Chic eut un sourire.

— Le lycée. Les pires années de ma vie.

— Il t'arrive d'y repenser ?

— Jamais.

— Vraiment ?

— Bien sûr que si, Drew-Drew. Mais je me dis que tout le monde porte sa croix. La question, c'est avec quelle grâce tu décides de le faire. T'as pas lu le Saint Livre ?

Il eut un rictus et se cura les dents avec un doigt.

— Ma croix à moi, c'est de m'être fait un sacré paquet de blé, puis d'avoir été la risée du base-ball professionnel. Je me suis ridiculisé devant vingt millions de gens. Dont plus de quatre-vingt-dix-neuf pour cent que je ne connais pas et ne connaîtrai jamais. Mais c'est mieux que de se faire violer par tout un tas de gars dans un camp, au Rwanda, dit-il avec un haussement d'épaules.

Là, il marquait un point.

— Ce que je faisais, ça valait pas tripette. Ce que tu fais, c'est pareil. Personne n'a besoin de nos prétendus services. Aucune balle frappée tombant en flèche, aucun best-seller au monde ne sauvera jamais un bébé.

Il s'interrompit, tendit le bras comme pour lancer une balle.

— Aussi beaux soient-ils. Ce que je faisais n'avait même pas l'excuse d'être du luxe. Pleurer parce qu'on m'a laissé sur le bord de la route ? Parce qu'on me déteste ? Et merde ! Je préfère encore m'activer sur ma sauce barbecue. Parce que tu sais, même pour ça, faut avoir la tête sur les épaules.

— Bon, d'accord. Mais moi, j'ai pas raté une chandelle, dis-je.

— Ah bon, parce que maintenant tu sais ce que tu as fait ou pas fait ?

Il envoya voltiger un grain de maïs tombé sur son genou.

— James a eu un exposé à faire la semaine dernière, sur l'environnement. Tu te rappelles ce gros con de capitaine de l'*Exxon Valdez*, le gars qui a déversé des dizaines de millions de litres de brut sur nos côtes, dans le Nord ? *Des dizaines de millions de litres.* Il a tué un quintillion d'oiseaux, des milliers de phoques, et le reste à l'avenant. Le gouvernement a dit qu'il faudrait trente ans pour nettoyer tout ça. Ce qui nous mène en 2020. Et merde. Et moi j'étais censé aider James à faire le portrait de ce putain d'enfoiré, pendant qu'Angela donnait le bain aux autres. Mais en fait, pendant tout ce temps, je n'arrêtais pas de me demander comment ce putain d'enfoiré se sent le matin quand il se lève. Alors quand James s'est enfin couché, je me suis renseigné sur ce mec. Eh bien, il bosse pour une compagnie d'assurances à Long Island. Il se réveille tous les matins, il boit son café, et il va bosser comme nous autres, pauvres poires. Lui aussi il a des bouches à nourrir. Et je me dis : tant mieux pour lui.

Il fit une pause et me regarda.

— Tu ne dis rien ? Pourtant, c'était supposé te remonter le moral.

— J'étais au courant, pour la tumeur. Depuis des mois.

Je scrutai son visage, à la recherche d'un indice trahissant la consternation ou la réprobation, ne trouvai ni l'un ni l'autre.

— J'avais trop peur, et j'étais trop fauché pour réagir. Alors je n'ai rien dit. J'ai gardé le secret, de peur que lorsque je recommencerais à cotiser pour l'assurance maladie ils refusent de payer mon opération s'ils apprenaient que c'était un état préexistant...

— Et alors ?

— Et alors quoi ?

— J'ai pas entendu les avocats te demander si t'étais au courant que tu avais une tumeur. Tu ne t'es pas parjuré. Et pour autant que je sache, *penser* à truander les assurances, c'est pas un crime. De toute façon, te connaissant, tu ne l'aurais pas fait.

On était juste à un poil du genre de paradoxe tordu qui m'avait empêché de fermer l'œil, ces derniers mois. Geneviève était peut-être morte à cause de ma tumeur au cerveau, mais sa mort m'avait sauvé la vie.

— Ce qui fait de moi un coupable, même si je suis innocent, dis-je.

— Non, ça ne fait pas de toi un coupable. Ça fait que tu te *sens* coupable. Et ça te rend encore plus coupable si tu l'as vraiment fait. Mais que tu l'aies fait ou pas, de toute façon je suis avec toi.

— Même si je suis *doublement* coupable ?

— Si t'es innocent, t'as pas besoin de moi, hein ?

La voix me manquait pour lui dire merci, mais il le lut sur mon visage.

Il me fit un clin d'œil et s'accorda une lichée de sa presque-bière.

— A ce qu'il paraît, un vrai ami, c'est quelqu'un qui t'aide à bouger. Dans le quartier d'où je viens, un vrai ami, c'est quelqu'un qui t'aide à bouger le cadavre.

Il inclina la tête, ses yeux bruns rivés sur moi. Ses longs cils recourbés, vaguement féminins, ne cadraient pas avec le reste de sa personne.

— Bon, et maintenant, si tu me disais ce qui se passe vraiment ?

Je lui parlai de mon rêve de la nuit passée, de ma coupure au pied, et du fait que j'étais allé en voiture jusque chez Geneviève.

— Je ne peux pas vivre avec ça, dis-je. Je me réveille et je ne sais pas où je suis allé. J'ai installé un Caméscope dans ma chambre pour me filmer la nuit. Je vérifie mon compteur kilométrique pour voir si j'ai quitté la maison. L'explication la plus évidente, c'est que je suis dingue. Sauf que je sais que je ne suis pas dingue.

— A moins que tu ne sois un petit peu dingue ? Comme nous tous.

— Tu crois que c'est moi qui me suis entaillé le pied ?

Chic eut un haussement d'épaules.

— Le premier jour de ton retour parmi nous, vu tout ce qui te tourne dans la tête en ce moment ? Je parierais bien que oui.

Surtout avec cette histoire de tumeur secrète. C'est normal que tu sois obsédé par tout ça. Mais je vais te dire une bonne chose : et si quelqu'un te manipulait ? Alors, ce ne serait que le début...

— Qu'est-ce que tu racontes ?

— Si on te fait ça, c'est qu'il doit bien y avoir une raison. Et comme t'es ni un politicien, ni Donald Trump, alors quelqu'un se donne beaucoup de mal pour obtenir... quoi ?

Il passa son énorme paluche sur ses cheveux coupés ras.

— Alors qu'est-ce que je dois préférer, comme option ? demandai-je enfin. Qu'on me manipule ? Ou que je perds la tête ?

— Y a pas de troisième option ?

Je laissai échapper un gros soupir.

— Je ne peux pas m'empêcher d'y penser sans arrêt, et en même temps j'ai peur de ce que je vais trouver...

Il finit sa bière sans alcool, en réfléchissant. Puis il dit :

— Fais face. Un jour après l'autre.

Et il jeta sa bouteille vide droit dans la poubelle ouverte à dix mètres de là.

Il me raccompagna chez moi en silence, se contentant de m'asséner une ou deux tapes amicales dans le dos. J'étais au milieu de l'allée quand il siffla entre ses dents, me faisant me retourner. Il était descendu de son pick-up, sans couper le moteur, et me dit :

— Je sais qu'on a tourné autour du pot, mais je ne te l'ai pas dit clairement.

Il se passa la langue sur les lèvres, ne détourna pas le regard.

— Je suis vraiment désolé de tout ce qui t'est arrivé.

Alors qu'il regagnait son énorme pick-up, un joggeur qui passait lui fit un doigt d'honneur.

Chic lui adressa son célèbre salut de reine de beauté.

# 8

Je passai la nuit suivante à regarder des pubs à la télé. Rien que des pubs. Je n'étais pas d'attaque pour quoi que ce soit de plus élaboré. Juste assez pour une série d'images stéréotypées. Savons partant en guerre contre la crasse. Ménagères s'épuisant à remettre de l'ordre dans des placards.

Mon portable vibra dans ma poche.

— Qu'est-ce que tu fais ? me demanda Preston.

— Je traînasse. Et je peste contre les injustices de l'univers.

— Je suis dans le coin. Je peux passer ?

— C'est-à-dire...

— Bon, je suis là dans dix minutes.

Trois quarts d'heure plus tard, on sonnait à la porte. Je gueulai :

— T'as la clé !

Preston entra, parcourut le salon du regard.

— Rideaux fermés. Assiettes sales qui traînent partout. Vêtements en boule. Ça te dirait de réécrire cette scène ?

En fait, Preston est un bien meilleur ami qu'il n'en a l'air. Il avait été le deuxième, après Chic, à me rendre visite en prison. A grands coups de regards sombres, il avait persuadé le garde de consentir à prolonger les visites. Il ne fumait pas, mais il en avait quand même grillé une derrière la vitre en plexi, sans doute pour coller à l'ambiance. S'efforçant de ne pas trop tousser, il avait recraché la fumée et lâché :

« Je voulais t'envoyer une carte "Joyeux séjour en taule", mais apparemment ça n'existe pas. »

Preston avait la quarantaine, des yeux d'un bleu intense, une mâchoire carrée et un sourire en coin quand il sortait un de ses bons mots – ce qui lui arrivait souvent. Il avait été l'éditeur de mes cinq livres, et jamais durant tout ce temps il ne m'avait demandé conseil, que ce soit pour des futilités ou des problèmes d'une importance vitale. Tête de mule, entier, accro au travail, il donnait l'impression de ne vivre qu'à travers les livres qu'il publiait. Il adorait la fiction, mais son expression ce jour-là trahissait une vive excitation à l'idée de se retrouver dans la Vraie Vie.

Il continuait à me regarder, la tête penchée, comme s'il prenait ma température.

— Qu'est-ce que ça te fait, d'être dehors ?

Il semblait avoir déjà changé de rôle – là, c'était le gars du Sud qui ne s'en laisse pas conter.

— Bizarre, dis-je en haussant les épaules. D'après mon horoscope, c'est parce que j'ai Jupiter en maison douze.

— Ça, c'est vraiment moche, fit-il d'un ton rêveur. Une fois, quand j'étais petit, on a eu un opossum dans les chiottes au fond du jardin.

Preston, originaire de la bourgeoisie de Charlottesville, s'autorisait parfois une de ces digressions ploucs, qui fleuraient bon le Sud. Le fait d'être propriétaire de plusieurs appartements à Manhattan et à Hollywood West, malgré un salaire d'éditeur, ne cadrait pas avec les chiottes dans le jardin et les opossums. Mais sans ces affectations, il n'aurait plus été vraiment lui-même.

Il regarda autour de lui, les bras croisés, dépassé par le désordre qui régnait chez moi.

— Tu sembles tenir le coup, compte tenu des circonstances, convint-il.

— Ma souffrance est ma gloire.

Il fit la moue, et me regarda comme si ce n'était peut-être pas si vrai.

— Merci d'avoir pris mon courrier, dis-je. Sans parler du fait que tu t'es porté caution pour mon refinancement.

Preston fit un geste pour évacuer tout ça – il n'avait pas de temps à perdre en amabilités de ce genre –, puis lorgna le sparadrap que j'avais au pied.

— Qu'est-ce qui t'est encore arrivé ?

— Ben, je me suis travaillé avec un couteau à désosser.

— Evidemment, suis-je bête ! Et on peut savoir pourquoi ?

— Parce que je suis dingue.

— Et si tu me racontais toute l'histoire ?

Il fit preuve d'une patience infinie tandis que je lui déroulais les événements de la nuit passée. Quand j'eus fini, il dit :

— Je vais faire du thé.

Il disparut dans la cuisine, d'où il m'appela :

— T'as du citron ?

— Regarde dans le frigo.

Il revint quelques minutes plus tard, avec des glaçons dans un verre et la bouteille de Havana Club qu'il avait rapportée en contrebande d'un prétendu voyage d'études à Cuba et m'avait offerte avec emphase : « Tiens, un souvenir rapporté en douce ! » Il veillait à ce qu'elle reste cachée dans la cuisine, de façon que mes autres invités ne tombent pas dessus. Assis dans la partie longue de mon canapé en *L*, il sirota son rhum. Je remarquai, non sans irritation, qu'il ne m'avait rien proposé.

— Tu ne devrais pas être à New York ? demandai-je.

— J'ai prolongé mes vacances, dit-il avec un sourire malin. J'ai encore du boulot ici pour quelques mois, ce qui fait que je peux t'aider, si tu veux.

Il tapota ses ongles manucurés les uns contre les autres.

— Ecoute, Drew, je ne vais pas y aller par quatre chemins. Je ne sais pas si c'est toi qui as fait le coup ou non, mais il y a une chose que je sais : à ta place, si j'avais un chouïa de doute quant à ma culpabilité, je ne resterais pas le cul sur ma chaise.

— Et tu ferais quoi ?

— Je mènerais l'enquête.

— OK. Alors, où sont le médecin légiste, les échantillons d'ADN et les photos satellite du canyon ?

— Fais pas le mariole. T'en as pas les moyens. Tu es peut-être libre, mais aux yeux du public c'est toi l'assassin. Tu es dans le goudron jusqu'au cou et, contrairement à O. J. Simpson, tu ne peux pas prendre ta retraite sur un parcours de golf et vivre confortablement de tes rentes. Si tu acceptes le verdict tel qu'il a été prononcé, parfait. Mais ne te remets pas à boire. Maintenant, si tu n'acceptes pas ce verdict, arrête de te lamenter sur ta tumeur, creuse cette histoire, et fais la preuve de ton innocence.

Il croqua pensivement un glaçon. Puis :

— L'histoire sur laquelle tu devrais travailler, c'est celle qui te travaille.

Il s'octroya une autre rasade de rhum, les glaçons tintinnabulant contre le verre. Rigoureusement incapable de gérer sa propre vie, il adorait manager la mienne. Me managerait-il jusque dans une cellule capitonnée ? Je me rencognai dans mon fauteuil et observai le blanc du plafond.

— Harriman a brillamment réussi à te faire passer pour l'assassin, poursuivit-il. Mais il se pourrait que cette connerie de folie passagère ne corresponde pas à ce qui est effectivement arrivé. Et dans ce cas, il faut que tu dévoiles ta propre version de l'histoire. La vraie.

Ses yeux brillaient, écarquillés devant Tout un Monde de Possibilités.

— Il se peut que ce ne soit pas toi qui aies fait le coup. Il se peut que quelqu'un se soit introduit chez toi. Il se peut qu'il y ait un complot à la Hitchcock dont le but est de te rendre dingue. Personne n'a envie de lire un livre où les choses se passent normalement, comme quatre-vingt-dix-neuf pour cent du temps. On lit ceux où tout va de travers. Ou alors où tout est extraordinaire. Ou étrange. Et il se passe suffisamment de choses étranges ici pour qu'on soit dans ce cas de figure, conclut-il en tendant le doigt vers moi.

Il m'adressa un long regard, mais avant que j'aie eu le temps de dire quoi que ce soit, il avait repris :

— C'est ta vie. Qu'est-ce que tu as fait pour en découvrir plus depuis que tu es rentré chez toi ?

— J'ai fureté partout dans la maison. J'ai regardé mes mails, mon PalmPilot, pour voir si j'arrivais à remettre de l'ordre dans tout ça, et j'ai parlé à...

— Eh ben, ça me troue le cul ! T'as sûrement dû pas mal ruminer, aussi ? Et jouer du saxophone jusque tard dans la nuit ?

J'avais le visage en feu.

— J'ai essayé de réduire les ruminations au minimum, mais oui, j'ai pas mal gambergé. Et dans le noir, mais pas trop. Et sans trompette à la con.

— Et aujourd'hui, t'as fait quoi ?

— J'ai ouvert le courrier, mangé des ignames...

— Des ignames ?

— Chez Chic.

Il ne trouva d'autre façon d'exprimer sa pensée que de lever les bras au ciel.

— Tu veux aller de l'avant, ou continuer à ruminer ?

Je réfléchis un instant.

— Continuer à ruminer.

— Et ton Dirk Chincleft, il ferait quoi, lui ?

Preston avait toutes sortes de surnoms désobligeants pour Derek Chainer. C'est ce qu'il y a de bien, avec les éditeurs. Ils ont de l'esprit.

— Dirk Chincleft est inspecteur à la Crime. Ce qui lui confère une certaine autorité officielle, tu vois ? Alors que moi je n'en ai aucune.

— Allez ! Je te vois coincé au premier acte, et ton histoire t'échappe. Tu sais que tu peux faire mieux que ça. Ou tu fais avancer l'action, ou c'est l'action qui te fait avancer.

— Mais c'est pas un putain de roman !

Il se pencha en avant, darda son doigt vers le sol.

— Tout est un putain de roman. Et tu fais traîner celui-là en longueur. Ce qu'il te faut, c'est un coup de bélier dans la porte de devant, quelque chose qui fasse irruption dans l'intrigue, un coup de pied dans la fourmilière. Un truc qui t'oblige à réagir. Qui t'oblige à agir. Mais comme il est fort probable que dans ton cas cela ne se produira pas, c'est à toi de découvrir ce qui s'est passé. A moins que ça ne te fasse trop peur.

Il me vrilla du regard, ajouta, sentant peut-être qu'il avait mis le doigt sur le cœur du problème :

— Le boulot d'un auteur, c'est d'abord et avant tout de ne pas avoir peur de ce qui peut arriver.

— Mais j'en ai peur !

Je n'avais pas mesuré à quel point, jusqu'à ce que j'entende ma propre bouche le lui crier. Je crevais de trouille à l'idée de ce que j'allais découvrir, et cette peur m'empêchait d'avancer.

Nous nous étions aventurés dans les Etats d'Ame de l'Auteur, un territoire inhospitalier pour Preston. Son enthousiasme soudain douché, il détourna les yeux, attrapa la bandoulière de son sac, se releva et épousseta son pantalon.

— Je ne voudrais pas trop faire mon Californien, mais il faut que j'aille à mon cours de yoga bikram...

— Qu'est-ce que c'est ? Un genre de yoga avec Kermit la Grenouille ?

— Non, pas du tout. Une étuve. A plus de quarante degrés.

Preston, qui était passé maître dans l'art d'avoir le dernier mot, s'arrêta sur le seuil de la porte. Pour une fois, il avait l'air sincère.

— Avec Dirk Chincleft, les choses n'en resteraient pas là.

La porte se referma avec un claquement sec, et le verrou se remit en place.

Je n'aurais jamais imaginé combien la liberté pouvait être contraignante. Si j'avais été condamné, j'y aurais gagné de sordides histoires de prison, quelques dernières phrases stoïques alors qu'on m'attachait sur la chaise. Preston avait raison sur un point : j'étais dans un cul-de-sac narratif. Je passai en revue les différentes options. Mais aucune ne m'emballait, alors je me traînai jusqu'au premier, les échos des paroles de Preston m'oppressant un peu plus à chaque pas. Où va-t-on, dans la vraie vie, quand l'affaire est close, et que le tribunal, les flics, la presse, le public, et peut-être même vous, bref, quand tout le monde est convaincu de votre culpabilité ? Nulle part. Voilà où on va.

Ou bien, peut-être, avec un peu de chance, on va se coucher. Et c'est ce que je m'apprêtais à faire.

Je fis deux pas dans ma chambre et me figeai.

Ma tumeur avait disparu. En dehors de mon radio-réveil et de ma lampe de chevet, il n'y avait rien sur ma table de nuit. Pas de bocal en verre, pas même une goutte de formol.

La peau me picotait, comme parcourue par un courant électrique.

La dernière fois que je me rappelais l'avoir vue, c'était après avoir fumé un cigare sur ma terrasse. L'avais-je cachée ou rangée, alors que j'étais dans les vapes, après m'être coupé au pied ? La panique tapie dans le fond de ma gorge m'empêchait de respirer. Je me frottai les cheveux avec la main, sentis la cicatrice de tissu calleux sous ma paume.

J'arrachai le dessus-de-lit et regardai sous le sommier.

Dans les tiroirs de la table de nuit, il n'y avait rien d'inhabituel. Je fouillai les placards de la salle de bains, envoyant valser les bouteilles et les boîtes de médicaments dans le lavabo. Je mis mon bureau sens dessus dessous, ouvrant les tiroirs et les refermant à la volée – idem dans le salon. Je fonçai dans la cuisine, où mon regard fut attiré par un reflet dans l'évier.

Un morceau de verre incurvé.

Je m'approchai. Le couvercle à vis que j'avais si souvent regardé, des bris de verre autour. Mais pas l'ombre d'un gangliogliome.

Je n'étais venu dans la cuisine ce jour-là que pour prendre le bocal d'amandes. Avais-je regardé dans l'évier ? Probablement pas. Et hier soir, après avoir suivi mes propres empreintes sanglantes dans toute la maison ? M'étais-je seulement approché de l'évier ? Sûrement pas de très près.

Je ramassai les éclats de verre et les posai sur le comptoir. Après avoir un moment considéré le joint de caoutchouc qui entourait l'embouchure du broyeur de l'évier, je remontai la manche de mon sweat-shirt et passai précautionneusement la main dedans. Sans quitter de l'œil l'interrupteur lumineux permettant d'actionner les lames du broyeur, je sondai l'intérieur du réceptacle, me demandant avec épouvante quel effet ça me ferait de toucher ma tumeur. Lisse et glissante ? Humide ? Des bouts de verre me piquèrent les doigts. J'explorai de mon mieux le récipient, mais il était vide. L'avais-je mis en marche hier soir, me débarrassant une bonne fois pour toutes de ma tumeur ? Ou mon persécuteur l'avait-il kidnappée pour me faire basculer un cran plus loin dans la paranoïa ?

Je sortis de son cercueil en bois une bouteille de Warre de vingt ans d'âge et la remplaçai par ce qui restait de mon flacon. Puis j'administrai les derniers sacrements à ma tumeur en versant dans la gueule du broyeur tout le contenu de la bouteille de porto.

Epuisé, sonné, je crapahutai vers le premier étage, où je m'effondrai dans mon lit et réussis enfin à m'endormir.

A 4 heures du matin, ma maison explosa.

# 9

L'explosion me fit bondir en hurlant, puis j'entendis un fracas d'objets lourds, des crissements de verre brisé. Un tsunami humain se ruait dans la maison. De lourdes bottes gravissaient l'escalier. Dans l'hébétude du réveil, les intrus me firent l'impression de diables venus me chercher pour m'emmener en enfer. L'espace d'un instant, je me retrouvai dans ma cellule, où des voix spectrales flottaient vers moi.

Abasourdi, je regardai la porte de ma chambre s'ouvrir à la volée, livrant passage à de robustes silhouettes noires affublées de grosses lunettes, de gilets pare-balles et de fusils d'assaut. Des mains gantées de noir s'emparèrent de ma cheville et de mon poignet droits, m'arrachèrent de mon lit.

— A terre, putain ! A terre !

— *Les mains ! Fais voir tes mains !*

Mes membres s'écartèrent comme de leur propre volonté, et des mains me fouillèrent, ce qui fut rapide puisque je n'étais qu'en caleçon. Une image fantomatique en lettres capitales blanches flotta devant mes yeux, alors que j'avais la figure enfoncée dans la moquette. *LAPD SWAT*[1].

Je tournai la tête vers le côté, à la recherche d'un peu d'air. Kill Bill Kaden apparut, sortant de la brume, Ed Delveckio regardant par-dessus son épaule. Kaden m'enfonça un doigt dans la joue, jusqu'aux dents.

— Là, t'es foutu, dit-il.

---

1. Troupes d'assaut de la police de Los Angeles.

Alors que Kaden me conduisait, menottes aux poignets et à peine habillé, à travers une horde de flics occupés à fouiller mes affaires, me faisait descendre l'escalier puis franchir les débris de la porte vitrée éparpillés par terre, je ne pus m'empêcher de me sentir idiot, honteux, en pensant à la facilité avec laquelle je m'étais laissé avoir. Comme un bleu. Pendant que je roupillais sous ma couette, sans me douter de rien, des scénarios avaient été échafaudés, des décisions prises, un bélier préparé. Mon cœur bondissait encore dans ma poitrine. Etre la cible d'un raid de la police est beaucoup moins amusant qu'on pourrait le croire.

Je voyais déjà les journaux tournoyant sur les écrans, avec leurs gros titres en lettres aveuglantes : *REBONDISSEMENT DANS L'AFFAIRE BERTRAND !* Mais n'étais-je pas protégé par le fait que cette affaire avait déjà été jugée ?

— J'imagine que vous avez un mandat, soufflai-je.

Le poing de Kaden me brandit le document sous le nez. J'étais arrêté pour meurtre. Mais de qui ? Ça, le papier ne le disait pas. Je supposai que j'étais censé le savoir.

Kaden me balança à l'arrière d'une voiture banalisée et se mit au volant, Delveckio à côté de lui. Tous mes voisins étaient venus assister au spectacle, soit devant leur porte, soit à leur fenêtre.

— Vous auriez pu téléphoner, dis-je. Je serais passé vous voir. J'ai toujours coopéré avec la police.

Quelques pâtés de maisons, en silence. Mon angoisse refluait enfin, laissant place à une juste colère. Je m'éclaircis la gorge.

— Et alors là je dis : « Mais qu'est-ce que c'est que ce bordel ? » Et vous, vous me répondez : « Tu le sais très bien, connard. » Puis je dis : « Je veux parler à mon avocat. » Et vous me répondez : « Dès que ta garde à vue t'aura été signifiée. »

L'arrière de leur tête resta muet.

Nous étions maintenant sur l'autoroute, direction le centre-ville. C'était la première fois que je me retrouvais sur la 101 sans être bloqué dans les embouteillages. Cette autoroute déserte, que je n'avais connue que pare-chocs contre pare-chocs, avait des allures post-apocalyptiques.

Je ne fus pas surpris, un petit quart d'heure plus tard, de voir le Parker Center se profiler de l'autre côté du pare-brise. J'étais de nouveau chez Derek Chainer. Et à la brigade d'élite des cambriolages et homicides du département de police de Los Angeles – le LAPD, pour les intimes. Un ensemble de verre et de béton hérité de l'architecture des années cinquante, d'un excellent rapport qualité/prix. L'espèce de monolithe qu'était le Parker obstrua la lumière du soleil levant.

On me conduisit manu militari aux étages supérieurs, dans une salle d'interrogatoire dont on laissa la porte ouverte. Des flics allaient et venaient avec des papiers, échangeant des infos dans des murmures de conspirateurs. Une fois de plus, je me sentais désorienté, nerveux, déraciné. Je connaissais ces couloirs. Je connaissais ce bâtiment. J'avais fait des recherches sur des gens comme ça, et j'avais écrit des choses flatteuses à leur sujet. Lors de la sortie de mon premier livre, j'avais fait copain-copain avec l'officier chargé des relations publiques, qui m'avait gentiment montré les lieux, et m'avait même permis d'assister à un véritable interrogatoire, en direct, du bon côté de la vitre sans tain. Bon sang, il y avait tout un monde entre ces deux côtés !

— Pourquoi je suis là ? demandai-je.

— A poil, répondit Kaden.

— D'accord, mais c'est cinquante dollars d'avance, et j'embrasse pas.

— A poil, j'ai dit.

Je le foudroyai du regard.

— Pas avant d'avoir parlé à mon avocat.

— Après la fouille.

— Au cas où je me serais planqué un bazooka dans le cul ?

— Tu peux garder ton caleçon.

J'envoyai valser mes mocassins, et Kaden regarda mes pieds nus.

— Stop. Le sparadrap, enlève-le.

Je m'exécutai. Il claqua des doigts en direction de la porte, et un type entra avec un immense Polaroïd. Il photographia l'entaille que j'avais au pied, pendant que je me tenais debout sur l'autre patte, tel un échassier.

Je finis d'enlever mes vêtements, et ils vérifièrent que je n'avais pas d'autre entaille ou estafilade. Alors que je me rhabillais, le photographe se retira et referma la porte derrière lui, me laissant avec Kaden, Delveckio, une table, une chaise et un joli miroir bien brillant au mur. On cuisait sous les spots, et quelqu'un m'avait gentiment apporté un café. Mon rôle consistait à le boire, à être bien énervé, à avoir envie de pisser et à me mettre à table pour obtenir la permission d'aller aux chiottes. J'aurais été bien plus docile si j'avais su quels secrets je dissimulais !

Delveckio fit un geste en direction de mon pied.

— Dis-moi, ça ne te fait pas penser à une coupure bien fraîche faite au couteau ?

— Ah bon, vous parlez ?

— Le monsieur t'a posé une question, intervint Kaden.

— Ouais, dis-je. Ça y ressemble. Et maintenant, j'ai le droit de savoir ce qui se passe ?

— Alors, on a fait des bêtises ?

— Qui ça, moi ?

— A toi de nous le dire.

Je passai ma main sur mon front ruisselant de sueur. Les spots, au-dessus de ma tête, remplissaient bien leur office.

— Il se peut que quelqu'un se soit introduit chez moi, il y a deux nuits. Je crois qu'un cambrioleur est entré pendant que je dormais, et m'a coupé au pied.

— Laisse-moi réfléchir… fit Delveckio. Le père Noël, c'est ça ?

Je lui jetai un regard noir.

— En janvier ? Je pensais plutôt à un de ses lutins.

— Et pourquoi tu n'as pas appelé la police ? demanda Kaden.

— Peut-être parce que vous n'avez pas le profil des gars sympas dont on a besoin dans ces moments-là ?

— Et ce… mystérieux agresseur, il t'a entaillé le pied et ça ne t'a pas réveillé ?

— Vous n'imaginez pas dans quel état j'étais. Ma première nuit chez moi. Je me suis réveillé juste après, je crois. Si ça se trouve, le type était encore dans la maison, mais je n'étais pas très sûr de...

Kaden me plaqua sa grosse main sur la poitrine et me repoussa, me faisant tomber sur la chaise. Il donna un coup de pied dans la table, la poussant devant moi. Maintenant, j'étais bel et bien assis à la table d'interrogatoire. Joli travail.

— Où t'étais, la nuit dernière, entre 22 h 30 et 2 heures du matin ?

*La nuit dernière ?*

— OK, dis-je en essayant vainement de me relever. OK...

Delveckio me tendit le café, un geste étrangement aimable, quelles qu'en soient les raisons.

— Tu deviens de plus en plus futé, hein ? dit Kaden. Cette fois, tu as déplacé le corps. Et tu l'as passé à l'eau de Javel.

*Je crois que n'importe qui est capable de n'importe quoi.*

Mon cœur loupa un battement.

— C'est April ? Elle va bien ?

Ils me regardaient, les bras croisés, fermement campés sur leurs pieds, Delveckio étant un petit modèle à côté de son camarade.

— Dites-moi qu'elle va bien, suppliai-je. Vous m'avez déjà traîné ici. Vous n'avez pas besoin d'en rajouter...

Delveckio me balança une claque sur la tête. La main ouverte, mais ça faisait mal quand même.

— T'es qu'une grosse merde, dit-il. C'est ça, en rajouter.

L'air me manqua. Je n'arrivais plus à respirer.

— Dites-moi seulement que ce n'est pas April...

Kaden posa devant moi, sur la table, la photo d'une scène de crime. Je tremblais si fort que le café se renversa par-dessus le bord du gobelet en polystyrène et me brûla les doigts. Une femme à la morgue. Sur une table de médecin légiste. Au creux de l'estomac, la profonde entaille familière. Mais ce n'était pas April.

Une vague de soulagement, mêlé d'espoir, m'enveloppa, comme un flot de lumière soudain. Deux cadavres, le même modus operandi. Si je n'avais pas tué cette femme, il était plus que probable que je n'avais pas tué Geneviève non plus. Mon honneur serait lavé de tout soupçon. Je poussai un soupir de soulagement, aussitôt interrompu lorsque je me rappelai l'endroit où je me trouvais. Salle d'interrogatoire. Parker Center. Et, de toute évidence, suspect numéro un.

— C'est pas moi qui ai fait ça. *Impossible.* Qu'est-ce que vous vous imaginez ? Que j'ai glissé pendant que je lui flanquais un coup de poignard dans l'estomac et que je me suis coupé parce que j'étais pieds nus ?

— Tu t'es foutu à poil pour être sûr de ne pas tacher tes vêtements, répondit Delveckio. En manipulant le cadavre, le couteau à la main, un faux mouvement est vite arrivé.

— Allez. C'est même pas le début d'une preuve...

— Ah bon, t'en veux, des preuves ? fit Kaden.

Et voilà, c'était reparti. Putain de déjà-vu.

— On a trouvé une bâche en plastique dans ta poubelle. Dans le genre de celles qu'on a toujours dans le coffre de sa voiture.

Mon souffle se mua en une toux silencieuse. Je ne savais plus rien, sauf que je devais continuer à me battre. A l'aveugle. Et me cramponner à l'idée que je n'étais pas un meurtrier. Et encore moins un double meurtrier.

— Et pourquoi je l'aurais laissée dans ma propre poubelle ? demandai-je.

— Tu ne l'as pas fait, dit Delveckio. T'as commencé par la brûler. Mais t'en as oublié un bout. Et dessus on a retrouvé des résidus correspondant au ruban adhésif avec lequel tu lui as attaché les poignets.

J'en restai sans voix.

Ma stupéfaction arracha un rire à Kaden, mais son regard n'exprimait aucun amusement.

— Tu t'es encore fait piéger, hein ? Par le manchot, là-haut sur sa colline ?

— C'est pas moi, répétai-je tout bas.

— C'est bizarre, parce que l'assassin a reproduit chacun des détails du premier meurtre. L'angle précis avec lequel le coup a été porté. La position du corps. La façon dont la tête était orientée, les cheveux tombant sur l'œil droit. Pas vraiment le genre de détails qu'on tartine au journal du soir.

Mes pensées se mélangeaient les unes aux autres.

— Et la cerise sur le gâteau, poursuivit Kaden, ce petit bout de bâche en plastique qui n'a pas brûlé, et qu'on a retrouvé dans ta poubelle... Eh ben, il avait beaucoup de choses à nous dire. Le sang de la victime. Ton propre sang. Et quant au bain d'eau de Javel que tu as donné au cadavre... T'as oublié des coins. Un de tes cheveux sous un ongle. Des traces de ton sang, sous la plante de son pied...

*Je n'ai pas pu faire ça. Il est impossible que j'aie fait ça, la nuit dernière.*

— Pour autant qu'on sache, le seul lien entre les deux victimes, dit Kaden, c'est toi.

J'indiquai la photo de scène du crime.

— Mais je ne connais pas cette femme... Pourquoi je l'aurais tuée ?

— Tu nous dis que ce n'est pas toi qui as fait ça, alors que tu as passé les trente-six dernières heures, depuis ta libération, à fouiller dans la boue du procès où tu viens d'être acquitté ? A suivre Katherine Harriman. A essayer d'entrer en contact avec le principal criminologue de l'enquête. Tu donnes un nouveau sens à l'expression « retourner sur les lieux du crime »...

Il fit un signe à Delveckio, qui marcha en direction du coin de la pièce, leva la main et débrancha la caméra de surveillance braquée sur nous. Kaden posa les deux mains au bord de la table et se pencha vers moi, me fourrant sa moustache sous le nez. Il me poussa la table entre les côtes, repoussant ma chaise du même coup. La table cogna les deux murs de chaque côté de moi, m'emprisonnant dans le coin de la pièce.

— Un gaillard de ton gabarit doit se sentir un peu coincé, là tout de suite. Ben t'as intérêt à t'y faire. Parce que ce sera la taille de ta cellule, *jusqu'à la fin de tes jours*.

Kaden recula. Commença à faire les cent pas dans la pièce, en remontant ses manches sur ses gros avant-bras.

— On va faire comme si j'étais le méchant flic. Mais tu vois, cette fois, le jeu a changé. Il n'y a *pas* de bon flic. C'est méchant flic et flic méchant. Il n'y a personne qu'on déteste davantage, Delveckio et moi, que les tueurs de bonnes femmes. On t'a vu t'en tirer une fois. Tu t'en tireras pas deux.

Je regardai Delveckio. C'était bien gentil de la part de Kaden de lui permettre à lui aussi de jouer les gros durs. Avec sa petite carcasse et son regard mouillé, Delveckio n'était pas une terreur. Alors que Kaden, au contraire, avait l'air prêt à m'enfoncer les doigts dans la figure pour se servir de ma tête comme d'une boule de bowling.

— Ça nous démange de te tabasser, poursuivit-il. Ça nous amuserait bien de te réduire les doigts en bouillie. On se retient pour pas te casser les côtes. Et on est prêts à jurer qu'on l'a fait parce que t'es devenu agressif et violent. On sait qu'on ferait mieux de s'abstenir, mais on en a trop envie. Voilà. Tu peux subir tout ça, ou pas. Mais de toute façon tu vas cracher le morceau, et ce coup-ci, plus de tumeur au cerveau pour sauver ton petit cul de criminel.

La photo de scène de crime avait glissé de la table sur mes genoux. A l'envers, elle avait l'air encore plus grotesque. Du sang et de la chair tailladée, dans tous les sens.

La nausée habituelle me retourna l'estomac, et je fus inondé de sueur. Les draps d'hôpital trempés. Les voix étouffées dans ma cellule. Dans ma tête, le brouillard se levait, et ce que je voyais était toujours la même horrible scène. Où étais-je ? Qu'avais-je fait ? Je sentis ma résolution s'effondrer. L'abattement total qui suit une défaite depuis longtemps annoncée. Rendre les armes et s'abandonner à l'inéluctable. Peut-être que *je l'avais fait*. Les preuves, Geneviève, mes absences mentales – c'en était trop.

*Où t'étais, la nuit dernière, entre 22 h 30 et 2 heures du matin ?*

Chez moi, tout seul. Inconscient. Ouais, c'est ça...

Bill Kaden s'approcha de la table, l'air menaçant. J'ouvris la bouche, prêt à reconnaître n'importe quoi d'une voix tremblante, quand soudain la lumière fut. Je me redressai, abattis mes deux poings sur la table et hurlai :

— Le Caméscope ! Je me suis enregistré en train de dormir !

# 10

Ils me laissèrent croupir dans la salle d'interrogatoire pendant une heure et quarante-cinq minutes. Au début, je restai assis sur ma chaise, en tête à tête avec la photo de scène de crime qu'ils avaient eu la délicatesse de me laisser pour me tenir compagnie. Au dos était inscrit *Kasey Broach, 22 janvier, 2 h 07.* Les flics n'avaient pas perdu de temps pour venir m'épingler. Quand j'en eus assez de regarder cette horreur, je ne trouvai pas grand-chose d'autre à faire que d'admirer mon reflet déformé dans le miroir sans tain. La distorsion amplifiait la façon dont mes cheveux rebiquaient sur ma cicatrice. Mais ils étaient peut-être vraiment comme ça.

Ma caméra numérique pouvait enregistrer jusqu'à cent vingt heures de film, ce qui voulait dire qu'elle tournait en continu depuis que je l'avais mise en place, m'immortalisant en train de ronfler, de me retourner dans mon lit et de gargouiller. Pour le meilleur ou pour le pire, elle détenait la réponse. Moi, en train de dormir paisiblement. Ou moi, marchant dans mon sommeil, en route pour un nouveau meurtre.

Au bout d'un moment, je remis la table et la chaise au milieu de la pièce. Tout en tournant comme un fauve en cage, je me surpris à passer le bout de mes doigts, machinalement, le long de ma cicatrice cachée par mes cheveux.

Au bout de deux heures, j'informai le miroir que j'allais pisser dans un coin si on ne m'emmenait pas aux toilettes. Un instant après, la porte s'ouvrit et une jeune recrue à l'air morne m'accompagna plus loin dans le couloir, puis me ramena.

Kaden et Delveckio revinrent enfin, avec des chaises et l'air d'avoir des problèmes de digestion. Kaden, du moins. Pour ce que je savais de Delveckio, c'était son expression habituelle. En regardant leur visage, j'exultai. *C'était pas moi. C'était pas moi.*

Ils s'assirent en face de moi. Le dossier que tenait Kaden arborait une marque de sueur, laissée par sa main.

— On a visionné la bande, dit Kaden. D'après le labo, elle n'a pas été retravaillée. Pas de coupures, tout est net.

Je laissai échapper un souffle interminable. Mon soulagement était tellement intense que j'avais l'impression de flotter.

Kaden poursuivit :

— Mais vous aviez peut-être un complice. Ou bien peut-être que l'heure de la mort indiquée par le médecin légiste n'est pas la bonne. Vous n'êtes pas sur la bande pendant tout l'après-midi et le début de la soirée.

— J'ai des alibis. L'après-midi, j'étais chez des amis, et ensuite mon éditeur est passé me voir...

— N'empêche que ça ne colle toujours pas, fit Kaden. Pourquoi quelqu'un d'innocent – un type que tout accuse par ailleurs – aurait-il, comme par hasard, un alibi en béton armé ?

— C'est parce que je pensais que j'avais pu me couper moi-même le pied dans mon sommeil et que j'avais peur d'être en train de perdre la boule.

— *En train* de la perdre ? s'esclaffa Kaden.

— Bon, allez, on reprend à zéro, dis-je en tendant la main. Moi, c'est Drew.

Kaden regarda ma main comme s'il allait cracher dessus. Mais il finit par hocher la tête. Delveckio l'imita à contrecœur.

— D'accord. Alors, vous ne m'aimez pas. Et moi je ne suis pas particulièrement fou de vous non plus. Et surtout de vous, ajoutai-je avec un coup d'œil à Delveckio.

— Pourquoi surtout de moi ?

— Ce truc d'en rajouter était vraiment minable. Kaden joue peut-être un peu trop au gros dur, mais il en impose davantage. Alors je dirais qu'il a le droit de rouler des mécaniques. Seulement voilà... fis-je en m'interrompant pour soigner mon effet.

Vous avez tous les deux une affaire sur les bras. Peut-être même deux. Et moi aussi, je suis concerné. En première ligne. Je suis là, et je n'ai pas d'avocat. Alors, profitez de la situation.

— Vous savez ce qui me plaît encore plus que les petits malins de Hollywood ? demanda Kaden. C'est de rouvrir les dossiers déjà bouclés.

— Si mon dossier est bouclé, alors qui a tué Kasey Broach ?

En m'entendant prononcer son nom, il tiqua, puis son regard tomba sur la photo de scène de crime posée entre nous.

— Je ne sais pas, Danner – quelqu'un qui a exactement les mêmes cheveux, le même sang que vous, et qui se sert de vos poubelles. Alors devinez vers qui on va se tourner une fois qu'on aura élucidé le mystère de cet enregistrement vidéo et qu'on aura trouvé un mobile à ce meurtre ?

Apparemment pas vers le gars qui m'avait piégé.

Je regardai le cadavre de Kasey Broach en me demandant quel lien elle avait avec moi, et s'il y en avait seulement un. Ou avec Geneviève. Il y avait peut-être un lien entre Broach et les autres membres de la famille Bertrand. A moins qu'elle n'ait été tuée que pour me faire porter le chapeau ? Qui avait une raison de me faire enfermer ? En dehors des flics assis en face de moi ? Geneviève avait-elle vraiment un nouveau petit ami ? Petit ami révulsé par le fait que j'arpentais impunément les rues ? Peut-être que Luc Bertrand avait embauché quelqu'un pour me faire tomber, et ce par tous les moyens ? Difficile à croire, avec ses yeux de cocker éploré. Mais pas plus difficile à avaler qu'une histoire de tumeur. Les idées continuaient à se bousculer dans ma tête, des idées qui tournaient autour d'un agent que j'avais viré, d'un type dont j'avais accidentellement cassé le nez en jouant au basket, d'une lettre bizarre que j'avais reçue d'un lecteur anonyme après la sortie de *Chainer se rebiffe*...

— Comment je peux faire pour vous aider ? demandai-je. Par où commencez-vous ?

— Nous ne pouvons divulguer aucun élément à ce stade de l'enquête, dit Delveckio.

— Est-ce que Geneviève et Kasey Broach avaient quelque chose en commun ?

— Des parents endeuillés. De jeunes sœurs en larmes, fit-il en secouant la tête. C'est moi qui ai annoncé la nouvelle à Adeline. Je regrette de ne pas avoir eu avec moi votre caméra vidéo pour vous permettre de voir sa réaction…

Je me retins de lui fournir celle qu'il attendait.

— Alors vous n'avez trouvé *aucun* lien entre les victimes ?

Son sourire s'effaça, et la peau se plissa autour de ses yeux.

— Si, vous.

Kaden se leva comme s'il s'apprêtait à sortir, et Delveckio l'imita avec un léger temps de retard.

— Vous n'avez rien trouvé d'anormal dans son sang ? demandai-je.

Ils s'immobilisèrent. Kaden se retourna lentement.

— Pourquoi cette question ?

— L'autre nuit, quand je me suis réveillé, je me sentais vraiment vaseux. J'ai pensé que c'était à cause de ma tumeur, ou de la tension nerveuse. Mais il se peut que j'aie été drogué par celui qui m'a coupé au pied.

Je m'appuyai au dossier de la chaise et croisai les bras :

— Faites-moi une prise de sang.

Delveckio regarda Kaden en haussant les sourcils, et celui-ci fit deux pas solennellement vers sa chaise, où il s'effondra.

— Alors comment vous êtes-vous réveillé si vite, si vous étiez drogué ?

— Je ne sais pas. J'ai dû hériter de ma folle jeunesse une résistance accrue aux substances prohibées. Bon, cette analyse, vous me la faites ?

Kaden pêcha son portable dans sa poche.

— Ici Kaden. Passez-moi Wagner.

Il se leva et sortit de la pièce.

— Lloyd Wagner est sur le coup ?

Apparemment, Delveckio n'avait pas l'air réjoui de se retrouver seul avec moi.

— Evidemment. Après tout, c'est déjà lui qui s'est occupé du premier meurtre. C'est bien pour ça que vous l'avez appelé ? Vous le connaissiez depuis votre procès, et vous avez pensé que vous pourriez lui soutirer des infos, c'est ça ?

— Je le connaissais déjà avant. Il m'avait donné un coup de main, pour certains de mes livres.

— Ouais, eh ben je pense qu'on peut dire sans avoir peur de se tromper que maintenant il n'a plus vraiment envie de vous aider.

J'entendis la voix de Kaden bourdonner de l'autre côté de la cloison, mais je n'arrivais pas à comprendre ce qu'il disait. Delveckio faisait de son mieux pour éviter mon regard.

— Sur l'enregistrement vidéo, demandai-je, avez-vous remarqué si je... prenais quelque chose sur la table de nuit ?

— Quoi ?

— Quelque chose dans un bocal.

— Je m'attendais à un truc plus tordu.

— Alors ?

— Non.

Ainsi, ma tumeur s'était déjà fait la malle quand j'avais mis la caméra en marche. Autant dire qu'elle avait probablement disparu à peu près au moment où j'avais récolté cette entaille au pied. Encore une bizarrerie, à ajouter à un paquet d'autres.

Kaden revint.

— Votre sang a dû éliminer les traces, depuis le temps.

— Traces de quoi ? demandai-je.

Kaden se dandina d'un pied sur l'autre, et son visage devint de marbre.

— Allez. Si j'ai été drogué, dites-moi au moins avec quoi.

— Xanax ou Sevoflurane. L'Alprazomachin – ça, c'est le Xanax – est rapidement éliminé du système sanguin. Et l'autre aussi. C'est un gaz anesthésiant. « Qui a une demi-vie courte », m'a-t-on dit.

— Alors comment se fait-il que vous l'ayez retrouvé chez Broach ?

— Parce qu'on a réagi plus vite. Les policiers qui ont découvert le corps nous ont tout de suite appelés par radio. Ils nous ont dit que ce cas présentait des similitudes avec celui de Geneviève Bertrand, et ils ont appelé la cavalerie afin que personne ne piétine la scène de crime. Notre criminologue, qui venait de déposer un rapport d'analyse à Rampart, se trouvait justement à quelques rues de là, en train de manger un burrito. Il a aussitôt rappliqué sur la scène de crime. Et ces gars-là commencent toujours par effectuer un prélèvement de sang.

Delveckio passa sa langue sur ses lèvres sèches.

— En plus, le métabolisme de Broach était sensiblement ralenti quand on l'a découverte.

— Qui irait donner du Xanax à quelqu'un qu'il a l'intention de buter ? demandai-je.

— Personne, répondit Kaden. On pense qu'elle l'a pris avant d'aller se coucher.

— Alors elle a été agressée pendant son sommeil ?

— On a retrouvé des traces de lutte.

— L'autre, le Sevo... flurane, il ne l'aurait pas sonnée ?

— Ou bien il lui a été administré plus tard.

— On l'emmène alors qu'elle se débat et hurle, et on la calme ensuite ? relevai-je.

Kaden haussa les épaules et j'ajoutai :

— Quel genre de traces de lutte ?

— Draps arrachés, table de nuit renversée, et le réveil qui a perdu ses piles à 22 h 27.

— C'est d'un ringard...

— Le réveil à piles ?

— Ce type d'indice.

— Vous avez trop d'imagination.

— Eh bien, profitons-en.

— On ne va certainement pas inviter l'un des principaux suspects à venir fourrer son nez dans notre enquête.

— Vous n'avez pas besoin de m'inviter où que ce soit. Laissez-moi juste regarder les photos de la scène de crime. Voir le cadavre.

Comment il a été abandonné. Peut-être que quelque chose réveillera mes souvenirs...

— Vos souvenirs de *quoi ?*

Kaden m'envoya un curieux regard, puis ficha un coup de dossier sur le genou de Delveckio.

— Allez, on se casse.

— Que vous me croyiez ou non, je ne sais pas ce qui s'est passé la nuit du 23 septembre. Et que vous me croyiez ou non, je veux vraiment savoir si c'est moi qui ai fait le coup ou pas. Vous avez besoin de réponses. Vous êtes des pros de l'interrogatoire. Je suppose que vous êtes capables d'obtenir ce que vous voulez de moi sans divulguer ce que vous n'avez pas envie que je sache.

Kaden me regarda, puis il eut un ricanement et balança sur la table le dossier, qui vomit ses entrailles aussi sec. J'étalai les papiers sur la table, plusieurs tirages laser, d'une assez bonne résolution, de la même scène...

Le corps nu de Kasey Broach avait été abandonné sous une rampe d'accès de l'autoroute. Elle gisait sur le dos, le menton relevé et tourné sur le côté, comme si elle avait essayé de chasser les cheveux de son visage. Sa hanche droite était salement écorchée, et la peau de sa joue droite était fendue. Elle avait les poignets attachés avec du ruban adhésif, les chevilles liées avec une cordelette blanche. Autour d'elle, des mauvaises herbes poussaient dans les fentes du goudron. Le squelette d'une clôture dont seuls trois poteaux étaient encore grillagés se voyait à l'arrière-plan. L'épave d'un coupé s'affaissait sur ses pneus lacérés, vitres fracassées, toit cabossé jusqu'aux appuie-tête, capot incrusté de fientes d'oiseaux. Derrière, sous la pente de la rampe, un artiste ès graffitis avait abandonné une œuvre en cours de réalisation.

Un gros plan des bras de Broach montrait les endroits où les mouches avaient commencé leur ouvrage. Je n'aurais su dire pourquoi, mais elles lui donnaient l'air encore plus morte. Tellement impuissante, incapable de chasser les insectes qui la dévoraient.

Je regardai Kaden.

— Le meurtrier a reproduit *tous* les détails du meurtre de Geneviève ? Vous vous foutez de moi ? Il a enlevé une femme, il l'a droguée, il a déplacé son corps, l'a déshabillée, lui a attaché les poignets et les chevilles, et il l'a abandonnée dans un terrain vague...

— Il y a un nombre inquiétant de similitudes, répondit Delveckio. Quant aux différences... Eh bien, il n'est pas rare de constater une évolution au fur et à mesure que le tueur perfectionne sa technique et qu'il tire les leçons de ses expériences.

— Vous avez oublié de mentionner tout ça, quand vous avez fait irruption chez moi en faisant sauter ma porte. Pourquoi est-elle nue, d'après vous ?

— Il s'enhardit, suggéra Kaden en me scrutant plus attentivement. Il va plus loin dans ses fantasmes...

— Ou bien il l'a déshabillée pour la laver à l'eau de Javel, ajouta Delveckio. Ce qui veut dire qu'il savait que nous analyserions le corps à la recherche d'indices et de traces d'ADN.

— Elle a été violée ?

Delveckio secoua la tête.

— Qu'est-ce que vous avez trouvé ?

— En dehors de votre sang et de votre cheveu ?

Kaden parcourut son calepin, tapota l'une des pages avec son stylo.

— Ah, voilà, c'est inscrit ici : c'est-pas-vos-oignons !

Il en fallait plus pour me décourager :

— Les contusions aux poignets et aux chevilles sembleraient indiquer qu'elle a été ligotée avant le coup de poignard fatal, non ?

Les inspecteurs échangèrent un regard agacé, mais ne répondirent pas. Ils devaient se croire très malins, à me laisser mariner comme ça.

— Le Sevoflurane. Ça veut dire qu'elle n'a pas été tuée tout de suite, contrairement à Geneviève. Ça pourrait indiquer des tendances sadiques ?

Je leur rendis leurs regards.

— Clignez deux fois des yeux si je brûle. Et les plaies sur la hanche et la joue ? C'est quand elle a été balancée du véhicule ?

Delveckio fit la tronche, mais Kaden se contenta d'esquisser un sourire amusé.

— Vous savez, dit-il, on n'est pas des novices, en matière de cadavres. Il se pourrait même qu'on en sache autant que vous...

C'est alors que son téléphone portable se mit à sonner. Il le regarda, fit un signe de tête à Delveckio et se releva.

— Vous n'êtes pas dans l'équipe. Vous n'êtes même pas de la maison. Vous n'êtes qu'un putain d'écrivain. Ainsi que, si j'en crois le verdict de votre *premier* procès, un tueur. Quand on aura besoin de votre aide, on vous appellera.

Alors qu'ils me tournaient le dos, s'interposant entre moi et le miroir sans tain, je fis glisser de la table sur mes genoux une poignée de tirages laser. Un mouvement purement instinctif.

Subtiliser des preuves d'une salle d'interrogatoire du Parker Center... Si c'était pour faire original, c'était plutôt bien vu. En matière de mauvaise idée, ça se tenait aussi.

Kaden s'arrêta à la porte, interrompant sa grande sortie, et revint chercher ses photos, amputées de quelques tirages. Il rejoignit Delveckio dans le couloir et fit signe à l'un des sous-fifres, que je ne pouvais pas voir.

— Enregistrez sa déclaration, et foutez-le dehors.

La porte se referma en claquant, et je me retrouvai seul avec mon reflet et les photos de scène de crime que j'avais planquées dans mon pantalon.

## 11

Chic me déposa, eut une courbette ironique, effleura la visière de sa casquette et me dit :

— Ce sera tout, miss Daisy ?

— Merci, mon brave, z'êtes bien aimable.

Je descendis de sa voiture. Ma poubelle avait été renversée devant la maison, ses viscères répandus tout le long de l'allée. Mes baskets écrasèrent les morceaux de verre qui jonchaient l'entrée. Deux nuits chez moi, deux intrusions. Je rejouai dans ma tête la fouille de la maison que j'avais effectuée dans un état second quand je m'étais réveillé avec le pied entaillé. Mon agresseur était-il encore dans la maison avec moi ? Ou s'était-il déjà éclipsé ? Etait-il venu de la rue ou avait-il escaladé la colline ? J'examinai la porte de verre coulissante à la recherche de traces qui auraient pu m'échapper dans le noir, puis je sortis sur la terrasse et me penchai par-dessus la rambarde pour voir si j'arrivais à distinguer des traces de lierre écrasé. De retour à l'intérieur, je suivis les empreintes de sang délavées qui menaient à l'étage. Il n'y avait évidemment plus de cassette dans ma belle caméra toute neuve – et apparemment déjà cassée –, ce qui était bien dommage, parce que j'aurais beaucoup aimé garder pour la postérité l'expression de mon visage à l'instant où j'avais été tiré du lit par quatre-vingt-dix-sept agents du SWAT sur les dents. Je me dis que les futures générations de Danner devraient se contenter des rediffusions nocturnes de *Signe de proie*.

Dans mon bureau, les flics avaient laissé les tiroirs ouverts, les dossiers et les factures en désordre ou jetés par terre. Ma pile de courrier ne les avait pas laissés insensibles, et ils avaient poussé l'amabilité jusqu'à ouvrir les enveloppes que je n'avais pas encore décachetées.

Je pris une douche brûlante, essayant de chasser de mon esprit le visage livide de Kasey Broach. Ses mains crispées comme des serres. Ses bras dénudés, criblés de piqûres d'insectes. Qu'aurait-elle dit si quelqu'un l'avait prise à part, en primaire ou, plus tard, au lycée, et lui avait annoncé qu'un jour elle finirait sous une bretelle d'autoroute à Rampart ? Je pensai à ma dure matinée et la comparai mentalement à celle que sa famille était encore en train de vivre. Il m'apparut alors clairement que je n'avais pas à me plaindre. Je pensai à l'eau chaude que je sentais couler sur ma peau, à l'air que j'arrivais encore à respirer. Et à Chic, Angela et Preston. Au fait que j'avais eu le droit de garder le silence, le droit à un avocat et à un jury, lequel avait intelligemment pesé le pour et le contre de ma culpabilité. J'étais en vie. J'étais libre. J'étais en bonne santé. Ce que j'éprouvais, ce n'était pas de la culpabilité – en fait, non, – mais, étrangement, de la gratitude. Et aussi le sentiment que c'était cette gratitude, et non la colère ou même la culpabilité, qui me permettrait de me tirer de l'ornière dans laquelle je me retrouvais.

Je me séchai. Un Post-It sur mon miroir, rédigé de l'écriture enfantine de Chic, citait Eleanor Roosevelt : *« Il faut accepter ce qui arrive, et tout ce qui compte c'est d'y faire face avec courage, et avec ce qu'on a de meilleur en soi. »* Chic m'avait renvoyé chez moi, après notre première réunion, avec cette petite note. Elle était tombée et avait été recollée un nombre incalculable de fois.

Faire face. Un jour après l'autre. Je pouvais le faire. Et même mieux que ça.

Les photos de scène de crime que j'avais fauchées étaient posées à côté de mon lavabo, près du tube de dentifrice. Ainsi que je l'avais fait remarquer à Preston, je n'avais pas de pouvoir officiel. Mais j'avais autre chose, en plus de ma capacité à me sortir du pétrin, en plus des nombreux amis que je m'étais faits dans les coins les plus bizarres de ma vie, en plus de ma longue liste de contacts qui, curieusement, étaient parfaits pour ce type de… eh bien, pour ça, justement.

J'avais une histoire. Ou, en tout cas, le début d'une histoire.

Mais – ainsi que je me l'étais demandé la nuit dernière – où est-ce que ça me menait ? Je regardai les photos de Kasey Broach, toutes froissées à cause de leur voyage clandestin, et je voulais savoir pourquoi son corps était entré en collision avec ma vie. Je fis défiler sur mon Palm la liste de consultants établie au fil des diverses enquêtes de Derek Chainer – flics, shérifs, assistants du procureur, médecins légistes, détectives privés à qui on ne la faisait pas, vigiles à qui on la faisait, pompiers, criminologues. Prenant un bloc dans le tiroir de ma table de nuit, je notai tous ceux qu'il pourrait se révéler pertinent de contacter. Au-dessous, je dressai la liste de tous les gens qui me détestaient ou me voulaient du mal. *Les Bertrand. L'amant imaginaire de Geneviève. Kaden et Delveckio.* Une pensée interrompit mon griffonnage : j'étais arrivé à cette situation peu enviable parce que j'avais enfreint les règles. En fait, j'avais enfreint un tas de règles dans ma vie. La question était : qu'est-ce que je pouvais bien être en train de payer ?

On sonna à la porte d'entrée. Toujours enveloppé dans ma serviette, j'ouvris au coursier du cabinet d'avocats qui m'apportait une pile de dossiers. C'est fou les services qu'un quart de million de dollars peut vous rendre.

D'après la loi, j'avais le droit d'accéder aux documents qui avaient permis au LAPD de préparer mon procès. Des tas de preuves de ma culpabilité dans le meurtre de Geneviève, réunies par l'ennemi. Je posai le tout sur la table de cuisine, qui vacilla en signe de contentement, et commençai à feuilleter le dossier.

Les pièces m'étaient à la fois familières et étrangères. On aurait dit des bribes d'une autre face de ma vie, bien que le verdict final ne me soit tombé dessus que l'avant-veille.

Traînant son arrière-train considérable, mon ami Gus l'écureuil traversa la terrasse, s'arrêta et tourna vers moi les billes noires de ses yeux. Il disparut dans le lierre juste avant qu'un faucon n'amortisse son piqué pour se poser sur la rambarde. Toujours garder un pas d'écureuil d'avance sur le prédateur.

*Ou tu fais avancer l'action, ou c'est l'action qui te fait avancer.*

Je tirai de l'autel érigé à ma gloire – l'étagère où je rangeais mes œuvres – un fascicule d'une épaisseur satisfaisante et le coinçai sous le pied de la table pour empêcher celle-ci de branler. J'enfilai un pantalon de jogging et un vieux tee-shirt troué qui datait du lycée ; puis je partis ramasser les ordures que les flics avaient soigneusement déversées devant chez moi, balayai l'entrée, rafistolai à l'aide de scotch et de quelques bouts de carton les vitres cassées de la porte d'entrée, branchai l'aspirateur et fis disparaître les morceaux de verre.

Je fis le tour de mon bureau, m'assis, réajustai les accoudoirs de mon fauteuil, pris un stylo bille, me le collai sur l'oreille. Sur ma gauche, je plaçai mon carnet. Le dossier, je le plaçai sur ma droite, juste derrière le tapis de souris, puis je sortis les comptes rendus d'analyse de laboratoire, les rapports de police, les notes des inspecteurs, le rapport du médecin légiste, et les disposai à égale distance les uns des autres sur mon bureau.

C'était pas un Dirk Chincleft qui allait m'apprendre le boulot.

J'avais déjà réuni une bonne partie de la documentation. Je connaissais les personnages. J'avais un début. J'avais mis au jour quelques pistes. Je respirai un grand coup, je me rapprochai de mon bureau, et je fis la seule putain de chose que j'avais jamais su faire correctement :

J'écrivis.

> Je me réveillai des perfusions plein les bras, un tube dans le nez, un goût de cuivre dans la bouche et l'impression qu'on y avait fourré une chaussette. J'avais la langue gonflée, pâteuse, la gorge brûlante, la mâchoire douloureuse. Aveuglé par la lumière, je clignai des yeux et tentai de faire le point sur un visage flou, anormalement proche. Un homme à califourchon sur une chaise retournée, ses avant-bras musclés croisés sur le dossier, une feuille de papier à la main. Derrière lui, un autre type, vêtu à l'identique – blouson de sport froissé, cravate desserrée, col de chemise

ouvert, un objet brillant plaqué à la hanche. Réduit au rôle de figurant, un médecin était planté à la porte, indifférent aux bips-bips électroniques. Une chambre d'hôpital.
Avec la conscience revint la douleur.

# 12

Je me réveillai frais comme un gardon, avec un nouveau but dans la vie. Ma ligne téléphonique n'ayant pas encore été rétablie, j'allai chercher mon portable. J'appelai le bureau du légiste et parlai à un employé à qui j'avais autrefois graissé la patte pour qu'il me file en douce des modèles de rapport. Je lui demandai cette fois s'il pouvait me photocopier le rapport d'autopsie de Broach.

— Vous êtes un meurtrier, me dit-il. Allez vous faire foutre, et ne rappelez plus jamais ici.

Sur ce, il raccrocha.

Je descendis me faire un expresso à cent trente-huit dollars et jetai quelques miettes de pain à Gus, sur la terrasse, derrière la maison.

— Toi et moi, on est rien que des petits joueurs, dans ce jeu de dingues appelé la vie...

Gus, qui ne s'attendait pas à ça de ma part, grimpa à toute vitesse dans le palmier mexicain qui se dressait majestueusement au fond de la pelouse.

J'appelai une spécialiste de l'ADN rencontrée au cours de l'une de mes nombreuses visites chez tout ce que la ville comptait de médecins. On me répondit qu'elle n'était pas là, mais entre les doigts que l'assistante avait plaqués sur le combiné je l'avais parfaitement entendue murmurer, comme au théâtre, qu'elle refusait de me parler.

Qu'importe. Mon premier manuscrit avait lui aussi été refusé – dix-sept fois ! – avant que je réussisse à le vendre. Dans le cas présent, j'avais encore de la marge. Je revins au dossier de l'enquête et revérifiai tous les noms des flics, criminologues, légistes et autres intervenants, allant jusqu'à déchiffrer les gribouillis apposés au bas des demandes de remise de preuves. Le seul nom familier était celui par lequel j'avais commencé. Les inspecteurs mis à part, Lloyd Wagner devait connaître le dossier de Geneviève mieux que n'importe qui. C'était lui qui s'était occupé de tout, depuis le message laissé sur mon répondeur jusqu'à la comparaison entre mon couteau et la blessure fatale. Et c'était aussi lui qui avait examiné le corps de Kasey Broach. Compte tenu de nos relations, je me disais que si j'arrivais à lui parler cinq minutes il se laisserait peut-être convaincre de me consacrer un peu de temps.

Mais je tombai sur des répondeurs, à son labo, sur son portable et chez lui. Dans la mesure où il avait rapporté mon dernier message aux flics, je ne tenais pas à en laisser un autre. Je raccrochai, me massai les tempes, bus une autre tasse de café pour faire passer un Dilantin.

Si je n'arrivais pas à mettre la main sur quelqu'un qui avait directement accès au dossier, je pouvais au moins essayer d'approcher quelqu'un qui me permettrait d'y accéder. Cal Unger, mon principal conseiller pour tout ce qui touchait à Chainer, était inspecteur divisionnaire au commissariat de L.A. West. Son boulot n'était pas aussi prestigieux – si un tel mot a du sens dans ce contexte – que celui de la brigade des homicides du centre-ville. Les inspecteurs de cette brigade traquaient les tueurs en série, les cambrioleurs de banque, toutes les affaires dont les médias raffolaient – telle la mienne. Leur juridiction s'étendait à toute la ville, ils avaient de plus gros budgets, et de plus jolies cravates. Cal – qui était plutôt du genre à ne boire que de la Coors – avait bouclé au mieux certaines affaires à l'échelon divisionnaire et briguait une promotion à la brigade des homicides depuis déjà un moment. Sur la myriade d'heures qu'il m'avait consacrées au cours des dernières années, nous en avions passé un bon paquet à parler de cette brigade.

Cal et moi avions conclu un accord tacite : jamais il n'opposerait de fin de non-recevoir à mes questions, et jamais je n'écrirais de portrait désobligeant de quelqu'un qui lui ressemblerait, de près ou de loin. Il me supportait, j'avais de l'estime pour lui, pour son savoir-faire et sa ténacité, et rien n'avait jamais été imprimé qui fût de nature à inciter le bureau des relations publiques du LAPD à lui foutre un pied au cul. Ce qui n'empêchait pas, bien sûr, une certaine tension de régner entre nous. Cal me serrait toujours un petit peu trop fort quand il me montrait comment appréhender un suspect et il prenait bien soin d'affecter un certain dédain pour mon boulot. C'était lié au fait que nous savions tous les deux que s'il avait vraiment été un dur à cuire, dans le genre de Bill Kaden, jamais il n'aurait eu à perdre son temps avec un écrivain ni à vivre par procuration les exploits fictifs d'un inspecteur imaginaire de la Crime. Cal tombait dans la catégorie de ces consultants qui ne ménageaient pas leurs efforts quand il s'agissait de filer un coup de main aux auteurs de polars, et qui en même temps ne pouvaient s'empêcher de pester contre les conneries qu'ils racontaient dans leurs bouquins, par exemple quand l'un de ces crétins appelait « revolver » un « pistolet », ou quand tel abruti d'acteur de télé rebaptisait un Glock « Magnum 357 ». Ils me charriaient dans leur salle de repos, et je me contentais de sourire en hochant la tête, sachant qu'une fois les autres partis, quand on se retrouverait dans la voiture pour aller déjeuner ou effectuer une patrouille, ils se racleraient le gosier piteusement, et commenceraient à me balancer des idées de scénario, une histoire de flic au bout du rouleau, de petite fille blanche disparue, quand ils ne se laisseraient pas aller à me bassiner avec les putains de méga-pouvoirs de Jésus.

Et malgré tout ça – ou peut-être à cause de tout ça – j'aimais et je respectais Cal. C'était un beau mec, bien bâti, à qui les lunettes de soleil allaient aussi bien qu'un froncement de sourcils à Clint Eastwood. Il y a des gens cool, et Cal en faisait partie. Comme Lenny Kravitz, ou Bono, des gars qu'on peut écouter n'importe où, avec n'importe qui. Une qualité rare. Peu importe à quel point vous appréciez secrètement Kelly Clarkson[1], vous relevez les vitres au feu rouge quand elle passe sur votre auto-

1. Chanteuse populaire, lauréate de la Star Academy américaine.

radio. Mais pas Cal. Cal, c'était Bono. Avec Cal, vous n'aviez pas besoin de remonter les vitres.

J'appelai son bureau. Répondeur. J'essayai son portable. Il décrocha alors qu'il était en train de passer une commande, et cela donna :

— ... avec un double-double, sans oignons.

Puis, un ton plus haut :

— Unger à l'appareil.

Je raccrochai. Il était à l'endroit où nous nous rencontrions souvent pour déjeuner – au In-N-Out Burger de Westwood.

Je regardai l'heure. 10 h 32. Il attaquait sans faire de chichis son apport calorique quotidien. Il avait probablement pris son service à 7 heures, lancé à la rescousse d'une divorcée hystérique de Bel Air pleurant son lit de bronzage envolé. Je m'étais laissé dire que ce genre d'appareil connaissait un succès fou sur le marché noir.

Je quittai Roscomare pour Westwood et trouvai Cal assis à l'une des tables aux couleurs vives. Une rangée de carreaux représentant des palmiers tentait de décorer le mur derrière lui. Son coéquipier, un jeune flic que je ne connaissais pas, picorait une portion de frites. Humm, les frites, c'était pas vraiment ce que les In-N-Out faisaient de mieux...

Le regard de Cal me passa au travers sans me voir. Je me présentai au gamin – Sam Pellicano – et me tournai vers Cal, qui n'avait toujours pas pipé mot.

— On dirait que tu es au courant, pour moi, attaquai-je. Les choses ne sont pas ce qu'elles semblent être. Il y a une autre histoire, derrière tout ça, et j'essaie de la démêler. J'apprécierais beaucoup ton aide.

Cal essuya la table devant lui, alors qu'il n'y avait pas de miettes.

— Voilà comment ça s'est passé, dit-il. Tu connaissais le cousin du capitaine, parce que tu l'avais branché sur un agent, dans le temps. Alors le capitaine t'a mis en contact avec le bureau des relations publiques de la police – qui s'est mis en branle pour toi. Et sur qui c'est tombé ? Nous, parce qu'on est les pestiférés de L.A. Et en plus, il se trouve que le capitaine m'a dans le nez parce que sa nièce a le béguin pour moi... Donc, ça tombe sur ma pomme. Là-dessus, les relations publiques me disent d'être bien gentil avec toi et de t'emmener de temps en temps en promenade. Je te laisse croire que tu connais un truc ou deux parce que tu utilises les bons termes de médecine légale et que tu as quelques copains flics, ravis de sortir avec toi pour ton fric et tes conneries. Alors je t'emmène en balade, je rigole bien fort de tes blagues. C'est toi qui paies l'addition au resto, tu m'invites parfois aux premières. T'as une maison dans les collines avec une jolie terrasse pour fumer le cigare. Et donc, j'arrive à te supporter...

Cal rajusta ses lunettes de soleil, s'apprêtant à repartir. Mon reflet dans les verres-miroir me parut chagriné et stupide.

— Maintenant, t'es plus qu'un meurtrier, dit Cal. Ce qui veut dire que je n'ai plus besoin de faire semblant de t'apprécier. Ni de t'aider.

Il se coula hors du box, et je dus faire un pas de côté pour le laisser passer. Sam avait l'air impressionné, comme si c'était la chose la plus cool à laquelle il avait assisté au cours de ses quinze années d'existence.

— Je crois que les types comme toi ne sont que des vampires suceurs de sang, poursuivit Cal. Tu inventes des cellules terroristes et des tueurs en série, tu te nourris des vraies peurs des gens, et t'en tires un maximum de pognon. Y a pas assez de merde comme ça dans le monde sans que tu la montes en mayonnaise ? Tu faisais mumuse tout seul dans le noir, et maintenant t'aimes pas ce qui t'arrive. Mais c'est pas mes oignons. Plus maintenant.

— Pas mal, dis-je. Le bleu, là, je crois qu'il est scotché...

— Ouais, on dirait.

— Alors on va juste faire comme si on avait oublié tous les deux l'idée de téléfilm dont tu m'as rebattu les oreilles. Celui avec l'inspecteur qui se crève le cul à faire des heures supplémentaires parce qu'il court derrière le... C'était quoi, déjà ? Le Tueur au Gant Rouge ? Mais si, rappelle-toi, le flic que sa femme ne comprend pas...

Cal passa devant moi en me bousculant. Sam avait l'air inquiet, et se demandait probablement s'il devait se jeter sur moi en jouant les gros bras ou filer le train à son chef scout.

— Les cadors de la Crime sont trop occupés à frimer pour jeter un regard neuf sur ces meurtres, lançai-je dans son dos.

Cal pivota, l'air renfrogné.

— Kaden et Delveckio ? Putain, qu'est-ce que j'aimerais leur montrer, moi, à ces détectives en porcelaine de la brigade des homicides, comment je travaille ! Si seulement un romancier fou du bulbe voulait bien m'en donner l'occasion...

Sarcasmes mis à part, il avait suivi mon procès. Je l'aurais parié.

Je fis apparaître les feuillets que j'avais fourrés dans ma poche arrière, et les lui tendis.

— Voilà où en est l'affaire. De mon point de vue. Si tu étais malin et ambitieux, tu saurais que c'est pour toi une entrée en matière idéale vers quelque chose d'important.

— Dommage que je ne sois ni l'un ni l'autre...

Sauf qu'il louchait sur la liasse de papiers d'un air un peu trop affamé pour quelqu'un qui venait de se taper un double-double avec toutes les options.

— Prends-les quand même. Ça ne fait que douze chapitres. Tu pourras les lire dans ton jacuzzi. Je trouverai un prétexte pour revenir t'embêter très bientôt, et t'as intérêt à avoir fini tes devoirs parce que, quand on retournera fumer des cigares sur ma jolie terrasse, je veux pouvoir lire en toi le repentir et la confusion pour avoir sauté trop vite à des conclusions foireuses...

Je balançai le rouleau de feuillets sur la poitrine de Sam, qui le rattrapa, l'air perplexe. Je tournai les talons avant qu'il ne s'avise de me le renvoyer à la figure.

## 13

Je me renversai dans mon fauteuil, posai les pieds sur mon bureau. J'avais les yeux rouges à force de lire les transcriptions du procès, de déchiffrer les signatures des rapports de police et de scruter les photos des journaux me mettant en scène. J'avais du mal à me concentrer, une partie de mon attention étant mobilisée par ce que je lisais tandis que l'autre ruminait toutes sortes de pensées inachevées. Il était à peine plus de 17 heures, mais le soleil avait déjà disparu derrière la rangée de palmiers qui coiffait la crête du canyon. Il y avait vingt ans que j'étais à Los Angeles, et la vue de ces plumeaux en ombre chinoise m'émouvait toujours.

Importés tout comme nous, les palmiers étaient arrivés à Los Angeles plusieurs siècles auparavant dans les bagages de missionnaires espagnols. J'avais lu quelque part qu'ils étaient en train de mourir, les dernières générations approchant du terme de leur vie. Les bureaucrates locaux avaient décrété que les arbres à large frondaison captaient mieux les gaz d'échappement. Quand elles tombaient, les palmes faisaient grincer les dents des yuppies, rayant la peinture de leurs Mini Cooper. Les scies des élagueurs répandaient d'un arbre à l'autre des champignons mortels. En dépit de tout, les palmiers se cramponnaient. Avec leurs racines discrètes et leur tronc qui pliait mais ne rompait pas, c'étaient des survivants. Les tempêtes n'arrivaient pas à les abattre, ils se courbaient dans le vent. Ils poussaient dans les terrains ombragés avant de tendre le cou vers le sud, où était la lumière. Des durs à cuire, tenaces, beaux et inutiles. Comme presque tout ce qui réussissait à survivre à Los Angeles. J'espérais qu'ils ne se laisseraient jamais abattre. Imaginer Los Angeles sans palmiers, c'était comme imaginer un lion sans crinière.

J'essayai d'appeler le labo pour la cinquième fois, et, miracle, Lloyd décrocha. Je l'eus à peine salué qu'il me lâcha d'une voix tendue :

— Tu ne peux pas m'appeler. Et surtout pas ici !

— J'ai fait quelques recherches. Sur l'affaire Broach. Il faut que je te parle.

Un silence indiqua que j'avais éveillé sa curiosité.

— Pas ici.

— Après le boulot ?

— Janice ne va pas trop bien, en ce moment.

— Désolé d'apprendre que ça ne s'arrange pas.

Je l'entendis souffler dans l'appareil, et il me dit tout bas :

— Merci.

— Je me doute que tu n'as pas besoin de ça en plus, mais j'apprécierais vraiment que tu me consacres quelques minutes. Dis-moi comment je peux faire pour que ce soit le moins contraignant pour vous deux ? Je peux venir te chercher et apporter le dîner ? Dis-moi ce qui vous arrange...

J'entendis marmonner derrière lui. La voix de Lloyd changea, et il me dit :

— Bon, d'accord. Vite fait, alors.

Et il raccrocha.

En allant chez Lloyd, à North Hollywood, je m'arrêtai au Henry's Tacos, puis dans une épicerie, où j'achetai une bouteille de Bacardi 8, son rhum préféré, et deux litres de Coca. Il vivait dans une rue en cul-de-sac qui serpentait derrière un parc luxuriant, dans une grande et vieille maison avec des dépendances et des couloirs à perte de vue. Je soulevai le loquet rouillé de la porte de grange qui donnait sur une allée de gravier et avançai dans l'obscurité. La maison n'était pas orientée vers la rue, mais donnait sur le parc – ce qui ne la rendait pas très accueillante, parce qu'on y arrivait par la porte de la cuisine.

Lloyd était dans le garage à l'écart de la maison, farfouillant à l'arrière de son van, intégralement équipé de rayonnages. Une voiture rentrée en marche arrière hibernait d'un sommeil tranquille sous une housse noire. Je m'approchai et il sursauta quand je le saluai. Le van, comme toujours, était rempli d'un bric-à-brac hétéroclite. Des scanners à empreintes digitales. Des cisailles de jardinier pour couper les côtes. De la résine de moulage employée par les dentistes – et qui servait, dans son cas, à prendre des empreintes de semelles. Il m'était déjà arrivé de passer une matinée entière avec lui, à faire le tour des garagistes pour récolter pas moins de dix-sept marques d'huile de moteur, afin d'essayer de trouver celle qui correspondait à la tache de graisse laissée par une voiture qui avait servi à un casse.

Il bourrait un sac à dos avec toutes sortes de flacons et de tubes de médicaments, et se figea avec un air las en me regardant.

— Elle prend tellement d'antidouleurs que c'en est affolant, dit-il comme s'il poursuivait une conversation déjà engagée.

— Merci d'avoir accepté de me voir, Lloyd. Avec ce qui vous arrive, à Janice et à toi.

La porte arrière du van, lourdement appuyée sur l'aile de la voiture endormie, grinça quand il la referma. Je le suivis dans la maison. J'étais déjà venu le chercher ou lui déposer l'un ou l'autre de mes manuscrits, mais c'était la première fois que j'entrais chez lui. L'intérieur était plongé dans l'obscurité, quelques lampes faisant des taches de lumière dans la cuisine et le salon. L'évier débordait de vaisselle sale, des assiettes et des bols propres étaient empilés un peu partout, comme si personne n'avait eu la force de les ranger dans les placards. Un cyclone de couvertures au crochet s'était abattu sur le canapé, où des oreillers étaient mélangés aux coussins. Dans l'air planaient encore les odeurs humides d'un repas récent. Une femme imposante était avachie dans un fauteuil et regardait un talk-show en espagnol à la télé, un mug de thé à la main.

— Bonsoir, señor Wagner.

— Comment va-t-elle, aujourd'hui ?

— Elle va bien. *Muy bien.*

Lloyd lui tendit un rouleau de billets de banque. La femme alla rincer son mug dans l'évier, eut un hochement de tête chaleureux et vogua vers la porte. Je n'avais pas vu de voiture garée devant la maison, et le premier arrêt d'autobus était à plusieurs rues de là.

En parcourant la pièce du regard, je compris pourquoi Lloyd n'avait pas donné suite au premier message que je lui avais laissé. La dernière chose dont il avait besoin, c'était qu'un assassin psychotique vienne l'emmerder.

— Désolé pour le désordre. Janice est fille unique, et ses parents sont morts. Il n'y a pas grand monde pour nous aider.

Lloyd baissa la tête et s'arrêta pour reprendre son souffle.

— Mets-toi à l'aise, je reviens tout de suite.

Il prit son courage à deux mains et se dirigea vers le couloir, mais il resta un instant immobile, comme hésitant devant l'obstacle. Au bout du long et sombre corridor, un rai de lumière brillait sous une porte. Lloyd passa la courroie de son sac à dos sur l'épaule et se dirigea vers la chambre de sa femme.

Je dégageai quelques centimètres carrés sur la table de la cuisine, et déballai le repas que j'avais apporté. Le corridor s'illumina brièvement alors que Lloyd entrait dans la chambre de sa femme. J'entendis des voix étouffées et le souffle régulier d'un appareil médical, puis la porte se referma et le silence revint. Je pris deux verres sur une étagère, remplis le mien d'eau. Une brosse à dents posée dans une tasse près du produit vaisselle semblait monter la garde. A côté de la porte, une grosse sandale à semelle de bois Birkenstock dépassait d'une montagne de chaussures. La semelle intérieure portait l'empreinte d'un pied de femme, image que je trouvai terriblement angoissante. Je repensai à la seconde voiture dans le garage, désormais inutile. Lloyd n'avait évidemment pas eu le cœur de la vendre.

Il y avait plusieurs plateaux télé par terre, près du canapé. Je les emportai dans la cuisine, les lavai, disposai les tacos sur l'un d'eux. Je repliai les couvertures sur le canapé, réarrangeai les oreillers et remplis un verre pour Lloyd. Il y avait des photos de

Janice et de lui partout, accrochées au mur, aimantées sur la porte du frigo, encadrées en haut des bibliothèques. Des photos de mariage avec un Lloyd empoté, tout en grandes oreilles et cheveux blonds ondulés, pendu au bras de Janice, encore éberlué d'avoir réussi à lui mettre le grappin dessus. Visage souriant de Janice, une choucroute de cheveux remplissant un cadre en forme de Gremlin vert fluo. La photo de rigueur du quinzième anniversaire de mariage, bras dessus bras dessous, devant la tour Eiffel. Je n'avais jamais rencontré Janice, mais je remarquai avec une pointe de tristesse que sa dernière photo avait au moins cinq ans. Elle était déjà mourante quand j'avais fait la connaissance de Lloyd.

J'éteignis la télé et m'assis dans un grand fauteuil. J'écoutai les craquements de la maison en me représentant la vie de Lloyd partagée en deux, entre ce salon et la chambre à coucher. Il venait probablement ici souffler un peu, reprendre des forces avant d'effectuer la traversée du corridor qui menait jusqu'à la chambre ; il passait apparemment ses nuits à faire des allers et retours entre ce coin de la maison et le fin rai de lumière à l'autre bout du couloir.

En plongeant le regard dans les ténèbres du corridor, j'eus soudain peur, affreusement peur, de ce à quoi pouvait ressembler la chambre.

La peur de la mort. Notre lot commun. Nous faisons de notre mieux pour la tenir à distance à l'aide de ridicules pirouettes intellectuelles, tout en nous exerçant pourtant à la frôler de temps à autre, nageurs en eaux sombres. Les fous de muscu. Les amateurs de cascades en bagnole. Les greluches des salles de billard. On boit trop. On remet les opérations à plus tard. On passe en sifflotant devant les hospices de vieillards. Tout bien considéré, on a tous peur de ce qu'il y a derrière la porte au bout du corridor. C'est pour ça que j'écris des petits romans noirs, qui m'aident à faire bouillir la marmite. Je titille la mort avec un bout de bois. C'est pour ça que les gens les lisent, dans le métro ou en avion, en s'imaginant affronter ce qu'il y a de plus sombre en eux.

La plaie sur mon crâne, la plaie dans l'adorable peau de Geneviève, la plaie à l'autre bout du couloir. Que de failles dans ce que nous croyons tenir sous contrôle. Jamais je ne m'étais senti autant en harmonie avec ce que le monde a de fragile, entailles et fissures. Elles sont partout. Il suffit de s'arrêter. D'ouvrir les yeux.

Le corridor s'éclaira à nouveau brièvement, et j'entendis s'approcher Lloyd. Je lui tendis son verre. Il reposa son sac à dos, s'affala sur le canapé, prit une gorgée, laissa échapper un soupir.

— Merci, Drew. C'est sympa.

— Tacos et Bacardi. Une vieille recette de famille. Comment va Janice ?

Il eut un geste de la main.

— Ça recommence. L'autre sein, maintenant. C'est sa troisième rechute. Là, ça passe ou ça casse.

— Où est-elle suivie ?

— A Cedars.

— Il paraît qu'ils ont un super service d'oncologie.

Et plus ma remarque planait dans le vide, plus elle paraissait creuse.

La lueur des lampes empêchait de voir la jolie vue qu'on avait depuis les fenêtres de derrière. Lloyd finit son verre, proposa :

— Je t'en sers un ?

— Je suis toujours au régime sec.

— OK.

Il reremplit son verre, prit un taco, mordit dedans, le reposa.

— Je suis vraiment désolé de ce qui t'est arrivé, Drew. Mais je n'ai pas le droit de te parler. Tu fais partie des suspects.

— Je ne suis pas inculpé. J'ai réussi à prouver que je n'avais rien à voir avec ce...

— C'est ce qu'on m'a dit.

— Ecoute, Kaden et Delveckio m'ont déjà dit pas mal de choses. Je veux juste parler avec toi de ce que j'ai appris. On peut même repartir de Geneviève. J'ai tout le dossier d'accusation, le procès est fini. Tu ne risques rien de ce côté-là.

Lloyd, qui en était à la moitié de son deuxième rhum-Coca, ferma lourdement les paupières, et je me demandai s'il n'allait pas piquer du nez.

— Tout a été dit au procès. Tu ne te rappelles pas ?

— Pas très bien. J'aimerais l'entendre à nouveau, de ta bouche.

Il y eut un silence embarrassé, et Lloyd ajouta :

— C'était assez accablant, Drew.

— Tu as cru que j'allais prendre le maximum ?

— Je ne pouvais pas imaginer qu'un jury allait te condamner avec une tumeur dans un bocal, mais *les preuves*...

Ses longs doigts se posèrent sur son rhum-Coca. Il contempla le sombre mélange, le fit tourner à l'intérieur du verre. Je ne savais que trop où menait cette conversation silencieuse.

— D'après ton rapport, dis-je, Geneviève n'avait pas de blessures défensives, pas de peau sous les ongles.

— Katherine Harriman a dit que c'était parce qu'elle te connaissait.

— Mais, contrairement à moi, Katherine Harriman ne connaissait pas Geneviève. Geneviève n'était pas du genre à se laisser surprendre facilement par un intrus qui se serait introduit dans sa chambre, surtout si elle n'était pas encore couchée. Elle n'était pas du genre à se jeter au cou de son meurtrier. Si elle avait vu la lame, elle se serait aussitôt mise à mordre et à griffer...

— C'était un coup violent. La mort a dû être à peu près instantanée.

— Des empreintes sur le couteau ?

— En dehors de celles de Geneviève et de sa petite sœur ? Juste les tiennes.

— Profil du suspect ?

— La routine. Un gaucher, dans les quatre-vingt-dix kilos et une lueur diabolique dans le regard.

— Gaucher. A cause de l'angle ?

Il jeta un coup d'œil à la montre que j'avais au poignet droit.

— Ouais. C'est ça. Légèrement incliné.

— Un homme ?

— A cause de la force du coup.

— Et le corps a été déplacé ?

— Ouais. Un peu.

Encore une pause embarrassée.

— Par toi, reprit-il. Ta crise épileptiforme a démarré comme une attaque partielle complexe. Pas dans le genre convulsif, plutôt une perte de conscience accompagnée de mouvements automatiques – mouvements des lèvres, les doigts qui remuent spasmodiquement. Il y a même des gens qui arrivent à marcher dans cet état-là. On a parfois expliqué des cas de vols à l'étalage par des crises partielles complexes, bien que ce soit un peu tiré par les cheveux. Mais tu pouvais être suffisamment opérationnel pour déplacer le corps de Geneviève Bertrand. Jusqu'à ce que l'épisode dégénère en une crise d'épilepsie en bonne et due forme.

— Est-ce que j'aurais pu la poignarder dans cet état partiel complexe ?

— Peu probable. Je pense comme Harriman que ta perte de conscience s'est produite *après* le meurtre.

Il regarda mon visage et dit doucement :

— Je suis vraiment désolé, Drew.

Je me rencognai dans mon fauteuil, frottai mes yeux brûlants.

— La nuit de mon retour à la maison, j'ai fait un rêve. J'allais chez elle en voiture. C'était la nuit du meurtre. J'étais dans un état second. Elle avait une clé sous une plante à côté de sa porte. La soucoupe en terre cuite s'est fendue quand j'ai soulevé le pot pour la prendre. Quand je me suis réveillé, je suis allé en voiture jusque chez elle…

Allais-je lui dire le reste ? En étais-je seulement capable ? Le silence était tel dans la maison de Lloyd que j'avais l'impression d'entendre le faible soupir du matériel médical à l'autre bout du corridor.

— La soucoupe était fendue. Je ne me rappelais pas qu'elle l'était la dernière fois que je l'avais vue. Je crois que mon rêve n'était qu'un souvenir remonté à la surface. Je crois que je commence à rassembler les fragments de ce qui s'est passé cette nuit-là.

Il fronça gravement les sourcils d'un air sévère, le temps d'intégrer ce que je venais de lui dire.

— Qu'est-ce que tu veux dire par « état second » ?

— Je transpirais beaucoup. J'étais complètement paniqué.

— Te souviens-tu d'avoir senti quoi que ce soit d'inhabituel ?

Mes poils se dressèrent sur ma nuque. Ma voix s'étrangla dans ma gorge. Alors, je me contentai de hocher la tête.

— Une odeur âcre ? Un peu comme du caoutchouc brûlé ?

Lloyd n'eut pas besoin d'attendre ma réponse – il la lut sur mon visage.

— Ça s'appelle une « aura olfactive ». Ça se produit souvent avant une crise d'épilepsie.

Je me rappelai avoir entendu parler de ces auras, mais je n'avais pas fait le rapprochement avec mon rêve.

— Je peux te poser encore une question ?

— Le problème, c'est : est-ce que je pourrai y répondre ?

— Je voudrais que tu me parles du Sevoflurane, dis-je.

Lloyd remit ses lunettes, comme si ça l'aidait à réfléchir, et demanda prudemment :

— Que veux-tu savoir ?

— Tu en as trouvé des traces dans le sang de Kasey Broach.

— C'est Kaden et Delveckio qui t'ont raconté tout ça ?

Impossible de dire s'il était en colère ou surpris.

— La nuit de mon rêve, quand je me suis réveillé, j'étais vraiment groggy, et je voyais trouble. Et puis je m'étais entaillé le pied. Je me demande si quelqu'un n'aurait pas pu m'endormir et me voler mon sang, pour me piéger…

Lloyd laissa échapper un rire étranglé, comme s'il s'étouffait.

— Drew…

— Contente-toi de m'écouter, Lloyd. J'ai fait des recherches sur le Sevoflurane aujourd'hui. C'est la drogue idéale pour ça. Facile à inhaler, un effet anesthésiant rapide, presque pas d'odeur. Et il est rapidement éliminé du système sanguin, donc difficile à déceler. Peu d'effets secondaires, ce qui fait que je ne risquais pas de savoir que j'avais été drogué.

— Et tu le savais ?

— Eh bien, l'assassin avait une longueur d'avance, parce que j'ai surtout cru que j'étais dingue. Mais voilà... le Sevoflurane induit aussi une amnésie.

— Alors tu crois que...

— Je crois que le gaz m'a projeté dans le même no man's land mémoriel que ma tumeur cérébrale. Ça m'a aidé à retrouver une partie de ce qui s'est passé la nuit du meurtre.

Je parlais très fort, sur un ton excité. Lloyd essaya de dire quelque chose, mais je l'interrompis en levant la main.

— J'ai découvert aussi que le Sevoflurane avait une « bonne durée d'action », mais je crois que je me suis réveillé trop tôt. Il se peut que j'aie vu l'intrus dans la rue, devant chez moi, ce qui veut dire que j'ai repris conscience plus vite qu'il ne le voulait. Je me demande pourquoi. Peut-être que mon passé mouvementé n'est pas pour rien dans cette tolérance aux drogues...

— Bon, là, ça commence à faire beaucoup de suppositions. Déjà, au départ, ta perte de mémoire... Tu ne peux pas savoir ce qui l'a provoquée. La tumeur ? L'opération ? L'anesthésie ?

Je restai un instant songeur. Mais il y avait trop de paramètres pour que je puisse les maîtriser tous pour le moment.

— Comment le Sevoflurane est-il administré ?

Lloyd se trémoussa sur le canapé et fit tourner sa mixture dans son verre.

— Au masque.

— C'est ce que je m'étais dit. Alors, peut-être que je me suis réveillé parce qu'on me l'avait imparfaitement administré. Peut-être que chez moi le tueur portait un masque à oxygène et a libéré le gaz dans ma chambre, près de mon visage, pendant que je dormais.

Je claquai des doigts et me penchai en avant.

— Rappelle-toi. Il y avait des signes de lutte dans la chambre de Kasey Broach.

— Kaden et Delveckio t'ont aussi raconté ça !

— Broach a dû se réveiller quand l'assassin lui a plaqué le masque sur le visage, mais il a dû se dire qu'il était assez costaud pour l'immobiliser jusqu'à ce que le gaz fasse effet. Elle était plutôt petite, non ? Et elle devait faire dans les, quoi ? Cinquante-cinq kilos ?

— Soixante, dit doucement Lloyd.

— Très bien. Mais je doute qu'il ait eu envie de prendre le risque de me réveiller en m'appliquant un masque sur la figure. Alors il a libéré le gaz dans l'air pendant que je dormais.

— Tu as des preuves pour étayer cette théorie ?

— Pas le début d'une. Mais on devrait peut-être regarder du côté des gens qui ont une expérience médicale. C'est difficile à se procurer, le Sevoflurane ?

— C'est contrôlé, mais pas autant qu'un opiacé.

— On peut savoir, d'après les analyses du sang de Kasey Broach, combien de temps elle est restée inconsciente ?

— C'est presque impossible à déterminer.

— Tu peux savoir à quel moment mon ADN est arrivé sur son corps ? Ou sur la bâche en plastique ?

— Il n'y a pas moyen de dater l'ADN. Tout ce qu'on peut dire, c'est qu'il était présent au moment de l'analyse.

Lloyd leva les mains et écarta les doigts.

— Bon, on se calme. Tu me sembles un peu trop oublier les faits...

— Mais comment peut-on expliquer autrement que mon ADN se soit retrouvé sur le cadavre de Kasey Broach ?

— Permets-moi de te rappeler que ce n'est pas ton ADN qui t'a trahi. On n'est pas à la télé. Il faut au moins quarante-huit heures pour faire une analyse d'ADN. On s'est contentés d'une banale recherche de groupe sanguin. Tu es AB négatif. Ce qui te classe parmi moins de un pour cent de la population.

— Et c'est pour *ça* que le SWAT a débarqué chez moi ?

Il fouilla dans son sac à dos et en sortit un rapport qu'il me lança, agacé.

— Ton follicule pileux. J'ai comparé la cuticule avec celle d'un échantillon qu'on avait de toi.

— Et ceux-là ? demandai-je en indiquant quatre échantillons qui se trouvaient sur le bas de la page. Ils ne concordent pas.

— C'est parce que l'un d'eux est le mien et qu'il y en a deux qui appartiennent à Ted McGraw, qui m'a aidé à examiner le corps. Une simple contamination au cours de l'examen. Cela se produit tout le temps. Ne va pas t'imaginer que ce pauvre Ted se trouvait à côté du colonel Moutarde, dans la véranda, avec le chandelier...

— *Quid* du quatrième cheveu ?

— Non identifié. On n'a trouvé aucune correspondance dans la base de données. On le conserve, mais ce n'est probablement rien. Franchement, je suis même étonné que nous n'ayons pas ramassé davantage d'éléments parasites, vu la façon dont le vent soufflait.

— Alors, un cheveu pour moi, un pour Monsieur Mystère. Mais c'est *ma* porte qu'on a fait exploser !

— Entre ton cheveu, la correspondance de groupe sanguin, les similitudes avec l'affaire Bertrand, Kaden et Delveckio avaient tout ce qu'il fallait pour t'alpaguer. A ce stade, tu es le seul lien entre les victimes.

Le regard de Lloyd était inflexible. Il ne me jugeait pas. Ne m'accusait pas. Il était juste inflexible.

— Les résultats de l'analyse d'ADN nous seront communiqués demain. A ta place, je ne parierais pas ma tête sur le résultat.

— Ce *pourrait* être quelqu'un de chez vous. Kaden et Delveckio disent que l'assassin a disposé le cadavre comme celui de Geneviève, et que les détails n'avaient pas été révélés à la presse. Un flic – ou un inspecteur – pourrait vouloir me faire payer le meurtre de Geneviève...

Lloyd me regarda comme si j'étais paranoïaque, ce que j'étais probablement.

— Au point d'assassiner une innocente ? Allez, Drew. On ne peut pas empêcher les photos de scène de crime de se promener.

Il se pencha vers moi et récupéra son rapport.

— Contrairement aux rapports des criminologues. De plus, avec le procès, des tas d'avocats et de journalistes ont mis leur nez dans le dossier Bertrand. On ne peut pas dire que les détails aient été aussi bien gardés que des secrets d'Etat. Kaden et Delveckio essayaient sans doute seulement de te déstabiliser.

Les photos de scène de crime que j'avais subtilisées apportaient de l'eau au moulin de Lloyd. Kaden avait tiqué quand j'avais tenté de lui tirer les vers du nez au sujet des informations qu'ils avaient glanées sur le corps. « Ah, voilà, c'est inscrit ici : c'est-pas-vos-oignons ! »

Je l'asticotai un peu avec ma question suivante :

— Et les autres indices ?

— La corde ? Une cordelette en coton, dont se servent les amateurs de bondage. Probablement achetée dans un sex-shop.

— Mais pourquoi s'en servir pour lui attacher les chevilles et lui scotcher les poignets ?

— Plus facile pour transporter le cadavre. Et le balancer d'un véhicule. Comme ça, les membres ne se baladent pas dans tous les sens...

— Non, je veux dire, pourquoi utiliser deux méthodes différentes sur un même cadavre ?

— Tu as déjà essayé d'attacher les poignets de quelqu'un avec une corde ?

— Non. Et toi ?

Il partit d'un gros éclat de rire – j'avais oublié son grand rire débridé.

— Non. Mais c'est difficile. On peut plus facilement se libérer les mains que les pieds.

— Alors pourquoi ne pas utiliser du ruban adhésif pour les pieds et les mains ?

— Je n'ai pas de réponse à cette question, Drew. Mais on enquête. Là-dessus, et sur bien d'autres choses.

Il reposa son verre, bâilla. Je n'imaginais que trop son épuisement – les longues journées de travail, et tout le reste du temps il s'occupait de sa femme. Il me raccompagna à la porte.

— Il va sans dire que tu ne peux raconter à personne, et je dis bien *personne*, qu'on s'est vus aujourd'hui.

— Je ne dirai rien. De toute façon, ne t'inquiète pas, tu ne m'as rien dit que je ne savais déjà.

Je me faisais vraiment l'impression d'être un gros malpoli. Voilà un gars qui, quand je lui demandais de confirmer un détail d'autopsie, me faxait deux pages de rapport. Il avait pris du temps sur son travail, quitté sa femme mourante pour m'aider, et je continuais à lui prendre le chou – et par-dessus le marché je lui mentais. Ce n'était pas la première fois que je mentais pour arriver à mes fins. Mais cette fois-ci, je n'avais vraiment pas envie que cela lui revienne en pleine poire. Nous nous serrâmes la main, et je dis :

— Je te suis infiniment reconnaissant d'avoir pris le temps de me parler. Je sais à quel point tu es débordé.

Il hocha la tête, s'arrêta sur le seuil de sa porte pour me regarder remonter l'allée. Il n'avait pas l'air impatient de repartir au bout du corridor. Arrivé à la grille, je me retournai, et il était toujours là, en ombre chinoise, éclairé par la faible lumière de la cuisine.

— Laisse tomber, Drew ! me lança-t-il. Tu n'es pas dans un de tes bouquins.

Je le saluai de la main et disparus dans la rue.

*Tu parles que je n'y suis pas !*

# 14

Je jetai un nouveau coup d'œil au dernier chapitre que j'avais écrit, maintenant rouge des corrections apportées par Preston.

> Quelqu'un voulait ma peau. Quelqu'un était entré chez moi, m'avait drogué ~~pendant que j'étais en train de dormir~~ *pendant que je dormais*, m'avait pris un échantillon de sang, et l'avait déposé sur un cadavre ~~avant de s'éloigner à pas de loup~~ *Evite ce genre de cliché !*. Je quittai mon lit et parcourus toutes les pièces, une à une, inspectant les portes et les fenêtres~~, toutes bien fermées~~. Puis j'allai voir dans le garage. J'avais regardé partout, dans les placards, derrière les canapés, sous les lits.
>
> ~~J'étais tout seul chez moi.~~
>
> J'avais recouvert les trous de la porte d'entrée avec du gros scotch de déménageur. Bien qu'obstruées par du scotch et des éclats de verre, les ouvertures ~~étaient assez grandes pour que quelqu'un passe~~ *auraient permis à quelqu'un de passer* la main à travers et ~~actionne~~ *d'actionner* le verrou, quelques

*Pourquoi ne pas tout simplement clouer une planche sur la porte ? C'est quand même ta vie qui est en jeu ! Tu nous les broutes, avec ton bricolage !*

centimètres plus bas. Avant de remonter à l'étage, je m'attardai encore un instant devant les vitres, me disant qu'en laissant la porte de ma chambre ouverte je pourrais entendre si un intrus arrachait ma réparation de fortune.

Je m'allongeai sur mon lit sans le défaire. Je transpirais en dépit de la fraîcheur du mois de janvier, la tête pleine de bribes d'images et de conversations : les photos de scène de crime étalées sur la table d'interrogatoire, comme dans un somptueux cocktail ; Kaden et Delveckio m'interdisant de participer à l'enquête : « Nous ne pouvons divulguer aucun élément à ce stade de l'enquête » ; Cal me balançant mes quatre vérités et ne m'offrant que ma propre image reflétée dans les verres-miroir de ses lunettes ; ~~le harcèlement permanent auquel Preston me soumettait~~, genre : « Le boulot d'un auteur, c'est d'abord et avant tout de ne pas avoir peur de ce qui peut arriver... » De quoi avais-je peur ? Qu'avais-je donc encore omis de prendre en compte ?

Peut-être qu'il y avait plus de variables en jeu que je ne voulais bien l'admettre. Le fait que je n'ai pas tué Kasey Broach ne m'innocentait pas a posteriori du meurtre de Geneviève. Et en même temps, j'aurais pu faire la liste des personnes de mon entourage qui n'auraient pas demandé mieux que

*J'étais invité à un de ces prétendus cocktails, pas somptueux pour un sou et vraiment minables, pas plus tard que la semaine dernière. D'ailleurs, tu vois, ça m'énerve quand on qualifie ces sauteries de cocktails*

*Stade de l'enquête ? Pourquoi ces types doivent-ils parler comme dans « Dragnet » ? Ce langage pompeux ne convient pas ici, parce que le narrateur ne donne pas l'impression de le trouver ridicule*

*Que vient foutre Cal ici ? Ça me paraît gratuit. Ne mets que les noms des personnages utiles pour la scène. Comme celui de Lloyd, sinon tu ralentis l'intrigue. Et tu te prives inutilement de ressources humaines dont tu peux avoir besoin par la suite*

*les judicieux conseils de Preston*

de tuer une autre femme afin de me faire porter le chapeau. Peut-être qu'un téléspectateur qui avait pété les plombs – un défenseur des libertés individuelles en croisade, un milicien intégriste exaspéré par l'état de délabrement de la société, un mari furieux qui avait perdu sa femme dans des conditions similaires –, un type dans ce genre-là, s'en était pris à moi, pour se venger.

Quelqu'un voulait ma peau. Mais maintenant c'était moi qui voulais la sienne.

*Tu t'occupes trop de ta petite personne ! Ouvre-toi à d'autres possibilités narratives. Ça peut tourner autour de toi sans être centré sur toi. La vie est déjà assez pourrie comme ça – généralement, on n'a pas besoin d'intrigue diabolique. Des choses arrivent. Crois-moi, il y a bien plus de coïncidences à Beverly Hills que dans n'importe quel roman de Charles Dickens !*

Je relevai les yeux des pages maculées de rouge. Preston s'était voracement jeté sur ma prose, comme pour dépecer une victime, et il avait l'air particulièrement ravi.

— On n'est pas à Beverly Hills, dis-je, mais dans la vallée de San Fernando. C'est de l'autre côté de la colline.

Preston battit des cils.

— Je pensais te faire plaisir...

Il finit sa tasse de rhum matinale et l'abandonna sur la table basse, aux bons soins de la femme de ménage que je n'avais plus les moyens de me payer. Il s'éventa comme une diva avec les pages de mon manuscrit.

— Qu'est-ce qu'il fait chaud, ici !

— C'est ta ménopause.

Il se leva, prit les pages que j'avais dans les mains, les feuilleta rapidement, ne réussissant pas tout à fait à réprimer un ricanement en relisant l'un de ses fumeux conseils. Il abattit la liasse sur la paume de sa main.

— Il faut qu'il y ait une histoire pour relier élégamment tous ces événements. Il faut qu'on ait d'urgence une réunion de développement.

Il regarda sa montre.

— J'ai réservé pour trois chez Spago.

— Pour trois ?

— Je pensais que tu pourrais inviter Cal Unger à déjeuner. On a besoin de lui pour une séance de brainstorming.

— Tu viens d'écrire, là, dans la marge, de ne pas faire appel à Cal, parce que, si je me souviens bien, ça te paraissait gratuit !

— Là, je te parle de relations sociales.

Preston avait rencontré Cal une fois, au cocktail de lancement du troisième volume des aventures de Chainer.

— Il n'est pas gay, Preston.

— Bien sûr que non. Etre gay suppose d'avoir atteint un certain niveau de conscience intime – et politique. Qu'il n'a pas. Il n'a que des tendances.

Preston pense que tout le monde en a. Ce qui n'est pas surprenant, dans la mesure où il travaille dans l'édition et partage sa vie entre le Village et West Hollywood. Quand on sortait, c'était pour aller dans des restaurants de West Hollywood, après quoi il me traînait voir une de ces nouvelles pièces westhollywoodiennes, écrite par un de ces nouveaux dramaturges west-hollywoodiens, qui mettaient en scène un jeune étudiant en lettres perturbé, et gay, et où tous les personnages non gays – particulièrement les joueurs de football – finissaient quand même par reconnaître qu'ils l'étaient, nourrissant des penchants secrets et honteux pour notre jeune et fragile – mais intrépide – héros.

— Quelles que soient ses tendances, Herr Brokeback von Mountain, elles ne le portent pas vers toi, insistai-je. Je comprends que le fait que tes parents t'aient prénommé Preston Ashley Mills ait plus ou moins scellé ton destin, mais peu importe ce avec quoi il est né ou ce qu'il a découvert par la suite, *lui* ne s'appelle que Cal Unger. Je dirais que ça réduit considérablement les chances qu'il soit de la jaquette. Sans parler du fait que j'ai intérêt à attendre que nos relations diplomatiques se réchauffent. A la place, j'inviterais plutôt Chic.

— Quoi ? Le mec du *base-ball* ?

Il dit cela avec une intonation que l'on réservait généralement à des mots comme « chlamydia ».

Preston avait aussi rencontré Chic au cocktail de lancement du troisième volume des aventures de Chainer.

Tout en pestant, il se dirigea vers le téléphone.

— Je vais leur dire qu'on sera un peu en retard. Et leur demander de préparer un picotin d'avoine pour mon cheval...

Il porta mon téléphone à l'oreille. Puis le considéra bizarrement.

— T'inquiète, lui dis-je, ils sont probablement trop occupés à fournir un excellent service quelque part pour rebrancher ma ligne. Qu'apparemment certains éditeurs responsables de mon courrier n'ont pas pris la peine de payer...

C'est alors que dans l'air de cette fin de matinée, voguant par-dessus la haie, nous parvinrent les sanglots du jeune trompettiste de service : *I've got a CRUSH on YOU, sweetie-PIE...*

Les sourcils de Preston bondirent.

— Nom de Dieu ! Qu'est-ce que c'est que ça ?

— Du Gershwin, je crois.

*All the DAY and NIGHTtime, hear me SIGH...*

Preston avait l'air désespéré.

— Bon, on y va, on appellera de la voiture !

La femme qui conduisait la Jaguar à plaque d'immatriculation personnalisée devant nous n'avait qu'une seule chose à clamer à la face du monde : qu'il ne lui fallait que deux secondes sept pour se changer en tigresse. Nous empruntâmes le canyon, doublant pour plusieurs millions de dollars de belles mécaniques allemandes, de femmes aux longues jambes munies d'élégants sacs de grands couturiers, de palmiers festonnés de guirlandes électriques. Ces guirlandes remplissaient deux objectifs. Primo, elles faisaient joli la nuit. Secundo, elles étaient lisses – ce qui voulait dire que si des écureuils essayaient d'atteindre le haut d'un palmier pour y faire leur nid, ils glisseraient lamentablement et iraient s'écraser tels des étrons tout chauds sur le trottoir. Ce mariage d'esthétique et de cruauté, mieux que tout, définissait Beverly Hills. Les bibelots en porcelaine à cinq cents dollars, les boutiques où l'on n'entrait que sur invitation, les colliers pour chats incrustés de pierreries...

En cours de route, Preston m'indiqua la grande vitrine de chez Dutton, où s'étalaient mes livres. Au moins, quand une librairie se faisait du fric sur mon infamie, je touchais une part du gâteau.

L.A. n'est généralement pas dupe des blagues qu'elle se raconte à elle-même. Elle est superficielle à en crever, mais elle sait aussi en profiter – contrairement à ces mémés de Des Moines qui lisent des ragots sur les vedettes en allant à la messe, ce qui les autorise à faire « tsss tsss » en secouant la tête, ou à ces élèves des grandes écoles de la côte est qui préféreraient mourir plutôt que d'avouer qu'ils prennent plus de plaisir à lire *People* que Proust, mais qui, tout en attendant que le dentiste les appelle pour gratouiller l'émail de leurs précieuses dents, se jettent sur la presse de caniveau et dévorent l'histoire de cette chanteuse qui prend du ventre ou celle de ce couple royal enfin parti en voyage de noces. Ici, la superficialité est notre business, et tout le monde – *tout le monde* – se fait son film.

Certains visiteurs pensent que L.A. est une ville pour initiés. En fait, c'est tout le contraire. N'importe qui peut s'inviter à la fête. Le seul truc, c'est qu'il faut apporter quelque chose d'intéressant. C'est le ticket d'entrée. Pas besoin de grands talents d'orateur, ni même nécessairement de talent. Vous pouvez être coiffeur et prendre place à la table d'un nabab, entre une grande dame de Hollywood et un metteur en scène d'opéra. Et vous aurez beau être le meilleur des courtiers de votre quartier de Bel-Air, si vous faites chier tout le monde, eh ben mon pote, on vous enverra vous faire voir avec un grand sourire. Retournez donc à Manhattan vous plaindre de L.A. et y clamer à quel point tout y est futile !

Pour être futile, ça l'est, mais c'est également fascinant. A condition d'arriver à garder son sens de l'humour. De temps en temps, un tremblement de terre fend la ville en deux rien que pour maintenir l'attention du public, quelqu'un menace de faire sauter l'aéroport, des incendies monstrueux ravagent toute la partie ouest de la Vallée, et tout le monde de s'extasier pendant huit jours sur les pompiers. Les eaux de Santa Monica explosent leur seuil habituel de toxicité. Une alerte au mercure met tout le monde au régime sans sushis. Les émissions de carbone sont vouées aux gémonies, quand ce n'est pas la méthode Pilates, ou les calories des cocktails servis dans les Jamba Juice...

Quatre voitures étaient arrêtées sur la rampe d'accès au parking du restaurant, le temps d'un dernier coup de téléphone. Nous confiâmes nos clés au voiturier. Louvoyant entre les tables, nous mîmes le cap sur Chic, qui se trouvait dans un box tout au fond, les bras sur le dossier de la banquette.

— Ça tombe bien, justement, je *raffole* des pizzas au saumon fumé.

L'ironie de Chic piqua Preston au vif, et nous nous glissâmes à ses côtés. Je posai sur la table les documents que j'avais réunis.

Preston tendit le cou pour regarder derrière la vitre en verre gravé qui nous séparait de la cuisine.

— Je me demande si c'est ce Latino qui va s'occuper de nous...

— Il a une alliance, fis-je remarquer.

— Oh par pitiiié !

— Il a les yeux rivés sur les seins d'une nénette, à 11 heures.

— Il surcompense.

— Avant que tu ne te lances dans une autre de tes fameuses histoires d'amours interdites, ça ne te dirait pas de commander ?

Chic leva les yeux de son menu et dit, un peu gêné :

— Vous savez, j'suis pas gay ni l'un de ces trucs.

Preston le crucifia sur place du regard.

— Chéri, tu sais, de toute façon on ne voudrait pas de toi.

Le moment venu de passer commande, Preston fit de son mieux pour accrocher le regard du serveur et lui demander ce qu'il nous conseillait, mais le garçon, mal à l'aise, se contenta de ramasser nos menus et s'en alla.

Pas encore réhabitué à me trouver en public après la torture que m'avaient infligée les médias, je regardai autour de moi. A une table de nous, deux types en costume et un autre en jogging discutaient d'un financement allemand et du circuit des festivals. A côté d'eux, des femmes trop vieilles ou trop riches pour se soucier qu'on les entende comparaient leurs traitements hormonaux. Une femme harassée déjeunait avec des gamins qui – à en juger par leur air blasé et leurs jeans haute couture – étaient plus friqués qu'elle. Juste en face de nous, un type bien habillé se penchait au-dessus de son assiette. Tous ses voisins de table tournèrent la tête vers moi beaucoup moins discrètement qu'ils ne le croyaient. J'aurais voulu être une souris et disparaître dans un trou.

Chic comprit tout de suite ce qui se jouait, et me dit gentiment, avec un sourire :

— Ça aussi, ça passera.

— Venons-en à notre histoire, dit Preston.

Tout en mangeant nos Entrées du Marché, je récapitulai les dernières nouvelles. Comme d'habitude, je m'étais coincé un stylo derrière l'oreille pour prendre des notes, mais je me contentai de gribouiller.

Quand j'eus fini, Preston se racla la gorge.

— Oublie ce truc de serial killer. C'est franchement démodé.

— Ce n'est pas parce que ça ne t'intéresse pas, toi, que ce n'est pas à ça qu'on a affaire. On a deux cadavres sur les bras, et un même modus operandi.

— Ainsi que tu l'as signalé à l'inspecteur Stade-de-l'Enquête, il y a malgré tout des différences significatives.

— Ou bien...

Il y avait des moments avec Preston où il fallait savoir insister :

— ... il se peut que je sois devenu l'idole d'un copieur, qui a ensuite décidé de me piéger.

— Ce qui voudrait dire, dans ce cas, que tu as *bel et bien* tué Geneviève.

La brutalité de la remarque de Preston me prit au dépourvu. Je me sentis attiré de façon presque gravitationnelle vers une orbite défensive, et eus envie de nier que cela fût seulement possible. L'assiette de crevettes artistiquement décorée me parut tout à coup miteuse et peu appétissante.

— Tu ne peux pas le savoir, suggéra Preston. Pas encore.

— Je devrais reprendre du Sevoflurane. Peut-être que ça m'ouvrirait de nouveaux horizons.

Preston remua paresseusement son cocktail avec une paille.

— Nous ne savons même pas avec certitude si tu en as pris ne serait-ce *qu'une seule fois*, Drew. Je ne crois pas que nous ayons intérêt à braquer les pharmacies sur la base du maigre espoir que, si tu en inhalais à nouveau, tu te retrouverais dans la case « 23 septembre » de ton cerveau...

— Complot ou pas complot, intervint Chic, le moyen le plus rapide d'arriver au fin fond de l'histoire c'est de comprendre le lien entre les victimes, ou entre elles et toi...

— J'embauche un détective privé ?

Chic secoua la tête, déçu comme d'habitude par mon incapacité à me dépatouiller avec les choses de la vie.

— Je connais un hacker, un pirate informatique, spécialisé dans les bases de données. Factures de téléphone, factures de gaz, billets d'avion, tout le toutim. La moitié de tout ça est en ligne, sur abonnement, et la moitié qui ne l'est pas... eh ben, mettons que pour lui c'est pas vraiment un problème. Il piste les gens qui ne veulent pas payer leur pension alimentaire...

— Des papas indélicats ?

— Pas de sexisme, Drew-Drew. La dernière fois que j'ai fait appel à ses services, c'était pour retrouver une bonne femme qui avait mis dans son lit puis largué l'un de mes neveux. Il peut croiser toutes sortes d'informations, aussi facilement qu'un enfoiré de sa mère se dégote un alibi. Bien sûr, il nous faudrait la liste de tous les gens que tu as pu mettre en rogne.

Je lui tendis la liste que j'avais établie, et nous ajoutâmes quelques noms, mais je n'en voyais aucun qui aurait fait un tueur crédible, ni même un artiste de la cambriole. Mon neurologue, pétant un câble parce que je n'avais pas suivi ses conseils ? Le papa de Katherine Harriman, déshonoré par l'issue du rodéo de l'autre fois, revenu m'administrer la justice façon Chicago City ? Adeline Bertrand en tenue de ninja ?

Finalement, Chic en eut marre que je ne me connaisse pas d'ennemis mortels, et changea de sujet :

— Le deuxième cadavre, dit-il. Pourquoi lui avoir attaché les chevilles avec de la corde et les poignets avec du ruban adhésif ?

— J'ai posé la question : le scotch, c'est mieux pour les poignets. La corde, c'est pas si facile.

Preston détourna le regard, sirota son verre.

— Tu disais que la cordelette de coton était un accessoire utilisé par les amateurs de bondage. On pourrait aller voir dans les endroits qui en vendent.

— C'est à la police de s'occuper de ce genre de détails emmerdants, dit Chic. C'est à ça qu'ils sont bons.

— Et nous, à quoi on est bons ?

Une longue pause.

— Pas à ce genre de détails emmerdants, en tout cas.

— Je pense que la corde est une fausse piste, dis-je. Je pense qu'il l'a utilisée pour égarer les soupçons.

Les gens en face de nous échangèrent quelques murmures, et puis finalement le monsieur bien habillé se leva et marcha vers moi.

— Prends ça avec le sourire, me dit Chic.

L'homme se pencha vers moi.

— Vous êtes Andrew Danner, n'est-ce pas ? Je voulais juste vous dire que je suis désolé pour tout ce qui vous est arrivé. Je n'y connais pas grand-chose, mais je pense que vous avez été victime d'un coup tordu.

— Eh bien... merci beaucoup.

Nous nous serrâmes la main. Avant de partir, il jeta un coup d'œil à Chic.

— Et encore bravo, Bales, espèce de limace !

Il regagna sa table. Preston et moi plongeâmes le nez dans nos assiettes pour dissimuler notre sourire, pendant que Chic opinait du chef, humilié. Nos plats principaux arrivèrent et, ayant recouvré mon appétit, je pris quelques instants pour savourer mes agnolotti au mascarpone. Quand je relevai les yeux, Chic était en train d'étudier les photos de la scène de crime. Celle du dessus, probablement la première par ordre chronologique, montrait Kasey Broach. On n'y voyait encore aucune trace ni des flics ni des criminologues, et Broach semblait avoir pris la pose, comme pour satisfaire aux exigences d'un graphiste ambitieux. Sa chair dénudée et la tartine blanche de fiente d'oiseau sur le capot de la voiture abandonnée étaient les seules taches de lumière de cette sombre scène.

— Où est-ce que tu as chopé ça ? demanda Chic.

J'avais omis de lui en parler, quand il était venu me chercher chez les flics. Je lui dis que je les avais fauchées dans la salle d'interrogatoire.

Il siffla d'admiration et orienta latéralement l'un des tirages, pour regarder sous un autre angle la composition interrompue de l'artiste, sous la bretelle d'autoroute.

— Beau travail !

— Concentrons-nous sur le cadavre, dit Preston.

Chic préleva une deuxième photo dans la liasse. Celle-ci montrait un certain nombre de flics, debout ou accroupis auprès du grillage. Un hexagone de ruban jaune de la police entourait maintenant le cadavre. Le béton peint à la bombe était semé de plumes, qui collaient à la rampe d'accès. Le flash de la caméra faisait ressortir des éclats de bouteilles de bière.

— Regardez ça, fit Chic. Notre première vraie piste.

Preston jeta un coup d'œil par-dessus l'épaule de Chic et fit la moue.

— Ça raconte une histoire, monsieur l'auteur, poursuivit Chic, c'est juste que tu ne sais pas la lire.

Je pris la photo et l'étudiai.

— Je ne vois rien.

Chic se glissa hors du box, me poussant devant lui.

— Amène-toi, je vais te montrer.

# 15

Il n'y avait pas de contour à la craie, pas de taches de sang, aucun de ces tristes tentacules jaunes délimitant la scène de crime pour rendre hommage au cadavre qui s'y était trouvé moins de soixante-douze heures auparavant. Juste l'asphalte décrépit, le coupé délabré, et Chic et moi. La circulation grondait au-dessous de nous. Ça puait la pisse, et la bière. Le soleil avait amorcé sa descente, or Rampart était un endroit où il valait mieux ne pas traîner après la nuit. Chic écarta largement les bras.

— Regarde !

— Regarde quoi ?

Chic indiqua le magnifique nuage peint à l'aérographe qui faisait descendre un peu de ciel sous la bretelle de l'autoroute. L'artiste avait exploité au maximum la surface disponible, si bien que quand on regardait la fresque de face, comme nous le faisions, les perspectives étaient respectées. Pourtant, même ainsi, je n'étais pas sûr de ce que je voyais. Des explosions, des protubérances et des lettres bulbeuses, tout cela donnait une stupéfiante impression de relief. L'œuvre était restée inachevée, et la moitié droite se fondait dans la grisaille du béton. Des plumes avaient adhéré au bas de la peinture, où elles avaient séché.

— Oh, fis-je. Oh, oh...

Je suivis Chic vers un endroit où on avait roulé sur le grillage.

— Les flics étaient vraiment pressés d'arriver, dit-il. Et ton criminologue ?

— D'après ce qu'on m'a dit, il était dans le coin, en train de se farcir un burrito.

— Des agents en patrouille voient le cadavre. Le criminologue prend des photos, récupère les indices avant que tout le monde vienne piétiner la scène de crime. Et ensuite, quelle est la première chose que font les flics ?

— Sécuriser la scène de crime ?

— Sécuriser la scène de crime. Ce qui veut dire qu'ils vérifient ce coin dans l'ombre, ici.

Il se dirigea vers le triangle plongé dans l'obscurité, où la rampe d'accès rencontrait le sol. Une brusque envolée de pigeons, dérangés sur leurs perchoirs nocturnes au-dessus des poutres de soutènement, troubla la rumeur de l'autoroute. Chic revint vers moi en agitant les bras, des pigeons criaillant autour de sa tête. Sa fuite manquait de dignité, mais il brossa ses vêtements de la main, cueillit quelque chose au bout de sa langue et continua, sans se laisser démonter :

— Les flics ont effrayé les pigeons. Les plumes soulevées se sont collées sur la peinture.

Chic me montra les photos de la scène de crime, et en particulier celles du cadavre de Broach, avant que les lieux ne soient sécurisés. On n'y voyait pas encore de plumes.

— Ce qui veut dire que la peinture n'avait pas eu le temps de sécher. Et *donc que*...

Il dressa le doigt avec une emphase professorale.

— ... le tagueur était au boulot, cette nuit-là, quand il a été dérangé.

Il tourna la tête en direction de la partie inachevée de la fresque.

— Et qu'est-ce qui fait fuir un tagueur ? Une voiture. Et quelle est la première voiture à s'être pointée ici, et à l'avoir fait fuir ?

— Celle de l'assassin, venu balancer le corps.

Le large sourire de Chic revint éclairer son visage.

— Peut-être qu'on s'est trouvé un témoin...

Je regardai le capot du cabriolet, blanc de fientes de pigeons.

— L'affaire de la Merde d'Oiseau Révélatrice...

— Absolument !

— Et comment on va le dénicher, notre artiste ?

Chic indiqua l'œuvre d'art multicolore au-dessus de sa tête.

— Ce que tu as sous les yeux, c'est sa signature ! C'est à ça que ça sert, les tags !

Nous avions retrouvé nos rôles habituels. Chic était l'un de mes meilleurs relecteurs de premier jet. Il était particulièrement affûté quand il s'agissait d'insuffler la logique des bas-fonds à un personnage ou pour communiquer à une enfilade de dialogues la saveur du parler des rues. Je le regardai se mordiller la lèvre. Encore un conseiller devenu complice !

Il regarda la fresque un instant de plus, comme s'il voulait la graver dans sa mémoire, puis dit :

— Laisse-moi fouiner un peu, appeler certains de mes frères...

Un peu partout dans Los Angeles, Chic avait environ vingt-sept frères aux dents plaquées or, et qui apparaissaient à tour de rôle, pour réparer une bagnole, faire office de barman aux fêtes ou décharger un nouvel écran plat. La plupart étaient, comme lui, des transfuges de Philadelphie. Et certains d'entre eux étaient peut-être même vraiment de sa famille.

Un coup de vent souleva des détritus tombés des poutres lors de l'envolée de pigeons. Je m'accroupis à côté d'un nid plus volumineux que je ne l'aurais cru. A l'intérieur se trouvait un anneau d'emballage de plastique, à peu près deux fois plus gros que ceux qui retiennent les canettes de bière, et qui arborait encore l'étiquette *Home Depot*, où était inscrit son prix.

Je n'entendais plus les sifflements du vent, les roucoulements des pigeons, les voitures au-dessus de nos têtes. Je n'entendais plus que les battements de mon cœur.

C'était l'emballage d'un rouleau de ruban adhésif comme en utilisent les électriciens.

# 16

La porte s'ouvrit à la volée, et l'espace d'un instant il n'y eut que les ténèbres, la forme blanche d'une main posée sur la poignée de la porte et le sempiternel chant des criquets. Puis Lloyd s'avança dans la flaque de lumière projetée par la lampe du porche, et je lui tendis un sac en papier.

— Bon sang, Drew, mais c'est quoi, ça ? s'exclama Lloyd.

— Un *indice* !

Impassible, Lloyd jeta un coup d'œil à sa montre. Il n'était que 18 h 30, mais il faisait déjà aussi noir qu'à minuit. Apparemment, il avait encore passé une sacrée journée. Pourtant, il ne résista pas à la tentation et mordit à l'appât :

— Attends-moi ici.

Je restai planté sur le seuil pendant cinq bonnes minutes, pendant lesquelles je l'entendis farfouiller dans la maison, et une voix féminine assourdie répondre à la sienne. Des bruits de pas. Une porte se referma.

Il me rouvrit et me fit signe d'entrer. Nous nous assîmes aux mêmes places que la dernière fois, lui sur le canapé, moi dans le fauteuil en cuir. Le plateau télé posé par terre était encore plein de tacos. Un seul était déballé, et je reconnus la bouchée manquante que je l'avais vu prendre. Au fond du corridor, la même bande de lumière jaune brillait sous la porte de la chambre. C'était comme si le temps s'était arrêté depuis la nuit dernière, comme si dans cette maison le temps n'existait pas.

Je le mis au courant de notre expédition à Rampart, finissant par l'emballage de ruban adhésif que j'avais trouvé au fond du nid de pigeon. Il prit une expression qui hésitait entre la surprise, la colère et une admiration réticente.

— Ben merde, tu te donnes à fond, hein ?

— Je veux, Lloyd. Quatre mois de prison, un procès pour meurtre, et deux femmes assassinées, dont une qui ne m'était pas indifférente. Comme on dit, cette fois, c'est *vraiment* personnel !

Il lorgna le sac, toujours fermé.

— Qu'est-ce que je peux faire pour toi ?

— Une recherche d'empreintes digitales.

— Ecoute, Drew, partager avec toi certains éléments de l'enquête, c'est une chose. Mais de là à faire une recherche d'empreintes...

— Tu ne me feras pas croire que tu n'as pas envie de savoir.

— On ne sait même pas si ce sont celles de notre bonhomme... Qui te dit que ce ne sont pas des ordures déplacées par le vent ? Ou ramassées par un pigeon en maraude ?

— Personne, mais...

— Et puis quoi, le type aurait été assez stupide pour laisser dans les parages du cadavre un emballage avec ses empreintes ?

— Vous avez trouvé dans ma poubelle une bâche en plastique brûlée qui avait peut-être traîné dans le coffre de sa bagnole. Peut-être qu'il a scotché les poignets de Broach quand elle était dans son coffre, et qu'il y a laissé l'emballage. Il n'est pas impossible qu'il soit resté collé à son corps quand il s'en est débarrassé, puis que le vent l'ait emporté...

Mais Lloyd campait sur ses positions :

— De toute façon, ces indices n'ont pas été recueillis conformément à la procédure. Rien n'empêchera un avocat de dire que tu as trouvé ça n'importe où.

— Mon but n'est pas seulement de faire mettre quelqu'un d'autre à l'ombre.

Ma remarque pesa lourdement dans l'air qui sentait le renfermé.

— Il faudra pourtant bien en arriver là, si tu veux te disculper. C'est ce que tu cherches, non ?

— Je veux surtout comprendre ce qui s'est passé, ou plutôt, me repris-je, ce qui est *en train* de se passer.

Son regard n'avait pas quitté le sac.

— Tu ne me feras pas croire que tu n'as pas envie de savoir, répétai-je.

Il se tordit les mains, laissa échapper un soupir qui remontait des profondeurs.

— J'ai envie de savoir, oui.

— Rappelle-toi, quand tu as prélevé mon ADN sur ma brosse à dents, pour me faire voir comment ça marchait. Quelle différence avec maintenant ?

J'ouvris le sac et l'inclinai pour lui en montrer le contenu.

— Ce n'est pas comme si c'étaient les flics qui avaient trouvé cet indice. N'importe comment, il aurait été perdu. Il se trouve que je suis tombé dessus par hasard, dans la garniture intérieure d'un nid de pigeon...

— Y a pas de garniture intérieure, dans les nids de pigeons. Mais ce sont de grands amateurs d'ordures... Tiens, regarde, fit-il en prenant le stylo que je m'étais mis comme d'habitude au-dessus de l'oreille, il y a une trace de colle, là. Ça peut être sucré. L'oiseau a dû penser que ça se mangeait, et l'a rapporté dans son nid.

L'étendue de ses connaissances me stupéfia, comme toujours. Il savait virtuellement tout ce qui pouvait avoir un rapport même lointain avec le crime. Pourquoi un asticot était obèse, si une marque de teinturier était rare, à quel stade de maturation se trouvait l'œuf de diptère trouvé dans la cavité buccale d'un cadavre...

— Et pourquoi tu n'essaies pas de mettre de la poudre à empreintes dessus ? demandai-je. C'est pas la peine de discuter s'il n'y a pas d'empreintes.

J'avais fini par lui proposer l'argument dont il avait besoin. Il alla farfouiller dans son van, revint avec un ordinateur portable et une mallette qui s'ouvrait en révélant des casiers sur plusieurs niveaux, comme une boîte à outils. Agenouillé sur le tapis, il se mit au boulot, et au bout de quelques minutes il réussit à faire apparaître une empreinte : une crête fragmentaire sur l'extérieur courbe de l'emballage rigide, juste à côté de l'étiquette Home Depot. Il se rassit sur ses talons.

— On devrait en avoir assez pour essayer d'établir une correspondance.

J'étais incapable de dire s'il avait l'air de le regretter ou s'il était ravi. Probablement un peu des deux.

Je ne fis aucun commentaire. Croyez-le ou non, il y a des moments où je sais la boucler.

Au bout de quelques instants de délibération avec lui-même, il plongea la main dans sa mallette et en retira un releveur électrostatique pas plus grand qu'un paquet de cigarettes. Il décolla le ruban adhésif transparent de son support protecteur, l'appliqua sur l'empreinte puis le recolla, emprisonnant l'empreinte. Il disparut dans les profondeurs de sa maison, et revint avec un appareil photo numérique. Il photographia l'empreinte ainsi relevée et en copia l'image sur son ordinateur. Quand il détourna l'écran de son ordinateur de façon que je ne le voie pas entrer son code, je me sentis empli d'exaltation. On était en train de se connecter à la base de données des empreintes digitales !

J'attendis sans rien dire pendant qu'il pianotait sur son clavier, des photos de Janice et de lui me regardant en souriant partout où tombait mon regard. L'inverse du portrait de Dorian Gray, cette santé éclatante, tout ce bien-être, préservés derrière des petites fenêtres de verre, pendant que l'original se décomposait dans la pièce du fond.

Je vis Lloyd hausser les sourcils et trembler. Je résistai à l'envie de l'interroger, et il tourna l'écran de son ordinateur vers moi. Un cliché d'identité judiciaire me regardait mélancoliquement, un type aux yeux enfoncés, le cheveu clairsemé, la mâchoire carrée. Richard Collins. Trente et un ans d'après sa date de naissance, mais il en faisait au moins dix de plus. Il était tombé deux fois pour possession de drogue au cours des trois dernières années, rien de plus.

Depuis que j'avais commencé mon enquête, c'était la première fois que l'éventuel assassin de Geneviève et/ou de Broach prenait un visage. J'étais un peu déçu que ce Collins n'ait pas l'air plus impressionnant : on aurait dit un ouvrier qui avait salopé le boulot dans votre maison et qui se foutait que vous refusiez de le payer.

— Qui c'est ce type, pour toi ? demanda Lloyd.

Je venais de me poser la même question. Mon chemin avait-il croisé celui de Richard Collins au cours de mes amours avec la dive bouteille ? Avais-je dragué sa sœur ? Nous étions-nous retrouvés coude à coude dans un bar quelconque ?

— Je ne sais pas. Je ne le reconnais pas.

— Eh bien, s'il a effectivement essayé de te piéger, on peut parier sans risque que lui te reconnaîtrait.

— Et alors ?

— Alors maintenant, tu renvoies la balle aux flics.

— Tu ne peux pas t'en occuper ?

— On n'est pas dans *Les Experts*, ici. C'est pas le criminologue qui résout l'affaire.

Lloyd mit dans un sachet hermétique le releveur électrostatique et un CD où il avait transféré la photo numérisée.

— N'importe qui, dit-il, peut prendre la suite à partir de là. Et ne va surtout pas leur raconter que c'est grâce à moi que tu as eu tout ça, ou ils vont m'envoyer les Men In Black.

Il me sembla qu'il marchait d'un pas plus léger lorsqu'il me raccompagna à la porte. En dépit des mises en garde qu'il m'avait adressées pour me calmer, lui aussi éprouvait l'excitation du chasseur qui se rapproche de sa proie. Je le gagnais lentement à ma cause, une demande égoïste après l'autre.

Mes chaussures firent crisser le gravier.

— Bonne chance, Drew ! lança-t-il dans mon dos, d'un ton étonnamment enjoué.

Quand je me retournai, la porte s'était déjà refermée.

# 17

— Cette empreinte a été relevée sur une pièce à conviction trouvée non loin du cadavre de Kasey Broach. C'est celle d'un type déjà connu des services de police, Richard Collins. En tant que citoyen libre, je vais me rendre chez lui pour lui poser quelques questions. Je pense que tu devrais m'accompagner.

Cal me regarda à travers sa porte-moustiquaire, une cigarette pendouillant au coin de sa bouche. Il portait un marcel qui laissait voir ses grosses épaules tatouées aux effigies de Calvin et Hobbes – ce qui avait probablement été une super bonne idée quand il avait dix-huit ans, un soir de beuverie. Le sachet pour pièces à conviction transparent contenant le releveur électrostatique et le CD produisait une impression beaucoup plus dramatique que le sac en papier kraft de la dernière fois.

Il ouvrit la porte-moustiquaire.

— T'as pété un câble ou quoi ?

— Ouais. C'est d'ailleurs pour ça que j'ai été acquitté par un jury de mes pairs.

— T'as pas de pairs, trou du cul. Vide ton sac.

Je lui déballai tout, en laissant Lloyd de côté. Son silence traduisait son intérêt. Ou alors il s'était endormi, les yeux ouverts.

Quand j'eus terminé, il me demanda évidemment :

— Et comment t'as appris à qui cette empreinte correspondait ?

— Oh, j'ai juste reconnu le dessin. Pas toi ?

Il fit la grimace, amusé par ma réponse.

— T'es sûr que c'est pas toi qui as laissé cette empreinte toi-même ? Dans une transe mystique, naturellement ?

— Je suis actuellement garanti cent pour cent sans tumeur cérébrale.

— Mais pas sans imagination débordante.

— Ça, c'est pas le produit de mon imagination débordante.

Et j'agitai le sachet, au cas où il l'aurait oublié.

— T'as foutu en l'air la continuité de la preuve.

— La continuité de la preuve, je l'emmerde. Cette empreinte s'est baladée un peu partout pendant toute la semaine parce que tes collègues n'ont pas été foutus de la trouver. Il s'agit pas de boucler le dossier, seulement de poser certaines questions. Ce que je vais faire.

Il essaya de me prendre le sachet, mais je l'éloignai de lui.

— Donne-moi ça, dit-il. Je vais y jeter un coup d'œil...

— Ecoute, mon pote, tu avais l'occasion de jouer les détectives de la Crime quand je suis venu te voir, hier, mais tu étais trop occupé à déplorer la violence dans ce monde... Alors maintenant, c'est l'enquête d'un citoyen. Je vais aller voir ce M. Collins, et il n'y a aucune loi pour m'en empêcher. Alors, si tu veux venir, je pense que ça pourrait t'aider pour ta carrière.

— Tu viens de dire que tu es un citoyen libre. Permets-moi de te rappeler que tu es un citoyen *relativement* libre.

Il tendit la main à nouveau pour essayer d'attraper le sac, mais je le cachai derrière mon dos.

— T'es vraiment de la graine d'enfoiré, tu le sais, ça ? fit-il.

— Ta voiture ou la mienne ?

Il me regarda pendant une bonne dizaine de secondes. Ça fait un long regard, quand il est braqué sur vous. Surtout quand vous le rendez à l'adversaire en essayant de ne pas ciller. J'aurais parié qu'il regrettait de ne pas avoir ses lunettes de gros dur pour compléter le tableau. Finalement, il fit un pas de côté et laissa la porte ouverte, m'invitant à entrer. Sur le canapé, derrière lui, je voyais que les pages de mon manuscrit avaient été feuilletées.

Il se retourna, s'éloigna.

— Je vais chercher mon badge. Histoire d'impressionner ledit Collins.

Baptisée autoroute Ronald Reagan en 1994 par des législateurs nostalgiques, la 118 traverse mollement le nord de San Fernando Valley jusqu'à la Simi Valley. Cal regardait par la vitre défiler les collines de Granada dans un brouillard de centres commerciaux et de lotissements pavillonnaires. Nous nous étions arrêtés au commissariat pour qu'ils rescannent l'empreinte. Quand Richard Collins et son adresse à Northridge étaient apparus sur l'écran de l'ordinateur, Cal m'avait gratifié d'un coup d'œil et m'avait dit, impassible :

« Danner, t'es un Sioux. »

Nous regardâmes défiler des kilomètres de maisons identiques. Loin de la ville, loin de la ceinture des climatiseurs, ces banlieues pavillonnaires n'avaient même pas le charme de la Zone – Crenshaw, South Central, Compton –, où des billets verts passaient de main en main, où les balles sifflaient, où des Cadillac customisées illuminaient des pâtés de maisons délabrés. Je me demandai comment les gens qui habitaient ces limbes s'y prenaient pour supporter la médiocrité ambiante. Le soleil toute l'année, la proximité de la mer et un taux d'humidité idéal les empêchaient-ils de souffrir ?

Peut-être que c'était ça qui avait fait de Richard Collins un meurtrier. Le simple fait d'habiter quelque part au coin de Corbin et de Parthenia.

Au bout d'un moment, je me rendis compte que Cal s'était renfrogné, et pas seulement à cause du décor.

— Pourquoi tu fais la gueule ?

Il réfléchit un moment avant de répondre, se demandant peut-être si nous étions redevenus amis ou pas.

— Un rancard qui n'a pas marché. Cette meuf aurait pu sortir d'un de tes bouquins. Si tu avais écrit des trucs d'horreur.

— C'était si grave que ça ?

— « Quand Minette miaule comme *ça*, elle dit qu'elle a faim. Quand Minette miaule comme *ci*, elle dit qu'elle t'aime ! » Une vraie barge !

Je ris. Mais pas lui.

— Rien à voir avec ton ex ? demandai-je.

— Elle est remariée. A un agent du FBI. Une vraie tête de con. Et en plus, il s'appelle Jeremy. *Jeremy*, tu le crois, ça !

Cal se prit la tête entre les mains.

Je décidai d'en rester là.

Nous quittâmes l'autoroute et nous arrêtâmes devant un immeuble qui ressemblait à tous les autres immeubles devant lesquels nous étions passés jusque-là. Il descendit de voiture, mais je restai un moment au volant, en essayant de me pénétrer de la réalité de la situation. Nous allions frapper à la porte d'un homme qui avait peut-être tué deux femmes et tout mis en œuvre pour me faire porter le chapeau. Je me demandai ce qui m'empêchait de mettre la main sur la poignée de la portière. Une lame froide de doute à la base de la colonne vertébrale. Et si nous découvrions que Collins était bien notre bonhomme, mais qu'il ne m'avait entubé que pour *un seul* meurtre ? Et si les regards haineux que les Bertrand m'avaient adressés au tribunal s'avéraient justifiés ?

Cal fit le tour de la voiture, se pencha par ma vitre ouverte.

— Alors ? On se dégonfle ?

Je secouai la tête.

— Tu ferais peut-être mieux, pourtant. L'an dernier, on est venus arrêter un mec qui s'était si bien couvert les mains de merde que personne ne voulait lui passer les menottes.

— Qu'est-ce qui peut bien pousser un type à faire ça ?

— Papa qui lui écrase ses clopes sur le front. Maman qui l'entoure pas assez d'affection. Trop de Black Sabbath avant la puberté... Des fois, fit Cal en se redressant, y a tout simplement pas de raison. C'est juste que les gens sont comme ça. Givrés.

Bien sûr, me dis-je, mais c'est tout de même plus intéressant quand il y a des raisons.

Il se dirigea vers l'escalier, et je dus me secouer pour le rattraper. Sa main plongea dans son veston, ouvrit son étui à pistolet. L'une des fenêtres de l'appartement 11B donnait sur la cage d'escalier. La vitre était entrebâillée de quelques centimètres. Les rideaux étaient tirés.

En restant sur le côté de la porte, Cal frappa avec le talon de sa lampe torche.

— Richard Collins ? Police, ouvrez, s'il vous plaît !

Du bruit à l'intérieur, peut-être celui d'une chaise renversée.

— Ouvrez, s'il vous plaît. Nous avons seulement quelques questions à vous poser.

— Qu'est-ce que vous voulez ?

— Monsieur, ouvrez cette porte *tout de suite*.

Un bruit de pas lourds, derrière la porte.

— Maintenant, ouvrez, sinon j'envoie les gaz lacrymogènes…

Cal m'adressa un regard qui se voulait rassurant.

Il repartit dans le couloir, prit l'extincteur mural accroché au mur et revint. Il ôta la goupille, me la lança et projeta un jet de neige carbonique par l'ouverture de la fenêtre. Un hurlement, puis Collins sortit dans le couloir en titubant, les bras levés.

Cal le plaqua au mur et le palpa rapidement.

— Allez, on entre.

L'appartement puait l'herbe. Pendant que Cal maintenait Collins contre le mur, je fis le tour de la pièce principale. Une table avait été poussée dans un coin, près de la kitchenette. Une fourchette était plantée dans un bol de spaghettis. Une chaise était tombée par terre, sur la chemise orange fluo qui avait été jetée sur le dossier.

— J'ai rien fait, mec. J'peux pas me permettre une troisième condamnation. J'peux pas !

— Où t'étais, la nuit du 22 janvier ? demanda Cal.

Il faut lui reconnaître ça, Collins eut l'air parfaitement ahuri.

— J'en sais rien. C'était quand ?

Dans l'évier, à moitié enfoncé dans la gueule du broyeur, se trouvait un sachet de marijuana. Je levai les yeux vers Collins, qui me dévisageait, terrifié.

— Jeudi. Il y a trois nuits, répondit Cal.

— Je travaillais.

— Entre 22 h 30 et 2 heures du matin ?

Je relevai la chaise, ramassant au passage la chemise toujours accrochée au dossier.

— *Je travaillais*, j'vous dis ! Vous pouvez vérifier, j'ai pointé. Allez parler à mon patron. Je suis magasinier. Je travaille de nuit.

— Où ça ?

Je remarquai le logo familier cousu sur la chemise, au niveau de la poitrine. Dire que je me sentis déçu aurait été un doux euphémisme. Cal me regarda et vit la chemise d'uniforme juste au moment où Collins disait :

— Home Depot.

Cal eut un ricanement, qui se mua en une crise de fou rire, et il se plia en deux, les mains sur les genoux.

— Eh, une minute, les gars, fit Collins. Qu'est-ce qui se passe ?

De la cuisine, je posai ce qui – rétrospectivement – était la plus stupide des questions :

— Vous vous rappelez avoir vendu du ruban adhésif à quelqu'un ?

— Je travaille pas dans le magasin. Je me contente de décharger les camions. Du ruban adhésif, c'est sûr. Des caisses entières. Ecoutez, si vous causez à mon patron, je vous en prie, ne lui parlez pas de mon casier. J'ai menti au moment de l'embauche. Je suis désolé. J'aurais jamais pu prendre un nouveau départ, pas avec ces histoires de drogue...

— T'en fais pas pour ça, dit Cal.

Collins me regardait toujours.

— Je serais foutu, si j'écopais d'une troisième condamnation. Vingt-cinq ans à perpète. J'ai des enfants, je dois verser une pension. Je me tiens à carreau, maintenant. J'touche plus à ces trucs.

Dans ma ferveur, j'étais allé trop loin en faisant de Collins-le-fumeur-de-joints un tueur de sang-froid. Du coup, j'étais prêt à gâcher sa vie encore plus que la mienne, et lui, il n'avait pas de tumeur au cerveau pour lui sauver la mise. Prétextant d'avoir à me laver les mains, je laissai l'eau repousser le sachet de marijuana dans le broyeur.

— Vous en faites pas pour ça, dis-je.

Cal ne m'adressa pas une parole alors que nous redescendions vers la voiture. Avant de partir, il avait appelé le patron du Home Depot, qui lui avait confirmé que Collins était au boulot la nuit du 22 janvier. J'avais retiré de tout ça une information, mais elle était tellement entourée de paramètres qu'elle en était presque inutile. *Si* l'emballage était celui du ruban adhésif de l'assassin, alors il l'avait acheté au Home Depot de Van Nuys. *Si* le bonhomme avait fait les courses près de chez lui, alors c'était un gars de la Vallée. Deux « si » qui ne faisaient pas beaucoup avancer les affaires de ma petite équipe.

Nous reprîmes la voiture. Je m'attendais à ce que Cal pousse une gueulante, mais il se contenta de me dire avec un rictus :

— Surtout, ne change pas de boulot.

Lloyd m'appela sur mon portable alors que je rentrais chez moi après avoir raccompagné Cal.

— Comment ça s'est passé ?

Je lui racontai tout.

— Aïe ! dit-il. Désolé d'en rajouter une couche, mais les résultats de l'analyse de l'ADN sont revenus... Navré, mais c'était bien ton ADN sur le cadavre de Broach et sur la bâche récupérée dans ta poubelle. Ça ne fout pas vraiment en l'air ton alibi, mais je voulais quand même te prévenir.

Je le remerciai chaleureusement, et raccrochai. En rentrant chez moi, je repensai à ma porte d'entrée bousillée, et à la note de Preston me rappelant que je n'étais pas protégé de ce côté-là. J'appelai les renseignements, puis l'une de ces compagnies qui posent des alarmes dont j'avais vu le nom sur des piquets de métal plantés sur la pelouse des voisins.

— Eh non, m'sieur. J'ai personne à vous envoyer avant mardi, voire mercredi.

— Vous êtes sûr que vous ne bossez pas pour la compagnie du téléphone ?

— Pardon ?

— Laissez tomber.

Je lui donnai mon adresse et pris rendez-vous. Puis j'appelai Home Depot, me disant qu'ils avaient une dette envers moi. Je tombai sur un répondeur et laissai un message, sachant très bien qu'il n'y avait aucune chance pour qu'on me rappelle, mais éprouvant la satisfaction d'avoir suivi les judicieux conseils de mon éditeur.

Richard Collins. Manipulateur professionnel de ruban adhésif. Toi non plus, t'as pas intérêt à changer de boulot.

Je décidai de m'accorder une minute de découragement, le temps d'arriver chez moi. Mais la minute se prolongea. J'étais trop crevé pour aller fumer un cigare sur ma terrasse, alors je m'affalai dans mon fauteuil pour un moment de rumination morose, ressassant mes faux pas. Après avoir bien ruminé, fatigué de moi-même, j'allumai la télé.

Le taux d'humidité était faible, la menace terroriste élevée. Un jour comme les autres en Amérique. Et devinez ce qui repassait sur TNT ? *Le Signe de proie*. Avec, comme de bien entendu, Johnny Ordean et sa soutane de traviole, tenant la tête dégoulinante d'un voyou au-dessus d'une cuvette de chiotte dégueulasse.

« Alors, t'accouches ou tu préfères que je te baptise une deuxième fois ? »

Dieux du ciel.

Le gargouillis qui s'ensuivit fit passer mon pouce à l'action. Un cyclone au nom enjôleur ravageait la côte de Géorgie. Un chanteur de moins de vingt ans avait eu un accident de voiture au carrefour de Fairfax et de Le Brea, et une équipe de télé était là pour immortaliser chaque juron, chaque feu arrière endommagé.

Et voilà, on s'absente un instant, et le public vous fait déjà des infidélités.

J'appuyai sur le bouton rouge et restai assis dans la pénombre. Il n'y a pas de silence plus lugubre que celui d'une maison vide quand la télé s'éteint. Maintenant que les médias ne me traînaient plus dans la boue, je me sentais délaissé.

Les coussins du canapé, qui portaient encore la marque des fesses de Preston, réveillèrent des souvenirs de Geneviève. Avant que nous ne regardions un film ou un opéra sur PBS, elle avait l'habitude de mettre sens dessus dessous ce fichu canapé et de le réarranger à son goût comme un gamin construisant un fort, ce qui revenait à le métamorphoser en un nid de coussins, sur lequel elle se perchait, telle Cléopâtre sur sa barge. Du haut de son royal perchoir, elle m'étudiait à présent de ses yeux implorants, si français.

— Je fais de mon mieux, dis-je. Tout le monde a ses bas. Rappelle-toi Waterloo.

Elle disparut lorsque mon téléphone sonna.

— Et c'est qui, l'As des As ?

— Je sais pas. Barry Bonds[1] ? répondis-je benoîtement.

Soupir écœuré.

— Chic Bales, gros nigaud.

Je lui racontai pour Richard Collins, le fumeur de beu innocent, la terreur des Home Depot.

— Pleure pas, Calimero. Je nous ai dégoté un artiste du tag. On décolle à l'aube.

Après son coup de fil, je contemplai longuement le canapé, mais Geneviève ne réapparut pas. Je ne pouvais pas lui en vouloir. Je ne faisais pas un compagnon très agréable, et il n'était pas exclu que ce soit moi qui lui aie enfoncé un couteau à désosser dans la cage thoracique.

A l'étage, je dormis d'un sommeil agité et me retrouvai parfaitement réveillé à 1 heure du matin. L'heure de Geneviève. Chaque sifflement du vent était un store qu'on fracturait, chaque craquement de la maison un pied posé furtivement. En allumant les lumières devant moi, j'allai récupérer des morceaux de contre-plaqué dans le garage et les clouai sur la vitre brisée de la porte d'entrée.

1. Célèbre joueur de base-ball.

De retour dans ma chambre, je restai allongé dans le noir, entouré par des ombres familières.

*Il faut accepter ce qui arrive, et tout ce qui compte c'est d'y faire face avec courage, et avec ce qu'on a de meilleur en soi.*

J'avais vraiment l'air idiot. Ce n'était pas une découverte. J'avais passé la soirée à pédaler comme un fou sur le petit vélo que j'avais dans la tête. Je n'avais pas tellement mieux à faire, mais j'avais joué avec Cal une carte que j'aurais pu garder pour plus tard. Et alors ? J'en avais d'autres dans ma manche. Qui sait, peut-être que demain verrait surgir un nouveau témoin – l'artiste du graffiti –, un nouveau cadavre ou une montée des océans qui nous obligerait tous à respirer avec un tuba.

Pour Geneviève, pour Kasey Broach et pour moi-même, je ne pouvais plus faire demi-tour. J'étais dans l'action, jusqu'au cou. Après le sang, la sueur et les larmes, tout finirait par s'arranger – ou non.

Pour la première fois depuis que je m'étais réveillé dans ce lit d'hôpital, je dormis comme un bienheureux.

# 18

Je retrouvai Chic dans une partie de Compton qui avait été réhabilitée, ce qui voulait dire que les drogués avaient l'air mieux nourris.

Il s'accouda à ma portière et me dit :

— Le père de Geneviève est actionnaire d'une boîte qui possède une boutique où Kasey Broach s'est un jour acheté du savon. Elles achetaient leurs pneus de voiture chez le même grossiste, Geneviève via le mécano qui s'occupe de sa Lexus, et Broach toute seule, comme une grande.

— Et qu'est-ce que ça nous apporte ?

— Pas de quoi se relever la nuit, dit-il avec son grand sourire. Mon gars des bases de données est génial pour déterrer des infos, mais pas forcément des infos *utiles*. On verra bien ce qu'il va nous dénicher d'autre. Mais à mon avis, il n'y a pas beaucoup de liens entre elles deux – pour moi, l'idéal ce serait de trouver ce qui te relie à Broach. Et si par-dessus le marché on pouvait vous relier à Geneviève, alors là, bingo !

Pendant que nous traversions la rue, Chic eut un mouvement de menton en direction de l'entrepôt devant nous.

— C'est là que notre gars a son atelier...

— Atelier ?

— C'est un artiste, je te rappelle... Et me fous pas la honte en appelant ça des graffitis.

— Comment je dois dire ?

— Des fresques à l'aérographe.

— Ben voyons.

A l'entrée, derrière une sorte de bureau de réception, une grande femme baraquée soufflait sur des ongles qui doublaient la longueur de sa main. Elle leva les yeux en haussant les sourcils, comme si nous l'avions surprise à poil dans une cabine d'essayage.

— Engelbert Humperdinck, qui voudrait voir Bishop, dit Chic en me montrant, mais il n'osait pas venir tout seul parce qu'il a peur que vous autres cannibales ne le mettiez dans un gros chaudron.

— Un des grands chaudrons noirs qu'on a dans la cave ?

— Voilà...

— J'vais vous le chercher.

Elle repoussa son fauteuil et disparut derrière une porte métallique. Sa voix se réverbéra sur les murs :

— Bish ! Y a des gars pour toi !

Nous n'entendîmes pas ce que Bish répondit, mais la femme aboya :

— Ben t'as qu'à faire l'accueil toi-même !

Elle reparut, tenant la porte ouverte pour nous laisser entrer. Elle me dévisagea au passage.

— Et lui, c'est quoi ? Un keuf ou un client ?

— Un écrivain de romans noirs, répondit Chic.

— Il fait partie de la famille, quoi, renifla-t-elle.

Nous entrâmes dans l'entrepôt proprement dit. En dehors d'un bureau dans le coin opposé, d'un empilement de cartons et d'un grand Noir baraqué et nu, le local était vide. Les fesses à l'air, l'homme faisait face à une énorme toile couverte d'éclaboussures, accrochée au mur. De la peinture dégoulinait de ses doigts et coulait sur ses gros mollets.

Je regardai Chic, qui haussa les épaules. Nous traversâmes le vaste espace, en admirant les agrandissements photographiques qui ornaient les murs – des graffitis sur des trains, sur des panneaux d'affichage et même sur quelques voitures de flics. Les cartons étaient pleins de bombes de peinture, d'embouts, de capuchons et de lunettes à vision nocturne tachetées de peinture.

Chic se racla la gorge, mais Bishop ne se retourna pas. Il se pencha pour prendre un rouleau dans un pot de peinture violette et entreprit de s'en badigeonner le corps, des tibias jusqu'au cou. Puis, avec un rugissement de sanglier, il fonça en avant et se jeta sur la toile, y laissant une énorme empreinte violette. Il recula de quelques pas, s'essuya avec une serviette mouillée et enfila un jogging.

— Technique intéressante, dit Chic. Ça me fait penser à...

— De la merde ? proposa Bishop d'une voix grondante. Et comment ! Mais ça me rapporte trois plaques, à la galerie. Si vous pouviez en tirer autant pour un Rorschach de vos couilles, ne me faites pas croire que vous ne le feriez pas.

— Si je pouvais tirer trois plaques de quoi que ce soit de mes couilles, croyez-moi, j'hésiterais pas une seconde.

Le géant rigola.

— Vous êtes venus acheter quelque chose, les gars ?

— En réalité, j'ai juste une petite question pour vous, lui dis-je.

Je dépliai une photo du graffiti de la rampe d'accès de l'autoroute que j'avais glissée dans ma poche arrière. Je l'avais retouchée avec Photoshop, l'agrandissant, et zoomant dessus afin de laisser le cadavre hors champ.

Bishop y jeta un coup d'œil et dit :

— C'est pas moi.

— Y a pas de lézard, dis-je. Nous ne sommes pas des flics, ni rien de tout ça, et on se fout pas mal que ce soit illégal.

— Non, je veux dire, c'est *vraiment pas moi.*

Il eut un geste ample pour englober toutes les photos accrochées au mur.

— Vous voyez le nombre 103 ? Dans le coin en bas à droite, à chaque fois ?

Je regardai les photos. Les nombres apparaissaient presque comme sur ces affiches qu'on trouve dans les centres commerciaux, et sur lesquelles il faut loucher pendant vingt minutes avant d'être récompensé par une image en relief ou un mal de tête.

— C'est parce que je suis né dans la 103e Rue, à Watts.

Bishop tapota la photo que je tenais à la main.

— Y a pas de 103. Et puis, j'utilise pas de vert amazone ni de bleu pervenche. C'est pas la palette de Bishop. Y a un blaireau qui marche sur mes plates-bandes.

— Traduction, pour l'homme blanc ?

— Je suis un putain d'artiste, moi. C'est pour ça que vous venez tous me voir. Mais ça c'est l'œuvre d'un jeunot. Il a bouffé dans ma gamelle, copié ma merde pour se faire mousser.

— Vous sauriez dire quel est le gamin qui a fait ce gra...

— Cette fresque à l'aérographe, coupa Chic.

— Sûr. Il a laissé son nom là, juste ici, ce bouffon.

Bishop flanqua une pichenette sur le papier, dans le coin en haut à gauche. Dissimulées dans les nuages et les bulles de couleur, deux lettres étaient transcrites dans une calligraphie abstraite. *WB*.

— West Manchester Boulevard, près du Forum. C'est d'là qu'y vient, *lui*. Inglewood. Ce Junior fait du bon boulot, il bombe les bretelles d'accès à l'autoroute, et les entrepôts de garde-meubles. Pas de pochoirs ni d'aérographe. Et il fait un tortillon à la queue de ses *Q*.

Il avait prononcé le nom doucement, dans le style latino. *Hoon-yore.*

— Un Mexicain ? demanda Chic.

— La question des races se pose pas dans le milieu du graphe. Y a que l'art qui compte.

— Et vous savez où il crèche ?

— Ouais. Le gamin m'a envoyé une lettre, c'est un fan.

Bishop s'approcha du petit bureau métallique et fouilla dans les tiroirs, expédiant à terre des emballages de barres chocolatées. D'un monceau de courrier, il extirpa une lettre chiffonnée. Elle était accompagnée d'un Polaroïd représentant un volet d'entrepôt qui avait été transformé à la bombe en une pure merveille. La lettre disait :

*Cher Bish,*

*Je pense que t'est le meilleur. Voilà un truc que j'ai fais, dans ton genre, sur la Ligne Rouge du métro. Ce n'est pas aussi bon que ce que tu fais, mais un jour j'espère y arriver aussi bien que toi. Quand je serais plus grand, je taguerais la Maison-Blanche, en plein sur ses colonnes. Ha ha ha. Peut-être que quand je serai plus en conditionnelle je pourrai te rencontrer et tu me racompteras tes histoires.*

*C'est toi le boss !*

*Junior Delgado*

Je retournai l'enveloppe. L'adresse de l'expéditeur indiquait un endroit appelé Hope House, situé dans West Sixth. Je pris le Bic coincé sur mon oreille et recopiai l'adresse dans un calepin d'inspecteur recouvert de moleskine noire que Cal m'avait donné des années auparavant.

— Faut que je rencontre un de mes gars, au restaurant, dit Chic. Tu crois que tu te sens d'attaque pour aller rendre visite à Junior sans qu'un grand Nègre te tienne la main ?

— J'sais pas.

Je regardai Bishop.

— Vous voulez pas me tenir la main ?

Bishop eut un rictus.

— Je suis déjà pris.

# 19

Un type arborant les tatouages d'un gang en travers du cou dévala la rampe à toute vitesse dans un fauteuil roulant et vira sur les chapeaux de roues près du van garé à côté de ma voiture. Chemin faisant, j'avais appelé Preston, et il avait cherché Hope House sur Google pour moi. Ça se révéla être un placement résidentiel – selon l'expression consacrée par les services sociaux pour désigner les résidences surveillées –, juste au-dessus de MacArthur Park. Une bâtisse avec six chambres, deux gamins par chambre, et du personnel même la nuit. Dernier arrêt avant la maison de redressement pour adolescents à problèmes de Los Angeles.

Je descendis de ma voiture. Le type se donnait un mal fou pour s'arracher à son fauteuil roulant et prendre place derrière le volant.

— Vous voulez un coup de main ? proposai-je.

Il se retourna. Sa casquette de base-ball proclamait, haut et fort : *SI J'EN SUIS LÀ, C'EST GRÂCE À DIEU !*

— Ouais, je suis arrivé jusque-là, mais j'arrive pas à grimper dans mon putain de van.

La maison était un pavillon délabré à un étage – peinture écaillée, persiennes dans tous les sens. Je me retrouvai dans un cyclone d'ados qui entraient et sortaient des chambres en courant et en se gueulant dessus, ou s'affalaient sur une structure de jeu démantibulée au fond de la cour. Une conseillère hispanique tournait comme un ours en cage en se rongeant les ongles jusqu'au sang, un téléphone vissé à l'oreille.

— Son agent de probation ne s'est pas pointé, le chauffeur nous a fait faux bond, et il faut que je paye la caution de Patrick pour le faire sortir, alors je ne peux pas m'en occuper...

Elle raccrocha, laissa échapper un soupir.

— Vous êtes mon chauffeur ?

— Non. Je cherche Junior Delgado. Je voudrais lui demander...

— Soyez gentil, fit-elle avec un geste énervé avant de poursuivre sur un ton plus calme : Allez attendre là-bas. C'est Caroline Raine qu'il faut que vous voyiez – c'est notre thérapeute. Elle est en haut, elle s'occupe d'un problème de deal. Elle va descendre d'ici une seconde, mais vous n'avez pas choisi le meilleur jour. Allez donc vous servir un café.

Elle indiqua une rangée de mugs faits main, accrochés à des pitons en bois.

— Ça peut durer un moment. Soyez assez gentil de laver votre tasse quand vous aurez fini.

Je fis le plein de caféine et ressortis m'asseoir sur le bord d'une jardinière remplie de terre mais vide de fleurs, à côté d'un gamin qui avait l'air à peu près aussi vif que cette moule amorphe de James Taylor[1].

— Tu sais où je peux trouver Junior ?

— J'sais pas, mec.

Il se déplia et alla vasouiller un peu plus loin, offensé par ma présence.

Je fus frappé par l'influence que les films avaient eue sur ma façon de voir les maisons de redressement. Il n'y avait pas de Latinos au regard de Bambi et à la peau lisse, pas de gamines à la face crasseuse pour vous balancer un sourire à en faire péter le soleil, pas de petits esprits tordus en quête d'un vague mannequinat, aucun programme d'enseignement de la musique financé par l'Etat. Juste une palanquée de shorts baggies, de baskets et

1. Célèbre musicien, connu pour ses abus de drogues lénifiantes.

de trognes renfrognées. Le toboggan de la structure de jeu avait rouillé, les barres parallèles s'étaient évaporées. Des gamins comme ça auraient probablement mérité mieux pour jouer, mais ils avaient l'air de faire avec.

Un gosse apparemment atteint de trisomie 21, assis dans l'une des balançoires de caoutchouc fendillé, se tenait la tête à deux mains en pleurnichant :

— J'veux ma momaaaan...

Un gamin en sweat-shirt vert fluo apporta sa contribution au débat :

— T'avais qu'à pas la tuer, ta mère, mongolito !

— Je saaais. Je saaais.

Je me jurai de ne plus jamais, *jamais*, me plaindre de rien.

Un Latino tout en os – une quinzaine d'années, blouson et pantalon pattes d'eph en jean, Converse – se retourna pour prendre dans ses bras un co-conspirateur. Le dos de son blouson avait été customisé à la peinture. Il me sembla me souvenir que le terme adéquat était « œuvre à l'aérographe »...

— Junior ?

Il s'approcha mollement, s'assit à côté de moi, rectifia la façon dont j'avais prononcé son nom.

— Désolé, fis-je. C'est ton œuvre ? Je ne suis pas un flic, juste un admirateur.

Il jeta un coup d'œil au papier plié et sourit.

— Ouais, c'est de moi.

— Tu l'aurais pas fait jeudi dernier, dans la nuit ?

— Comment vous le savez ?

J'indiquai les plumes de pigeon collées au béton.

— La peinture n'était pas encore sèche. Et c'est ce qui m'a permis de dater cette fresque. A quelle heure étais-tu là-bas ?

Il me fallut un instant pour comprendre son hésitation.

— Ne t'en fais pas. Je ne dirai à personne que tu as fait le mur.

— Tard. Je dirais... dans les minuit moins le quart à 2 heures moins dix.

— Tu en es vraiment sûr ?

— A vrai dire, j'suis surtout sûr du moins dix.

Il me montra une Sanyo impressionnante.

— Ma montre sonne les heures. Ça a fait bip quand je suis rentré à la maison à vélo, à mi-chemin environ.

L'incrustation horaire de la première photo de scène de crime indiquait 2 h 07. Ce qui m'amena à la question suivante :

— Et pourquoi n'as-tu pas fini ton œuvre ?

— J'ai été interrompu.

— Par une voiture.

— Hum hum.

— T'as vu quel genre de voiture c'était ?

— J'ai l'œil, mon pote.

Sentant mon impatience, il me fixa de ses grands yeux bruns.

— M'ame Caroline est OK pour que vous soyez là ?

— Elle a pas dit qu'elle l'était pas.

— Vous l'avez pas encore vue ? Je veux dire, de vos yeux vue ?

— Non.

Il eut un sourire carnassier.

— J'aurais dû ? demandai-je.

— Monsieur, s'il vous plaît ? fit une voix dans mon dos.

Je me retournai pour voir une femme debout au-dessus de moi. Son visage, au premier abord, ressemblait à un beau masque fracassé. Il était sillonné par des cicatrices, la première commençant à la racine de ses cheveux, s'incurvant autour de sa tempe, une autre, partant de sous son œil, reliait le renflement de ses lèvres, fendant les commissures.

Je lâchai mon mug. Mon embarras alla croissant au gré de ses rebonds sur le béton, et le rire étouffé de Junior n'arrangea pas les choses.

— Je suis vraiment désolé, dis-je. Il m'a échappé...

Son expression resta neutre. Les cicatrices de ses lèvres ne s'alignaient pas, et le trajet de l'estafilade la plus longue semblait tout aussi chaotique. Ses cicatrices étaient estompées, leur couleur se fondant avec celle de sa peau, légèrement tavelée à des endroits que je devinai être des greffes qui avaient pris. Elle commençait à grisonner, mais pas par mèches. Ses cheveux fins, tortillonnés autour d'un crayon, avaient pris une couleur de bois de santal. Ce qu'on devinait de ses traits derrière les ravages était stupéfiant. Des yeux d'un vert intense, une bouche délicate, une belle structure osseuse soulignant ses pommettes.

Je lui tendis la main.

— Drew Danner.

— Je sais qui vous êtes, j'ai suivi votre procès.

Junior regarda le gamin en sweat-shirt vert fluo, qui articula silencieusement :

— Putain, j'le savais.

— Junior, monte dans ta chambre, s'il te plaît.

— M'ame Caroline...

— *Tout de suite !*

Il déguerpit. Et à sa place, j'en aurais fait autant.

— Que voulez-vous, monsieur Danner ?

— J'essaie de comprendre ce qui m'est arrivé. Je voulais simplement poser quelques questions à Junior.

— Et vous avez cru pouvoir venir ici et interroger un de mes garçons sans avoir obtenu mon accord au préalable ?

Je me fabriquai un sourire.

— Allez, soyez sympa, j'ai eu une tumeur au cerveau...

— Ça ne marchera pas ici, mon pote.

— Je...

— Nettoyez vos dégâts et fichez le camp.

Elle me laissa sur ma jardinière. Les gamins restants me regardèrent en rigolant. Même le trisomique. Et le gamin en sweat-shirt me tira la langue. J'aurais voulu que Junior me décrive la voiture qui l'avait obligé à interrompre son... œuvre à l'aérographe, mais je ne voyais plus quel moyen employer pour réussir à lui parler. Pour le moment, du moins.

Je ramassai les éclats du mug, avisai une poubelle dans un couloir. Les voix de Caroline et de la conseillère retentissaient dans une pièce voisine :

— Le juge Celemin en a par-dessus la tête. S'il rate une autre convocation, il aura droit à la maison de correction.

— Qu'est-ce qu'on peut faire, Caroline ? Il faut que je fasse sortir Patrick – tout de suite – et le chauffeur n'est pas là. Tant pis, c'est pas si...

— Non, il n'y a pas de tant pis qui tienne. Je n'ai pas prévu de solution de secours, et maintenant il va se retrouver en maison de correction par ma faute !

Je les abandonnai aux joies de l'entreprise caritative.

Je déboîtais lorsqu'un bang sur ma portière me fit bondir sur mon siège. Caroline Raine me faisait signe de baisser ma vitre. J'avais la forte impression que quand Caroline Raine vous demandait de faire quelque chose vous aviez plutôt intérêt à le faire. Et fissa. Elle balança un document sur mon volant.

— Tenez. Signez ça. Non, ici. Maintenant, vous êtes un Grand Frère de notre organisation. Emmenez Junior au tribunal. Vous êtes déjà en retard. Ça ne vous prendra qu'une heure de votre précieuse journée, et vous le sauverez de la maison de correction.

J'avais déjà le titre de mon prochain ouvrage : *Mes mardis avec Junior*.

— Vous plaisantez ?

— Vous pourrez l'interroger tant que vous voudrez en cours de route. Sauf que ça ne vous mènera nulle part.

— Et comment vous savez que je ne suis pas une sorte de psychopathe ?

— Question de pratique.

— J'ai été jugé pour meurtre...

— Une histoire de santé mentale, ce qui est peu de chose par rapport aux problèmes de ces gamins. Junior en mange quatre comme vous au petit déjeuner.

— Après ce que j'ai subi, je suis probablement toxique. Mais je crois pouvoir tenir la dragée haute à un mioche qui se la pète.

# 20

— Alors comme ça, tu as été interrompu ? demandai-je. Par quel genre de voiture ?

— Fais pas chier, mon pote. J'vais au tribunal. J'ai toujours les nerfs quand je vais au tribunal.

— Et ça t'arrive souvent ?

Ce qui me valut le regard que ça méritait.

— C'est pour quoi, cette fois ? persistai-je.

— Graphe, quoi d'autre ?

Junior trifouilla la radio et commença à exécuter des petits bonds sur un rythme qui faisait trembler les vitres.

— Et ton histoire *à toi*, mon pote, c'est quoi ? hurla-t-il pour couvrir le vacarme de la radio. Ils t'ont serré pour homicide, ou quoi ?

Je baissai le volume et lui répondis, tout en me demandant ce qui me prenait de raconter ma vie à un délinquant juvénile qui s'emmerdait. Mais le fait de le redire, comme de l'écrire, m'aidait à clarifier les trous et les faiblesses, les angles morts que je n'avais pas suffisamment explorés.

Quand j'eus fini, Junior me fit cette remarque surprenante :

— T'es vraiment mal barré, mon pote. Tu sais ce qu'y t'faut ? Un chien.

— Genre, un chien qui parle et qui résout les énigmes ?

— Quelqu'un s'est introduit chez toi, t'a tailladé et tout le bordel. Un chien te protégerait, mon pote. Il protégerait ton cul.

J'ai un croisement de doberman et de rotty. T'aurais un chien comme ça, t'aurais plus à t'en faire. Pas dans ton palace.

Je lui concédai que ce n'était pas un mauvais argument.

Nous arrivâmes au tribunal pour enfants d'Eastlake. Je regardai les graffitis sur le dos du blouson en jean de Junior alors qu'il descendait de voiture.

— Etant donné les motifs de ta comparution, tu ne crois pas qu'il serait plus judicieux de laisser ton blouson dans la voiture ?

— Pas question, mon pote. Faut que je soigne mon image.

Il tendit la jambe, exhibant une Converse blanche.

— Ce zonblou et ces shoes, mon pote, c'est ma tenue de combat !

D'après ma montre, nous avions quarante-cinq minutes de retard sur l'heure du rendez-vous avec le juge.

— On est en retard.

— Te bile pas, me dit Junior. Le juge Celemin, il m'adore, quoi.

Le juge Celemin nous foudroya du regard, sa robe noire remontée très haut sur ses épaules comme des ailes de vautour.

— Ravi de vous voir enfin parmi nous, monsieur Delgado. J'espère que ça ne vous a pas trop ennuyé de venir jusqu'ici ?

— Que nenni, Votre Honneur, répondit un Junior radieux.

Le juge ramena son attention de prédateur vers moi. Compte tenu de notre retard, l'avocat commis d'office était passé à un autre dossier, mais le juge Celemin avait demandé que « M. Delgado et la personne qui était responsable de son transport » comparussent tout de même.

— C'est la deuxième fois que M. Delgado, ici présent, à l'âge tendre de quatorze ans, a violé sa probation en se faisant arrêter en possession de bombes de peinture. Vous êtes son Grand Frère ?

Un filet de sueur me coula entre les omoplates.

— Je plaide coupable, Votre Honneur.

— Vous devriez réfléchir à la qualité de l'instruction morale que vous dispensez.

— En réalité, Votre Honneur, j'ai eu tout le temps d'y réfléchir, ces derniers mois.

— Vos expériences récentes ont dû vous apprendre ce que permettait le Sixième Amendement, monsieur Danner ?

Là, je ne voyais absolument pas de quoi il voulait parler. Je redoutais toujours de ne pas être aussi futé que je le croyais. Et jusqu'alors j'avais toujours éprouvé un grand soulagement à découvrir que je ne me trompais pas. Cependant, je ne connais pas un seul adulte éduqué qui aime qu'on lui fasse la leçon avec un sujet qu'on apprend en instruction civique, en classe de sixième. Vous vous éloignez de vos années d'école, et vous vous rendez compte à votre grand désespoir que vous êtes toujours ce même petit crétin décérébré qui n'est pas fichu de situer le Maryland sur une carte ou de nommer les planètes dans l'ordre.

— Je suppose que ce n'est pas le droit d'arriver en retard au tribunal ?

— Vous supposez bien, monsieur Danner. Bon, eh bien, c'était la dernière fois que M. Delgado avait la chance de se présenter devant nous, mais comme il a choisi d'arriver en retard, je crains que nous ne soyons amenés à...

— C'est ma faute, dis-je, penaud. J'ai été retardé par un... rendez-vous. Et je suis passé le chercher en retard.

Il me sembla que l'expression du juge Celemin n'aurait pu traduire une plus grande révulsion.

— Eh bien, vous reviendrez demain à la même heure, avec l'avocat de M. Delgado, et nous réglerons cette affaire une bonne fois pour toutes.

— Demain, ce sera un peu difficile pour moi, mais je suis sûr que quelqu'un d'autre pourra...

— Qu'est-ce qui dans ma phrase vous a laissé penser que vous étiez en quoi que ce soit autorisé à discuter ma décision ?

— Rien, Votre Honneur.

— J'ai besoin qu'un adulte me garantisse que ce mineur sera ici demain.

— Moi ?

— Vous êtes un adulte ?

— J'en connais qui se posent encore la question, Votre Honneur.

— Je suis de ceux-là. Mais dans ce système de justice imparfaite, monsieur Danner, nous devons faire avec ce que nous avons. Quant à votre folle journée de demain... Eh bien, je suis désolé de bouleverser vos plans. J'ai une heure de retard sur mon emploi du temps, alors je sais ce que c'est que d'avoir un programme chamboulé.

Junior se bidonna tout le long du chemin jusqu'à la voiture.

— Allez, accouche.

— Et si on allait au ciné, Grand Frère ?

Je freinai brutalement et dis :

— Je ne joue plus. Maintenant, va falloir que tu me dises quelle sorte de voiture tu as vue, ou je vous abandonne ici, ton petit cul et toi.

Il parcourut les environs du regard.

— Joli quartier.

Il avait l'air un peu mal à l'aise.

— D'accord. J'étais en train de taguer le pont, quand j'ai vu des phares. Je me suis débiné grave.

— Mais tu as vu la voiture ?

— Une Volvo marron. Un break. L'aile avant abîmée. Je l'ai vu parce que la peinture était écaillée.

— De quel côté ?

Il regarda ses mains, fit un L avec son pouce et son index.

— Du côté droit.

— Une vieille Volvo ? Ou une récente ?

— J'ai juste reconnu la forme merdique de son cul. Une Volvo, c'est une Volvo, mon pote.

— Pas faux. T'as pu voir la plaque d'immatriculation ?

— A ton avis ?

— Qu'est-ce que j'en sais ? Tu l'as vue ou tu l'as pas vue ?

— Quand tu tagues et qu'une voiture se pointe, tu vérifies toujours la plaque. Pour voir si c'est les keufs. Un « E » avec un cercle autour au début des nombres, ça veut dire « Exempt ». C'est comme ça qu'on reconnaît les voitures de flics banalisées.

Il eut un sourire satisfait.

— Mais là, y avait pas de « E ». Celle-là démarrait par un 7. C'est tout ce que je peux te dire, mon pote. Un 7, comme dans *Les Sept Mercenaires*.

— T'as vu qui conduisait ?

— Putain non. J'ai pas trop traîné dans le coin. J'ai filé pendant qu'il se garait.

— Y avait personne d'autre dans le coin ?

— Ouais, tout un monastère de nonnes qui défilait. J'aime bien taguer avec des tas de témoins autour...

— Où s'est garée la Volvo ?

Il indiqua un point sur le papier :

— Juste ici.

Je me rappelai avoir vu de la terre, sous la rampe. Ce qui pouvait vouloir dire des marques de pas ou de pneus.

— Ecoute, je voudrais que tu me montres... Comment on rejoint la bretelle d'autoroute, d'ici ?

Nous écoutâmes de la musique, la tête de Junior dodelinant contre l'appuie-tête.

— Tourne à droite, ici. A gauche. Maintenant à droite. C'est bon, stop.

J'étais le long d'un trottoir, devant une rangée de petites maisons.

— Où on est ? Je vois pas de bretelle d'autoroute, ici...

Junior sauta de la voiture et courut vers la porte de la maison la plus proche.

— Entre, y en a pour une seconde !

Je me précipitai derrière lui en jurant d'une façon peu convenable pour un Grand Frère.

J'écartai à la volée la porte-moustiquaire. Junior était planté dans la pénombre de l'entrée exiguë. Il siffla entre ses doigts.

— C'est chez mon cousin, fit-il en guise d'explication.

De l'arrière de la maison déboula un homme attifé comme un dandy. Costume noir, chapeau noir à large bord, cravate noire

– un quart de tour du cadran ethnique de plus, et ça aurait pu être un marchand de diamants hassid. Il orienta son visage sombre vers Junior en tordant la bouche.

— C'est Hector, dit Junior.

Et Hector de répondre :

— Vire ton putain de clébard de chez moi !

— C'est pour ça qu'on est là, mon pote.

— J'suis pas ton pote, Junior. Joue pas au petit dur avec moi. Vous tous, les *niñitos*, vous oubliez votre fierté latino. Je sors, dit-il en se dirigeant vers la porte. Cette saloperie a intérêt à être partie quand je reviendrai, ou je la traîne à la fourrière.

Il arrangea ses boutons de manchette et s'en alla.

— Oh non, pas *ça*, dis-je.

Junior ouvrit la porte de derrière, et un croisement de doberman et de rottweiler fit son entrée, une corde pendouillant à son cou de taureau.

— Faut qu'tu t'en trouves un comme ça, et plus *personne*, jamais, viendra te faire chier chez toi. Mate-moi ça. Elle est pas belle ? Elle s'appelle Xena. La princesse guerrière. C'est une putain de tueuse, mon pote.

— J'ai pas besoin d'une putain de tueuse.

— Mate, mate !

Il tirailla sur la corde. Xena gronda.

— J'ai pas besoin d'une Xena. Je veux juste voir la bretelle d'autoroute.

— Tu veux quelque chose à grailler, mon pote ?

— On y va. Je veux voir cette bretelle d'autoroute !

— J'te montre pas la bretelle d'autoroute si tu prends pas Xena.

— Je prends pas Xena.

— Tu laisserais mourir le chien de garde idéal alors que t'en as besoin d'un ?

— J'en ai pas besoin d'un.

— T'avais dit que si.

— C'était pour être sympa ! braillai-je.

Junior recula d'un pas et se frotta la tête.

— J'peux pas laisser clamser Xena.

Il avait les yeux humides.

— Oh, bordel ! gémis-je.

Il serra Xena sur son cœur et se mit à pleurer.

— Y vont t'*occire*, Xena.

Il berçait sa Xena en la tenant par le cou. La bête compléta docilement la pietà en se vautrant sur le côté.

— Y vont t'emmener à la fourrière et te faire une piqûre *mortellifère*.

La scène se poursuivit ainsi, avec quelques infimes variations, pendant plusieurs minutes.

— C'est bon, fis-je finalement. Je le prends, ton satané clébard.

Il eut un sourire et fit des bonds sur place, et je me souvins qu'il avait quatorze ans. Puis il tendit la main, paume ouverte. Ses larmes s'étaient taries comme par magie.

— Qu'est-ce que tu veux ?

— C'est un chien de garde de première bourre que t'as là. Cinquante dollars.

— Parce qu'en plus il faut que je *paye* pour sauver la vie de Xena ?

— Je veux, mon pote.

Il eut un sourire.

— C'est une princesse guerrière.

Je lui adressai mon meilleur sourire de Grand Frère.

— Même. Pas. En. Rêve.

Xena était debout, plantée sur ses quatre pattes, sur la banquette arrière, la tête passée entre les nôtres. Les lampadaires fracassés autour de Rampart avaient du mal à lutter contre le crépuscule.

— On pourrait s'arrêter et aller chercher quelques bombes de peinture ? demanda Junior.

— Ce serait, ce me semble, manquer à mes obligations de Grand Frère modèle, dis-je.

Il se passa la langue sur les dents et s'avachit sur son siège, les bras croisés.

— T'es écrivain, mon pote. Qu'est-ce que tu ferais si *ton* art était illégal ? T'arrêterais d'écrire ?

Nous nous garâmes sous la bretelle d'autoroute maintenant familière, et il jeta un coup d'œil alentour.

— Et ce *merdier*, c'est légal ? Emmener un mineur fureter sur une scène de crime ?

— Y a pas une minute, t'étais un croisement entre Belzébuth et un vendeur de sabres de samouraï, et maintenant t'es qu'un pauvre mineur ?

Il ne répondit pas. Il n'avait pas besoin. Sa remarque battait la mienne à plate couture.

— Ecoute, si tu vas encore acheter des bombes de peinture, tu violeras ta mise à l'épreuve, et tu te retrouveras encore plus dans la merde.

— M'en fous. J'aime bien la mise à l'épreuve. Je dois rester crécher à Hope House. M'ame Caroline est super. J'ai pas envie de partir. J'suis nourri, logé, et j'peux toujours peindre...

— Il se pourrait que tu n'abordes pas le problème sous le bon angle.

— Tu sais où tu peux te le carrer, ton angle ?

Il laissa échapper un soupir dégoûté devant ma morale de petit-bourgeois.

Sans cesser de bouder, il me montra l'endroit où la Volvo marron s'était arrêtée. La terre avait été soulevée par le vent et piétinée par d'innombrables pieds. J'étais déçu, mais content malgré tout de la piste que Junior m'avait fournie. Une Volvo marron, à l'aile avant droite enfoncée, et dont la plaque d'immatriculation commençait par un 7.

De retour dans la voiture, Junior laissa Xena lui lécher la figure pendant que j'appelais Lloyd, ne tombant que sur des répondeurs à son travail, sur son portable et chez lui. Je m'apprêtais à redémarrer quand on frappa un coup sec sur ma vitre, puis le rayon d'une lampe torche me balaya la figure.

Je baissai ma vitre et me retrouvai nez à nez avec le mauvais bout d'un pistolet.

# 21

Le flic garda son flingue braqué sur Xena qui, indifférente à tout ça, se frottait les bajoues sur l'accoudoir de Junior.

— Je peux vous aider, monsieur l'agent ?

— Papiers, s'il vous plaît.

Je lui tendis mes papiers. Il les regarda d'un œil méfiant, puis promena le rayon de sa torche sur mon visage et celui de Junior.

— Quel âge avez-vous ?

— Quatorze ans.

La lumière revint m'aveugler.

— Vous êtes au courant que ce gamin est mineur ?

— Oh, attendez ! Non, non, non ! Je suis son Grand Frère !

— Ben voyons. Et je suppose que vous avez des papiers pour le prouver.

Je voyais d'ici la tête de Preston.

— Non, je n'en ai pas. Le papier signé est à Hope House, la résidence surveillée de ce gamin.

— Numéro de téléphone, s'il vous plaît.

Je regardai Junior, qui débita un numéro. Le flic disparut dans sa voiture de patrouille. Entre les grognements satisfaits de Xena et les gloussements de Junior, étonnamment audibles malgré sa main collée sur sa bouche, j'essayai d'échafauder une tactique pour me sortir de ce guêpier.

Je n'avais pas encore abordé les prémices lorsque le flic se rapprocha à nouveau.

— Ça ne répond pas.

Il s'éloigna de la voiture, l'arme toujours braquée sur la princesse guerrière.

— C'est votre chien, monsieur ?

— Ouais, répondis-je d'un air las. C'est mon chien.

— Laissez-le dans la voiture et descendez, tous les deux.

Je regardai derrière moi. Un énorme gaillard braquait son flingue sur ma tête, et Xena bavait joyeusement partout sur mon appuie-tête.

— Tu parles d'un chien de garde !

Junior haussa les épaules.

— Je l'ai dressée à respecter l'autorité.

Je me retournai vers le flic.

— Ecoutez, si vous me laissiez appeler...

— J'ai appelé, monsieur. Ça n'a pas répondu. Descendez du véhicule, s'il vous plaît, et mettez vos mains sur le toit.

— Vous plaisantez, là...

— Ouais, je suis même un vrai comique.

Je descendis du Highlander et obtempérai. Je contemplai par la vitre le chien qui se roulait avec satisfaction sur la banquette arrière.

— Couché, Xena ! dis-je.

La cellule de garde à vue du commissariat de Rampart était étonnamment propre, malgré des relents de vomi. On m'avait bien sûr séparé de Junior, de peur que je ne le corrompe davantage.

Après une éternité, le visage de Caroline Raine apparut entre les barreaux.

Je n'avais jamais rien vu d'aussi beau.

— Je ne suis pas sûre que vous soyez très fréquentable, dit-elle.

Je me décollai du banc visqueux.

— C'est seulement maintenant que vous vous en rendez compte ?

Nous déposâmes Junior à Hope House, et Caroline me reconduisit à mon Highlander. Je laissai descendre Xena, qui trottina jusqu'à un petit paquet d'herbes, s'accroupit et pissa.

Caroline demanda, dans un retroussis amusé des lèvres :

— C'est pas la chienne de Junior ?

— C'est une princesse guerrière, mon pote.

Je sifflai Xena et la fis remonter dans le Highlander.

Caroline regarda autour d'elle et frissonna dans la brise nocturne.

— Il y a eu un meurtre, ici, l'autre soir.

— Ouaip. Et même qu'on m'a fait porter le chapeau. On s'est donné beaucoup de mal pour ça. Manque de pot, cette fois, j'avais un alibi.

Elle eut un petit hochement de tête. Il en fallait un peu plus pour l'ébranler.

— Puis-je savoir lequel ?

— Je m'étais filmé en train de dormir.

— Vous avez de drôles d'habitudes...

— C'est une longue histoire. Laissez-moi vous inviter à dîner.

Elle eut un petit rire, mal à l'aise.

— Comme une sorte de rencard ?

— Comme une sorte de merci.

Elle parut immensément soulagée.

— Ce quartier est réputé pour sa gastronomie...

Elle indiqua une devanture, un peu plus loin dans la rue :

— Chez Pépé, au Désespoir de l'Estomac.

— Tout à fait mon trip.

Caroline siffla une bière pendant que je dorlotais un ginger ale. Des restes de hamburgers et de chips au chili et au fromage gisaient devant nous, sur des papiers tachés de graisse qui doublaient des petits paniers en plastique rouge. Quelques piliers de bars, un billard désert, les Stones qui nous rappelaient depuis le juke-box qu'on ne peut pas toujours avoir ce qu'on veut. Nous étions allés à deux voitures dans une partie moins pourrie de la ville. J'avais laissé Xena et ses instincts de tueuse vicieuse dormir sur ma banquette arrière, gardant la Grosculmobile.

Caroline avait fait pendant tout notre repas la démonstration d'une curiosité sans relâche. Elle ne rompait jamais le contact visuel – peut-être une habitude de psy –, mais ça ne me mettait pas aussi mal à l'aise que je l'aurais cru. Je repris de volée toute une série de questions : mon procès, mes théories, mon enquête en cours, et comment nous en étions arrivés, Junior et moi, à croupir dans un cul-de-basse-fosse.

— Futé, le gamin, dis-je.

— Junior a été abandonné dans une poubelle juste après sa naissance. Le cordon ombilical n'était même pas encore tombé. C'est un survivant, et il a dû commencer très tôt à se débrouiller dans le système, ce qui lui a appris quelques ficelles.

Elle s'octroya une bonne gorgée de Corona.

— Il vous a pris en affection. Peut-être que vous devriez le revoir. Après le rendez-vous obligatoire, demain au tribunal, je veux dire.

Je haussai les épaules.

— Peut-être que ça me ferait du bien de faire quelque chose pour quelqu'un d'autre.

— Je me méfie de tout ce qui n'est pas fait par égoïsme. Soyez son Grand Frère si ça vous chante. Mais soyez-le pour vous.

Son visage s'était durci. Je l'étudiai, essayant de déchiffrer ses changements d'humeur, un talent que j'avais perfectionné au cours de mes années de vie commune avec Geneviève. J'avais du mal à ne pas regarder ses cicatrices. Les lignes, bien que partant dans tous les sens, étaient nettes, ce qui m'amenait à penser qu'elles avaient été infligées par une lame, probablement au cours d'une agression. Je me rendis compte que je courais le risque de fétichiser le visage de Caroline, de le trouver fascinant par lui-même. Mis à part les dégâts qu'elle avait subis, elle avait la peau lisse et soignée. J'aurais parié qu'elle avait jadis été fière de sa peau ; peut-être qu'elle était assez astucieuse pour en apprécier encore le charme. Elle avait un corps mince, bien roulé, un parfait mélange de douceur et de dureté, qui semblait refléter sa personnalité. Ses mains, plus fragiles que le reste de sa personne, avaient l'air douces, consolantes. Elle avait quelques années de plus que moi, devait être déjà entrée dans la quarantaine.

Je regardai autour de nous, surtout pour cesser de la dévisager.

Sur la seule télé de l'endroit qui diffusait autre chose que du sport, Johnny Ordean fit son apparition, dans son rôle habituel : celui de l'inspecteur Aiden O'Shannon. Un Juif de Brooklyn, portant un nom de scène, jouait un flic irlandais de Chicago sur un plateau de la Fox. Bienvenue à Hollywood.

Nous entretenions, Johnny et moi, l'une de ces amitiés à la Beverly Hills : je faisais semblant de papillonner autour de sa flamme, et il gardait mon numéro en mémoire sur son portable, pour le cas où j'aurais écrit par hasard un autre truc que ses agents auraient pu packager pour lui.

L'inspecteur O'Shannon s'accroupit au-dessus d'un cadavre massacré, en mangeant – notez bien – un hot dog et en brandissant, au bout d'un trombone tordu, une douille éjectée. Le sous-titre disait : *ENVOYEZ ÇA DIRECT AU LÉGISTE. LA DOUILLE, PAS LE HOT DOG.* Humour, quand tu nous tiens...

Caroline suivit mon regard.

— Ce serait pas le gars qui joue le type en qui ils ont changé Derek Chainer pour faire ce navet ?

— Vous avez lu mes bouquins ?

Je n'en revenais pas.

— Bien sûr que je les ai lus. Pourquoi vous croyez que j'ai suivi le procès ?

— Pas par curiosité malsaine ?

— Non, ça c'est la raison pour laquelle je vous lisais.

Quand elle souriait, ses cicatrices se tendaient, et les fentes de ses lèvres se réalignaient. Ça ne faisait pas disparaître les dégâts, loin de là, mais ils étaient sensiblement moins visibles.

— Vous n'avez jamais joué la comédie, au procès. Vous ne vous êtes pas changé en un animal de cirque. Je parie que ça n'a pas dû être facile.

— C'était une sacrée expérience.

— Qu'est-ce que vous en avez retiré ?

— J'arrive à sentir les auras.

— Vraiment ?

— Mon sens d'araignée me picote d'ailleurs en ce moment précis. Et votre aura sent un peu...

Je me penchai par-dessus la table et flairai sa tête délicieuse.

— ... le chien mouillé.

— Le chien mouillé ?

Son sourire s'était effacé.

— Ouais. Le pékinois, peut-être.

Elle me repoussa d'un revers de main sur l'épaule.

— Je pensais que vous m'appréciiez pour mon humour ?

— Je ne vous apprécie pas. Et quand bien même, ce serait pour l'immense déshonneur dont vous souffrez.

— Ça passera. Le temps guérit toutes les blessures.

— Non, dit-elle. Pas toutes.

Elle étudia les pointes de ses cheveux.

— Oh oh... fis-je.

— Quoi donc ?

— Voilà que vous pratiquez un « geste d'autocontact »... Si j'en crois *Men's Health*, ça veut dire que ma conversation ne vous intéresse plus.

— *Men's Health ?*

— Ouais. Désolé...

— N'en déplaise aux scientifiques, ça ne veut pas dire que je ne m'y intéresse plus. Ça veut dire qu'elle me met mal à l'aise.

— Parce que...

— Je suis ici pour le boulot. Je ne dîne jamais avec des hommes que je ne connais pas.

Des rires du côté de la table de billard attirèrent notre attention. A l'une des tables du bar, un gros dur avec des piercings jumeaux aux oreilles fourrait son nez dans le cou d'une petite amie sensationnelle. Blonde aux yeux bleus – un parfait exemple de gènes récessifs. Ils avaient l'air jeunes, et étaient probablement détenteurs de fausses cartes d'identité.

— Qu'est-ce que je ne donnerais pas pour avoir une vidéo de moi, à l'époque du lycée ! dit Caroline. Le passé a toujours l'air plus séduisant, une fois qu'il est le passé.

Elle regarda le jeune couple qui se bécotait.

— Vous vous souvenez de vous à cet âge-là ? De tout ce que vous ressentiez ? C'était la première fois au monde que quelqu'un ressentait ça. Comme si vous veniez d'inventer l'émotion, dit-elle avec nostalgie. On ne peut pas brûler comme ça sa vie entière, sinon on se consumerait. Mais c'est tout de même un deuil à faire, quand ça s'estompe.

Le type se leva. Sur son tee-shirt était écrit : *ELLE VA PAS SE SUCER TOUTE SEULE.*

— Eh oui, dis-je, le romantisme de la jeunesse.

Caroline rit, et le type se figea, nous fusillant du regard.

— C'est exactement ça, dis-je. Vous portez ce tee-shirt mais vous n'avez pas envie que les gens vous dévisagent.

L'air renfrogné, le gus se dirigea vers le téléphone à pièces en tapotant un paquet de clopes. La serveuse s'approcha et j'esquissai un geste pour payer, mais Caroline insista, un peu trop fermement, pour qu'on partage l'addition.

Quand la monnaie revint, Caroline dit :

— Lorsque j'ai commencé à travailler à Hope House, on s'est rendu compte qu'on n'arriverait jamais à rien avec certains mômes parce qu'on ne comprenait pas leurs réactions, la façon dont ils étaient câblés. Alors j'ai décidé que les éducateurs leur rendraient visite chez eux, pour comprendre d'où venaient ces gamins. Les voir dans un contexte différent nous a permis de mieux les connaître.

Elle s'interrompit pour finir sa bière, me laissant me demander où elle voulait en venir.

— Vous connaissiez Geneviève, mais tout ce que vous savez de Kasey Broach tient dans un cadavre, sur une photo. Pour comprendre comment elle s'intègre dans tout ça, il faudrait que vous sachiez où elle vivait, que vous rencontriez sa famille.

— Pour leur dire quoi ? « Bonjour, on me suspecte d'avoir tué votre fille et j'aimerais vous poser quelques questions » ?

Elle haussa les épaules.

— Ce n'est pas l'imagination qui vous manque. Enfin, c'est ce qu'on pourrait supposer.

Son regard fila vers le billard.

— Une partie, ça vous dit ?

— De jambes en l'air ?

Encore une fois, avec ce sourire magnifique, elle me dit :

— Je ne suis pas très bonne à ce jeu-là.

Une poignée de minutes plus tard, je la regardais se pencher pour empocher la 15, son avant-dernière boule sur le tapis. Il m'en restait six, et mon prestige de pilier de bistrot s'en trouvait sérieusement écorné. J'avais découvert que Caroline Raine avait tout un éventail de rires – du youhou victorieux au ricanement entendu de celle qui sait qu'elle va gagner, sans oublier le gloussement par en dessous.

— Est-ce que la 15 se sent d'attaque ? Moi je pense que oui...

Aussitôt dit, aussitôt fait, Caroline exécuta un rétro que je n'avais vu réussir que dans les films de Paul Newman.

— Et voilà. Pas d'applaudissements, merci.

Elle fit le tour de la table en remettant de la craie sur son procédé. Monsieur Tee-Shirt Spirituel était toujours pendu au téléphone à pièces, mais la chaise de sa petite amie empêchait Caroline de se placer comme elle l'aurait voulu.

— Ça vous ennuierait de bouger un peu, le temps que je joue ce coup ? demanda Caroline.

— On était là les premiers, répondit la fille. Et je me suis déjà déplacée une fois. Je vais pas passer la soirée à danser autour du billard.

— Sans blague, ça vous dérangerait tant que ça de vous déplacer de dix centimètres vers la gauche ?

La fille afficha un sourire mauvais sur son visage déraisonnablement beau.

— Elle aime : les sports nautiques, les longues marches sur la plage, les petits chats. Elle n'aime pas : les grosses pétasses acariâtres à la gueule de traviole.

Caroline rougit de partout sauf des cicatrices, et le contraste était sévère. Elle reposa la queue de billard et se tourna vers moi.

— On y va.

Elle fit quelques pas en direction de la porte et braqua sur moi un regard sans concession.

Je m'approchai de la fille. Sur la table, à côté de son Smirnoff Ice, il y avait des photos d'elle dans différentes poses affectées. Son petit ami, ou elle, en avait entouré plusieurs au crayon gras, rouge, choisissant des gros plans de son visage – probablement pour un press-book.

— Je vous connais, dis-je tout bas. Vous avez eu la chance d'hériter de bons gènes, et vous pensez que ça rend le monde meilleur. Vous n'avez pas vraiment envie d'être actrice – vous êtes trop paresseuse. Vous voulez qu'on vous regarde et que ça paye le loyer. Vous avez joué dans une pub pour un bain de bouche, vous avez fait une campagne d'affichage pour des fringues, et votre agent pense que vous êtes la prochaine Sharon Stone. D'ici quelques années, vous renoncerez à être la reine du bal et vous vous convaincrez que vous réussirez à jouer la meilleure amie rigolote ou la ménagère de la sitcom. Encore un prétexte pour continuer à ne rien faire pendant dix ans de plus. Si vous réfléchissiez plus loin que le bout de votre nez refait, peut-être que vous devriez vous demander ce qui vous permet de vous montrer cruelle et hautaine, en dehors de vos jolies pommettes et de ce que vous racontent les gens payés pour vous caresser dans le sens du poil…

Je n'avais pas vu son petit copain revenir avant que son poing ne m'arrive au-dessus de la tempe droite. Je fis un écart, le coup m'atteignit à la mâchoire, puis j'entendis un choc sourd et le bruit d'un tabouret de bar qui se renversait. Je finis de rouler sur le côté pour voir Caroline debout au-dessus de mon agresseur, en train de lui faire une clé au bras, le pied posé sur sa jugulaire, lui enfonçant la figure dans la moquette mitée. Sa petite amie en était bouche bée, une main positionnée devant son impeccable dentition. Elle avait viré au gris. Peut-être qu'elle n'était pas si mauvaise actrice que ça, tout compte fait.

Caroline me jeta un coup d'œil.

— C'est fini, on peut y aller ?

Je hochai la tête. Elle lâcha le bonhomme. Cette fois, je la suivis jusqu'au parking. Nous nous arrêtâmes entre nos voitures.

Xena bavait sur ma vitre, côté conducteur, son moignon de queue s'agitant dans tous les sens.

— Vous êtes un écrivain de seconde zone avec une grande gueule de première catégorie, constata Caroline.

Je cherchai une réplique astucieuse – j'étais même prêt à m'en prendre une en pleine poire – mais j'avais le syndrome de la page blanche, et la mâchoire douloureuse. Je me palpai prudemment.

Caroline poussa un soupir, ennuyée par le fait qu'elle se faisait du mouron pour moi.

— Comment vous sentez-vous ?

— Embarrassé.

— Non. Je parle de votre mâchoire.

— Elle est embarrassée, elle aussi.

— Ça, je veux bien le croire.

Elle croisa les bras.

— Quelles importantes leçons avons-nous apprises ici ce soir ?

— Qu'il ne faut jamais faire un billard avec une fille qui joue mieux que vous ?

— Primo : cette fille est assez grande pour se débrouiller toute seule. Deuzio : ne commencez jamais une bagarre que vous ne pouvez pas gagner.

Quelques voitures passèrent en klaxonnant. La condensation faisait des rigoles sur la vitre du restaurant.

— Ce n'était pas à vous de vous sentir offensé, dit-elle.

— Vous m'avez demandé ce qui me restait de ce procès. Je suppose que j'encaisse moins bien la méchanceté gratuite.

— Je sais de quoi vous parlez. J'avais l'habitude de me balader avec mon gros cœur saignant, en prise directe avec les faiblesses humaines. Cette grosse fille, qui n'a pas d'alliance, et qui hoche la tête un peu trop gravement en écoutant parler les autres, avide de se rendre utile. La petite vieille à l'arrêt d'autobus, avec son sac à main dans un plastique, au cas où il pleuvrait. L'immigré sans âge qui sert au McDo. Et puis je me suis rendu compte que j'étais embarquée dans le Fantasme Express et je me suis dit que je ferais mieux de m'occuper un peu plus de moi.

Je la revoyais, s'en prenant à elle-même quand elle était dans son bureau, à Hope House. « Non, il n'y a pas de tant pis qui tienne. Je n'ai pas prévu de solution de secours, et maintenant il va se retrouver en maison de correction par ma faute. »

Elle avait dû lire dans mes pensées...

— Enfin, c'est pas encore tout à fait au point. Mais j'ai compris un truc.

— Lequel ?

— On ne peut pas vivre sa vie, cette espèce de petite chose fragile, sans prendre de coups. Et merde ! C'est tout simplement impossible. A moins d'être insensible. A moins d'avoir la tête enfouie dans le sable. On se fait *tous* baiser un jour ou l'autre. C'est juste qu'il y en a pour qui c'est un peu plus dur. Et quand vous ne voulez pas voir que c'est le cas pour vous, vous préférez penser que c'est le cas pour les autres.

Elle monta dans sa voiture, commença à reculer, baissa sa vitre.

— C'est ce que vous n'arrivez pas à comprendre, dans votre prose. Tout le monde est gentil. Tout le monde est méchant. Tout dépend de l'acuité avec laquelle vous voulez bien regarder.

# 22

Je frappai sur la porte en pin d'Oregon, et jetai un coup d'œil à travers l'un des panneaux de verre dépoli. J'étais souvent venu chercher Preston chez lui, mais en réalité je n'étais jamais entré dans son appartement – un deux-pièces avec balcon au milieu des panneaux d'affichage de Sunset Boulevard. Je me rendis compte que je m'en étais fait une image : mobilier milanais, baignoire en pierre, délicate odeur de savon à la sauge.

La porte s'ouvrit de la largeur d'un visage. L'espace d'un instant – et même de si près – je faillis prendre Preston pour quelqu'un d'autre. Ses cheveux étaient plaqués sur son crâne, il n'était pas rasé, et il avait des poils gris dans la barbe. Je voyais les revers d'une robe de chambre... Quoi, il n'était pas sorti de la journée ?

Une expression mortifiée parcourut son visage.

J'essayai de blaguer pour détendre l'atmosphère :

— Je ne t'avais pas dit que je passais te prendre pour une soirée habillée chez Warren Beatty et Madame ?

Il avait l'air tendu ; pour une fois il resta sans voix. Il se racla la gorge, ouvrit la porte en grand.

— J'étais en train de retravailler un manuscrit. Pas eu le temps de me faire beau.

Il avait dit cela comme sur la défensive, et il me vint à l'esprit que, depuis tout le temps que je le connaissais, il ne m'avait jamais invité chez lui. Il était toujours tellement à l'aise quand il entrait chez moi sans prévenir, avec sa propre clé, que je supposais que ce qui était valable pour lui l'était aussi pour moi.

— Je tombe mal ? demandai-je. Je peux...

— Ben, entre, puisque tu es là.

Il recula, et je le suivis dans un petit couloir sombre qui donnait sur la pièce principale. Je fus surpris par la banalité du mobilier. Un canapé tout ce qu'il y avait de quelconque. Une cuisine à carreaux blancs. Une commode à la surface craquelée, du genre qu'on pouvait trouver dans un vide-grenier.

Preston regagna une petite table auprès de la fenêtre, s'assit et m'indiqua la chaise restante. La table, sur laquelle étaient empilées des pages froissées du *New York Times*, n'était pas vraiment de taille à accueillir plus d'une personne. Preston repoussa les pages culture, et se replongea dans le bol de céréales ramollies que je supposai être son dîner. Une jambe nue dépassait de l'ourlet de sa robe de chambre.

Tout cela était tellement cheap, tellement trivial, tellement peu... prestonien. Je ne l'avais jamais vu pas rasé. Je ne l'avais jamais vu autrement que tiré à quatre épingles. Je ne l'avais jamais vu manger quoi que ce fût qui ait été acheté dans une épicerie. C'était une scène parfaitement ordinaire, dans un bel immeuble, mais qui ne cadrait pas avec l'image que je me faisais de lui et de son comportement. Et nous en étions conscients tous les deux. Il ne s'était rien passé – rien du tout – mais la gêne était là, omniprésente.

— Alors ? demanda-t-il sans relever les yeux de son bol. Qu'y a-t-il de si urgent que ça ne puisse pas attendre que je déboule chez *toi ?*

Il essayait de blaguer, mais le cœur n'y était pas.

Je passai outre et lui dis sans ambages :

— Ça va te plaire. Ce gamin, Junior, tu vois ? Donc, je l'ai trouvé à Hope House...

Mais l'environnement continuait à me perturber. Le filtre à café détrempé sur la paillasse de l'évier. Un verre abandonné, attendant de partir pour le lave-vaisselle. La plupart des surfaces horizontales étaient colonisées par des liasses de manuscrits arborant les griffonnages à l'encre rouge de Preston. L'imaginer ici, dans ce cadre, avec pour seule compagnie ces pavés, était étrangement consternant. Et alors ? Qu'est-ce que je croyais ? Qu'il faisait son boulot pendant les cocktails ?

Au-dessus de l'étagère pleine à craquer, non loin de la télé, se trouvait une rangée de mes propres ouvrages, coincée entre deux gros mugs. Preston m'avait toujours tellement emmerdé à propos de mon écriture que j'avais oublié qu'il l'appréciait peut-être. Curieusement, l'idée qu'il m'accordait plus de valeur qu'il ne consentait à le laisser paraître le faisait descendre d'une marche sur le piédestal où je l'avais placé. Cet éditeur friqué, plus à l'aise socialement que moi, avait misé sur moi, cinq livres auparavant, et je n'avais pas vraiment reconsidéré depuis ma façon de le voir. Nous étions devenus bons amis, sinon intimes, mais dans mes pensées secrètes il faisait toujours partie de l'édifice incommensurable de l'édition new-yorkaise, et j'éprouvais de la dévotion pour cet homme qui, le premier, m'avait mis le pied à l'étrier. Je savais, bien sûr, que je représentais aussi une chance pour lui à ce moment-là, et surtout maintenant. Mais j'étais peut-être une meilleure affaire que je ne le pensais. Comme tout le monde, Preston avait ses failles. Peut-être que c'était quelqu'un d'aussi ordinaire que nous tous. Peut-être qu'il avait besoin de moi autant que moi j'avais besoin de lui.

Preston avait dit quelque chose.

Je retombai sur terre :

— Pardon, tu disais ?

— Je disais : alors, tu as trouvé Junior...

Je repris le fil de mes pensées – Xena, le flic, la cellule de garde à vue –, mais je n'arrivais pas à traduire ce que l'histoire avait de follement drôle. Preston me fit la grâce d'un faible sourire et d'un hochement de tête par-ci, par-là, mais nous avions tous les deux la tête ailleurs, et nous étions bien conscients que cet échange était devenu une façon de sauver les apparences.

Quand j'eus fini, je dis lamentablement :

— Il faut que tu rencontres ce gamin.

Je triturai les bords du journal le plus proche, jusqu'à ce que le bruit devienne exaspérant. Ça sentait le renfermé, l'atmosphère était étouffante. J'avais hâte de me tirer de là, de commencer à creuser cette histoire de plaque d'immatriculation que m'avait rapportée Junior. Pour finir, je lâchai :

— Il faut que j'aille chez Lloyd. Lui parler de la Volvo. Je m'étais juste dit que ça t'amuserait d'entendre les autres trucs avant que j'y aille.

— Désolé si je t'ai déçu...

— Tu ne me déçois jamais, Preston.

Il réussit à se fabriquer un sourire, avant de se relever et de me raccompagner à la porte.

— Non, dit-il. Bien sûr que non.

# 23

Lloyd était assis à la table de la cuisine, le dos rond, les bras croisés sur un set couvert de miettes. Quand il m'avait ouvert la porte, je lui avais aussitôt parlé de l'identification de mon véhicule suspect, il avait fait quelques pas en arrière et s'était laissé tomber sur une chaise.

— Stupéfiant, dit-il. Tu as dégoté un modèle, une couleur, un détail caractéristique de la carrosserie, et *même* le premier chiffre de la plaque d'immatriculation !

— Tu crois que je devrais aller trouver Kaden et Delveckio avec tout ça ?

— On va y réfléchir.

Il se leva et se versa un rhum-Coca. Je remarquai que la bouteille de Bacardi 8 que je lui avais apportée deux jours plus tôt était presque vide. Il était en pantalon de jogging et tee-shirt, et la couverture sur le canapé était chiffonnée. En fond sonore, une journaliste racontait des âneries sur la grippe aviaire, promettant ruine et désolation.

— Mais tu ne peux pas garantir à cent pour cent que la Volvo appartient bien au type qui a balancé le corps ?

— Non. Le témoin a filé avant d'en voir davantage. Il se peut qu'une autre voiture soit arrivée après, mais la plage de temps entre le moment où mon témoin a décampé et celui où tu as pris les premières photos de la scène de crime est quand même très étroite...

— De toute façon, ça vaut le coup de parler au chauffeur de la Volvo. Soit c'est notre homme, soit il est possible qu'il ait vu quelque chose.

Lloyd suça un cube de glace et l'écrasa bruyamment entre ses dents.

— Il est fiable, ton témoin ?

J'essayai d'imaginer Kaden et Delveckio prenant Junior au sérieux.

Lloyd lut la réponse sur mon visage.

— Alors, il faut charger la barque. Laisse-moi faire ma petite enquête sur tout ça, demain matin. On verra bien ce qui en ressortira. Je ne pourrai évidemment pas dénicher une aile cabossée, mais il y a tout le reste. Tu as fait du bon boulot. Si je te trouve un suspect plausible, tu seras mieux armé pour aller voir Kaden et Delveckio.

Il pointa son doigt dans ma direction.

— Mais ne parle pas de moi.

— Je ne t'ai jamais impliqué dans quoi que ce soit, et je ne le ferai jamais.

Un gémissement, rendu rauque par la déshydratation, flotta le long du couloir. Puis un faible cri, un appel en fait :

— *Lloyd.*

Il bondit sur ses pieds et disparut dans les profondeurs de la maison, le pas accéléré par la panique. Je me retrouvai planté à l'entrée du corridor, à scruter la porte du fond. Comme d'habitude, elle était fermée, mais derrière j'entendais la voix de Lloyd, rendue stridente par l'inquiétude, ainsi qu'un cliquetis de flacons. Je ne savais pas très bien si je devais m'en aller ou pas. Après tout, j'étais venu à l'improviste, tard, un lundi soir, après avoir maintes fois essayé, sans succès, de joindre Lloyd sur tous ses numéros. Persévérance et détermination – deux traits de caractère fort utiles pour un écrivain, mais qui n'en faisaient pas l'homme le plus attentionné de la terre. Pour compenser, j'entrepris de mettre de l'ordre dans la cuisine, histoire de donner à Lloyd un pas d'avance sur l'avalanche de tâches domestiques qui l'attendait tous les matins.

J'empilai les assiettes, essuyai les plans de travail, mis les déchets – tacos moisis compris – dans plusieurs sacs d'épicerie, que je jetai à la poubelle tout en pensant aux commentaires de

Caroline sur la nécessité, parfois, de faire preuve d'égoïsme. Lloyd ne remarquerait probablement rien, mais je me sentais mieux à l'idée de lui laisser une cuisine en ordre. Quand j'eus fini, je songeai à partir.

J'avais la main posée sur la poignée de la porte, quand j'entendis Lloyd soupirer derrière moi :

— Et dire que j'avais toujours pensé que la mort était belle...

Je me retournai, et il était là, tenant un plateau chargé de tasses sales, de bols pleins de nourriture à laquelle on n'avait pas touché et d'un gant de toilette crasseux. Il avait l'air las, les épaules affaissées comme si le plateau le tirait vers le bas, ses yeux étaient enfoncés dans leurs orbites.

Je lâchai la poignée de la porte, lui pris le plateau des mains et le posai à côté de l'évier.

— Je ne disais pas ça de façon morbide, poursuivit-il. Les couleurs, si tu parviens à un certain détachement... Les oranges brûlés, les verts, les bleus profonds. Comme un bouquet automnal. C'est beau, la mort.

Il leva les yeux, une expression atone, sidérée, peinte sur le visage.

— Mais mourir, non. Non, mourir c'est terrifiant.

— Comment va-t-elle ?

— Son cathéter s'était détaché. Du sang a giclé sur les draps, sur ses vêtements, par terre. C'est comme ça.

Il fit un demi-pas traînant et se laissa retomber sur la chaise de cuisine.

— Tu veux que je m'en aille ? Peut-être que tu préfères rester seul ?

Lloyd jouait machinalement avec le bord de son set de table.

— Et des vêtements confortables, plus pratiques pour... partir.

Il gonfla ses joues.

— L'éponge. Le polyester. Je devrais dessiner une ligne de vêtements élégants pour mourir. Je ferais fortune.

Je m'assis à côté de lui. Il regardait sa place, moi la mienne. Nous étions comme deux dîneurs, sans rien à manger.

— Elle est terriblement occupée à mourir. Elle a mis sa voiture à mon nom. Signé les papiers pour sa pension de réversion. Je lui dis tout le temps de ne pas s'en occuper. Elle avait besoin de faire refaire son bridge le mois dernier, quatre plaques ! Mais elle a regardé le dentiste avec cette... expression résignée, et elle lui a demandé : « Vous croyez que ça tiendra ? »

Il secoua la tête et se cacha les yeux avec les mains. Son visage se convulsa en un sanglot, mais il n'émit aucun son, et quand il retira ses mains, il n'y avait pas la moindre trace de larmes.

— « Vous croyez que ça tiendra ? »

Il secoua de nouveau la tête.

— Elle dit que c'est parce qu'elle ne veut pas subir cette corvée – qui a envie d'aller chez le dentiste ? –, mais elle est originaire de la Nouvelle-Angleterre, et ces gens-là préféreraient s'ouvrir les veines plutôt que le porte-monnaie. Côté argent, ça ira, je m'en sortirai. Mais elle se tracasse tellement. Moi, je veux juste qu'elle ait un nouveau bridge, Drew. C'est tout ce que je demande. Cette femme le mérite. Elle a quarante-deux ans. Quarante-deux. Elle en avait dix-neuf quand on s'est mariés. On pourrait penser que vingt-trois ans c'est long, mais ça a passé... ça a passé comme...

Il fit un son entre ses dents, comme pour chasser un chat, puis il écarta une pensée d'un haussement d'épaules.

— Je radote. Je radote...

D'une main tremblante, il remplit son verre de rhum, jeta la bouteille vide dans l'un des sacs-poubelle, ajouta une rasade de Coca dans son verre. Il ramassa les miettes sur la table et les mit dans une serviette en papier. Pourquoi ? Quelle importance ? Qu'est-ce qui pouvait bien avoir encore de l'importance pour lui ? Se lever quand son réveil sonnait ? S'habiller ? Faire le plein de sa voiture ? Les tâches quotidiennes ? Et pourtant, il tenait bon, *ils tenaient bon*, Janice et lui, et ils faisaient face, un jour après l'autre. Mais avait-il le choix ? Avait-*elle* le choix ?

Il remarqua que je le regardais, et froissa nerveusement la serviette en papier comme s'il avait été surpris à faire quelque chose de honteux. J'aurais voulu lui dire que je m'en fichais, qu'il pouvait ramasser toutes les miettes qu'il voulait, tout ce qui restait du passé – comme cette empreinte fantôme au fond de la Birkenstock.

Il arrive un âge où l'on se dit que l'on est rattrapé par le vieillissement. Vous avez fait le grand huit, et il ne vous reste plus que le tire-bouchon final avant de descendre du wagonnet. Le tour de manège ne dure pas éternellement – cette bonne blague ! –, mais vient un moment précis où on se prend brutalement cette idée, froide et dure, dans le bide. Moi, ç'avait été à trente-trois ans, un dimanche soir, au terme de l'un de ces innombrables week-ends passés à glander. J'avais l'âge de Jésus, et qu'avais-je fait, comparé à lui ? Après ma douche, dans la salle de bains encore embuée, je m'étais regardé dans la glace et j'avais vu un réseau de rides accroché au coin de mes yeux. Je m'étais assis au bord de la baignoire, la tête lourde des excès de la veille, écrasé par le poids de l'évidence. La réalité était là depuis le début, comme la clé d'une intrigue bien foutue, mais j'avais soigneusement détourné le regard, fermé les écoutilles, et je m'étais soûlé à mort jusqu'à me retrouver dans un état semi-comateux.

Allez, c'est parti pour le quart d'heure de pénible confession, bien que la mienne soit aussi banale que les miettes que je décrivais il n'y a pas si longtemps pour obtenir ce grandiose effet littéraire. Après la troisième attaque de ma mère, alors qu'elle oscillait au bord de la falaise, l'esprit ravagé, le visage effondré de l'intérieur comme si elle avait vingt ans de plus, quand l'infirmière m'adressa le hochement de tête final et solennel – *Le moment est venu, Drew* –, je m'étais figé devant sa porte. Je n'avais pas pu entrer dans sa chambre. Cette pensée, tout à coup, puissamment, m'avait terrifié. De toute façon, elle ne m'aurait pas reconnu – il y avait des semaines qu'elle ne reconnaissait plus personne –, mais ce n'était pas une consolation. Mon père – Dieu ait son âme – ne m'avait jamais jugé. Pas une étincelle de réprobation dans ses yeux, ni à ce moment-là, ni à aucun moment pendant l'année et demie où il lui avait survécu. Ce jour-là, devant la chambre où se mourait ma mère, il m'avait embrassé sur le front et laissé dans le couloir, cramponné à la lourde poignée de porte argentée, comme si j'allais réussir à me reprendre et à entrer dans la pièce d'un instant à l'autre, alors que je savais pertinemment qu'il n'en serait rien. La tête appuyée à la porte, plus honteux de ma lâcheté que je ne saurais le dire, j'entendis le bip-bip du moniteur ralentir puis s'arrêter avant de se fondre en un tracé plat.

— Lloyd, dis-je, je suis tellement, tellement désolé de ce que vous traversez tous les deux.

Il me remercia d'un rapide hochement de tête, comme un tic embarrassé, et se remit à siffler son rhum.

— Quand j'étais petit, je me disais toujours que j'apprendrais à surmonter ça. Encore une de ces conneries que j'ai trimballées jusqu'à maintenant. C'est peut-être pour ça que je... le boulot, tu sais. Et puis, avec Janice... Enfin, j'y suis jamais arrivé. A apprendre. On n'y arrive jamais. Peut-être que c'est impossible. C'est toujours là, et tu as beau croire que tu vas y arriver, tu n'es jamais prêt.

— Ecoute, quand ça... Si tu as besoin de quoi que ce soit...

Il coupa court à cette maladroite tentative de réconfort, pas prêt à admettre le pire.

— C'est pas encore fini.

Il parlait rapidement, d'une voix tremblante.

— Pas tout à fait. Pas encore...

Il se leva, je lui emboîtai le pas et nous descendîmes les deux marches qui menaient de la porte de la cuisine à l'allée de graviers, le store vénitien bringuebalant alors que je tirais sur la poignée.

— Il faut que tu comprennes. L'espoir, c'est tout ce qu'on a. Point barre.

Il se cramponna à l'encadrement de la porte, et pencha la tête dans l'ombre. Ce n'est que lorsqu'il se remit à parler que je compris qu'il était en train de pleurer.

— Pardon, dit-il. Pardon...

Je restai planté là, frappé par l'incroyable limite de ce langage dont je prétends avoir une certaine maîtrise, à répéter : « Ça va, ça va... », à intervalles réguliers, comme un coach consolant un joueur d'une ligue mineure qui se serait écorché le genou.

Pour finir il recula, en se cachant le visage et en continuant à s'excuser, puis il referma la porte sans bruit derrière lui, me laissant seul avec le chant des criquets dans la fraîcheur de la nuit.

# 24

Mon téléphone portable jouait des claquettes sur ma table de nuit, à côté de mon réveil. 7 h 02. Les paroles de Lloyd crépitèrent rapidement, excitées :

— Deux viols, une agression, et une condamnation pour exhibitionnisme.

Je m'adossai à la tête de lit, en essayant de me décoller les paupières avec le dos de la main.

— Un joli coco, continua-t-il. Regarde tes mails. Ça ressemblera à un spam, dont l'intitulé sera « Rolex Authentiques ». N'imprime que les pièces jointes. Personne ne pourra remonter jusqu'à moi. Et puis tu me rappelles. Au labo.

Je me traînai dans mon bureau, ouvris les pièces jointes, imprimai quelques pages. Tout en les feuilletant, je composai le numéro du labo sur mon téléphone fixe, dont la ligne n'avait toujours pas été rétablie, puis je revins à la réalité et refis un second essai, sur mon portable.

— Le premier document, me dit Lloyd, te fournit les informations enregistrées pour les cent cinquante-trois Volvo marron immatriculées dans le comté de Los Angeles dont le numéro commence par un 7.

Je parcourus avidement la liste, à la recherche de noms familiers. Ma respiration s'était accélérée. L'une de ces personnes avait-elle l'intention de me faire endosser un meurtre que je n'avais pas commis ? L'une d'elles avait-elle plongé le couteau dans la chair tendre de Geneviève, au-dessus du nombril ?

— Maintenant, document suivant, poursuivit Lloyd. Ce sont les photos et les rapports concernant les cinq individus de la liste qui ont un casier.

Quatre hommes et une femme, tous blêmes, avec ces cheveux ebouriffés caractéristiques des photos d'identité judiciaire. Que des inconnus.

— Quatre ne sont que du menu fretin, enchaîna Lloyd, mais il y en a un que j'aime bien. Celui-là, je l'aime *vraiment* bien.

Je sus lequel avant même que Lloyd ne me dise son nom. Morton Frankel. Un front bas ombrageant des yeux sombres. Un nez épaté, des pommettes saillantes, le cheveu coupé ras. Des rouflaquettes soigneusement taillées, fines, qui descendaient au-dessous des oreilles et se terminaient en pointe. Il souriait moins qu'il ne montrait les dents, des dents qui paraissaient juste un petit peu trop longues, comme si ses gencives s'étaient rétractées. Son cou était un faisceau de muscles noueux. Il avait dû les crisper au moment où la photo avait été prise. Sa posture et le soin qu'il prenait de sa personne semblaient calculés pour faire peur.

Bordel de merde, c'était qui, ce type ? Et si c'était lui le tueur, pourquoi s'était-il donné autant de mal pour me faire porter le chapeau ? En quoi était-il relié à Broach et à Geneviève ? Et que pouvait-il bien avoir contre moi ?

— On dirait que ce type sort tout droit d'une affiche de film, dis-je.

— Arrêté en 1999 et en 2003 pour affaires de viol. Acquitté la première fois, et, la seconde, l'accusation a été ramenée à une simple affaire de coups et blessures. Il avait envoyé une prostituée à l'hôpital. Là, il a fait un peu de prison. C'était déjà la deuxième fois. Les flics se sont intéressés à lui au cours d'une autre enquête pour viol en 2005, mais on n'a rien trouvé pour monter un dossier. Il a été interrogé à nouveau l'an dernier, pour la disparition d'une gamine, mais ça n'est pas allé plus loin. Comme tu vois, il aime beaucoup les femmes.

Je pensai au cheveu non identifié trouvé sur le cadavre de Kasey Broach.

— On a son ADN ?

— Juste des empreintes. Il est ouvrier métallurgiste. Pour l'instant, il est soudeur chez Bonsky Forge and Metalworks, à Van Nuys. Mais regarde son adresse. Il habite dans le centre-ville, à moins de dix minutes de l'endroit où le corps de Broach a été abandonné.

— Et le ruban adhésif a été acheté au Home Depot de Van Nuys, pas loin de son boulot...

— Tout juste. Et en plus, il a cette lueur diabolique dans le regard.

— Pour ça, oui. Raspoutine en personne.

Malgré la légèreté des éléments, je ne pouvais m'empêcher d'imaginer Morton Frankel dans la chambre de Geneviève. Etait-ce ce visage qu'elle avait entrevu dans un dernier éclair de panique, tandis qu'il se jetait sur elle au beau milieu de la nuit ? Ce visage, dans sa chambre si douillette, avec ses bougies à la vanille et sa couette en duvet ? Ça paraissait impossible, obscène même. Etait-il obsédé par elle ? Ou l'avait-il tuée pour liquider une obsession que je lui inspirais, moi ? Ce qui me torturait surtout, c'était la pensée de la peur de Geneviève à l'instant final, avant que la pointe du couteau ne lui perce le cœur. Une terreur que Katherine Harriman, ma redoutable accusatrice, aurait pu qualifier d'inimaginable. Mais moi, je ne l'imaginais que trop bien. Le fait d'être tuée par ce Morton Frankel avait-il rendu les derniers moments de vie de Geneviève plus atroces que si ça avait été moi qui m'étais trouvé dans cette chambre ? Je priai pour qu'elle n'ait pas trop souffert entre ses mains, pour que la lutte ait été aussi brève et miséricordieuse que le disait le rapport. La pensée qu'il m'avait regardé dormir me faisait littéralement frémir. Cet homme aux rouflaquettes affilées, un couteau à la main, penché sur mon corps paralysé par le Sevoflurane ?

Mais Lloyd disait quelque chose.

— Pardon, je n'ai pas entendu.

— Je disais : là, je risque gros. La tête sur le billot, je nierais t'avoir envoyé tout ça.

— Moi aussi. Je veux dire, l'avoir reçu.

— Apporte ça à Kaden et Delveckio. Je ne peux pas le faire sans expliquer la façon dont j'ai été amené à le découvrir, ce qui nous impliquerait tous les deux. Pigé ?

— Pigé.

— Je suis désolé pour hier soir...

— S'il y a une chose que tu n'as pas à faire, Lloyd, c'est bien t'excuser.

Il y eut un long silence, puis il dit :

— Il faut que j'y aille.

Je ne pouvais détacher mes yeux de la photo d'identité judiciaire. Ce Morton avait quelque chose d'indéniablement pervers. Une sorte de démence dans son aspect même. Il faisait un bien meilleur méchant que Richard Collins, l'envapé du Home Depot. Peut-être que Frankel avait assassiné ces femmes parce que ça l'amusait. Ça expliquerait le manque de lien apparent entre Geneviève et Broach. Mais ça n'expliquerait pas pourquoi un serial killer en goguette m'en voulait à ce point.

Un grattement à la porte me fit sursauter – j'avais oublié que j'étais l'heureux propriétaire d'un chien. Xena s'approcha en tortillant du croupion, s'accroupit et pissa dans un carton de DVD du *Signe de proie* posé dans un coin.

Je l'avais fait dormir dans la cuisine, m'imaginant que le carrelage était immunisé contre les accidents. Enfin, cela dit, les beaux boîtiers brillants l'étaient probablement eux aussi, même à la pisse de chien. J'épongeai tant bien que mal et je descendis, Xena bavant d'amour sur mes talons. Comme je n'avais pas de pâtée pour chiens, je fis revenir à la poêle des steaks hachés pour hamburgers, les salai, les poivrai et y ajoutai une pincée de curry, ainsi qu'il convenait à une princesse guerrière. Laquelle parut très satisfaite du résultat.

Gus manquait à l'appel depuis quelques jours. Pauvre diable, les coyotes avaient probablement fini par avoir sa peau. Avant de laisser sortir Xena, je vérifiai une dernière fois dans la cour, puis je portai, avec mon verre de jus de grenade, un toast à mon copain l'écureuil disparu. Je remontai prendre une douche. Preston arriva juste au moment où je finissais de m'habiller. Xena laissa aussitôt libre cours à ses instincts de tueuse sur lui, lui fourrant son museau dans le bas-ventre et lui léchant les mains d'une façon inquiétante.

Nous échangeâmes un regard et détournâmes aussitôt les yeux, ni l'un ni l'autre n'ayant envie de repenser à mon incursion de la veille. En reparlerions-nous jamais ? Et pour dire quoi ?

Preston me dépassa en vitesse, me frôlant au passage, en se frottant avidement les mains. Les affaires reprenaient.

— T'as de nouvelles pages pour moi ?

— Mieux que ça. Un suspect !

Il fit une escale à la cuisine, revint avec un verre de rhum on the rocks, et plongea sur le canapé, sans un regard pour les deux verres sales qu'il avait abandonnés sur la table basse lors de ses précédentes visites. Xena s'enroula autour de mes pieds, se lécha un bon coup et s'endormit. Comme je le mettais au courant des derniers événements, les jardiniers arrivèrent. Xena ne jugea pas utile de se réveiller lorsqu'un peloton de cinq hommes masqués, armés de taille-haies et de coupe-bordures, fit irruption dans ma cour.

Preston entra en effervescence en voyant la photo de Morton Frankel.

— Quel parfait méchant ! Le rôle a été créé pour lui ! Mais Mort ? Mort... Il ne pourrait pas s'appeler Cyrus ? Ou Bart ? Qui appelle son enfant *Mort ?* Il faut être juif pour ça, et avoir déjà un *Mort* mort quelque part.

— Genre dans un placard ?

— Tu vois ce que je veux dire.

Je donnai mes dernières pages à Preston. Il les posa sur ses cuisses et se cala confortablement dans le canapé. Je détectai une tristesse sous-jacente. A moins que, ayant vu son antre – aussi dépeuplé que le mien –, je ne fusse en train de projeter ?

— Ecoute, dit-il. Je, euh...

Cette hésitation était inhabituelle chez lui. Il s'éclaircit la gorge, continua, sur un ton plus officiel :

— Je ne sais pas bien m'y prendre quand je… Je suppose que je m'en sors mieux quand je ne suis pas chez moi. Et épargne-moi tes blagues à la mords-moi le nœud. Ce n'est qu'un pied-à-terre. J'y vis tout seul, en réalité. Et je n'y suis pas assez souvent pour que ça vaille le coup de m'en occuper. Je n'y amène jamais personne. Je n'aime pas les gens qui fouinent partout. Ça me donnerait l'impression d'être envahi.

— Envahi, répétai-je. C'est le mot.

Laissant Preston sur mon canapé en train de lire mes dernières pages, et Xena occupée à mordre le filet d'air qui montait de la bouche de ventilation au sol, je récupérai mes documents intraçables, mes diverses théories, et je partis en quête d'un inspecteur.

— Comme j'ai gâché ta soirée la dernière fois, je me suis dit que j'allais te faire un cadeau : je t'offre la primeur.

J'attendis pendant un long moment au téléphone, en silence. J'avais surpris Cal chez lui, alors qu'il s'apprêtait à partir pour une nouvelle journée de crimes et délits à Westside. Quelqu'un avait kidnappé un caniche chez une manucure de Brentwood – en d'autres termes, Fifi s'était fait la malle, et la propriétaire voulait l'aide de la police pour la retrouver. Je baissai les yeux pour brancher mon oreillette, manquant envoyer mon hybride dans le décor, dans un virage de Mulholland.

— Ecoute, me dit Cal, j'aimerais vraiment me mettre sur le coup – putain, tu parles que j'en ai envie ! – et je t'assure que j'apprécie vraiment que tu m'en aies parlé en premier, mais il va falloir que tu apportes ça à Kaden et Delveckio. Je ne peux plus me permettre de faire le zouave. Mon capitaine a eu vent de notre cascade à la Starsky et Hutch, et il m'a passé un sacré savon !

D'où le caniche.

— Je ne lui ai pas dit que tu étais avec moi, poursuivit Cal. Mais tôt ou tard ça pourrait se savoir. Je me suis dit que tu en avais assez sur les bras comme ça, et que c'était moi le crétin avec le badge.

— Et merde, je suis vraiment désolé. Comment ton capitaine a appris tout ça ?

— Richard Collins a porté plainte.

— Quoi ?

— A cause de cette histoire d'extincteur.

— Ah, moi aussi je me demandais si c'était autorisé par le règlement.

— J'avais vu ça à la télé, une fois. Dans *A l'est d'Aiden.*

La série de Johnny Ordean... Tout est dans tout. Le monde est petit.

— Préviens Richard Collins que j'ai fait, avec mon téléphone portable, une photo de l'herbe qu'il essayait de liquider dans son évier. Et que je me la suis envoyée avec le time-code d'Internet sur mon propre ordinateur, à la minute même où nous sommes entrés chez lui...

— Il a fait ça ? Tu as fait ça ?

— Oui. Non. Mais il ne prendra pas le risque d'une troisième condamnation juste pour voir si je bluffe ou pas.

Cal poussa un soupir de soulagement. Un procès aurait réduit à néant ses chances d'être promu à la Crime.

— Tu sais que je t'aime, toi ! Ecoute, Drew, tu fais pas un boulot si merdique, là. En ce qui concerne Richard Collins, on s'est tous plantés. Moi y compris. C'est comme ça que ça marche dans une enquête. C'est comme l'écriture, j'imagine. Tu merdes, et tu continues à essayer jusqu'à ce que ça fasse mouche.

— Je ferai mouche pour toi, Cal. T'intégreras la Crime.

— Ouais. Quand j'aurai passé les menottes au caniche, rit-il. Ecoute, je sais que je me suis conduit comme un con quand tu es venu me demander mon aide. J'étais énervé d'être relégué dans la division Cappuccino West alors que tu avais tué quelqu'un et que tu ne m'avais même pas passé un coup de fil...

— La prochaine fois, dis-je. Promis.

Kaden posa un poing gros comme un parpaing sur les papiers que j'avais mis sur son bureau.

— Comment avez-vous obtenu ça ?

— Vous ne devriez pas les avoir, c'est illégal, ajouta Delveckio. Ce sont des informations confidentielles. Tout comme les dossiers d'accusation dans lesquels votre copain Cal Unger a farfouillé, sans rien dire.

— Quoi ? Cal a fait ça ? Quand ?

— Ben voyons. Comme si vous étiez pas au courant.

Je ne l'étais pas. Cal venait de me dire que, depuis qu'il s'était fait pincer, il avait laissé tomber les enquêtes en hors piste… Il avait demandé le dossier de l'accusation et il ne me l'avait pas dit. Ou bien c'était Delveckio qui me racontait des salades. En tant qu'inspecteurs du LAPD, les deux étaient certainement bien placés pour accéder à des dossiers, quels qu'ils soient. Pourquoi Cal m'aurait-il caché qu'il avait vu le dossier d'accusation ? Parce qu'il briguait une promotion ? Ou voulait m'aider, mais devait couvrir ses arrières parce qu'il était hors de sa juridiction ? Ou pour des raisons plus obscures ? Qu'est-ce qu'il m'avait dit, la première fois que j'étais venu le voir ? « Je crois que les types comme toi sont que des vampires suceurs de sang. » Mais il ne figurait pas sur la liste des propriétaires de Volvo, j'en étais sûr. Est-ce que c'était de la paranoïa ? Oui. Est-ce que je me trompais ? Peut-être. Je notai mentalement de demander à Chic d'obtenir des informations sur Cal auprès de son hacker de bases de données. Ensuite je demanderais au type d'enquêter sur Chic. Et puis sur lui-même. Et puis…

— Maintenant, dit Kaden d'un ton qui me ramena brutalement à l'atmosphère glaciale du Parker Center, si vous nous disiez qui vous a communiqué ces listings de cartes grises ?

— Vous savez que je ne peux pas vous le dire. Alors on va oublier ce paragraphe-là et passer au suivant, à savoir : « Comment utiliser ces informations ? »

Omettant soigneusement toute allusion à Lloyd, je leur avais déjà expliqué deux fois de quelle manière j'étais arrivé à la liste des immatriculations et aux photos du suspect. Frustré, je me rencognai dans le fauteuil pliant devant le bureau de Kaden, et je parcourus la pièce du regard. En montant à l'étage et en traversant les couloirs, je m'étais déjà attiré quelques froncements de sourcils dédaigneux de la part de gens qui m'avaient reconnu.

Kaden fit pivoter l'écran de son ordinateur pour éviter les reflets de la fenêtre.

— Quel est le nom du témoin, déjà ?

— Junior Delgado.

Il pianota sur son clavier et secoua la tête comme s'il avait la confirmation de ce qu'il soupçonnait depuis le début.

— Ce gamin a un casier plus long que ma queue.

— Ma tante Hazel aussi. Allez, Kaden. D'après vous, quel genre de type peut traîner sous la bretelle d'accès à l'autoroute de Rampart à 2 heures du matin ?

Kaden évacua mon commentaire d'un geste.

— Bon, ben on va voir ça...

— Quand ?

— On a à peu près une centaine de pistes, la plupart provenant de citoyens plus respectables que Junior Delgado.

— Sauf qu'aucun n'était là cette nuit-là.

— Et qu'aucun n'a été logé et interrogé par un suspect dans l'affaire.

— Alors mes informations sont sujettes à caution ?

— Evidemment, trouduc ! Aucun de nos rapports ne mentionne une Volvo marron, à aucun moment des deux enquêtes. Et ce *mineur*, fit-il en tendant un doigt accusateur vers l'écran, me fait l'effet de quelqu'un qu'il est facile de mener par le bout du nez.

J'eus un rire.

— Interrogez-le. Faites-moi plaisir.

— On va le faire.

— Quand ?

Kaden jeta son stylo sur son bureau.

— Vous êtes un amateur, alors vous ne voyez pas la quantité de suppositions sur lesquelles reposent vos déductions. Le marron est, après le jaune caca d'oie, la deuxième couleur la plus répandue pour les Volvo. Rien que dans le comté de Los Angeles il y a cent cinquante-trois Volvo marron dont les plaques d'immatriculation commencent par un 7. Génial ! Vous savez combien il y en a dans *l'Etat ?*

Il recommença à taper sur son clavier.

— Mille deux cent quatre-vingt-onze.

— Et combien appartiennent à des agresseurs sexuels déjà condamnés ?

— Puis-je vous demander de me rappeler combien des victimes de cette enquête ont été agressées sexuellement ?

— Et votre théorie selon laquelle la méthode du tueur aurait évolué ?

Je tapotai sur la sinistre photo d'identité judiciaire de Frankel.

— Ça cadre avec le rapport du légiste. Il pèse dans les quatre-vingt-dix kilos...

— Tout comme vous.

Delveckio s'appuya à son dossier, et le tissu de sa chemise se tendit sur sa poitrine étroite.

— Et vous continuez à affirmer que Morton Frankel ne vous dit rien ?

— Combien de fois faudra-t-il que je vous le répète ? Je ne connais pas ce type. Je pense que la vraie question, c'est : « Est-ce que moi je lui dis quelque chose ? » Et ce ne serait pas difficile pour nous de le découvrir. Une simple mèche de cheveux de ce gars pourrait servir à boucler notre dossier.

— Boucler ? releva Delveckio. *Notre* dossier ?

— Le cheveu non identifié trouvé sur le cadavre de Broach pourrait n'avoir aucun rapport avec tout ça, dit Kaden. Les cadavres abandonnés récoltent des cheveux, c'est inévitable. Ou alors on aurait pu l'y déposer, comme il paraît que votre cheveu l'a été. C'est ce que vous ne voulez pas comprendre. Ce n'est jamais aussi carré. Et même si ça l'était, ce n'est pas une simple question d'indices. Il s'agit de bâtir un dossier d'accusation.

— Regardez ce bonhomme. Le jury va le détester.

— Ce n'est pas le genre de cause probable qui nous permettrait d'obtenir un mandat l'obligeant à nous fournir un échantillon de son ADN. Franchement, du point de vue légal, il n'y a pas grand-chose qui le différencie des autres heureux propriétaires de Volvo de cette liste de cartes grises.

— Morton Frankel est un criminel.

— C'est ça, oublions les non-criminels qui conduisent des Volvo, dit Delveckio. Les types trop futés pour se faire pincer ne nous intéressent pas.

— Ecoutez, je suppose qu'il faut bien que vous partiez de quelque chose ? Et une voiture immatriculée dans le comté de Los Angeles au nom d'un criminel qui habite à deux rues de l'une des scènes de crime ne me paraît pas un mauvais point de départ.

Kaden se rencogna dans son fauteuil et dit :

— Bon, ça va, j'ai pigé.

— Quoi donc ? demanda Delveckio.

— Ce n'est pas une conversation réelle, Ed. Nous sommes dans un scénario. Des personnages... On est les flics qui se dépatouillent avec leurs contraintes administratives et dont l'enquête patauge, de sorte que notre héros préféré, Monsieur Tout-le-monde-en-péril, peut suivre les pistes et résoudre l'affaire sans avoir à se taper les emmerdes de ceux avec qui il partage la ville et qui s'obstinent à maintenir l'ordre conformément au règlement...

Il se pencha sur son bureau, la moutarde lui montant au nez.

— Ce que vous avez trouvé, c'est un type avec un casier et qui conduit une Volvo. Bravo. Je dois admettre que c'est une rareté démographique. Vous savez pourquoi vous aimez cette piste, plus que, disons, la cordelette en coton qui attachait les poignets de Kasey Broach qui ne mène qu'à trois sex shops – et encore, c'est un maximum – de Los Angeles ? Plus que les deux mille cent soixante heures – trois mois, c'est ça ? – de cassettes de sécurité que nous avons récupérées dans un seul de ces magasins ? Plus que les reçus de carte bancaire des deux autres que nous épluchons ? Plus que les bordereaux d'expédition de ces vendeurs de godemichés ? Vous savez pourquoi vous aimez mieux votre Volvo que le ruban adhésif des chevilles de Broach, qui faisait partie d'un lot défectueux vendu avec une remise au Home Depot, et qui n'a été expédié qu'au magasin de Van Nuys, sauf un dans Cave Creek Road, à Phoenix ? Plus que les remontées d'appels téléphoniques de Broach et de Bertrand qui, quand on les croise, révèlent des similitudes dans au moins deux établissements ? Plus que l'employé de FedEx qui a livré des paquets aux deux femmes à deux mois d'intervalle ? Plus que le gars de la piscine, qui bosse dans un complexe à deux rues de chez Broach et qui a fait dix ans à Saint Quentin pour avoir tranché la gorge de sa sœur ?... Vous préférez Morton Frankel parce que c'est *vous* qui l'avez trouvé. Maintenant, en dépit de l'association douteuse de Junior Delgado et d'Andrew Danner comme géniteurs de cette piste en particulier, nous allons nous y intéresser, certainement et absolument. A celle-ci et aux cent cinquante-deux autres propriétaires de Volvo de la liste qui, vous avez raison, est l'endroit d'où nous devons partir et d'où nous allons partir. Mais nous n'allons pas laisser tomber tout ce sur quoi nous travaillons pour le moment rien que parce que ça nous gonfle que vous ayez trouvé un indice.

Sa colère, froide et rationnelle, m'avait collé au dossier de mon fauteuil.

— Vous avez vraiment fait tout ça ? demandai-je. Vous avez vérifié les livreurs qui sont allés chez Geneviève ? Contrôlé si un de ses voisins avait un casier ?

Kaden me foudroya du regard.

— On savait que vous ne resteriez pas le cul sur votre chaise. Ça nous dérange pas, nous autres, de fouiller dans les poubelles. Nous, ce qui nous intéresse, c'est d'agrafer le coupable.

Je me levai, en leur laissant les documents, furieux contre Kaden, à cause de sa dernière réplique et surtout de toutes les putains de bonnes objections qu'il avait élevées avant.

Kaden se pencha par-dessus son bureau et m'empoigna par le bras.

— Vous êtes dans la vraie vie, là, dit-il. Faites gaffe à ne pas vous faire descendre.

Je dégageai mon bras.

Delveckio fit pivoter son fauteuil pour me regarder passer.

— Au fait, Danner...

Il croisa mon regard, d'un œil impassible et rougi par la fatigue, et lâcha, d'un ton calme et détaché :

— Interdiction de quitter la ville.

## 25

Je quadrillai en voiture le parking plein à craquer de Bonsky Forge and Metalworks, remontant une file de véhicules, descendant l'autre. En quête d'une Volvo marron. Mes roues brinquebalaient sur l'asphalte fendillé, désagrégé par endroits. Le béton des bâtiments était noirci par la pollution. Les seules fenêtres étaient encastrées très haut sous le toit. De là où j'étais, au fond du parking, par-delà une barrière et une porte d'entrepôt poussée sur le côté, je voyais des hommes s'activer sur des machines-outils et des chalumeaux de soudure, le visage protégé des étincelles par de grands masques noirs incurvés. Le gémissement des machines, même à cette distance, faisait vibrer mon tableau de bord.

Kaden avait raison sur un point : ma théorie reposait sur un trop grand nombre d'hypothèses. Il fallait que je réunisse davantage de faits.

Comme, par exemple : la Volvo marron de Frankel avait-elle l'aile droite amochée ?

Je finis mon second tour de parking. Pas de Volvo, de quelque couleur que ce fût. Je partis explorer les parkings alentour, au cas où Frankel s'y serait garé, et je fis chou blanc. Peut-être qu'il avait quitté l'Etat ? Peut-être qu'il avait brûlé sa voiture pour faire disparaître cet indice ? Peut-être qu'il avait vendu sa Volvo quatre mois plus tôt, à son copain de poker, le Tueur du Zodiaque.

Je pouvais entrer dans l'usine sous un prétexte ou un autre, et essayer de repérer Frankel, mais ça posait deux problèmes : les masques de soudure, et le fait que, s'il était vraiment mon bonhomme, il me reconnaîtrait, moi, aussi bien que je le reconnaîtrais. Et s'il y avait une chose que je ne voulais pas, c'était qu'un Morton Frankel avec des rouflaquettes en pointe sache que j'étais sur sa piste.

J'appelai les renseignements et leur demandai de me passer la réception de l'usine.

— Ici FedEx, dis-je. On a un paquet pour un Mortie Frankel, qui doit signer le reçu. Est-ce qu'il est là aujourd'hui ?

Un grommellement me répondit :

— Quittez pas. Je regarde le planning.

Bruits de papiers. Bruits de machines.

— Ouais, il est là.

— Je suis coincé dans les embouteillages à Burbank. Il sera là jusqu'à quelle heure ?

— Ils s'arrêtent à 3 heures.

Il raccrocha avant que j'aie le temps de le remercier pour l'excellent service qu'il m'avait fourni.

Un authentique coup de sifflet troua l'air, annonçant la pause-déjeuner. Je retournai dans le parking de l'usine alors que les hommes se déversaient dans la cour envahie par les mauvaises herbes, pour casser la croûte. Ils s'assirent sur des bobines de câbles et des machines rouillées, avec leur gamelle et leur thermos. Je regardai la gueule crépusculaire de l'atelier vomir un torrent d'ouvriers qui enlevaient leurs masques de soudure, révélant des visages rouges et luisants. Je commençais à perdre espoir quand une forme massive déboucha dans la lumière éclatante du midi. Il ne regardait pas dans ma direction, mais il émanait de lui des vibrations électriques, et je ne fus pas surpris quand il se retourna. Il passa la main sur son front épais, secoua un jet de sueur sur le béton. Tout en agitant le devant de son bleu de travail pour se rafraîchir, il échangea quelques paroles avec un autre ouvrier.

Il y avait à peine une cinquantaine de mètres entre nous – le parking, la barrière, une petite étendue de terrain –, mais j'avais l'impression que nous existions dans des bulles séparées, lui avec ses outils, son bleu de travail fatigué et ses étincelles, moi avec l'intérieur en cuir de ma Grosculmobile, mon calepin et mes vitres teintées. Soudain en sueur dans mon Highlander climatisé, je le dévisageai. Etait-ce cet homme qui s'était dressé dans l'obscurité de ma chambre, la nuit du 21 janvier, et m'avait regardé dormir ? Etait-ce lui qui m'avait drogué ? Pris mon sang ? Prélevé un cheveu pour le glisser sous l'ongle mort, glacé, de Kasey Broach ? Et si oui, pourquoi ?

Ce Frankel avait quelque chose de fascinant – tout chez lui était déstabilisant, et pourtant je ne pouvais le quitter des yeux.

*S'il te plaît, sois un meurtrier, pour m'éviter à moi de l'être.*

Je compris soudain que Kaden avait raison sur un autre point encore. Frankel était *mon* suspect. Il était à moi, et le resterait jusqu'à preuve du contraire.

Je regardai ses dents mordre dans un sandwich, puis sa mâchoire se crisper tandis qu'il mâchait.

*Hasta la vista, Baby.*

# 26

Chic dansotait sous la chandelle frappée par Jeremiah, son fils aîné, en hurlant « Je l'ai ! Je l'ai ! » pour rameuter sa marmaille qui agitait des gants de base-ball de toutes les tailles.

Il rattrapa la balle des deux mains au niveau de la ceinture, et la laissa lui échapper. Les mômes lui lancèrent leurs gants en hurlant, puis se jetèrent sur lui. Tout en rigolant de cette auto-parodie, il roula sur l'herbe de son immense pelouse prolongée en se couvrant la tête avec les bras pour se protéger. Attrapant des chevilles et des poignets, je le débarrassai de ses gosses en me trompant à chaque fois de prénom.

Angela sortit de la maison et d'un regard envoya les gamins filer se laver les mains avant de passer à table – pour un peu, j'en aurais fait autant. Elle apportait un plateau de boissons aux ouvriers qui montaient paresseusement une structure de jeu super luxe sur le côté du terrain de base-ball. Le dispositif, qui comprenait un toboggan en tire-bouchon, une échelle de corde, un petit mur d'escalade, le tout surmonté d'une fausse cabane dans les arbres, faisait passer les agrès de Hope House pour un tas de débris métalliques.

Angela donna à boire aux ouvriers et se tourna vers son mari.

— Poussin, tu pourrais emmener Drew au camion me chercher du queso blanco ?

— Un petit frichti *mejicano ?* demandai-je.

Elle hocha la tête.

— Poussin, prends aussi un cadeau pour la copine qu'Asia s'est faite au camp. Tu te rappelles, la dernière fois qu'ils sont passés, ils lui ont apporté des Polly Pocket.

Nous partîmes à pied, en nous guidant sur le carillon du camion de fast-food mexicain, pendant que Chic me briefait sur les dernières avancées de son spécialiste ès bases de données. Il avait mis au jour un certain nombre de points communs entre Geneviève et Broach auxquels Kaden et Delveckio avaient fait allusion, ainsi que quelques autres qui semblaient plus anecdotiques. Broach et moi étions tous les deux abonnés à un 24 Hour Fitness, mais pas le même. Nous avions tous les deux un compte à la Wells Fargo. Rien d'ébouriffant.

— Il y a un autre petit truc, pas vraiment renversant, mais qui mérite malgré tout d'être signalé, dit Chic en se mordillant les lèvres. Ton copain Delveckio a pris une assurance vie auprès du même courtier qu'Adeline.

Il réagit à mon expression avant que j'aie eu le temps de dire quoi que ce soit.

— Je savais que tu partirais en flèche sur ce truc-là, comme avec Cal Unger.

Bien qu'il ait accepté d'enquêter sur ce détail, Chic était réservé quant au fait de suspecter Cal – ce qui était compréhensible.

— Mais ce n'est probablement rien, et le reste non plus d'ailleurs. Il y a tout de même une question : qu'est-ce qu'une gosse de riche comme Adeline ferait d'une assurance vie d'un million de dollars ?

— Geneviève en avait une, elle aussi. Elles étaient bénéficiaires l'une de l'autre. Leur père avait lu dans un de ces magazines qu'on trouve dans l'avion que les gens qui ont une assurance vie vivent plus vieux et courent moins de risques…

— C'est comme d'acheter une Subaru parce qu'il paraît que les gens qui n'ont pas de problèmes de tension en ont une, non ?

Esquissant un sourire, je dis :

— Le rapprochement avec Delveckio ne me plaît pas du tout, en fait.

Je revis l'inspecteur dans la salle d'interrogatoire, ses traits mous faisant de leur mieux pour exprimer sa colère. « C'est moi qui ai annoncé la triste nouvelle à Adeline. Je regrette de ne pas avoir eu avec moi votre caméra vidéo pour vous permettre de voir sa réaction. » Je répétai ses paroles à Chic, qui haussa les épaules.

— Tu ne trouves pas bizarre qu'il l'ait appelée par son prénom ? poursuivis-je. Et pourquoi parler d'elle ? Et surtout avec autant d'émotion ? Enfin, maintenant on a une assurance vie d'un million de dollars à ajouter à l'équation.

— T'emballe pas, me dit-il avec un mouvement des mains. Bon, ils ont le même courtier en assurance. Et alors ?

J'étais embarrassé de ne pas avoir de réponse. Et puis, comment Delveckio cadrait-il avec Frankel, le cheval sur lequel j'avais misé ? Comme Cal, Delveckio tombait sur des Mort Frankel tous les jours dans l'exercice de ses fonctions. Frankel pouvait être un homme de main. Ou, compte tenu de la médiocrité des points communs qui étaient remontés à la surface, les deux flics pouvaient être des fausses pistes. Delveckio et la petite sœur de Geneviève avaient le même courtier en assurance. Etait-ce plus pertinent que le fait que j'étais membre de la même chaîne de clubs de gym que Kasey Broach ?

Chic interrompit le fil de mes pensées :

— J'ai du mal à imaginer Adeline dans les bras de Delveckio – je l'ai déjà rencontrée, lui je l'ai vu, et pour que ça marche il faudrait que ce soit lui qui ait de l'argent et elle pas, à mon avis.

Il se passa la langue sur les lèvres, un de ses vieux tics.

— Et même si c'était le cas ? Qu'est-ce qu'ils feraient d'un million de dollars de plus, de toute façon ? S'il y a – je dis bien : *s'il y a* – une piste à creuser là, c'est pas le courtier, mais un cran au-dessus. Par exemple le type qui les a branchés sur le courtier. En attendant, ce n'est qu'une des innombrables coïncidences dont L.A. a le secret. Arrêtons de courir après les pistes que nous donnent les bases de données, et concentrons-nous plutôt sur celle qui t'inspirait ce sourire radieux quand tu as débarqué ici en voiture. Et c'était… ?

J'aurais juré que Chic était en fait Sherlock Holmes réincarné dans une autre ethnie. Je lui parlai de Morton Frankel et lui demandai de brancher sur lui son hacker, pour voir comment il se raccordait aux autres personnages vivants et morts de notre drame en perpétuelle évolution. Chic haussa évidemment un sourcil à l'évocation de ce nouveau comparse, et m'écouta d'un air songeur lui débiter tous les développements de l'affaire.

— Et maintenant, c'est quoi la prochaine étape ? demanda-t-il.

Il semblait avoir anticipé mon silence et hocha la tête d'un air entendu.

— Appelle-moi quand tu voudras en parler.

Nous entrâmes dans la boutique au coin de la rue et dégotâmes une jolie barrette en plastique rose pour la copine d'Asia.

— C'est comme ça que ça marche, dit Chic. Ils achètent des cochonneries pour tes gamins, tu achètes des cochonneries pour les leurs. Et c'est supposé montrer que tu t'intéresses à eux.

Mon portable sonna, je le tirai de ma poche et l'ouvris.

— Vous serez bien là à 13 h 30, hein ?

Il me fallut un moment pour reconnaître la voix de Caroline. Le rendez-vous de Junior au tribunal...

— Allô, y a quelqu'un ? fit-elle.

— Je suis juste, comment dire... Je suis un peu pris aujourd'hui. Encore plus que d'habitude, je veux dire.

— Aux dernières nouvelles, dit Caroline, votre présence était requise par la cour.

— Ah oui, c'est vrai.

— Emmenez-le là-bas, et vous serez débarrassé. Mais vous n'avez pas intérêt à faire faux bond à ce gamin, étant donné ce qui lui pend au nez.

Si mon court passage en prison m'avait appris une chose, c'était bien que ce n'était pas un endroit pour un gamin de quatorze ans qui pleurait à l'idée que sa chienne allait être emmenée à la fourrière.

— Je suis bien d'accord, dis-je.

— Faites-moi confiance, vous n'avez aucune envie de m'avoir pour ennemie.

— Non, dis-je. Vous me plaisez trop pour ça.

Je raccrochai dans la seconde, tandis que Chic se dirigeait vers le camion de bouffe. Son polo informe, aux couleurs d'une obscure équipe d'une ligue mineure, lui arrivait à mi-cuisse. Si on y ajoutait ses baskets montantes, dont il n'avait pas daigné nouer les lacets, il avait tout du gars qui venait d'effectuer une razzia dans le placard d'un de ses fils. Nous fîmes le chemin de retour en silence, sous le soleil qui dorait les pavés.

— C'était la psychologue ? demanda-t-il enfin.

— Ouais.

— T'as le béguin ?

— Sûr. Même si elle est du genre coriace. Et parfois mal lunée.

— C'est toujours plus facile de voir la paille dans l'œil du voisin…

— Qu'est-ce que ça veut dire, ça ?

— En tout cas, j'ai bien vu comment tu lui parlais, tout à l'heure…

— Ouais, ben on va en rester là, d'accord ?

Il se fendit de son grand sourire à la Chic, fier de lui, content du monde.

— La vie te laisse sur place, Drew-Drew. Faut bien le reconnaître. Tout le monde. Les chanteurs, les acteurs, les joueurs de base-ball, tout le monde a l'air plus jeune que toi. D'accord, c'est vrai, tu t'y fais. Et puis tu t'accordes une courte sieste de dix ans, et tu te rends compte que tu arrives à la quarantaine et que Jimi Hendrix avait vingt-cinq ans quand il a enregistré *Purple Haze*…

— Il est mort à vingt-sept.

Il se tapota la tempe.

— Tu auras toujours été celui qui fait pas les choses comme les autres. Qui vit à la hauteur de son moi idéalisé. Qui se laisse pas contaminer par la médiocrité ou le quotidien. Qui va de l'avant. Qui ne rend pas les armes. Qui a une liaison avec Sue de la compta. Il y a eux, il y a nous, et un beau jour tu te regardes dans la glace. Petite bedaine, fit-il en tapant sur son estomac en tablette de chocolat. Accro à la télé. Un fond de pension plan-plan. Tu comprends tout d'un coup qu'on va pas t'élever de monument, et que t'auras jamais ta tronche sur les pièces de monnaie. T'es ce que tu es et tu peux rien y faire. Mais je vais te dire : quand ça se tassera, quand t'auras fini de pleurer sur le fait que les gros salaires sont pas pour toi et qu'on t'a viré du *Who's Who*, et de l'endroit où j'aurais pu me retrouver si j'étais devenu un aussi bon joueur de base-ball que Jason Kendall, tout ce qui te reste, c'est cette femme qui est à côté de toi, dans ton lit. Rien d'autre ne compte. Rien. La monogamie n'a pas toujours été facile pour moi, je ne te le cache pas. T'arrêtes de sourire aux filles que tu croises aux feux rouges. De les mater dans les ascenseurs. L'amour tel qu'on le voit dans les films... Tu sais que le mariage n'est jamais aussi bien que ça. Pas aussi bien et, en même temps, mieux que ça. Cela va bientôt faire dix ans que je n'ai pas trompé Angela, et je ne la tromperai plus jamais. Parce que je me fiche de rater une occase.

La sagesse de Chic, comme d'habitude, se présentait sous des dehors déconcertants. J'avais suivi à peu près la moitié de ce qu'il me racontait. Ses passages du « je » au « tu », tout en paraissant aussi débraillés que ses associations d'idées, me faisaient l'impression de ne pas être tout à fait accidentels...

Avant que j'aie le temps de répondre, une Camaro jaune nous dépassa, puis freina brusquement et fit marche arrière à toute vitesse. Un type en jogging avec une énorme tignasse bondit de la voiture.

— Chic ? Chic Bales ?

Chic le regarda avec méfiance, habitué à ce scénario.

— Le seul et l'unique...

Le type courut vers nous en bondissant joyeusement et serra Chic dans ses bras.

— Je t'adore, mec !

Chic lui tapota le dos.

— Toi, t'es un fan des Giants...

— Ouais ! Encore merci !

— Content de t'avoir rendu service.

Le gars sembla s'apercevoir de ma présence et fronça les sourcils en regardant Chic.

— Vous avez de drôles de fréquentations...

Il remonta dans sa voiture et s'éloigna dans un grand crissement de pneus.

Nous retournâmes à notre table de pique-nique, qui ployait littéralement sous les victuailles. Les ouvriers étaient en train de remballer leur matériel. Mon regard s'arracha à la table du festin et se porta sur le coin de cour où se dressait la structure de jeu flambant neuve. Je ne pouvais m'empêcher d'être frappé par le contraste entre ce terrain de jeux et le pauvre petit réduit coincé derrière Hope House. Je m'éloignai de Chic pour aller vers celui des ouvriers qui me paraissait être le chef.

— Hé, demandai-je, combien ça coûte, un truc comme ça ?

— Le Roule-et-Boule ? Trois mille cinq cents tout rond.

— J'aimerais que vous en livriez un à cette adresse...

J'inscrivis l'adresse de Hope House sur mon calepin, déchirai la page, la lui tendis. J'avais toujours, coincé quelque part dans mon portefeuille, un chèque, que je dépliai et remplis.

— Vous voulez mettre un mot, quelque chose ? me demanda le gars.

— Non, non. Vous direz que c'est un don anonyme.

Le type haussa les épaules et grimpa dans son camion. Du coin de l'œil, je vis une ombre et me retournai. Chic était debout derrière moi.

— Je veux pas les mettre mal à l'aise... fis-je.

Chic me regarda d'un air entendu.

— Je comprends.

Alors que nous retournions vers la table de pique-nique, il ajouta :

— Mais je croyais que t'avais plus un radis ?

— J'en ai plus que ces gamins.

— Mais quand même...

— Je vendrai ma machine à café.

— Quoi ?

Angela nous attendait juste à côté de la table. Elle planta un baiser dans le cou de Chic.

— Comment se sent mon Drew ? demanda-t-elle.

— D'humeur contemplative, dit Chic.

— Eh ho, leur fis-je. Je suis là.

Nous nous assîmes coude à coude et nous empiffrâmes de tortillas et de chips. Mais je ne me sentais pas aussi détendu et en sécurité que d'habitude à la table des Bales. Au lieu de participer à leurs incessants jeux et échanges familiers, mes pensées revenaient sans cesse à Morton Frankel. Le sinistre intérieur d'usine éclairé par les flammes et les étincelles. Son regard dangereux. Ses dents trop longues, comme des crocs qu'il n'avait même pas besoin d'aiguiser.

Flanquant une tape de temps à autre sur la main tendue d'un gamin, Angela m'écouta calmement lui raconter les quatre journées qui s'étaient écoulées depuis qu'on s'était vus pour la dernière fois.

— Ce Junior, dit-elle, ça m'a l'air d'être un bon gosse.

— Pour un multirécidiviste.

— Et la femme qui s'occupe de lui ? Cette Caroline. Il a de la chance de l'avoir.

— Elle est peut-être un peu trop futée pour son propre bien.

— Sûr, bébé, fit Angela.

Puis elle ramena son attention sur Jamaal :

— Dis à papa ce que tu voulais lui dire.

— OK, OK, OK, OK, OK, OK, dit Jamaal.

— Il a du souffle, commenta Chic.

— Je veux m'inscrire dans l'équipe, l'année prochaine.

— J'ai rien contre.

— De foot. Pas de base-ball.

Chic en laissa tomber sa fourchette.

— Et ses cicatrices, ajoutai-je tout bas à l'intention d'Angela. Je ne sais pas si j'arriverai à m'y faire.

— Sûr, bébé.

Ses yeux ne quittaient pas son mari.

Chic la regarda et elle hocha lentement la tête. Avec admiration, je le vis se redonner une contenance, tout en bougeant sa mâchoire de droite et de gauche. Puis il dit, avec un sourire contraint :

— C'est OK pour moi.

Jamaal fit le tour de la table et s'approcha de son père pour le prendre dans ses bras ; alors Chic lui passa le bras autour du cou et s'amusa à faire mine de lui taper la tête contre la table. Angela se leva pour débarrasser.

— Je me demande si je ne vais pas l'inviter… dis-je.

Angela posa la main sur mon épaule.

— Sûr, bébé.

Chic me raccompagna à ma voiture. Je baissai la vitre et il se pencha par la portière. Ses yeux tombèrent sur la photo d'identité judiciaire de Frankel, restée sur le siège passager.

— Fais gaffe à ce que tu vas faire maintenant, d'ac ?

Mes mains n'avaient pas quitté le volant, je regardais mes pouces.

— Kaden avait raison. Je raisonne en écrivain. Mais ça, c'est la vraie vie.

Chic me tapota le bras et se redressa.

— Tout est la vraie vie, Drew-Drew.

# 27

— Yo, Grand Frère !

— Yo, Junior, répondis-je pour la quinzième fois.

— Ça t'embête si je mets la radio, Grand Frère ?

Je finis par craquer.

— Tu voudrais pas arrêter de m'appeler comme ça ?

Junior s'effondra contre la portière de son côté en se tapant sur les cuisses, mort de rire.

Il portait un sweat-shirt avec la capuche relevée sur sa casquette de base-ball, au cas où on déciderait de s'arrêter pour braquer une supérette.

— Sois gentil et regarde plutôt ces foutus tirages, avant qu'on arrive au tribunal.

J'étais repassé en coup de vent chez moi, après avoir déjeuné avec les Bales, histoire de donner à Xena quelques œufs brouillés mélangés avec des poivrons. A en juger par l'énorme étron qu'elle avait pondu devant la cheminée, elle avait adoré. Après avoir nettoyé, j'avais fait un saut sur le Net et imprimé des photos des breaks Volvo à travers les âges. Bien que le stock d'attention de Junior fût assez limité, nous avions tout même réussi à déterminer que ce qu'il avait vu n'était pas l'un des derniers modèles en vogue chez les jeunes quadras. Il était infoutu de faire la différence entre les séries 200, 700 et 800, mais il était à peu près sûr que ce n'était pas une 900 – lancée en 1991, lignes arrondies. Bien qu'elle s'étendît sur un trop grand nombre d'années pour se révéler vraiment utile, la gamme de modèles qui lui plaisait comprenait la 760 de Morton Frankel.

— J't'avais dit, mon pote, pour moi ces caisses à la con c'est toutes les mêmes. Evidemment, si elle avait eu des jantes customisées, poursuivit-il en se trémoussant sur son siège, alors là ouais, mon pote, j'aurais pu te dire qui, quoi, où, quand et même, putain, *pourquoi* !

— Tu es bien sûr que les flics ne sont toujours pas venus te voir ?

— Putain, ouais, mon pote.

Caroline n'était pas là quand j'étais venu le chercher.

— Tu sais si *elle* sera là, quand je te raccompagnerai ?

Il haussa les épaules et je me raclai la gorge.

— Elle est... Tu sais ce qui lui est arrivé ? A son visage, je veux dire ?

— Et au tien, qu'est-ce qui lui est arrivé ?

Bien vu.

— Bien sûr que je le sais, poursuivit-il.

Junior m'étudiait avec ses doux yeux bruns.

— Oh putain, mon pote ! Mon pote !

Il se livra à une danse rebondissante, coudes écartés.

— Grand Frère et M'ame Caroline sous un arbre. A s'kisser ! D'abord l'amour, pis l'mariage !

Je freinai brutalement sur une place de parking et sortis de la voiture avant qu'il n'en arrive aux bébés. Nous étions miraculeusement à l'heure, mais pas le juge Celemin. Ses coups d'œil occasionnels indiquaient assez qu'il jubilait de nous faire poireauter, Junior et moi, sur ce banc inconfortable au fond du tribunal.

Je regardai à nouveau ma montre. 14 h 15. Dans quarante-cinq minutes, Morton Frankel quitterait son boulot. Je supposais qu'il rentrerait chez lui prendre une douche, et je voulais être garé devant son immeuble pour voir dans quel véhicule il déboulerait.

Le juge fit passer exprès quelques affaires avant la nôtre, et se plongea dans une montagne de paperasse. Le temps qu'il appelle

Junior à la barre – le commis d'office se matérialisant comme s'il avait été téléporté de la quatrième dimension – et qu'il ajoute trois mois à sa période de probation, il était moins dix.

Je ramenai Junior fissa à la voiture. Il semblait enchanté de la sentence.

— Je veux jamais partir de chez M'ame Caroline. Elle est trop cool ! Pas vrai ? dit-il en me coulant un regard en biais.

Frankel n'habitait pas loin du tribunal. Mais si je ne voulais pas le louper, je n'aurais jamais le temps de ramener Junior. Je conduisis rapidement, laissant Junior s'amuser à tripoter ma radio comme un jeu vidéo. Mais je fus vite démasqué :

— Où est-ce qu'on va ?

— Te faire neutraliser.

Je ralentis devant un immeuble délabré, de deux étages, dans une rue semée de magasins de tissu et de restaurants mexicains. Cinq ados noirs glandouillaient sur la pelouse jaunie devant la maison voisine, les bras passés autour des genoux, attendant leur tour pour lancer les dés. Dans le petit parking attenant à l'immeuble, la place correspondant à l'appartement de Frankel était vide. Je fis le tour du pâté de maisons à la recherche d'une Volvo.

Ce n'était pas le véhicule en vogue à Lincoln Heights.

A 15 h 10, je mis le cap vers le trottoir opposé, introduisis quelques pièces dans le parcmètre. L'air sentait les gaz d'échappement et les hot dogs du marchand ambulant installé à côté d'un arrêt d'autobus. Je craignais que les ados ne finissent par nous repérer, mais ils avaient l'air absorbés par leur jeu.

— C'est là que crèche ton zig, hein mon pote ?

Un pick-up vint se garer juste en face de l'immeuble. Morton Frankel tapota l'épaule du chauffeur, un ouvrier que je me rappelai avoir vu à l'usine, et descendit du véhicule. Junior remarqua que je m'étais figé, mais ne dit rien. Frankel monta l'escalier extérieur et réapparut au premier étage. Il ouvrit sa porte, jeta son blouson et sa gamelle à l'intérieur et redescendit. Arrivé au niveau de la rue, il vint droit vers nous.

A l'instant où mon rythme cardiaque allait crever le plafond, Frankel tourna à gauche dans la rue. Junior recommença à respirer. Je me rappelai que les gamins de quatorze ans, si nuisibles qu'ils puissent être, étaient aussi capables d'avoir la trouille. Je me dis que filer un violeur avec mon délinquant juvénile risquait de m'empêcher de concourir pour le titre de Grand Frère de l'Année.

Quand Frankel eut disparu au coin de la rue, je démarrai la poursuite.

— Où est sa putain de bagnole ?

— C'est ce que je me demande. Peut-être qu'il prend le bus ?

— C'est L.A., mon pote. Personne prend le bus.

— Tout le monde n'a pas de VTT.

— Te rapproche pas trop, mon pote. Tu regardes jamais *Hooker ?*

— Je regardais *Hooker* avant que tu fauches ta première bagnole.

— Faucher ? Le mot, papy, c'est « tirer ». Et on dit une « caisse ».

Et ainsi de suite.

Nous suivîmes Frankel sur quelques rues de distance, avant qu'il n'entre dans un garage. Je me garai sur le trottoir d'en face, devant un parking de voitures de location, tout plein de véhicules parmi lesquels ma Grosculmobile pouvait se fondre. Mort disparut dans le bureau, un cube en préfabriqué. Il émergea quelques secondes plus tard en se roulant une cigarette, qu'il alluma.

L'une des portes coulissantes du garage s'ouvrit, et sous mes yeux éblouis une Volvo marron en émergea majestueusement.

Pour une vieille voiture, elle était en super forme. La peinture était un tout petit peu craquelée par endroits, mais elle était d'une propreté irréprochable. Frankel était visiblement très fier de sa 760. Ou alors, il s'était donné beaucoup de mal pour la débarrasser de tous les indices qu'on aurait pu y trouver.

Un mécano aux bras tatoués en descendit. Mort le gratifia d'une poignée de main et d'un coup d'épaule amical. Quand vous voulez maintenir une voiture ancienne en aussi bon état, vous avez intérêt à être au mieux avec un mécanicien. Le type mena Mort vers l'aile avant droite, passa la main sur la courbe impeccable. Mort l'imita en hochant la tête, apparemment impressionné par la qualité du travail.

Il avait donc fait réparer cette foutue aile… Parce qu'il aimait sa bagnole et ne pouvait supporter la moindre éraflure sur sa carrosserie ? Parce qu'il l'avait endommagée en roulant avec le cadavre de Kasey Broach et voulait éliminer un moyen de remonter jusqu'à lui ?

Il tira un chéquier de la poche arrière de son pantalon, se pencha sur le capot pour le rédiger.

De la main gauche.

Quatre-vingt-quinze kilos, gaucher, une lueur diabolique dans le regard. Exactement comme moi, sauf que sa lueur éclipsait la mienne.

Je regardai ses cheveux bruns coupés en brosse.

*Je n'ai besoin que d'un cheveu. Comme celui que tu m'as pris.*

Je repartis en voiture et me garai à nouveau juste en face de son immeuble. Quelques minutes plus tard, Mort s'arrêta sur sa place de parking, bloqua le volant avec une barre de sécurité, baissa la vitre de quelques tours de manivelle et regagna son appartement.

— Allez, mon gars, à la maison, dis-je à Junior en lui flanquant une tape sur le genou.

— Quoi, mon pote ? C'est tout ? Mon pote, faut que tu te dégotes ta preuve ! Faut qu't'ailles voir dans la caisse ce que tu peux pécho…

C'était bien mon plan, mais je n'avais pas l'intention de le dévoiler à Junior.

— Si je trouve quelque chose, les flics pourraient dire que c'est moi qui l'y ai mis pour me dédouaner.

— C'est pour ça qu't'as besoin de moi. Je suis un *témoin*. Sans compter que sans cheveu tu peux pas discuter, quoi.

Entendre mes propres pensées dans la bouche d'un gamin de quatorze ans était un puissant révélateur du fait que je ne dormais pas assez.

— Pourquoi il a laissé sa vitre baissée ?

— Y a rien qui vaille un clou là-dedans, mon pote, et y veut pas que quelqu'un lui casse une vitre pour le savoir. Et ça vaut pas le coup de casser une barre de sécurité pour tirer une vieille Volvo de merde. Allez, va regarder sur son appuie-tête.

— Merci, mais non, sans façon !

— Non ? T'as vraiment pas d'éthique, mon pote !

— De l'éthique ? Parce que faire intrusion dans sa bagnole ce serait faire preuve d'éthique ?

— Ouais. Moi, pour te donner un exemple, j'tague pas les arbres ni les églises luthériennes. *L'éthique*, quoi. T'as un putain de tueur de sang-froid qui rôde, t'es le seul à savoir qui c'est, et t'as pas les couilles d'aller voir si y a pas un putain de cheveu qui traîne sur son appuie-tête ?

— Et si les flics se pointent ?

Junior jeta un coup d'œil à sa montre.

— C'est l'heure de la relève au commissariat de Hollenbeck. Y a pas un keuf dans les rues.

— Et comment tu le sais ? Non, laisse tomber, fis-je avec un geste de la main. Bon...

Je regardai nerveusement les ados noirs qui jouaient toujours aux dés sur la pelouse, à trois pas de la Volvo.

— Ces jeunes viennent de le voir se garer. Ils vont bien s'apercevoir que je ne suis pas le propriétaire.

— Qu'est-ce que tu ferais, dans un de tes bouquins ?

— Je créerais une diversion.

Il eut un rictus.

— Un incendie ?

— Non. Quelque chose de plus futé...

— Et qu'est-ce que tu dis de ça ?

Avant que j'aie le temps de l'arrêter, Junior descendit du Highlander et grimpa sur le toit. Je sortis précipitamment de la voiture et le regardai mettre ses mains en porte-voix autour de sa bouche.

— Yo ! Comment qu'ça se fait qu'y a autant de négros dans le coin ?

Il bondit du toit, sembla rebondir sur le trottoir et piqua un sprint dans la rue. Je m'appuyai contre ma voiture alors que les cinq ados se lançaient dans une poursuite effrénée.

Je n'avais plus le choix, semblait-il.

Je traversai discrètement la rue, m'approchai du parking, tout en scrutant fébrilement les environs pour voir si le vacarme ne faisait pas sortir Frankel de son appartement. Jetant un œil par la vitre entrouverte de la Volvo, j'examinai l'appuie-tête. Pas l'ombre d'un cheveu. L'intérieur semblait avoir été fraîchement aspiré. Evidemment : il avait été nettoyé de fond en comble chez le carrossier. J'inspirai un grand coup avant d'appuyer sur le bouton d'ouverture du coffre.

Pas de mare de sang. Pas de morceau de bâche en plastique. Pas de couteau à désosser en acier inoxydable. Le tapis de sol exhibait encore les lignes parallèles dues à un aspirateur manié d'une main professionnelle.

Je refermai le coffre et m'apprêtais à retourner à ma voiture quand je levai les yeux et vis la carcasse de Mort qui s'encadrait dans l'ouverture de sa porte. Il regardait dans ma direction depuis le palier du premier étage. Je fis un bond en arrière, surpris, les semelles de mes baskets ripant sur l'asphalte.

Avait-il eu le temps de voir mon visage ou de me voir penché sur son coffre ouvert ? Impossible à dire. Il s'avança vers l'escalier. Je m'éloignai de quelques pas sur le trottoir, comme si je continuais sur ma lancée, faisant semblant de parler au téléphone. La montée d'adrénaline affûtait tous mes sens. Je tendis l'oreille, guettant son approche, attendant la vibration sur le trottoir annonçant qu'il me fonçait dessus. Je le sentais derrière moi, me suivant à une vingtaine de mètres de distance.

*Vous êtes dans la vraie vie, là. Faites gaffe à ne pas vous faire tuer.*

Quand je risquai un coup d'œil derrière mon épaule, il avait tourné dans une autre rue. Je revins sur mes pas et, tout en restant à distance raisonnable, entrepris de le suivre. Arrivé au coin de rue suivant, il s'arrêta et regarda dans la vitrine d'une boutique de vêtements. Il prit un stylo dans son blouson, tira quelque chose de sa poche arrière, griffonna dessus. Je traversai la rue tout en veillant à ne pas me refléter dans la vitrine. Mannequins drapés dans des robes ornées de sequins ou dans des costumes bon marché, certains écartelés en segments inhumains, nageant dans une montagne de tissu. La vitrine me renvoyait le regard de Mort, pétrifié. Quelques-uns des mannequins étaient torse nu ou complètement à poil, raides et pâles comme la mort. Admirait-il leur peau lisse, cireuse ?

Ce qu'il tenait, quoi que ce fût, lui échappa des mains. Il fit un pas en arrière, admirant toujours les formes humaines convulsées, puis il tourna le coin.

J'attendis quelques minutes avant de m'approcher. Il avait laissé tomber une pochette d'allumettes, dont le rabat corné représentait un crâne et deux tibias. Je m'accroupis pour la ramasser, relevai le rabat.

Une écriture saccadée y avait inscrit ceci :

*JE TE VOIS*

Je me redressai brusquement, avec un souffle rauque. Un mouvement dans la vitrine attira mon attention. Debout au milieu des corps en plastique artistiquement disposés, son visage diabolique à quelques centimètres de la vitre, se trouvait Morton Frankel.

# 28

Mort recula de la vitre, renversa un mannequin, descendit de la vitrine et se rua vers la porte. Je pris mes jambes à mon cou.

Slalomant entre les voitures qui klaxonnaient, je traversai la rue en courant, heurtai un cycliste, qui m'entraîna dans sa chute. Mort était sur le trottoir, attendant un creux dans la circulation pour pouvoir passer. Je dégageai mon poignet de la chaîne de bicyclette et remontai la rue à fond de train. Un bus était en train de quitter son arrêt. Je fonçai dessus et tapai à coups répétés sur la porte en criant. Il s'arrêta dans un sifflement furieux, les portes arrière se rouvrirent. Mort avait enjambé le cycliste et se rapprochait dangereusement.

Le bus était plein à craquer de banlieusards. Je me frayai un chemin parmi eux, écrasant au passage sacs en papier et genoux, priant pour entendre le bruit de succion caractéristique de la fermeture des portes. Un temps infini s'écoula. Des klaxons retentirent ; le bus était englué dans la circulation.

Je remontai vers l'avant du bus, dont le chauffeur se joignait maintenant au concert de protestations. A travers cinq ou six bras accrochés aux poignées en hauteur, je vis que les portes arrière commençaient à se refermer.

Une grosse main s'insinua dans la fente, entre les boudins de caoutchouc.

Alors que Mort ouvrait de force les portes arrière, celles de devant se rouvrirent, comme pour protester.

Je me fis tout petit, descendis les marches assis sur le cul et me retrouvai sur le trottoir juste à temps pour voir la chaussure de Mort disparaître à l'intérieur du bus. Les portes émirent un chuintement pneumatique, et le bus s'insinua paresseusement dans la circulation.

Je me relevai, m'époussetai. Le bus passa devant moi, le visage de Mort réduit à une tache floue derrière la vitre latérale poussiéreuse. Il me vit et se dirigea vers le fond du bus, en lançant des ruades tel un chien s'efforçant de ne pas se noyer. Il écarta les gens sur la banquette arrière comme on écarte des rideaux et se pencha dans une attitude menaçante, son souffle embrumant la vitre.

Je continuai à le fixer droit dans les yeux pendant que le chauffeur accélérait pour traverser le carrefour.

Ses lèvres bougèrent. *Je te vois.*

— Moi aussi je te vois, articulai-je.

Alors que je retournais au petit trot vers mon Highlander, mon téléphone vibra dans ma poche. Junior.

— Je suis au coin de Daly et de Main. La station-service.

J'étais plus soulagé que je ne l'aurais cru possible.

— Comment t'as eu mon numéro ?

— M'ame Caroline.

— Qu'est-ce que tu es encore allé lui raconter ?

— Que tu m'avais abandonné alors que j'étais pourchassé par un gang de keublas afin de te permettre de fracturer la Volvo d'un killer.

Il gloussa.

— Mais non, mon pote, j'rigole ! J'y ai dit que je m'étais perdu en allant chercher à bouffer.

Je sautai dans ma voiture et partis le récupérer. Il avait réussi à faire près de cinq kilomètres à la course. Je le trouvai assis sur un muret de ciment, à côté des chiottes, en train de fumer une cigarette. Il était encore novice à ce jeu-là et s'exerçait à exhaler la fumée d'un air désinvolte. Je me garai et marchai vers lui. Je songeai à lui dire à quel point je m'étais inquiété, mais ça nous aurait mis tous les deux mal à l'aise.

— Qu'est-ce qui s'est passé ? demanda-t-il.

Je le lui dis.

— Je vois que mon Grand Frère s'est enfin remué les fesses.

Il leva la main et je tapai dedans.

— Et pourtant, il est pas tout jeune.

— J'ai que trente-huit ans.

— C'est bien c'que j'dis.

Il tapota le paquet de Marlboro sur sa main, maladroitement. Probablement un truc qu'il venait juste d'apprendre.

— Quand j'étais gamin, mon grand-père m'a pincé en train de fumer, alors il m'a obligé à finir tout le paquet, dis-je. Jusqu'à la dernière. J'ai été tellement malade que je n'ai plus jamais fumé de ma vie.

— Ah ouais ? Encore un de ces contes de fées que les vieux adorent raconter...

— Non. C'est la vérité. Pourquoi t'essaierais pas ?

Il haussa les épaules.

— OK...

Il extirpa une autre cigarette et la tint cérémonieusement devant lui avant de l'allumer. Et il tira dessus goulûment, vite et fort, le bout incandescent reculant de plusieurs millimètres à chaque aspiration. Il la finit, alluma la suivante au mégot encore fumant.

Quand il en eut grillé deux de plus, je lui demandai :

— Comment tu te sens ?

— Super, mon pote !

Il sembla apprécier encore plus les trois suivantes.

— Et maintenant ?

— C'est carrément le pied.

A la neuvième, il avait appris à recracher la fumée par le nez. A la treizième, il faisait des ronds de fumée. Il écrasa la quinzième sur le mur entre ses genoux, s'interrompit le temps de lever les bras vers le ciel dans une attitude extatique et alluma la seizième.

Je grimpai sur le muret et m'assis à côté de lui.

— Tu me files une taffe ? demandai-je.

Caroline me regarda dans les yeux comme un boxeur jaugeant son adversaire.

— Il n'y a pas d'alchimie entre nous…

— Non, c'est juste un dîner, dis-je.

Elle passa derrière son bureau et se rassit, probablement rassurée de mettre un gros objet entre elle et moi.

Je jetai un coup d'œil aux photos sur ses étagères. Des gamins du foyer, de toutes les couleurs possibles, alignés devant une montagne. Une équipe d'éducateurs autour d'un feu de camp, des gosses au premier plan, certains assis sur les genoux des adultes. Et sur le côté du bureau, une photo de Caroline en train de rire, le bras passé autour d'un ado noir. Elle était plus jeune, et son visage n'était pas encore balafré. Elle était d'une beauté radieuse. J'indiquai le cliché :

— C'est qui ?

Elle renversa le cadre et le glissa dans un tiroir.

— Je parlais du gamin, ajoutai-je.

Elle rougit. Le ventilateur faisait voleter le col de son chemisier. Calme et digne, elle récupéra la photo dans le tiroir et la reposa sur son bureau.

— C'était Eddy. J'ai été dans plein d'endroits, avant celui-ci.

Je regardai ma montre.

— J'ai appelé le gérant de l'immeuble de Kasey Broach, ce matin. A en croire son répondeur, il n'est joignable que de 6 heures à 6 h 30. Si je veux appliquer les bons conseils de Caroline Raine, et aller voir où elle créchait, j'ai intérêt à ne pas traîner. J'aimerais beaucoup que vous acceptiez mon invitation à dîner ce soir, mais vous mettez tellement de temps à réfléchir que ça en devient vexant. Et c'est que je suis sensible, moi.

Elle esquissa un sourire.

— Ne m'invitez pas à dîner parce que vous pensez me faire une fleur. Je suis très bien toute seule, dit-elle en me regardant platement.

— Ouais, vous avez vraiment l'air bien. L'image même de la personne équilibrée, exactement comme moi. C'est pour ça que je pense qu'on pourrait être utiles l'un à l'autre.

Je m'éloignai, m'arrêtai à la porte.

— 8 heures ?

Elle acquiesça d'un imperceptible hochement de tête.

L'éducatrice aux ongles rongés jusqu'au sang était debout devant la porte, dans le couloir, où elle faisait semblant d'épousseter la table de téléphone. Elle leva les yeux alors que je passais devant elle.

— Si vous lui faites du mal, je vous botte le cul.

— Si je lui fais du mal, répondis-je, je vous aide à me botter le cul.

# 29

La famille de Kasey Broach faisait des allers et retours entre la porte entrouverte de l'appartement 1B et un camion de déménagement, en trimballant des lampes, des poubelles et des cartons. Il y avait une forte ressemblance entre les parents et la jeune sœur, que je reconnus pour l'avoir vue à la télé. Ils allaient et venaient dans un silence mécanique, à la lumière puissante des phares du camion. De temps à autre, l'un d'eux s'arrêtait sur le court chemin qui menait du camion à la porte et s'appuyait contre un poteau ou se penchait en avant, comme pour reprendre son souffle.

Près de la porte d'entrée, des plats surgelés fondaient dans un sac en plastique. Le père de Kasey y jeta une brassée d'accessoires de toilette – des brosses à dents hirsutes, un vieux rasoir, une boîte à moitié pleine de cotons-tiges – tandis que sa fille enroulait le fil du téléphone autour de l'appareil, avant de le mettre dans un saladier. La logistique du deuil. Tout plein de petits détails horribles.

Derrière une grande barrière de béton, j'entendais le grondement de l'autoroute, à une demi-rue de là. Des gamins couraient dans la ruelle sombre, en agitant des pistolets en plastique assez réalistes pour convaincre de vrais flics épuisés de leur tirer dessus. Leurs cris de joie semblaient se rire de la lugubre procession des Broach survivants.

En fin de compte, pour visiter l'appartement, je me passerais du bon vouloir d'un gérant harassé. Mais il me faudrait peut-être plus de courage que je n'en avais. Mon procès m'avait privé de cette possibilité, avec les Bertrand. Une chance de parler à ceux qui ont tant perdu, et de leur témoigner le peu qu'on a à offrir dans de telles circonstances. L'espace d'un instant, je détestai celui que j'étais, à cause de la connotation que ça apporterait à ma démarche. Et je détestai encore plus les véritables raisons de ma présence ici, qui ne faisaient que noircir le tableau.

La mère, une grande blonde bien roulée, me jeta plusieurs coups d'œil et je me rendis compte que je devais leur donner l'impression de rôder sournoisement dans les parages. A les regarder derrière les vitres teintées de ma voiture, alors que l'assassin de Kasey n'avait toujours pas été appréhendé.

Je m'approchai, en restant à une distance respectable.

— Madame Broach ? Je m'appelle...

— Je sais qui vous êtes.

Elle s'arrêta, une brassée de robes sur leurs porte-manteaux passée sur le bras.

— Andrew Danner. Je vous reconnais.

— Je suis vraiment désolé de venir ainsi. Je sais que ça doit vous paraître étrange, de me voir ici... et...

A en juger par les débris de verre qu'on avait repoussés du pied vers le montant de la porte, la lampe de l'entrée de Kasey Broach avait été cassée. La froideur des préparatifs me fit frissonner. C'est pour ça que les Broach avaient besoin des phares du camion pour s'éclairer. Parce que l'assassin avait cassé l'ampoule en prévision du moment où il traînerait au-dehors le corps inconscient de leur fille.

— Alors ? demanda son mari dans mon dos. Qu'est-ce que vous fichez là ?

Au loin, les rires des gamins en train de jouer dans la rue se répondaient dans des sopranos prépubères :

— Pan ! T'es mort !

Surgie de nulle part, l'émotion m'étreignit, me serrant la gorge. Je pinçai les lèvres afin de me donner une contenance.

Mme Broach laissa tomber les robes par terre, fit un pas vers moi et me serra dans ses bras. Elle me frotta le dos en cercles vigoureux, infiniment plus efficace que je ne l'avais été quand

Lloyd avait craqué. Elle était douce, légèrement moite de transpiration, ses cheveux avaient une agréable odeur de shampooing. L'espace d'un instant, elle se fondit dans ma propre mère, April et Françoise Bertrand, murmurant que tout était pardonné.

Je reculai, clignant des yeux, aveuglé par la lumière des phares, et dis :

— Je ne sais pas par où commencer... Je voudrais juste vous dire que je suis désolé de ce qui est arrivé à Kasey. Désolé que ça vous soit arrivé à vous.

La sœur de Kasey – Jennifer, si ma mémoire était bonne – se tenait dans l'embrasure de la porte. Les journaux s'étaient étendus sur le fait qu'elle était en première année de fac, ce qui lui faisait près d'une vingtaine d'années de moins que sa grande sœur. Jennifer donnait l'impression d'avoir envie de pleurer, et aussi de ne plus en avoir la force. Elle se plaqua le dos d'une main sur la bouche et lâcha quelque chose qui tenait du gémissement et du sanglot.

— Venez, entrez, dit M. Broach.

Nous entrâmes, enjambant des cartons à moitié pleins et des vêtements répandus par terre.

M. Broach se retourna et dit d'un ton bourru, comme pour lui-même :

— Comment savoir ce qu'il faut garder ?

Ils s'assirent sur un canapé qui avait été écarté du mur, moi sur un gros pot de terre cuite retourné. Par où commencer ?

— J'ai été soupçonné du meurtre de votre fille...

— Nous le savons, dit Mme Broach. Bill nous l'a dit.

Bill Kaden. Ouaip.

— Il nous a même dit que vous étiez *toujours* suspect, précisa M. Broach. Mais je n'en crois rien. J'ai suivi votre procès. Quant à la bande que vous avez faite et qui vous montre en train de dormir, la nuit où Kasey a été tuée... Bill pense que ça vous accuse encore plus. Moi je crois le contraire.

Il regarda sa femme.

— Nous comprenons que vous ayez pu en arriver au point de douter de vous-même.

Et voilà, nous étions là, comme de vieux amis, en train d'évacuer l'idée que j'avais pu assassiner leur fille.

— Je vous suis infiniment reconnaissant, dis-je, je...

— Je ne fais que donner mon avis. Nous n'avons pas la prétention de vous juger.

Mme Broach était assise de biais, sur une fesse, penchée au-dessus de sa fille, une main caressant les cheveux de Jennifer derrière son oreille.

— Kasey est dans un monde meilleur, maintenant. Dieu tient toutes ses promesses. C'est dans Josué 23. *Toutes* ses promesses. D'une façon ou d'une autre.

— Je suis heureux que vous y trouviez un certain réconfort. Je ne suis pas sûr d'avoir votre force.

— On est déjà passés par là, dit M. Broach.

Ses yeux s'emplirent de larmes, et il étouffa une toux derrière son poing.

— Nous avons perdu notre fils, il y a cinq ans.

Je dus paraître stupéfait.

— Non, non, intervint Mme Broach. Comprenez-nous, Tommy est mort de leucémie.

Il y a des gens qui les accumulent, ils ont à peine le temps de sortir la tête de l'eau qu'une autre catastrophe leur tombe dessus. Et pendant ce temps-là, il y en a qui traversent la vie en marchant sur la tête de leurs voisins et mènent leur monde par le bout du nez.

Jennifer ne me quittait pas du regard.

— Est-ce que c'est vous qui l'avez fait ? demanda-t-elle.

— Non. Ce n'est pas moi.

— Et la première ? Cette Française avec qui vous sortiez ?

— Je ne sais pas. Je ne crois pas.

J'écartai mes cheveux, pour montrer ma cicatrice.

— Mais je ne peux être sûr de rien tant que je n'ai pas vraiment compris ce qui s'est passé.

— Alors, c'est ce que vous faites, vous cherchez à comprendre ? demanda M. Broach.

— Ce que j'ai vécu... Je pense que je peux peut-être vous aider à en savoir plus long sur la mort de votre fille. J'ai effectué des recherches, et j'ai trouvé quelques pistes.

— Vous en avez parlé à la police ? demanda très vite M. Broach.

— Je les tiens au courant de tout, au fur et à mesure. Ils sont sur l'affaire nuit et jour, et ils ont aussi leurs propres pistes. Mais je me dis : autant continuer de mon côté, pour qu'on ne laisse absolument rien passer.

— Comment pouvons-nous vous aider ?

— Eh bien, dis-je en les regardant à tour de rôle, pourriez-vous me parler de Kasey ?

— Oh, fit Mme Broach, ça, on peut le faire !

Elle parla la première, détaillant les habitudes et le mode de vie de Kasey, et bientôt la pièce se mit à bruisser à l'évocation des plus petits souvenirs, qu'ils me racontaient en souriant. Une boîte de mouchoirs en papier circula. Le type du 1A était sorti la nuit de sa mort, mais Trina Patrick, du 1C, était chez elle. Elle avait passé cette soirée-là à regarder un jeu télévisé, le volume à fond, et pour bien profiter de l'événement elle avait décapsulé une bouteille de rouge, aussi n'avait-elle rien entendu. Je posai des questions sur Morton Frankel, les Volvo marron, des petits amis récents, mais nous nous retrouvâmes tous poliment frustrés de notre incapacité à faire avancer les choses.

Mme Broach se blottit contre son mari, qui passa ses bras autour d'elle.

— C'était une fille merveilleuse. Elle donnait des cours de catéchisme. Elle s'occupait de groupes de jeunes. Elle avait eu des problèmes, à l'adolescence. Mais qui n'en a pas ? Elle avait un travail très prenant, mais elle trouvait encore le moyen de s'occuper des autres, pour de courtes missions. Elle tendait toujours la main aux autres. Quand on a diagnostiqué la maladie de son frère, on a fait des tests pour voir qui dans la famille était compatible, vous voyez ce que je veux dire ? Aucun de nous trois ne l'était.

Mme Broach fit un geste de la main englobant sa fille et son mari, assis à ses côtés, et elle-même.

— Mais Kasey était compatible. C'était l'ange de Tommy. Elle allait régulièrement se faire piquer la hanche, une aiguille grosse comme ça, sans jamais se plaindre. Pas une seule fois.

Elle avait les mains tremblantes, et quand elle reprit la parole, ce fut d'une voix brisée :

— Nous avions trois enfants. Nous avons encore une fille... Nous sommes bénis.

Elle appuya son visage sur la tête de sa fille, et la serra très fort contre elle. Jennifer arborait cette expression que j'avais déjà vue une fois auparavant, sur une photo représentant des naufragés à bord d'un radeau de fortune qui s'était disloqué avant d'atteindre la Floride. Une petite fille cubaine flottait au milieu des débris de l'embarcation, cramponnée à un pneu, unique survivante du naufrage et pas très sûre d'avoir envie de le rester...

— Vous me permettez de jeter un coup d'œil à la chambre de Kasey ? demandai-je.

M. Broach, qui tenait sa femme par les épaules, acquiesça d'un hochement de tête.

Les meubles avaient été démontés, et une moitié environ des affaires de Kasey avait été empaquetée, sans qu'on puisse discerner de logique dans la façon dont les choses avaient été emballées. Une photo de Kasey avec son frère, chauve, la peau sur les os, était scotchée à l'intérieur de la porte de son armoire, de sorte qu'elle la voyait tous les matins quand elle s'habillait. Le matelas était appuyé contre le mur, la tête de lit dévissée, les montants posés à côté. Je fermai les yeux et imaginai Morton Frankel s'approchant du lit dans le noir, avec une bombe de Sevoflurane et un masque facial. Kasey en train de se débattre désespérément, avant que le gaz n'agisse. La Volvo qu'il avait garée là, juste devant, à l'endroit où se trouvait maintenant le camion de déménagement. Je m'approchai de la fenêtre et écartai les lamelles des stores, remarquant que les places de parking étaient tout près de la porte d'entrée, comme dans un motel. Cinq pas dans le noir, et il avait balancé le corps inerte de Kasey à l'arrière de son break. Il n'avait pas dû avoir beaucoup de mal à calculer son coup pour éviter de se faire repérer.

Sur l'appui de fenêtre, un gros porte-clés de la taille d'un poing était posé sur un petit calendrier, que je parcourus. Il n'avait jamais servi. Je supposai qu'il avait été acheté pour ses images de nature sauvage, romantiques et floues à souhait. Accrochées au porte-clés, parmi des petits colifichets porte-bonheur, il n'y avait que trois clés – voiture, appartement et boîte aux lettres.

Un dé à coudre en métal argenté accroché à l'anneau attira mon regard.

Je le séparai des autres babioles, les faisant tinter.

Il s'agissait d'un pense-bête d'alcoolique en rémission qui disait que boire « ne serait-ce qu'un dé à coudre d'alcool » c'était déjà rechuter.

La petite salle de bains avait été vidée. Je trouvai la boîte de médicaments et fouillai dedans, mais ne trouvai pas grand-chose d'autre que de l'aspirine, du paracétamol et divers antiacides.

Pas de Xanax.

Une alcoolique repentie n'était pas du genre à s'administrer des benzodiazépines. Et pourtant, l'autopsie avait révélé la présence de Xanax dans l'organisme de Kasey.

Je ressortis. Les Broach faisaient de leur mieux pour se remettre à ranger, mais visiblement notre conversation les avait affectés.

— Kasey avait été alcoolique ? demandai-je.

Mme Broach rougit. Apparemment, ce n'était pas son sujet de conversation favori.

— Eh bien… Comme je vous le disais, elle avait eu des problèmes à l'adolescence, juste après la naissance de Jennifer. On l'a fait aider.

— Et elle n'a jamais rechuté ?

— On venait de fêter ses vingt ans d'abstinence.

— Vous pensez qu'elle aurait pu prendre du Xanax ?

— Aucun risque. Elle ne mangeait même pas ma forêt-noire, alors que l'alcool des cerises que j'utilise s'est évaporé depuis longtemps.

Dans la cuisine, M. Broach laissa tomber une cafetière, qui éclata en mille morceaux. Il regarda le désastre d'un œil vide.

Trois bonnes secondes passèrent, et sa femme dit :

— Qu'est-ce qu'on en aurait fait, de toute façon ?

— Je vous retarde, dis-je. Vous me permettez de vous donner un coup de main ?

— Avec plaisir, dit M. Broach.

Pendant une heure, alors que le gémissement de la circulation s'estompait et que les gamins persistaient à se poursuivre dans la rue en poussant des cris et des hurlements, j'aidai à emballer et à charger des paquets. Nous avancions bien.

En ressortant avec un lampadaire halogène et une reproduction encadrée d'un Matisse, je trouvai Mme Broach assise par terre. Elle passait son pouce sur une barrette avec un nœud blanc qui était tombée d'un sac.

M. Broach s'arrêta devant sa femme et l'aida à se relever.

— Je pense que ça suffit pour ce soir, dit-il.

Nous finîmes de charger le camion avec ce que nous avions déposé à côté, et il se retourna pour me serrer la main.

— Peut-être qu'ils se trompent à votre sujet, en ce qui concerne Geneviève Bertrand.

— Je l'espère, répondis-je.

Mme Broach eut un sourire triste.

— Dieu vous garde, Andrew.

Jennifer me fit un signe de la main depuis le camion, alors qu'ils s'éloignaient, et je restai là à regarder disparaître les feux arrière dans le noir. Les gamins me tournaient autour avec leurs cheveux coupés ras et leurs voix de gosses de dix ans, hurlant des « Haut les mains ! » et braillant à cause de blessures imaginaires. Leurs pistolets en plastique émettaient toutes sortes de sons électroniques, des lumières rouges clignotaient au bout des canons.

J'étais presque arrivé à ma voiture quand je remarquai que l'arme d'un des gamins restait mortellement silencieuse. Le bout du canon n'était qu'un cercle d'ombre. Je courus vers le gosse.

— Hé, toi ! criai-je. Toi, là-bas !

Il se retourna avec un sourire crispé et dit :

— Bang, bang, t'es mort, mec !

Le flingue qu'il pointait sur moi était un vrai.

# 30

Je levai les mains.

— OK mec, je me rends. Tire pas !

Il eut un sourire qui révéla un trou entre deux dents, sur le devant. Que du rire et des jeux.

Je regardai son petit doigt d'enfant se crisper sur la détente et dis :

— Attends ! Il faut d'abord que je te donne mon portefeuille !

En m'approchant précautionneusement, je fouillai dans ma poche et fis apparaître un portefeuille en cuir lamentablement plat. Il n'en fut pas moins distrait, comme je l'espérais. Je saisis l'arme, la tordant pour la lui arracher des mains. Il me regarda en se frottant le poignet, décontenancé.

— C'était pour jouer…

— Avec un vrai pistolet ?

Un calibre 22 merdique, pour être précis. Je tirai sur la culasse – pas de balle dans le magasin. Heureusement, ou quelqu'un serait déjà en train de saigner à mort sur le trottoir. J'ôtai le chargeur. Une balle remonta aussitôt vers le haut, poussée par le ressort et prête à s'engager dans la chambre. Je replaçai le chargeur, mis le cran de sécurité.

— Où as-tu trouvé ça ?

— J'l'ai pas volé, m'sieur. Je vous assure. Il était dans notre poubelle.

Il indiqua une rangée de maisons de l'autre côté du parking. Des poubelles étaient alignées le long d'une palissade de bois déglinguée, attendant le passage des éboueurs.

— Je l'ai trouvé. Sur ma propriété. Il est à moi.

Je retournai le pistolet pour lire le numéro de série, en haut de la crosse, près du chien. Et je ne fus pas surpris de ne voir qu'une bande de métal limée.

— Quand ?

Les autres gamins se groupèrent autour de nous, effrayés mais surtout curieux. Un gosse avec une casquette des Angels partit en courant vers la rangée de maisons.

— J'sais pas. Y a quelques jours.

— La nuit où les flics sont venus ?

— Le lendemain. Mais c'est pas ça qu'ils cherchaient. Une fille s'est fait enlever dans le coin. C'est pour ça qu'on joue tous ensemble maintenant. Personne reste tout seul.

— Tu en as parlé à la police ?

Il secoua la tête, apeuré. Je regardai en direction des maisons. Le gamin avec la casquette des Angels revenait en tenant par la main un grand gaillard affublé d'une chemise de flanelle. Par une fenêtre de derrière, je devinai des trophées et des fanions de base-ball.

— Vous avez vu quelque chose, la nuit où elle a été enlevée ? De ce côté-ci ? Vers 10 ou 11 heures ?

— Une voiture est restée un petit moment.

Il indiqua une place de parking à gauche de la porte de Kasey.

— Puis elle est partie. C'est tout. J'étais en haut, en train de regarder la télé. Alors j'ai vu personne.

— Quelle sorte de voiture ?

— Une voiture avec un gros derrière carré et des vitres tout autour.

C'était la meilleure description que j'aie jamais entendue d'une Volvo. J'ouvris ma portière, fouillai dans mes photos.

— De quelle couleur ?

— Marron, ou peut-être noire. C'est difficile à dire, parce qu'y avait pas de lumière.

Je lui tendis la photo d'une Volvo 760.

— Dans ce genre-là ?

— Ouais.

Un ongle sale tapota la photo.

— Comme celle-là. Maintenant, je peux ravoir mon pistolet ?

— Puis-je vous aider ? me lança l'homme à la chemise de flanelle en avançant sur moi.

— Il jouait avec un pistolet.

— Mes gamins jouent avec ce qu'ils veulent.

— Même un vrai pistolet ?

— Et où est-ce que mon fils de dix ans aurait trouvé un vrai pistolet ?

— C'est pas vrai, papa ! J'te l'jure !

L'homme s'approcha de moi d'un air menaçant. Je n'avais aucune envie de me battre avec un père en face de son fils, alors j'ôtai le cran de sécurité, braquai le pistolet vers le ciel et tirai. La détonation fit se coucher tous les gamins par terre, pendant que l'homme se recroquevillait sur lui-même, les bras levés au-dessus de la tête.

— C'est un vrai pistolet, je vous l'avais dit.

Je n'étais pas très fier de leur avoir fait aussi peur. Vraiment pas.

Les gamins restèrent allongés jusqu'à ce que je m'éloigne en voiture.

— Tu te rappelles quand tu m'avais montré comment récupérer un numéro de série qui avait été limé ? C'était pour *Chainer contre-attaque*...

Je soulevai le pan de ma chemise pour montrer à Lloyd le pistolet que j'avais glissé dans la ceinture de mon pantalon.

Lloyd me regarda par-delà la feuille de papier sulfurisé d'une blancheur virginale qui couvrait sa paillasse de laboratoire.

— Tu veux te faire sauter la bite ? On n'est pas dans un film, Drew.

Je retirai le calibre 22 et le posai à côté de la pochette d'allumettes à l'effigie du drapeau pirate, faisant un creux dans le papier brillant. Lloyd eut une petite toux gênée et jeta des coups d'œil en biais alentour.

Je l'avais surpris en train de s'échiner à faire des recherches sur des éclats de peinture, et il avait hâte de rentrer chez lui retrouver sa femme. Mais j'étais très excité par ma trouvaille, et il avait cédé face à mon insistance. Il était déjà tard, et il avait supposé que ses supérieurs seraient partis lorsque j'arriverais. Je m'étais attiré quelques regards en entrant, mais les couloirs étaient pratiquement déserts.

— Ça n'a pas de sens, dit-il en faisant claquer ses gants en latex sur ses poignets. Pourquoi venir avec une arme à feu s'il prévoyait d'endormir Broach avec son gaz anesthésiant ?

— Ce n'était pas pour Kasey. Il la voulait inconsciente, mais vivante. C'était au cas où l'un des voisins l'aurait surpris chez elle ou pendant le court trajet qui le séparait de la Volvo.

Il saupoudra le pistolet de poudre à empreintes, même si j'étais sûr que cinq journées passées à subir les caresses fétichistes d'un gosse avaient effacé toutes les empreintes d'un meurtrier potentiel. Et de fait, en dehors des miennes, Lloyd ne releva rien d'autre que des petites empreintes de doigts d'enfant, qu'il compara à celles que le gamin avait laissées sur la photo de Volvo que je lui avais montrée. Quant aux balles et au chargeur – que Lloyd avait pris soin de saupoudrer et d'examiner eux aussi –, ils avaient été impeccablement nettoyés.

A l'aide d'une ponceuse électrique munie d'une peau de mouton, il polit l'endroit où le numéro de série avait été limé et lui donna un fini miroir.

— Peut-être qu'il connaissait les habitudes du voisinage ? Tout dans le comportement de ce type indique une préparation méticuleuse.

— Je pense qu'il commençait à s'affoler, dis-je. Peut-être qu'il était en manque. Là, il pensait avec moins de clarté – il aurait dû choisir quelqu'un qui vivait dans un endroit plus à l'écart, comme Geneviève. Mais pour une raison que j'ignore, c'est Broach qu'il voulait. D'où, des voisins. Et donc il avait besoin d'un flingue pour assurer ses arrières. Quand il l'a mise bien en sûreté dans sa voiture, il n'avait plus besoin de son arme. Les poubelles étaient sorties sur le trottoir, pile sur le chemin de l'autoroute. Il n'avait qu'à ralentir et à balancer le pistolet dans l'une d'elles.

Lloyd emporta le calibre 22 vers une hotte à fumée, à côté d'une corbeille en métal pleine de flingues, de chargeurs et de pièces de toutes les marques et de tous les modèles, qu'il utilisait pour faire des comparaisons. Le numéro de série avait été limé sur certains d'entre eux. Il mit de grosses lunettes de protection, des gants, et appuya sur le bouton de la hotte au-dessus du plan de travail, le ventilateur aspirant l'air du volume où était disposé le pistolet. A l'aide de cotons-tiges, Lloyd appliqua sur la bande de métal poli, en badigeonnant doucement et toujours dans le même sens, des acides et des réactifs dont les couleurs allaient du transparent au vert foncé. Les acides attaquèrent l'acier, dégageant une odeur âcre et fétide. Le métal qui avait été déformé par l'emboutissage s'éroderait plus rapidement, nous donnant une image fantôme du numéro de série.

Concentré sur sa tâche, Lloyd dit :

— Il a une nana inconsciente à l'arrière de sa bagnole et il a peur de se faire coincer avec une arme à feu, dans ce pays ?

— Le problème pour lui n'était pas seulement de se faire ou non pincer. Je pense qu'il *n'aime pas* les armes.

Avec ses lunettes de protection qui lui donnaient l'air d'un savant fou, Lloyd leva les yeux de l'acide bouillonnant.

— C'est marrant, dit-il. Moi, ce Morton Frankel ne me fait pas l'impression d'une chochotte.

— Tu te fais peut-être une idée simpliste de Morton Frankel. Kasey Broach n'avait pas bu une goutte d'alcool depuis vingt ans. Le Xanax ? Je ne pense pas que ce soit elle qui l'ait pris. Je crois que c'est lui qui le lui a donné.

— Le tueur lui aurait donné du Xanax ! Pourquoi ? Elle était dans les vapes...

— Peut-être pas tout le temps. Le Sevoflurane est délicat à administrer, et Frankel n'est pas un anesthésiste confirmé. Peut-être qu'elle a repris passagèrement conscience une ou deux fois. Surtout s'il l'a gardée dans cet état pendant un long moment.

— Et alors ? Qu'est-ce que ça peut lui faire, s'il est sadique ?

— Peut-être qu'il ne l'est pas.

Lloyd pouffa de rire. Un gros rire.

— Allez ! Tu vois bien que ça ne colle pas avec un type qui se sert de cordes de bondage pour attacher les chevilles de sa victime. Alors qu'est-ce qui nous reste ? Il ne voulait pas qu'elle s'angoisse ? Morton Frankel, auteur de deux viols et d'une agression ? Quel genre de tueur c'est, ça ?

Ce que je savais de Mort, je dois bien l'avouer, ne collait pas avec ma théorie. Ce qui voulait dire que je devais changer soit de suspect, soit de théorie, soit de personnage principal, soit d'intrigue. C'est alors qu'une idée me passa par la tête :

— Frankel habite un petit appartement. S'il l'a emmenée chez lui, peut-être qu'il lui a administré le Xanax au cas où elle remuerait, pour qu'elle ne pète pas les plombs et qu'elle ne fasse pas de raffut avant qu'il ait réussi à ajuster le dosage de Sevoflurane...

— Ça, fit Lloyd, c'est une hypothèse valable.

Il dirigea la lampe montée sur un bras flexible selon un angle rasant afin de révéler les ombres sur le pistolet et utilisa de l'eau pour rincer l'acide.

— Je crois que j'ai un truc...

Je me penchai pour regarder, les paupières plissées, les signes en train d'apparaître, plus clairs que l'acier qui les entourait, mais il me repoussa pour m'écarter à cause des vapeurs.

— Attends une minute, dit-il. Ce ne sont pas des chiffres. Ce sont des lettres.

— Comment t'expliques ça ?

Il ajouta un peu d'acide, essayant d'affiner son résultat.

— Il se peut qu'il ait limé complètement le numéro, de sorte qu'aucune récupération ne soit possible ; puis il a embouti des lettres et les a à nouveau limées.

Pas difficile, quand on travaille dans une entreprise de métallurgie.

Lloyd enleva ses lunettes et les balança sur la paillasse.

— On dirait que notre gars a un certain sens de l'humour...

Je passai derrière lui et me penchai sur le calibre 22. Sur la surface du métal limé, je lus ces deux mots :

*BIEN ESSAYÉ*

# 31

La masse rassurante du calibre 22 coincée contre mes reins, je négociai la descente de Mulholland en laissant un message pour Kill Bill Kaden.

— Morton Frankel a récupéré sa voiture chez le carrossier aujourd'hui, dis-je. Il a fait réparer un pet sur l'aile avant droite. Il m'a surpris alors que je le suivais et on a failli en venir aux poings, mais j'ai réussi à filer. Là, je me suis dit que Kasey Broach n'avait pas pu prendre le Xanax toute seule, et j'ai trouvé un gamin qui m'a apporté un nouveau témoignage concernant la Volvo marron : il dit l'avoir vue devant chez Broach, la nuit du meurtre. Il habite la maison du bout, juste derrière le parking. Dites à son père que je le salue bien. Oh, j'allais oublier ! J'ai aussi un pistolet, que ce même gamin a trouvé dans une poubelle le lendemain du meurtre de Broach. Je l'ai fait examiner en détail par un professionnel, qui n'y a pas trouvé trace d'empreintes d'adulte. Rien qu'un message dissimulé à la place du numéro de série. Ça dit : « Bien essayé. » Alors j'espère que tout ça vous suffira pour remonter Mort tout en haut de votre interminable liste de suspects. Allez l'interroger. Prélevez un cheveu sur son vilain crâne bosselé, et comparez-le à l'échantillon non identifié que vous avez recueilli sur le cadavre de Broach. Faites ce que vous voulez. Mais empêchez-le de venir jusqu'ici. Si c'est notre homme, je vous parie qu'il a sauvegardé sur son GPS les coordonnées de la fois où il est venu m'entailler le pied. S'il se montre à nouveau, je le descends. Et j'ai un flingue avec un numéro de série limé, alors vous pourrez jamais remonter jusqu'à moi ! Vous pouvez...

Je fus interrompu par un bip.

Voilà. C'était parti. S'il se confirmait que Delveckio était mouillé dans l'affaire – d'accord, c'était un peu alambiqué –, le fait que je tienne son partenaire au courant pouvait faire monter la pression. Mon petit doigt me disait que Kaden n'était pas mêlé à un éventuel coup monté. Et mon petit doigt avait raison au moins une fois sur trois.

Un coyote trottina en bas de la pente devant moi. Sans doute échappé d'un roman noir. Il remonta devant chez un voisin, sa fourrure gris clair se fondant dans la brume.

Je ne fus pas surpris que Kaden me rappelle, une minute et demie plus tard.

— J'écoute ! hurla-t-il.

Je me garai dans mon allée et l'informai des derniers événements de la journée.

Quand j'eus fini, il y eut un instant de silence. Puis :

— Comment avez-vous fait examiner le pistolet ?

— Je connais des gens.

— Bon, très bien, c'était très amusant et très gentil jusque-là, mais maintenant j'en ai marre. Si vous vous mêlez encore de cette enquête...

— Vous m'arrêterez pour obstruction à la justice ?

Une pause.

— Exactement. Ed et moi, on va venir vous voir demain. On va vous prendre ce pistolet et vous empêcher de fourrer votre nez dans cette affaire, ou alors...

— Vous me foutez au bloc ?

— Je ne plaisante pas, Danner.

— Et pourquoi vous ne venez pas le chercher dès ce soir, le pistolet ?

Kaden couvrit le micro pour un aparté à mi-voix, et reprit :

— Nous sommes devant chez Morton Frankel.

J'éprouvai une vague excitation à l'idée d'avoir réussi à intéresser les autorités compétentes – enfin, des autorités – à ce que j'espérais être la bonne piste. Si Delveckio et Frankel se connaissaient déjà, Kaden s'en apercevrait-il ? Et que ferait-il s'il s'en apercevait ?

— Il est chez lui ? demandai-je.

— Oui. On va l'embarquer pour l'interroger.

— Faites-le craquer !

— Comptez sur nous. Mais on va le surveiller d'abord pendant quelques heures.

— Pourquoi attendre ?

— Pour voir s'il entreprend quelque chose. Et puis, un type qu'on réveille est toujours plus vulnérable.

Je me rappelai comment le SWAT avait fait irruption chez moi à 4 heures du matin, pour me traîner, la tête dans le cul, hors de mon lit.

— Je doute que Mort se laisse attendrir aussi facilement...

— En tout cas, il saura qu'on l'a à l'œil.

— Je vais dormir sur mes deux oreilles.

— Tâchez de ne tuer personne, pendant ce temps-là.

Maintenant que je savais que Frankel était neutralisé pour quelques heures, j'appelai Caroline, m'excusai pour mon retard, et lui demandai si elle voulait passer chez moi. Elle accepta après une hésitation, ce que je considérai comme un progrès. J'aurais aimé lui faire la cuisine, mais mon petit voyage au laboratoire de la Crime ne m'en avait pas laissé le temps, alors je redescendis la colline jusqu'au Simon's Café. Le propriétaire éponyme, tiré à quatre épingles, aux cheveux gris et à la moustache noire, était tout ce qu'on peut attendre d'un chef. Ce Marocain d'importation, qui avait transité par Haïfa et parlait sept langues, faisait un borek aux trois fromages garni de citrons confits à tomber à genoux. La dernière fois que j'avais mangé chez Simon, c'était avec Geneviève, lors d'un dîner tardif qui nous avait renvoyés titubants, ivres de nourriture, dans l'air tiède de la Vallée.

A Los Angeles, ceux qui dînent au restaurant ont l'habitude de regarder leurs voisins, et je pris note que les têtes pivotaient pour suivre mon entrée. Je m'approchai du comptoir, conscient des murmures, et payai ma commande.

Le fait de me retrouver dans ce cadre si familier réduisit les dix mois qui me séparaient de la dernière fois que j'avais vu Geneviève à ce qui me paraissait être seulement quelques heures. Notre rupture, si elle n'avait pas été sordide, avait été chargée de non-dits lourds de ressentiments, et c'est tout juste si nous nous étions reparlé après. Je pensai à la façon dont Geneviève avait changé depuis notre séparation, aux transformations accélérées que connaissent les gens après une rupture. La Geneviève que j'avais connue n'était peut-être pas celle qui était morte. Le psy d'un talk-show que j'avais regardé une fois expliquait que l'état mental des gens s'améliorait ou s'aggravait avec l'âge. On ne restait jamais stable. Selon l'évangile de cette psychologie de bazar, quelle route avait prise Geneviève ?

Quand je repartis avec deux lourds sacs contenant le dîner, je croisai une femme à la porte. Son visage, ridé comme une vieille pomme, avait l'air plus apeuré que furieux.

— Vous ne devriez pas vous promener en liberté !

Je souris poliment.

— Et comment voulez-vous que je retrouve l'assassin de Nicole Simpson[1] ?

Je filai droit chez moi, posai les paquets sur le comptoir de la cuisine et fis le tour de la maison en allumant les lumières et en sifflant pour appeler Xena.

Les restes déchiquetés de plusieurs coussins décoraient le salon. Des bouts de rembourrage étaient étalés sur le tapis et devant la cheminée.

Quelqu'un avait fouillé ma maison. Encore ? Et pour quelle raison ?

Une longueur de papier hygiénique partait des toilettes, traversait l'entrée, l'intégralité du salon, et disparaissait dans la pièce d'à côté. Je pris le pistolet et allumai la lumière. Le canapé avait été massacré, le cuir réduit en lambeaux. Je suivis le rouleau de papier hygiénique derrière le canapé et tombai sur Xena,

1. Femme d'O. J. Simpson, morte assassinée (probablement par son mari).

gisant sur le côté, ronflant de ravissement, le bout du papier molletonné double épaisseur dépassant de sa gueule baveuse.

J'abaissai le pistolet, fis du regard l'inventaire du désastre.

— Ravi de voir que tes crocs te servent à quelque chose.

Elle se réveilla en entendant ma voix et se redressa, me lécha la main, puis me suivit d'un air contrit alors que je ramassais en pestant le plus gros des dégâts.

Tout en disposant le dîner dans des assiettes, j'appelai Hope House et demandai à parler à Junior.

— Va falloir que je te rende Xena.

— Tu peux rendre aucun chien.

— Elle a becqueté la moitié de ma maison.

— Ecoute, mon pote, elle est juste furibarde parce que tu l'as abandonnée toute la journée. T'as des responsabilités, mon pote. S'agirait pas de les oublier.

J'arrêtai un instant de mettre la table.

— Des responsabilités, moi ?

— Tout juste. Je vais venir lui parler, mon pote. Te bile pas.

— Je passe la déposer. Demain matin à la première heure.

— Où ça ? Ici ? Qu'est-ce que tu veux que j'en fasse ?

— Alors on la ramène à ton cousin.

— C'était pas mon cousin.

— Tu m'étonnes. Je viens demain matin. Avec ton clebs. Et soit on le dépose quelque part, soit je le largue à la fourrière.

Je raccrochai et regardai Xena. Les filets de bave pendouillant de ses bajoues lui donnaient un air endeuillé.

— Mais non, je rigole. Je t'emmènerai jamais à la fourrière.

Tandis que j'allumais les bougies sur la table, mon téléphone sonna.

— Ecoute, mon pote, me dit Junior, tu voulais que je te raconte pour M'ame Caroline… Ben, j'vais te dire, pour M'ame Caroline.

— Quoi ? Qu'est-ce qu'elle a ?

— Sa figure. J'ai entendu mon officier de probation raconter l'histoire. J'étais dans le couloir, mais il avait laissé la porte ouverte. M'ame Caroline travaillait dans une *prison*. Commission d'évaluation, et tout le truc. Je crois qu'elle se trouvait dans le quartier des violeurs, quand une bagarre a éclaté dans une autre aile. Les matons sont partis donner un coup de main. Ils ont tout bloqué, mais ils ont oublié qu'elle était là-bas. Coincée avec toute une bande de pointeurs. Pendant des jours et des jours, mon pote. Ils l'ont violée à la chaîne et lui ont sérieusement tailladé le visage... A la chaîne, tu te rends compte ?

Ma gorge était sèche, et j'eus du mal à articuler :

— Oui.

— Elle était à peine vivante quand ils l'ont retrouvée. Mais elle s'en est sortie. Tu vois, c'est une dure, M'ame Caroline.

Il changea de ton et redevint le joyeux gamin de quatorze ans que je connaissais :

— Bon, et maintenant, tu la gardes, Xena ?

— Au revoir, Junior.

J'étais penché sur la table et l'allumette me brûlait les doigts. Je la secouai pour l'éteindre et m'assis, regardant les volutes de fumée se dissiper. On sonna à la porte.

Je pris le temps de dérouler les manches de ma chemise et allai ouvrir.

Caroline était debout devant le porche et regardait la façade de la maison. Elle portait un jean et un haut noir à manches longues, boutonné jusqu'au cou. Elle s'était passé autour des épaules un châle de la couleur de ses yeux, comme si celui qui l'avait créé s'était inspiré de leur couleur.

Elle me regarda, et soudain son sourire s'estompa.

— Vous savez ce qui m'est arrivé.

Elle s'approcha tout près de moi.

— Il y a quelque chose de nouveau dans votre regard. De la pitié, ou pire.

Elle fit demi-tour et commença à s'éloigner.

Je la rattrapai au bord du trottoir, déjà dans sa voiture, sur le point de claquer la portière.

— On va faire un deal, dis-je.

Elle interrompit son mouvement, mais garda la main sur la poignée.

— Juste pour un soir, laissons tomber tout ça, toute tension entre nous. On met sur « pause », on mange, on bavarde, et on verra bien ce qui arrive.

— Facile à dire pour vous.

— Et pas d'arrogance.

— Ça vous va bien de dire ça !

Elle claqua sa portière. Je cognai sur la vitre.

— Si vous partez maintenant, vous allez vous sentir vraiment mal, dis-je. Et croyez-moi, je sais de quoi je parle.

— Moi aussi, et ça me va.

— Alors c'est comme ça ?

Elle sembla succomber à la colère :

— Vous voulez jouer au prince charmant et me sauver de mon sort tragique ? Je vous dirais bien « à la queue, comme tout le monde », sauf que j'ai déjà fait fuir tout le monde. De toute façon vous fuirez vous aussi, la queue entre les jambes. Alors si on laissait tomber ? On gagnerait du temps.

— Hé ! fis-je assez sèchement pour qu'elle sursaute et se retourne vers moi. Je sais ce que c'est, de voir les gens avoir peur de vous. Alors fichez le camp, d'accord, mais ne vous imaginez pas que vous êtes la seule sur terre qu'on regarde de travers.

Elle quitta le trottoir dans un crissement de pneus, et je dus reculer d'un bond pour qu'elle ne me roule pas sur le pied.

Je rentrai chez moi. Xena inclina la tête et me regarda d'un air interrogateur.

— Tu sais, parfois, les grandes personnes se chamaillent, lui dis-je.

Je soufflai les bougies, rebouchai le vin. Je commençais à débarrasser les assiettes quand on sonna à la porte. Ses mains étaient crispées sur son estomac, comme si elle avait mal, et son visage était tout rouge, sauf le long des cicatrices.

— Ça vous ennuie, si j'entre ?

— Au contraire, je vous en prie.

Elle entra, ne prit pas la peine d'admirer le décor et s'assit à la table. Je pris place en face d'elle.

— Les faits sont toujours moins terrifiants, dit-elle. Plus supportables.

— A condition de les connaître.

— Qu'avez-vous découvert ? A mon sujet ?

Je le lui dis.

— C'était une maison de correction, dit-elle, pas une prison. Une salle d'interrogatoire, avec une porte qui ne fermait pas à clé. Ils étaient trois. Des hommes. Pas du genre partageur. Ils ont empêché les autres d'entrer. Ça n'a pas duré des jours. Deux heures et quarante-deux minutes.

Elle me regardait dans les yeux sans ciller, déchiffrant mon expression. Elle se pencha en avant et je sentis son souffle caresser mes joues.

— Eh ! dit-elle. Au moins j'y ai gagné la syphilis.

Je l'étudiai pendant un long moment, en me demandant si ça lui plairait de me voir faire le tour de mon salon en courant et en agitant les bras au-dessus de ma tête. Après mûre réflexion, je lui proposai :

— Vous voulez boire quelque chose ?

— Je ne vais pas discuter de ça avec vous. Ni en gros, ni en détail. Ne vous attendez pas à ce que je m'allonge et que je me lance dans un grand show cathartique. C'est exclu. Pigé ?

— Pigé.

— Maintenant, je veux bien boire quelque chose.

Je redébouchai la bouteille, remplis deux verres et lui en tendis un.

— Au cas où vous seriez plus snob que vous n'en avez l'air, sachez que c'est un sauvignon aux accents de terroir avec des arômes de sous-bois et une finale généreuse.

Je portai le verre à mon nez, en humai le bouquet.

— Délicieux, dit Caroline.

Elle regarda enfin autour d'elle.

— Vous avez une vue vraiment magnifique.

— Vous n'avez pas le droit d'être aimable. Je ne vous reconnaîtrais plus.

Elle me gratifia d'un sourire carnassier. Je récupérai les assiettes sur le comptoir de la cuisine, et nous attaquâmes. Les couverts de designer nous donnèrent du fil à retordre. La nourriture retombait dans notre assiette avant d'arriver à notre bouche. Pour finir, Caroline leva une fourchette du MOMA[1] – deux piques séparées par un gouffre.

— Je n'ai pas l'habitude de ces trucs-là.

— Mais c'est joli, non ?

— C'est une fourchette. Ça a été inventé pour porter la nourriture à la bouche.

— Pas dans ce cas.

Je tournai ma fourchette dans tous les sens, admirant le design.

— Ça craint, non ?

Elle souriait maintenant, d'un véritable sourire.

— Vous n'avez rien de plus pratique ? Une truelle de jardinier, peut-être ?

— Des baguettes ?

— Un pilon ?

— Je vais chercher le mortier. En attendant...

Je balançai nos fourchettes dans le broyeur à ordures. Je pris les ustensiles en plastique, encore enveloppés, que j'avais rapportés de chez le traiteur, et nous réattaquâmes nos plats, cette fois avec plus de succès.

— C'est stupéfiant, dit-elle. Qu'est-ce que c'est ?

— De la salade israélienne. Regardez ! Elle vient juste de lancer une offensive contre le couscous !

— Vous ne goûtez même pas le vin ?

J'eus un flash. C'était il y a six ans. Une Mustang garée de travers dans le parterre d'hortensias devant chez moi, la radio gueulant *The End* à pleins tubes, un ersatz de Jim Morrison, moi en l'occurrence, l'accompagnant d'une voix rauque, debout sur le capot fumant, une blonde portant des barrettes recouvertes de papillons affalée sur le siège passager.

1. Pour « Museum of Modem Art » : le Musée d'art moderne de New York.

— Bonjour. Je m'appelle Andrew Danner, et je suis alcoolique, dis-je.

— Je croyais que vous étiez censé éviter tout contact avec l'alcool ?

— Il faut que je le tienne à l'œil, pour qu'il ne se jette pas sur moi par surprise.

— Comme la salade israélienne ?

— Absolument.

— Et l'abstinence ? Vous vous y faites ?

— Ça a foutu en l'air mon alcoolisme.

— Quel genre d'alcoolique étiez-vous ?

— Un de ces types qui ne savent jamais quand la fête a fini, ni même si elle a fini. Tant qu'il y avait de l'alcool et quelqu'un avec qui boire, je ne pouvais pas m'arrêter. Un cochon dans sa bauge. Un poivrot cherchant à boire plus qu'un vétéran de la dernière guerre. Je n'étais pas un de ces types qui se vautrent dans la gnôle pour oublier. C'est juste que j'adorais l'alcool.

J'enfournai une nouvelle pelletée de couscous à l'aide de ma fourchette en plastique d'une efficacité stupéfiante.

— Le dernier à quitter la fête... reprit-elle. Vous n'aimiez pas vous retrouver seul avec vous-même.

— Un écrivain, qui plus est. Ça corse le problème !

Je fis tourner mon vin dans mon verre, le regardant mouiller le cristal.

— Je suppose que si la vie était simple, ce serait beaucoup moins drôle, ajoutai-je.

— Pour ça, oui !

— L'Enfonceur de Portes Ouvertes a encore frappé. Faut croire qu'il veut pas me lâcher d'une semelle depuis que je suis tout petit.

— Une enfance heureuse ?

— La séance a commencé, docteur ?

— Ouais, mais comme vous m'avez invitée à dîner, je vous ferai payer moitié prix.

— J'ai été un enfant de substitution. Mes parents avaient perdu une fille un an avant ma naissance.

— C'est pas censé être facile.

— Mes parents ne se sont pas trop appesantis sur ce chapitre…

— Alors c'était pas si mal ?

— J'ai été un enfant choyé. Mes pieds n'ont pas touché terre avant mon cinquième anniversaire.

— Vous passiez de bras en bras ?

— Exactement. Et vous ?

— J'ai perdu ma mère il n'y a pas longtemps.

Elle trempa ses lèvres dans son verre de vin.

— Nous étions très proches. Mon père est super – il habite dans le Vermont. Il va se remarier, cet automne.

— Deux enfances équilibrées. Comme c'est original. Et nous sommes là, la quarantaine, célibataires…

Malgré mon ton désinvolte, ma remarque la piqua au vif. Moi et ma grande gueule, incapable de ne pas dire de conneries. Je me levai pour débarrasser la table, l'implorant de ne pas bouger. Elle me regarda vider mon verre de vin dans l'évier.

— Pourquoi acheter un vin si cher, si c'est pour le jeter ?

— Je vous ai dit que j'étais alcoolique, pas que j'avais mauvais goût.

Je rinçai les assiettes et remplis le lave-vaisselle pendant que Caroline buvait son vin en admirant la vue. Nous échangeâmes des banalités, ce qui fut, curieusement, assez agréable. Elle habitait West Hollywood, sur Crescent Heights. Elle détestait les chats et le shopping. Elle était ceinture marron de judo, et avait atteint ce niveau en trois ans à peine. J'avais oublié à quel point c'était bon d'être avec quelqu'un.

Les autres œuvres d'art en forme de fourchettes rejoignirent leurs copines, dans le broyeur à ordures, ce qui arracha un rire à Caroline.

— Est-ce que ça vous ennuierait de me passer ce dessous-de-plat tout aussi prétentieux ? lui demandai-je.

— Il faut vraiment que je fasse *tout* ici ?

En souriant, elle reposa son verre et m'apporta le dessous-de-plat.

— Et si vous alliez vous asseoir sur le canapé dévasté du salon ? Je vous rejoins dans une minute.

— C'est la chienne de Junior ?

Elle attendit que je laisse échapper un soupir d'acquiescement.

— Où est-elle ?

— Dans le sas de décompression, en haut.

Elle se dirigea vers la pièce voisine, et je lui dis :

— Une seconde...

Elle se retourna. Elle avait posé son châle sur le dossier de sa chaise, et le bouton du haut de son chemisier noir s'était ouvert, révélant une flèche de peau satinée. Des clavicules délicates, un joli cou mince, adorable. L'éclairage tamisé ramenait ses cicatrices à des impressions – prononcées, évidemment, mais quand même étrangement belles. Elles accentuaient la composition de ses traits, comme une peinture de guerre, leur ajoutant une hyperdéfinition, une force et une grâce supplémentaires.

— Vous êtes ravissante.

Elle essaya de contenir un sourire, une pudeur dont je ne la croyais pas capable.

— Dit l'alcoolique réformé atteint d'une tumeur et libéré pour folie temporaire.

— Et alors ? C'est pas mes yeux qui sont atteints.

Comme elle se détournait, je surpris un sourire sur son profil. Quand j'eus fini de ranger, je la retrouvai dans le salon, devant l'étagère sur laquelle étaient disposés mes romans.

M'entendant approcher, elle me demanda :

— Où est *Chainer se déchaîne ?*

— Il cale le pied de la table de cuisine.

— Vous êtes sur un nouveau livre ?

— A chaque instant. Il n'y a plus de frontière entre ma vie et mon écriture.

— Vous vivez une enquête ?

— Une histoire. Comme chacun de nous, mais la structure de ce chapitre de ma vie n'est pas dénuée d'intérêt.

— C'est peut-être pour ça que ça vous arrive.

— Je ne crois pas à une intelligence supérieure.

— Mon œil !

Elle eut un mouvement de la main en direction des dos des livres, dans toute leur gloire éclatante.

Il me fallut un moment pour comprendre ce qu'elle voulait dire.

— Je crois aux histoires. Mais je ne crois pas qu'il y ait une raison à tout, ni que les choses s'arrangent d'elles-mêmes, pour le mieux.

Allez donc raconter ça à Lloyd et à cette photo de mariage accrochée au mur de son couloir.

Allez raconter ça aux Broach, en train de faire le tri dans les affaires de toilette de Kasey, ses plats surgelés et ses barrettes blanches.

Venez me raconter ça à moi, en train de me réveiller dans ce lit d'hôpital, avec le sang de Geneviève séché sous mes ongles.

Caroline me regardait, scrutant mon expression, alors je poursuivis :

— Je ne nie pas le destin, mais je crois qu'il faut œuvrer au sien, et c'est un sacré boulot, et il n'y a pas de garde-fous.

— Et qu'est-ce qui se passe, quand ça dérape ?

— Vous vous retrouvez avec des années de perdues ou un premier jet merdique. Ni l'un ni l'autre n'ayant d'ailleurs de conséquences particulières.

— Ecoutez, Drew, s'il y a un sens à la vie, alors elle n'est pas qu'une succession de hasards. Ce qui compte, c'est la façon dont nous réagissons. Mettons que votre femme se fasse écraser par un autobus. Vous pouvez passer le reste de votre existence à gémir sur le fait que la vie est injuste, ou vous pouvez décider de fonder un orphelinat.

— Ou un foyer pour des gens brisés par des chauffeurs de bus incompétents.

— Si vous décidez de créer un petit paradis pour chauffeurs de bus handicapés et rongés par la culpabilité, vous donnez un sens à un événement qui n'en a pas. Vous lui donnez sa place dans une histoire. Pas de petit paradis, pas d'histoire. Pas d'histoire, pas de sens.

— Pas de sens, pas de possibilité de grandir.

— Les gens ne changent pas beaucoup. Pas quand ils sont adultes. Mais ce truc-là, c'est peut-être aussi la chance d'un nouveau départ. Moi, j'ai été obligée de changer, dit-elle en se passant la langue sur les lèvres.

— En mieux ?

— Je ne sais pas. Je crois que je suis devenue plus futée... mais peut-être plus mauvaise aussi, d'une certaine façon.

— A vous entendre, tout dépend de ce qu'on fait une fois qu'on a compris ça.

— Exactement. Mais suis-je à la hauteur pour autant ?

— C'est ce qu'un esprit curieux aimerait savoir.

— Je ne sais pas. Je ne sais pas si je suis à la hauteur.

Elle tremblait, les bras croisés, triturant nerveusement un fil qui dépassait de l'ourlet de son chemisier. Je me demandai fugitivement si elle n'avait pas froid, et puis elle dit :

— La première fois que vous m'avez vue, sur le terrain de jeu, à Hope House, vous avez eu un mouvement de recul. Je vous dégoûtais. C'est la seule réaction pure que vous aurez jamais. Vous n'aurez pas d'autre vraie réaction, face à mon visage.

— Je n'étais pas dégoûté. J'étais surpris.

— Super. Très romantique.

Je tendis doucement les mains vers ses épaules, et elle se laissa faire, alors je l'attirai doucement contre moi. La cicatrice déchiquetée fendait les commissures de ses lèvres, elle avait la peau douce et chaude. Je m'écartai un peu, et l'espace d'un instant elle resta les yeux clos, la tête inclinée, la bouche légèrement entrouverte.

Elle ouvrit les yeux. Vert pâle piqueté de brun.

— Surprise ? demandai-je.

— Surprise.

— Dégoûtée ?

Elle secoua la tête. Quelques rides barrèrent son front.

— Je ne peux pas rester. Je voudrais bien, mais je ne peux pas.

— Je vous raccompagne à votre voiture ?

Alors que nous descendions les marches devant chez moi, elle me serra la main, très fort, comme une serre d'oiseau. Une étreinte, juste pour voir, qui dura à peine trois pas. Il faisait lourd, l'air de la nuit sentait le jasmin. Une fois arrivés à sa voiture, nous nous retrouvâmes tout interdits – de quel côté pencher la tête pour s'embrasser ? Puis je lui tins la portière, me demandant si je devais m'avancer pour l'étreindre à nouveau. Je fis une tentative, mais elle claqua la portière, et je reculai vivement. Son visage s'était assombri, comme soucieux. Elle fit jouer le levier de changement de vitesse, puis elle dit :

— C'est le meilleur moment que j'aie passé depuis bien longtemps...

Elle avait dit cela comme si c'était quelque chose d'extrêmement troublant.

— Moi aussi.

— A très bientôt alors, Drew, dit-elle dans un grand sourire.

Elle s'éloigna. Et comme s'il avait attendu ce moment-là, précisément, le gamin des voisins attaqua une sérénade au saxophone : *Out OF the TREE of LIFE, I just picked me a PLUM*[1]...

En sifflotant, je remontai libérer Xena de la salle de bains attenant à la Chambre du Maître. Là, il n'y avait pas de fauteuils à mastiquer, mais elle avait quand même bien arrangé le tapis de bain, et, pour faire bonne mesure, elle avait retourné sa gamelle d'eau.

Elle me suivit dans mon bureau. Je pris mon carnet de notes dans ma poche arrière et le posai à gauche de mon clavier d'ordinateur. Puis je plaçai le calibre 22 chargé à côté. Mes outils de travail.

Les temps avaient bien changé.

Je me laissai tomber dans mon fauteuil, posai les bras sur les accoudoirs, me coinçai un stylo bille derrière l'oreille gauche. Quatre-vingts livres de doberman-rotty s'enroulèrent autour de mes pieds. La maison était silencieuse, les fenêtres réduites à des

---

1. Paroles de « The Best is Yet to Corne », chanson romantique interprétée par Frank Sinatra.

rectangles noirs étoilés par les lumières de la Vallée. Tous feux clignotants, un petit avion se frayait un chemin dans la nuit vers l'aéroport Van Nuys. Le bout de mes doigts trouva le chemin bosselé de ma cicatrice, puis les légers creux des touches du clavier.

En ce moment précis, Kaden et Delveckio passaient Morton Frankel à la question. Peut-être même qu'ils lui arrachaient des réponses – concernant ce qu'il avait fait à Geneviève, à Kasey Broach.

A nous tous.

Mais peut-être que ce n'était pas aussi simple. Peut-être que l'interrogatoire ne ferait que susciter d'autres questions, d'autres errements, d'autres culs-de-sac, de nouvelles fausses pistes. Si ça se trouvait, Morton Frankel n'était qu'un brave type, avec une Volvo emboutie, et qui n'appréciait pas d'être traité comme un ressort dramatique.

Je regardai la page blanche. Qui attendait comme moi que l'ordre jaillisse du chaos.

# 32

La voix qui jaillit de mon kit piéton me parut inhabituellement forte :

— On est chez vous. Mais vous, vous êtes où, putain ?

— Kaden ?

— Et c'est quoi le problème, avec votre ligne téléphonique ?

— J'attends que Pacific Bell me fasse à nouveau bénéficier de son excellent service.

Sur la banquette arrière, Xena rota. Junior gloussa, contredisant la mine d'enterrement qu'il avait adoptée depuis que j'étais allé le chercher pour conduire sa chienne au nouveau foyer qu'il prétendait lui avoir trouvé. Mais il était beaucoup trop bavard pour faire un bon boudeur.

— Où est le flingue ? demanda Kaden.

— En haut, sur mon bureau.

— Et vous, où êtes-vous ?

— Je vais rendre un chien.

— C'est ça, faites le malin.

— Je me suis dit que vous n'aimeriez pas que je laisse le calibre 22 dans une enveloppe bulle, sur le pas de ma porte.

— On veut que vous rentriez pour nous donner ce putain de flingue !

— Il est midi. Vous m'aviez dit que vous passeriez dans la matinée.

J'avais eu du mal, à l'aube, à évacuer un sentiment de menace imminente. Il y avait une semaine jour pour jour que j'étais sorti de prison, et je me réveillais encore paniqué, avec l'impression d'être enfermé dans un bloc de béton. Espérant que ça le mettrait de bonne humeur, j'avais posé un bol de pistaches sur la terrasse pour Gus, mais il ne s'était pas montré, probablement retenu dans le tube digestif d'un coyote. Je m'étais réinstallé à mon ordinateur, et j'avais tapé rageusement sur mon vieux clavier bruyant, une antiquité que j'avais conservée exactement pour ce genre d'états d'âme.

Chic avait téléphoné avant que je parte, en me disant que, d'après ses frères, Morton Frankel n'avait pas la réputation d'être un homme de main. A peine celle d'être un criminel pervers. Du coup, je me sentais mieux pour parler à cœur ouvert avec Kaden et Delveckio, et moins bien dans ma peau.

— Nous étions occupés, dit Kaden.

— Avec Frankel ?

— Non. A passer à tabac le môme qui a trouvé le pistolet. Frankel, on l'a interrogé hier soir.

— Et alors ?

— Vous serez sûrement étonné d'apprendre qu'il dit qu'il n'a rien fait.

— Il a un alibi ?

— Il dormait tout seul, chez lui. Ce qu'il faisait probablement, s'il s'avère qu'il n'était pas en train de découper Kasey Broach en rondelles.

— Vous ne pouvez pas prélever un échantillon de son ADN ? Rien qu'un poil ?

— Mais bien sûr, juste avant que l'hélico banalisé de la CIA ne vienne l'embarquer pour le larguer au-dessus de Guantanamo. C'est pas comme ça que ça marche, espèce de clown ! Il faut ce que ici, dans la Vraie Vie, on appelle une « cause probable ». Et il ne suffit pas d'une Volvo marron pour qu'un juge appose sa signature sur la ligne en pointillé, bordel ! Bon, maintenant il nous faut ce flingue.

— Je repasse chez moi et je vous le rapporte à Parker dès que possible.

— Y a intérêt.

— Vous l'avez beaucoup cuisiné, Frankel ?

— Aux petits oignons et des deux côtés.

Il y eut un silence. Il s'apprêtait à raccrocher.

— Eh, Kaden ? Quand vous avez débranché la caméra de sécurité avec moi, dans la salle d'interrogatoire, c'était juste pour jouer au méchant flic, hein ?

Je l'entendis exhaler un puissant soupir.

— Mais bien sûr, Danner.

J'enlevai mon oreillette, manquant faire sauter mon stylo de son perchoir derrière mon oreille.

Et Junior reprit son discours exactement là où il s'était arrêté :

— ... et ils déposent cette cage à singes de folie, de toutes les couleurs, mon pote. Y a des échelles et des barreaux et tout ce qu'y faut, mon pote. L'aut'gogol, il est devenu fou quand il a vu ça. Il s'est même pissé dessus en descendant par le toboggan. Le mec a dit que c'était un don d'un riche connard qui savait pas quoi foutre de tout son blé.

— Ouais, le portrait type du connard.

— Tourne là. Maintenant, déboîte d'une file.

— C'est encore loin ?

— On y est presque, Grand Frère. A gauche... A droite... Tout droit... OK !

Nous étions juste devant l'immeuble de Morton Frankel. Je foudroyai Junior du regard.

— Je me suis dit... Eh mon pote, qu'est-ce tu cherches ? T'as besoin d'un cheveu ?

Il pointa le doigt vers l'appartement de Frankel, de l'autre côté de la rue.

— C'est là-bas que ça se trouve.

— C'est ça. Et je vais me pointer chez lui, sonner et lui demander bien poliment de baisser la tête pour que je puisse me servir ?

— Eh l'autre, z'y va ! Y a même des gars qui bossent, aujourd'hui !

— Peut-être pas après avoir passé la nuit à se faire interroger par les flics. Et puis d'ailleurs, comment je vais rentrer chez lui ?

Junior se martela la poitrine avec les poings, l'air offensé.

— Et moi, tu m'oublies ?

— Non. Pitié !

Il bondit hors de la voiture.

— En tant que Grand Frère, je t'ordonne de ramener ton sale petit cul de délinquant juvénile dans cette bagnole !

Il traversa la rue comme une flèche. Le feu passa au vert, et je dus attendre pour le rattraper que toute une file de voitures ait fini de se traîner de l'autre côté du carrefour. Je montai les marches quatre à quatre. La porte de l'appartement de Frankel était légèrement entrebâillée, et Junior était appuyé contre le mur d'à côté, faisant semblant de se polir les ongles sur son polo des Lakers. Un cure-dents à la bouche. Je l'attrapai par le bras et le traînai jusqu'en bas de l'escalier. Il jura et se lamenta tout le long du chemin jusqu'à la voiture. J'ouvris la portière côté passager et le jetai comme un sac de patates sur le siège.

Il me regarda d'un air morne.

— Je voulais juste t'aider.

Je lui balançai les clés de la voiture.

— Ouvre l'œil, surveille la rue, et klaxonne si tu le vois se pointer.

Deux secondes de réflexion, puis un sourire illumina son visage.

— Twès bien, bwana Gwand Fwèwe !

Je traversai à nouveau la rue et grimpai l'escalier, un peu plus prudemment cette fois. Les gonds couinèrent comme dans un film d'horreur quand je poussai la porte en toquant sur le panneau. Le peu que je voyais de la pièce de l'autre côté avait l'air vide. Un tas de draps sur un matelas. Pas de sommier. Un réveil posé sur une boîte à chaussures. Les stores baissés laissaient passer un mince filet de lumière, la pièce sentait le refermé. Je poussai légèrement sur la porte avec l'épaule, élargissant de quelques degrés mon champ de vision. Comme de bien entendu, le budget ameublement avait été intégralement investi dans une télé grand écran et un super fauteuil en cuir – marron, avec une poche pour la télécommande et un support pour la canette de bière serti dans l'un des accoudoirs.

Quelques pas rapides, prélever un cheveu sur son peigne ou sur sa brosse, et ce serait fini. Me faufilant à l'intérieur, je fus saisi par l'odeur de poussière des rideaux et les effluves émanant de la plomberie fatiguée. Je laissai la porte entrouverte derrière moi, en prévision d'une éventuelle retraite précipitée.

Malgré son aspect rudimentaire et son odeur de renfermé, l'endroit était propre – des cartons empilés dans un coin, un tapis immaculé, une kitchenette impeccable. Le silence n'était troublé que par les gouttes du robinet de la cuisine, qui fuyait.

Posé par terre, ouvert, de l'autre côté du matelas, un exemplaire broché de *Chainer contre-attaque*. Le cœur battant, je regardai la couverture familière, mon nom écrit dans un rouge vibrant. Après avoir tellement remué ciel et terre, enfin un lien concret entre Morton Frankel et moi. Je pris le livre et l'ouvris, à la recherche de passages soulignés. Il était arrivé page 24. Un ticket de caisse glissa du livre et tomba par terre. Je le ramassai. *Chainer contre-attaque, 7,99 $*. Plus la taxe locale. Date d'achat ? Aujourd'hui.

M'ayant reconnu hier, il avait fait sa petite enquête. A moins qu'il ne se soit contenté de poursuivre une enquête déjà commencée. Un indice supplémentaire de sa fixation sur moi ? Debout là, violant exactement le genre de droit au respect de la vie privée que je m'étais évertué à défendre en des périodes moins perturbées de mon existence, je ne pouvais m'empêcher de me demander encore si j'avançais dans la bonne direction ou si je ne me heurtais pas à des obstacles que je semais seul sur mon chemin. J'étais perdu dans ma propre histoire, et je me heurtais aux murs du labyrinthe de ma propre enquête.

Reposant le livre par terre, je ne pris pas la peine de me dire d'arrêter. A quoi bon ? Je ne m'écoute jamais.

Un petit couloir, interrompu par un placard et un casier métallique, menait à la salle de bains. Laissant les lumières éteintes, j'avançai à tâtons, lentement mais sûrement. Quelques paires de chaussures bien alignées contre le mur, de manière presque décorative. L'inexcusable peinture à l'huile représentant une ferme dans un puits de lumière violette. Quelques portemanteaux en fil de fer, tordus et jetés dans un sac d'épicerie faisant office de poubelle. Un casier bloquait le couloir, et des traces dans la poussière indiquaient qu'il avait été récemment déplacé. Je le regardai de plus près, remarquai le gros cadenas accroché à la porte. Peut-être que Frankel l'avait tiré jusque-là après la visite que Kaden et Delveckio lui avaient rendue la veille au soir, une manière de pense-bête pour se rappeler de jeter ce qui s'y trouvait.

Un filet de sueur coula sous mes aisselles, avant que ma chemise ne s'en imprègne.

Je m'accroupis et me saisis du casier, qui bascula docilement, son contenu glissant avec un bruit métallique. Après avoir tiraillé stupidement le cadenas, je continuai vers la salle de bains et tirai le rideau de douche pour m'assurer que j'étais bien seul. Dans l'armoire à pharmacie, il n'y avait rien qu'une brosse à dents plantée dans un mug. Le tiroir du meuble de la salle de bains contenait un magma de rasoirs jetables, un numéro de *Hustler*, un savon neuf et, tout au fond, un peigne vert fluo.

Je pris le peigne et le tournai vers la lumière. Pas un cheveu. J'en cherchai dans le tiroir, puis dans le lavabo. Rien non plus. Que des traces de savon et de dentifrice séchés.

Soudain, mon regard fut attiré par une tache de couleur, sur le seuil.

Je me retournai tout doucement, comme un animal pétrifié par le regard d'un prédateur, conscient du fait qu'un mouvement un peu trop vif risquait de me faire remarquer.

A deux pas du seuil de la porte, dans le couloir, une pochette d'allumettes.

Avec un crâne et deux tibias croisés sur le rabat.

Mon gosier s'assécha. Il était impossible que je sois passé par-dessus cette pochette d'allumettes sans la voir. Même concentré comme je l'étais sur les tiroirs et le placard, à la recherche de ce foutu cheveu.

Me déplaçant comme dans de la glu, prenant bien soin de ne pas faire crisser les semelles de mes chaussures sur le linoléum de la salle de bains, je fis un pas, m'agenouillai. Je ramassai la pochette d'allumettes, soulevai le rabat.

*JE TE VOIS ENCORE*

Un bruit sourd sur ma droite, suivi d'un coup fulgurant au niveau de l'œil qui m'envoya à terre. De longues secondes s'étirèrent, la violence du choc donnant une clarté intense aux moindres détails. Les lattes de parquet éclaboussées par ma salive. Mon stylo, démesurément gros, près de mon œil gauche, et qui s'éloignait en roulant, revenant à des proportions normales. Une grosse chaussure de sécurité, aux lacets desserrés par-dessus une languette de cuir raide.

Tous mes instincts me criaient de me relever.

Je bondis sur mes pieds, comme propulsé par un ressort, et me redressai, mon regard cherchant désespérément où se fixer, malgré les palpitations dans mon crâne. J'entendis un ricanement sardonique, et Morton Frankel fit son apparition, un couteau à cran d'arrêt pointé sur moi. La porte du placard était ouverte derrière lui.

Dans la seconde qui suivit, je me jetai sur lui. Pas besoin de courage lorsque l'autodestruction est une seconde nature. Quand vous vous êtes fait pomper presque un litre de tequila de l'estomac, vous ne vous en remettez ni à Dieu ni au destin pour vous sauver la mise.

D'un ample geste du bras, je détournai la main qui tenait l'arme et flanquai un coup de tête en direction du nez de Frankel. Je le touchai au menton, le faisant basculer en arrière. Il tenta de me planter sa lame entre les côtes, mais je lui attrapai le poignet tant bien que mal, et nous roulâmes à terre tous les deux. Pas de directs du droit ou du gauche, pas d'esquives majestueuses, pas la moindre prise de kung fu, rien de bien télégénique, juste une empoignade bordélique, quelques coups brutaux, désordonnés, et un épuisement quasi instantané. Dans l'espace restreint du couloir, nous nous flanquions des coups de pied un peu dans tous les sens, nous débattant pour trouver la meilleure position, tandis que nos respirations se faisaient haletantes.

Petit à petit, il prit le dessus, m'enfonça un genou dans les côtes, m'écrasant sous son poids, tordant son poignet luisant de transpiration pour me faire lâcher prise. Nos visages étaient assez près l'un de l'autre pour un baiser, une goutte de sueur à la pointe de son nez, ses dents grotesques au premier plan. L'odeur âcre de sa peau – mélange de cambouis et de mauvais savon – semblait avoir envahi le couloir. Il réussit à m'appuyer son avant-bras en travers du nez et fit levier pour libérer sa main qui tenait le couteau. A force de gigoter, mon pied finit par heurter le casier, le calant contre le mur. M'étant ainsi assuré un point d'appui, je m'arc-boutai de toutes mes forces, tentai de me retourner sur le ventre pour lui écraser le bras sous mon poids.

La main qui tenait le couteau m'échappa subitement.

J'étais à plat ventre, Frankel à cheval sur moi, et pas moyen de savoir où était son couteau. Je battis des bras et des jambes, me cambrai pour essayer de le déséquilibrer. Chacun de ces instants de vulnérabilité me parut durer une éternité.

Il prit appui contre le mur, pesant sur moi de tout son poids. Une brève inspiration, un froissement de tissu alors qu'il renvoyait son bras armé en arrière, s'apprêtant à frapper.

Mon stylo abandonné apparut dans un coin de mon champ de vision. Dans un même mouvement qui me parut durer un siècle, je plongeai, l'attrapai du bout des doigts, réussis à l'enserrer dans l'étau de mon poing tout en pivotant et en enfonçai la pointe dans le gras de la cuisse de Frankel. Il hurla comme une fillette, stoppé net dans son élan, ne parvint qu'à planter son couteau dans le mur, ce qui envoya voleter un peu de plâtre dans le couloir. Je balançai une main vers le haut et lui enfonçai le nez dans un grand craquement. La douleur le fit se plier en deux. Me libérant, je lui balayai les chevilles d'un coup de pied, le vis tomber sur les fesses. Ses mains, exsangues à force d'être serrées, se crispèrent sur sa cuisse, autour du stylo. Alors que la jambe de son pantalon blanc se maculait de rouge, je me penchai sur lui, lui attrapai une poignée de cheveux et tirai.

Je courus, entendis ses ongles racler le mur derrière moi alors qu'il essayait de se redresser. Je fonçai sur la porte de devant, l'ouvris à la volée et dévalai l'escalier à toute allure. Junior et Xena remplissaient la vitre arrière du Highlander. Tandis que je slalomais entre les voitures, Junior démarra le moteur et ouvrit ma portière. Prenant bien soin de protéger ma main gauche qui tenait la mèche de cheveux arrachée, je m'affalai sur le siège conducteur et démarrai en trombe, ma portière se refermant d'elle-même alors que le Highlander bondissait en avant.

Morton Frankel était planté de guingois sur le palier du premier et nous regardait partir, ses mains rouges crispées sur la rambarde comme deux serres.

# 33

Lloyd se campa au milieu du couloir, me bloquant le passage comme s'il craignait que je ne force l'entrée. Un de ses zombies de laboratoire m'ayant informé qu'il était rentré tôt ce jour-là, j'avais foncé chez lui en hâte après avoir laissé un Junior au comble de l'excitation sur le trottoir devant Hope House. Xena ronflotait sur la banquette arrière de ma Grosculmobile. Elle passerait encore une journée à la casa Danner.

Lloyd écouta mon compte rendu sans moufter, sans bouger de son poste.

— Je ne peux plus rien faire pour toi, Drew, lâcha-t-il quand j'eus fini.

— Mais j'y suis, Lloyd ! Tout repose là-dessus !

Je lui montrai le sachet en plastique pour qu'il puisse voir les six cheveux de Morton Frankel qui s'y trouvaient. Quatre avaient de jolis bulbes capillaires. Un trésor d'ADN !

— On a pris un sacré risque en te laissant entrer hier soir au labo. Maintenant, la nouvelle de ta visite s'est répandue et Henderson en personne m'attendait devant ma paillasse ce matin. Je ne peux pas me permettre de perdre mon boulot, et surtout pas l'assurance maladie qui va avec. Les choses se dégradent ici, ajouta-t-il d'une voix traînante. C'est pour ça que je suis rentré.

— Je suis désolé.

Il me regarda bien en face.

— Moi aussi, je suis désolé. Mais je ne peux plus t'aider. C'est tout juste si j'arrive à ne pas sombrer.

— Y a un autre endroit où je peux aller ?

— Il faut que tu passes par les canaux officiels.

— On sait bien tous les deux que c'est impossible.

— Il faudrait que tu demandes à quelqu'un de s'occuper de ton œil…

— C'est pas ça qui va m'aider à faire pratiquer une analyse ADN de ces cheveux !

— Tu les as obtenus illégalement. Tu t'es introduit dans son appartement. C'est illégal, et contraire à toute éthique. Là, Drew, tu as franchi la ligne. J'y peux rien si personne n'a envie de la franchir avec toi.

— Ce type m'a entubé. Il sait qui je suis. Où j'habite. Ce qui veut dire qu'il va rappliquer chez moi. Je suis dans la merde, Lloyd.

— Et moi alors ? J'ai dû rentrer dare-dare aujourd'hui, parce que Janice saigne du nez et que ça ne veut pas s'arrêter. Tu sais combien de temps il a fallu, avant que les plaquettes agissent, pour que son sang coagule ? Quarante-cinq minutes !

Il baissa les yeux, incapable de me regarder en face.

— Je suis désolé, Drew. Mais Janice et moi, on doit d'abord penser à nous.

La porte se referma en grinçant. Je restai là, mon sachet de cheveux à la main, écoutant ses pas s'estomper au bout du couloir.

— Tu sais ce que ça fait quand quelqu'un te fiche son poing dans la gueule ? Ça fait mal. C'est tout. Pas de trente-six chandelles. Pas de petits oiseaux cui-cuitants. Ça fait juste très très très mal.

Chic tamponna mon œil au beurre noir avec un coton-tige imbibé d'alcool.

— Et contrairement à Derek Chainer, quand la balle lui effleure l'épaule et qu'il se retrouve avec deux jolis coquards, ça fait mal pendant plus d'un chapitre…

Mon œil droit me lançait comme si quelqu'un m'avait appuyé dessus un fer chauffé au rouge. L'image que me renvoyait le miroir de ma salle de bains n'était pas franchement excitante Autour de l'œil, la peau, devenue jaune moutarde, présentait un aspect parcheminé qui allait bien avec sa nouvelle teinte. Des vaisseaux rompus grouillaient dans tous les sens, comme les cheveux de la Méduse. Une demi-lune à la tempe, à l'endroit où la peau s'était fendue, luisait d'un éclat sombre.

Le sol vibra, et nous sûmes que Big Brontell approchait. Il était descendu chercher son matériel.

— Comment va notre Mike Tyson ? lança-t-il.

— Bof, il se contente surtout de geindre, répondit Chic.

Big Brontell entra. Dans ses énormes pattes, la trousse de premiers secours ressemblait à un kit de couture fauché dans un hôtel. De tous les frères de Chic, c'était celui qui connaissait la plus belle réussite professionnelle. Il était infirmier à l'hôpital Cedars-Sinai, et passait le plus clair de son temps à recoudre ses frangins après des accidents de moto, des électrocutions ou de mystérieuses altercations. Il ressemblait à Chic, en XXL.

L'arrivée de Chic et de Big Brontell avait interrompu un épisode d'écriture frénétique, les mots jaillissant de moi comme si j'écrivais sous la dictée. J'avais presque oublié que je les avais appelés à l'aide en rentrant de chez Lloyd. Quand on avait sonné à la porte, j'avais sursauté, m'imaginant déjà Mortie brandissant un couteau à désosser et un sourire chevalin. J'étais allé ouvrir, pistolet à la main, et Big Brontell avait ricané et plaisanté :

« Eh ben, si *ça* c'est pas du délit de faciès, je m'y connais pas. »

Les cheveux de Frankel, soigneusement préservés dans leur sachet, étaient posés près du lavabo. Je les avais durement gagnés, et je n'étais pas disposé à les quitter de l'œil qui me restait. Le traqueur de papas-mamans défaillants sur lequel m'avait branché Chic n'avait pas trouvé de nouveau lien entre notre affaire et Delveckio ou Cal Unger – ni même Bill Kaden, sur lequel il avait enquêté gratos. Et il n'avait encore rien trouvé de probant sur Frankel, de sorte que, pour le moment, ces cheveux étaient tout ce que j'avais.

Tandis que Big Brontell commençait à me recoudre, avec une délicatesse et une précision étonnantes, je lorgnais ces six cheveux en me posant toutes sortes de questions, envisageant de nouvelles pistes et options.

— Pourquoi t'as pas de frangin criminologue ?

— On en a plein qui sont criminels, rétorqua Big Brontell.

Il finit de me recoudre, je le remerciai et les raccompagnai tous les deux à la porte. Chic me prit par les épaules et approcha son front du mien.

— Surtout, tu gardes bien ce flingue à portée de main, et tu appelles en cas d'urgence. Compris ?

— Compris.

— Tu t'es mis dans de sales draps, mon Drew-Drew. Tu ferais peut-être mieux d'y aller mollo, et de voir venir.

— Si je pouvais juste faire effectuer un test ADN de ces cheveux, je pense que ça me permettrait de boucler cette affaire.

Chic eut un sourire entendu ; il était rare que j'arrive à le surprendre. Il renvoya sa tête en arrière, indiquant du menton le coucher de soleil qu'était devenu mon œil droit.

— N'oublie pas où t'ont mené toutes tes belles idées...

# 34

Après le départ de Chic et de Big Brontell, je n'arrivai plus à avancer dans mon histoire, parce que mon enquête piétinait. J'étais assis à mon bureau et je regardais mon curseur, comme moi prisonnier du présent, clignoter sur l'écran.

Six cheveux attendant de subir une analyse ADN, une affaire de meurtre - peut-être deux - sur les bras, et pas l'ombre d'un criminologue en vue. La façon dont ~~j'avais réussi à me procurer~~ les (je m'étais procuré) cheveux - entrée par effraction, suivie de coups et blessures - m'avait compromis, faisant de moi le candidat idéal pour une arrestation, un procès et, par-dessus le marché, une étiquette fluo de psychopathe. Difficile d'invoquer la légitime défense pour expliquer comment je lui avais enfoncé un stylo dans la cuisse, alors que je m'étais mis dans une situation où, dans n'importe quel État républicain, Mort aurait eu le droit de me tirer dessus en toute impunité. Naufragé dans sa tragédie personnelle, Lloyd n'était pas disposé à m'aider. Cal m'avait bien fait comprendre qu'il ne pouvait plus enquêter pour mon compte. Kaden et Delveckio ~~ne m'aimaient déjà pas beaucoup~~ avant que je décide d'ignorer leurs derniers avertissements en jouant les voleurs de cheveux amateurs, et je voyais gros comme une maison qu'ils adoreraient sauter sur l'occasion de me repasser leurs bracelets d'acier aux poignets.

*n'étaient déjà pas fous de moi*

*Change un peu de disque. Fais analyser les cheveux par un autre moyen. Tu es écrivain. Entouré d'une flopée d'amis talentueux, d'experts bizarres et autres gens étranges que tu as rencontrés en cours de route. Graisse la patte d'un autre criminologue. Appelle le prof du labo de sciences de la fac de Saints-Fils-à-Papa...*

J'épluchai la liste de mes contacts sur mon Palm, en espérant avoir oublié quelqu'un. Et quand bien même, que lui diraisje? « J'ai arraché des cheveux à un suspect de meurtre et je me demandais si vous pourriez les soumettre à une analyse ADN pour moi? Au fait, je suis Andrew Danner. Vous vous souvenez peut-être d'avoir vu ma tronche dans la presse de caniveau... »?

Seule la pensée de Caroline m'empêchait de me sentir solitaire et abandonné. Je me rappelai la façon dont elle m'avait brièvement serré la main, la veille au soir, alors que je la raccompagnais à sa voiture, comme pour voir l'effet que ça faisait. Aujourd'hui, les films et les affiches glorifiaient de façon outrancière les critères de beauté, mais la frontière entre la perfection et l'insignifiance était fine. En matière d'aspect physique, comme de personnalité,

*C'est ça, les Grecs, eux, ils faisaient des sculptures de jeunes Athéniens moches!*

je préférais mille fois ce qui choquait à la banalité.

Barbara Cartland m'a appelé. Elle veut récupérer sa phrase

Avec le soir, le brouillard s'était installé dans la Vallée, donnant aux collines du Nord des couleurs de bleu à l'âme. Le soir tombait anormalement vite, et le soleil avait déjà disparu derrière les collines de Santa Susana. Je pris dans ma main la rassurante crosse du calibre 22 chargé, en quête d'un sentiment de sécurité. J'avais promis de rapporter le pistolet au Parker Center, mais avec mon œil au beurre noir je susciterais maintenant plus de questions que je ne souhaitais apporter de réponses. Et puis, après ce bref mais torride tango dans le couloir avec Mort, pas question de rester désarmé. Il pouvait être tapi dans les buissons sur la colline en ce moment précis, caché dans la jungle de lierre qui en couvrait les amples pentes, rivant son regard diabolique sur moi, attendant une occasion de frapper.

Dans le couloir, Xena ronflait avec vigilance, recyclant les saucisses que je lui avais fait frire.

Mon téléphone portable sonna, m'offrant une distraction bienvenue. Je répondis et entendis la voix de Preston. Je lui avais laissé un message résumant les derniers événements.

— Qu'est-ce qui se passe? ~~demanda t il avidement.~~

— Je ne sais pas.

— Eh bien, tu n'as qu'à lire les pages suivantes.

— Je suis bloqué.

*Tu peux m'aider ?*

— Naturellement. J'arrive.

— Je ne suis pas sûr d'être en état d'apprécier tes compétences éditoriales…

~~Mais il avait déjà raccroché.~~

*– Tu n'es peut-être pas d'humeur à ça, mais on dirait que tu en as bien besoin*

Le curseur continuait de me narguer, attendant mon prochain mouvement.

— Allez, montre-moi ce que tu as dans le ventre, lui dis-je.

*Ton prochain mouvement, même s'il n'est pas évident à mettre en œuvre, est on ne peut plus clair. Il faut que tu fasses analyser des cheveux obtenus illégalement. C'est ta mission de protagoniste obstiné. Comment peux-tu relever ce défi d'une façon qui n'appartienne qu'à toi ? D'une façon qui dévoile celui que tu es vraiment, ou mieux, d'une façon dont toi seul es capable ?*

Je levai mon regard des pages prestoniennement maculées de rouge et le regardai.

— « La fac de Saints-Fils-à-Papa » ?

— J'avais pensé écrire Harvard-Westlake[1], mais le nom ne m'a pas emballé.

Il vida son verre et le reposa, complétant la collection qui ornait déjà ma table basse. Maintenant que j'avais eu un aperçu de l'ambiance de son appartement, je comprenais mieux pourquoi il sautait sur le moindre prétexte pour venir me voir. Il s'étira, se leva du canapé, en feignant de ne pas remarquer les touffes de rembourrage qui collaient à son pantalon. Il baissa le volume de la télé, où s'activaient des journalistes du soir et où, pour une fois, il n'était pas question de moi. Puis il récupéra ses différentes liasses de feuilles.

Il s'arrêta à côté de moi en sortant et dit gravement :

— Si je fais autant de corrections, c'est parce que ça me tient à cœur.

— Je pourrais me réchauffer les mains à ton affection.

Il quitta la pièce, abandonnant derrière lui la bouteille de Havana Club qui ne valait plus la peine d'être planquée car elle était presque vide. Je m'affalai dans mon fauteuil, qui était l'unique

1. Ecole chic de la région de Los Angeles.

rescapé de la colère vengeresse de Xena, et posai les pieds sur le pouf. Le générique de fin du journal laissa place à une pub pour *Chainer aux commandes* – une magnifique pub de quinze secondes que mon éditeur avait toujours refusé de m'accorder avant je sois accusé de meurtre. Le marketing avait jeté son dévolu sur une photo de presse assez spéciale de moi, où j'avais l'air quelque part entre furieux et constipé, et qui flottait de façon inquiétante au-dessus de la couverture de mon dernier opus.

Ensuite, obéissant à une étrange logique karmique, l'intro martelée de la séquence prégénérique d'*A l'est d'Aiden* se fit entendre. Et voici Johnny Ordean abordant une prostituée qui faisait les cent pas devant une taule tenue par un Arabe à l'air peu avenant. Paraissant sensiblement plus mince que dans son rôle du père LaChaîne, Johnny se pencha en avant, et un zoom le recadra en gros plan comme toutes les semaines – tous les soirs si vous aviez le satellite.

Je revis soudain la scène que j'avais aperçue quand j'étais au bar avec Caroline – Johnny accroupi au-dessus d'un cadavre, étudiant la douille qu'il avait empalée sur un trombone déplié. *ENVOYEZ ÇA DIRECT AU LÉGISTE. LA DOUILLE, PAS LE HOT DOG...*

Je repensai à l'ultime remarque manuscrite de Preston. Puis je pêchai mon portable dans ma poche, composai un numéro.

Sur fond de musique de boîte de nuit, un type avec un fort accent de Brooklyn :

— Standard de Johnny Ordean.

Depuis que la série *A l'est d'Aiden* avait bénéficié de suffisamment d'épisodes pour remplir un coffret de DVD, Johnny affectait d'être injoignable et empilait les couches d'intermédiaires entre lui et le reste du monde.

— Ça va peut-être vous surprendre, dis-je, mais j'appelle effectivement pour Johnny. C'est Drew Danner à l'appareil.

— *Andrew* Danner ? Le...

— L'assassin. Oui. C'est moi.

J'entendis toutes sortes de cris, puis la voix de Johnny, rauque et forte :

— Drew ? C'est toi ? Drôle d'époque, mec. Drôle d'époque ! C'est toi qui as refroidi cette meuf ?

— Plutôt deux fois qu'une.

— Dramatique !

Johnny avait complètement adopté l'espèce de jargon qui balayait L.A. une saison sur deux, comme un putain d'ouragan.

— Alors, quoi de neuf ?

— Que du bon. La série casse la baraque. On fait même un spin off l'année prochaine.

— *Prends ça dans l'Aiden ?*

— Très drôle, mec. Ça s'appellera *Marie porte la culotte*, et c'est la sœur de...

— Ecoute, j'ai un service à te demander. Vous avez toujours des criminologues, dans votre équipe de consultants ?

— Ouais, une tapée, même.

— J'ai un cheveu que je voudrais faire analyser par un labo scientifique. Il pourrait m'innocenter.

Un gros pipeau, je sais, mais j'essayais de lui fourguer le genre de dialogues auquel il était habitué.

— J'ai besoin de savoir à qui il appartient, ajoutai-je.

— C'est quoi, une sorte d'indice ?

Sa voix trahissait son excitation.

— Ouais, Johnny. C'est ça, une sorte d'indice. Tu pourrais le faire faire par un de tes gars ?

— No problemo. Je vais le leur apporter. Leur dire que j'ai besoin de voir comment ça marche, pour une idée d'épisode sur laquelle je bosse. Ils adorent me montrer comment ils travaillent, au labo. Il te faut ça pour quand ?

— Pour hier. Je ne pourrais même pas te dire à quel point c'est important pour moi.

— Apporte-moi le cheveu au Flux. C'est une soirée privée, mais je vais te faire mettre sur la liste. Je vais appeler un des consultants pour qu'il jette un coup d'œil à ton cheveu dès ce soir.

— C'est vrai ? Dès ce soir ?

— Je suis Johnny Ordean. Avec moi, tout devient possible.

# 35

Le Flux, c'est le club de Hollywood à la mode en cette minute même, où il n'y a rien de plus branché que de déguster des Wheatgrass Martini entre des murs tapissés de bambous, sur ce rythme bump-and-grind dont raffolent les fans d'ecstasy, les fêtards et les sous-fifres de l'industrie du cinéma. Je dus lâcher vingt dollars pour me garer sur une place prévue pour une tondeuse à gazon, et descendis Sunset Boulevard à pied.

Sous tous les essuie-glaces, une carte postale flashy faisait de la retape pour un mauvais théâtre. A tous les coins de rue, une femme battait la semelle pour se réchauffer. Même à cette heure tardive, des corps se répandaient hors des gymnases-clubs, où des aspirants scribouillards et des figurants passaient beaucoup de temps à faire semblant d'avoir un vrai boulot. Des corps tellement bodybuildés et travaillés qu'ils paraissaient d'une espèce différente ; des corps qui avaient un temps infini à consacrer à eux-mêmes, et qui ne rechignaient pas à effectuer au banc de musculation ces six séries de dix supplémentaires qui dessineraient la courbe intérieure de leurs triceps ou leur feraient des quadriceps en béton armé. Autrefois, j'avais un corps comme ça, d'un modèle un peu moins abouti peut-être, mais que m'avait valu l'état d'esprit assorti, jusqu'à ce que l'un et l'autre fussent trop fatigués pour continuer.

Je marchais, m'emplissant de la nuit, de ces fragments de ma personnalité passée que je n'avais jamais vraiment habitée. Odeur citronnée des déodorants, iPods aux couleurs acidulées sanglés sur des bras luisants, volutes de vapeur s'échappant, comme dans les dessins animés, des tee-shirts surchauffés.

Les cordons de velours, qui dans des villes plus sages sont réservés aux musées et aux comédies musicales, poussaient sur les trottoirs comme des lianes futuristes. Des bimbos de bas étage et des petits durs de pacotille se pressaient contre des murs imaginaires formés par les videurs. Tout le monde ici est costumé, chacun dans son style. C'est Halloween tous les jours. Chemises à carreaux façon Pearl Jam, bonnets à la mode, barbes de trois jours et gilets en jean découpés pour laisser voir les tatouages d'épaule. Une fille, allez savoir pourquoi, arborait une casquette de voyou et une cravate large serpentant sous un veston années folles. Même les pompiers qui s'aventurent dans les bars sont sur leur trente et un ou au contraire d'un négligé travaillé – tee-shirts à la gloire de leur caserne, boucles blondes juste assez longues pour rebiquer sous les bonnets ajustés. De vrais mannequins en mal de calendrier. Des enfants, et pourtant tous adultes. Déboulant d'une Jetta, d'une Navigator, parfois d'une Lotus. Ils traversent les rues en meutes, comme des loups, sirotant des boissons survitaminées, fumant des American Spirit, bredouillant dans des portables aux sonneries customisées, bruits de sirènes et de carillons mêlés, et la nuit se retrouve illuminée d'un arc-en-ciel psychédélique formé par les diodes des écrans – rose barbe à papa, bleu chasse d'eau, vert Creepshow.

Los Angeles fourmille de visages inoubliables. Même les trognes de cinéma les moins séduisantes ont ce petit quelque chose qui en fait des instantanés archétypaux. En fait, il n'y a presque pas de visages anodins. Les ratés de peu. Tous ceux à qui il manque ce petit plus qui les aurait catapultés au sommet de l'affiche, et qui voudrait dire qu'ils ne sont pas à leur place ici, avec tous ces gens, avec vous, avec moi. Cette fille radieuse avec sa casquette des White Sox, qui s'est fait refaire le pif – sauf que, pas de bol, ça n'a pas suffi. Le lutteur qui a remporté le prix du plus beau sourire à Loser University. La meneuse de l'équipe de pom-pom girls de Plouc City réputée pour ses pipes d'après-match. Ils sont venus dans l'espoir de conquérir le monde, avec pour seul bagage leurs abdos en tablette de chocolat et leur taille de guêpe, à la recherche d'une gloire prémâchée, sans le talent nécessaire pour percer à Broadway ou les couilles pour s'imposer dans la Grande Ville. Los Angeles est le nec plus ultra du rêve américain. C'est là que vos rêves les plus fous vous mèneront avant que vous ne basculiez dans le Pacifique, tel un Icare aux ailes de plomb. Et pourtant il en arrive tous les jours. Ils rappliquent et viennent se masser au bord des falaises, pingouins au-dessus des eaux avides.

L.A. n'en fera qu'une bouchée. Elle en fera des êtres totalement insignifiants, les broiera, les réduira en une bouillie qu'elle tartinera sur ses ruelles oubliées. Ils découperont des coupons de réduction et se rendront aux premières parties de soirée pour économiser sur les frais de bar. Pendant les heures de bureau, ils hanteront des clubs de sport et des Starbucks – le jour, les commerces à Los Angeles grouillent d'une clientèle d'inactifs soucieux de garder leur emploi du temps libre pour une éventuelle audition –, ils écumeront les sites de jobs en ligne à la recherche de petits boulots de nuit qui n'existent que dans leurs rêves. Ils cachetonneront en tant que stagiaires, serveurs ou hôtesses, pendant que leurs amis répéteront en boucle : *C'est cool, ouais c'est trop cool !* Ils se changeront en entrepreneurs de troisième zone, fabriqueront des sacs en bambou, dessineront des bijoux à Reseda, commercialiseront une vodka bleue dans les bars des lycées, tout en se réservant des journées entières pour des castings de plus en plus rares, et, juste au moment où ils seront sur le point de laisser tomber, une troupe de théâtre amateur leur proposera de jouer Laura dans *La Ménagerie de verre*, et l'excitation, et l'espoir, le soulagement aussi les feront remettre ça pour quelques années de plus de boulots à trois sous. Et puis, s'ils n'ont toujours pas compris ou pas eu la présence d'esprit de rebrousser chemin dans les temps vers Billings ou Sioux City, quelqu'un leur proposera de fuir à nouveau la réalité en faisant un film de fesses – pas du porno, non, de l'érotisme raffiné – et une nouvelle spirale vers le bas s'amorcera. Pendant que de la chair fraîche débarquera à pleins bus. Il s'en déverse en flots continus, par l'aéroport, par les autoroutes – bidoche pour l'abattoir, veaux élevés pour l'autel du sacrifice.

Me voilà donc au Flux, jouant des coudes dans l'arène emplie de spectres avides de reconnaissance. Ici, personne n'a de nom. Il n'y a que des « poupées » et des « keums ». Ils arrivent à se sortir du lot en s'intégrant à une meute, comme des raptors, avec des amis dont ils n'auront qu'une hâte, s'en débarrasser, dès qu'ils auront signé pour leur premier pilote. Ils appellent le videur par son prénom – qu'ils auront pris soin de rechercher au préalable. Le frère de leur patron connaît le barman, ou le patron de leur frère le propriétaire... Ils s'insinuent et vous bousculent poliment, puis une fille gazouillante, une liste à la main, feint l'exaspération tout en laissant percer le plaisir qu'elle éprouve à exercer sa miette de pouvoir – elle a une raison d'exister, une position du haut de laquelle elle tance les gens tout en leur distribuant des bracelets de plastique comme elle donnerait des cacahuètes aux singes du zoo. Tout près, quelques femmes défraîchies, attifées et maquillées comme de vraies prostituées, qui ont renoncé, avec l'âge, à jouer les garces. Elles ne sont plus taillées pour la compétition. Elles ont changé de stratégie et roucoulent des encouragements à la tsarine officiant à l'entrée : *Regarde, la pauvre, elle est toute seule pour s'occuper de tout ce monde-là. Courage, mon chou. Te laisse pas faire.* Bien sûr, elles n'arrivent pas à l'amadouer suffisamment pour se gagner le droit d'entrer. La fille à la liste n'est pas dupe. Elle sait que dans une autre vie elles lui ont soufflé la fumée de leur cigarette à la figure, à une audition, ou qu'elles ont balancé sa photo à la poubelle quand elles passaient leurs nuits à trier les meilleurs morceaux pour les agences de casting.

Reléguée au purgatoire, dans la queue qui s'allonge devant le dernier club à la mode, la foule se répand en ragots, engloutit des pilules, se gargarise de magnifiques opportunités de carrière et fait semblant de ne pas être là où elle est – ici, dehors, dans l'implacable nuit de Hollywood. Et c'est pourtant là que tous attendront, nuit après nuit. Jusqu'à ce qu'un jour la Gloire choisisse l'une de ces pauvres âmes infortunées et l'élève telle une prêtresse au sommet de la ziggourat, où elle serait délivrée à tout jamais des files d'attente, des cordons de velours et des videurs nommés Ricky, sa réussite confortant tous les autres dans leur espoir, dans leur certitude que ça vaut la peine d'attendre et d'attendre encore.

La voix de Chic, comme une sirène d'alarme dans ma tête : « Toujours plus facile de voir la paille dans l'œil du voisin... »

Et moi, qu'avais-je de différent à montrer ? La façon dont j'étais arrivé ? L'endroit où je me retrouvais ?

Un trajet un peu plus court, et un plus long déshonneur.

Quoi alors ? L'envie ? Je pensais y avoir à tout jamais renoncé en même temps qu'au Single Barrel. L'envie de quoi, de toute façon ? D'exubérance ? D'espérance ? De jeunesse ? Comme me l'avait dit Chic, la vie vous laisse sur place. Selon les critères de Hollywood, je commençais à me faire vieux, comme Morton Frankel. J'avais quelques succès à mon actif, et la possibilité de franchir des portes qui restaient fermées à d'autres – en tant qu'auteur et meurtrier supposé –, ce que, je le savais, certains pourraient m'envier. Mais s'il y avait eu des agents de change pour troquer ce genre de marchandises, j'aurais échangé ma place dans l'instant pour me retrouver de l'autre côté, dehors, dans la nuit impitoyable, riche de tout un éventail de possibles. J'aurais donné tout ce que j'avais amassé pour avoir le droit de croire encore au mythe. Pour recommencer.

Au lieu de quoi, j'étais venu livrer un cheveu.

Je fendis la foule. A l'intérieur, sur un remix beat infernal, un gamin revisitait Bob Seger, mais sans la force ni le mordant de l'original.

— Drew Danner, dis-je à la fille à la porte. Je suis avec Johnny Ordean.

A l'évocation de ces deux noms, les ingrédients les plus proches de la foule se figèrent. La fille abaissa son bloc au niveau de sa cuisse, le reléguant à son véritable rôle d'accessoire de théâtre, et fit apparaître sans un mot un cordon bordeaux.

Le Seger découpé en tranches et en cubes avait laissé place à une chanson aux rythmes acrobatiques. Les troisièmes couteaux étaient en transe sous des lumières stroboscopiques à vous coller une crise d'épilepsie. *Je me trouve des salopes à gauche et à droite. Je me trouve des salopes et je les doigte.* Des assistantes de production en Chanel planaient en cercle, leurs mouvements inconscients soulignant de manière comique et maladroite les paroles de la chanson. L'énergie magnétique de la boîte me poussait vers un coin, tout au fond, où je trouvai bel et bien Johnny Ordean et sa gueule de marque déposée. Membre de droit du quota d'abrutis de service que l'on trouvait invariablement dans l'entourage de ces gens-là, son cousin fumait des cigarettes à la chaîne, affalé au fond du box.

Il se glissa au-dehors et je pris sa place. Johnny m'enroula son bras autour des épaules, haussa les sourcils en voyant mon œil au beurre noir et me gratifia d'une prise au cou comme une brute des bas-fonds. Jouant le jeu, je fouillai à l'intérieur de ma veste, retirai l'enveloppe et la laissai tomber sur la table comme s'il s'agissait d'un pot-de-vin. L'enveloppe contenait un sachet en plastique hermétique renfermant un unique spécimen de cheveu de Morton Frankel. J'avais gardé les autres, au cas où.

Du doigt, Johnny me fit signe que tout baignait. Son cousin passa son mégot d'un coin de sa bouche à l'autre et colla un téléphone portable sur sa joue ruisselante de sueur.

— Vite et discrètement, dis-je.

Johnny me refit sa prise au cou.

— Et merci.

— Pas de quoi, mec. Sinon, à quoi ça sert d'être célèbre si ça sert à rien ?

Celle-là, me dis-je, elle sera dans mon prochain opus.

# 36

Loin de la foule déchaînée, je rejoignis le minuscule carré d'asphalte hollywoodien dont j'étais l'heureux locataire pour la soirée, m'assis sur le pare-chocs de ma voiture et composai un numéro sur mon portable.

— J'aimerais bien vous voir, dis-je. Je ne suis pas loin de chez vous.

— Ah oui, répondit-elle. J'entends du raffut derrière vous.

Le mec du parking me regarda d'un drôle d'air en me voyant partir. Pour vingt dollars, j'aurais pu dresser ma tente ici.

Il apparut que Caroline habitait un appartement d'angle au sixième étage d'un immeuble rénové sur Crescent Heights. En entrant, j'enjambai des vestiges d'échafaudage, ce que le portier fit semblant de ne pas remarquer. J'attendis dans le couloir remoquetté de frais pendant qu'elle ouvrait une profusion de verrous. Elle s'assura à travers une jungle de chaînes de sécurité que c'était bien moi, et la porte se referma. Encore quelques bruits métalliques, et nous nous retrouvâmes face à face.

Elle tendit la main, effleura délicatement ma tempe droite, juste à côté des points de suture.

— Vous avez mis de la glace, là-dessus ?

Quelques minutes plus tard, j'étais assis sur son canapé moelleux, elle sur la table basse à côté, pour mieux presser un sac de grains de maïs surgelés sur mon œil. Je lui racontai ma prise de bec avec Mort. A ma grande surprise, elle ne me réprimanda pas pour le rôle que j'avais fait jouer à Junior – mais il faut dire qu'elle le connaissait mieux que moi, et sa profession la portait probablement à considérer les gens comme responsables de leurs actes, quel que soit leur âge.

Le bord du sac se prit dans un point de suture, et je fis la grimace. Se penchant en avant, elle le rajusta et nos visages se retrouvèrent très près l'un de l'autre, dans l'air rafraîchi par le maïs surgelé. Elle écarta doucement les cheveux de mon front, et ses lèvres s'entrouvrirent, son regard posé sur ma bouche. J'écartai le sac de maïs, mais elle se leva brusquement et dit :

— Qu'est-ce qu'on fait ici, Drew ? Je veux dire, pourquoi appréciez-vous tant ma compagnie ?

— A cause de votre nature confiante ?

— Non, sérieusement.

Je posai le sac sur mon genou.

— Parce qu'il n'y a que là que je n'ai pas envie d'être ailleurs.

Elle ouvrit la bouche pour dire quelque chose, se ravisa, leva le doigt et alla vivement dans le couloir. J'entendis une porte se refermer et le bruit de quelqu'un qui vomissait. Le robinet du lavabo coula un moment, je l'entendis se laver les dents puis se gargariser, et elle revint, le visage rouge, le regard fuyant.

— Si je vous embrasse, demandai-je, votre tête va exploser ?

— Vous avez encore envie de m'embrasser ? répliqua-t-elle, incrédule.

— Oui. Et j'ai aussi envie de me réveiller à côté de vous.

Je levai les mains.

— Aujourd'hui. Dans un an. Quand vous voudrez. Je veux juste que vous sachiez que je vous trouve...

— Venez, dit-elle.

Elle tremblait. Elle me prit la main et m'emmena dans sa chambre. Là, elle éteignit la lumière et enleva son pantalon de jogging. Elle m'embrassa nerveusement, trop fort, et dit :

— Prenez une capote. Dans le tiroir.

Je commençai maladroitement à me déshabiller, et elle m'attira sur elle. Je m'apprêtais à lui enlever son haut, mais elle m'attrapa fermement le poignet et dit :

— Je préfère le garder.

Puis elle me prit par les épaules, et je vis sa mâchoire se crisper avec cet air de dire : « Allez, finissons-en… »

Je croyais que c'était moi qui m'y prenais mal, lorsque soudain je compris que c'était elle qui était totalement crispée, le corps contracté par la panique au point que c'était comme s'il n'y avait plus d'ouverture. Nous changeâmes et rechangeâmes de position, jusqu'à ce qu'elle me dise, avec un rire amer :

— C'est vous qui l'avez voulu.

Elle roula alors sur le côté, et ses épaules eurent un spasme. Je compris qu'elle pleurait.

— Je ne pleure pas, dit-elle.

Je restai allongé là, dans le noir, mourant d'envie de la toucher mais pas très sûr que ce soit la chose à faire.

— C'est allé un peu vite pour moi, dis-je. Et je suppose que ce doit être pareil pour vous.

Elle se mit en chien de fusil, la tête posée au creux du bras. Elle parla d'une voix rauque, mal assurée, mais douce :

— Vous refermerez la porte derrière vous, d'accord ?

— Comment vous sentez-vous ?

— Je prends ça avec philosophie.

— Ce n'est pas un sentiment.

— Oh ! génial ! On joue à ça ?

— Non, laissez tomber, dis-je.

Elle resta silencieuse pendant un long moment, et puis elle dit :

— Je suis désolée. C'était une question pertinente. Je ne sais pas si je suis en état d'y répondre.

— Eh bien, essayez.

— Comment je me sens…

Une voiture klaxonna dans le lointain. De l'un des appartements nous parvenaient des échos d'Eric Clapton, qui accompagnaient probablement un dîner aux chandelles, quelque part. Les épaules de Caroline frémirent encore un peu, mais elle ne fit pas un bruit, puis elle tendit la tête au-dessus du bord du lit, réapparut miraculeusement avec un mouchoir en papier et se moucha, tout en me tournant le dos. Elle se rallongea et dit d'une voix étranglée :

— Si je baisse ma garde, il va m'arriver des tas de choses horribles, que je n'imagine même pas. Et...

Elle prit une profonde inspiration, poursuivit :

— Il se peut que je ne sois pas assez courageuse pour pouvoir faire ça.

Nous respirâmes un moment dans la pénombre, et puis je finis par dire :

— Ça vous ennuie, si j'enlève le reste ?

Elle se retourna lentement, ses cheveux cachant un de ses yeux. Des voilages lavande filtraient la faible lumière montant de la rue. Elle me regarda un long moment.

— Non.

Elle m'attira vers elle si furieusement que j'étais encore à moitié empêtré dans mes vêtements – une chaussure, les deux chaussettes, le caleçon enroulé autour d'une cheville. J'envoyai promener tout ça et m'allongeai sur le dos, sur son lit, les bras le long du corps.

— D'accord, dis-je. Je n'attends rien de particulier. Je suis juste étendu là, tout nu, pour que vous puissiez me regarder.

Elle tira sur son tee-shirt pour le remettre en place, s'assit en tailleur en face de moi et m'étudia d'un œil clinique.

Au bout d'un moment, je demandai :

— Et maintenant, comment vous sentez-vous ?

— J'ai peur. Vous comprenez que depuis que... je n'ai pas...

— C'est bien ce que je pensais.

— Je peux vous toucher ?

— Oui.

Elle posa ses deux mains à plat sur ma poitrine et se pencha, comme pour éprouver ma consistance. Elle effleura ma cuisse avec le bout de ses ongles. Elle me prit dans ses mains en coupe, et dit :

— Vous êtes tellement doux.

— Pas si vous continuez comme ça.

Elle rit, se couvrit la bouche, comme surprise par son propre rire. Elle défit sa queue de cheval, et ses longs cheveux fins couleur de bois de santal déroulèrent leurs volutes, qui caressèrent ma poitrine lorsqu'elle se pencha sur moi. Elle palpa tout mon corps, pouce par pouce, comme une aveugle découvrant une forme inédite. Après une vingtaine de minutes d'examen silencieux, elle enleva son tee-shirt.

Sa poitrine, elle aussi, arborait les marques de la violence qu'elle avait subie, mais elles étaient moins visibles, et se perdaient dans ses formes magnifiques. Un court espace de chair tachetée sur son épaule gauche, une crête de muscle sur le ventre, un nœud de tissu cicatriciel sur les côtes, le renflement de ses seins.

— Si vous voulez, dit-elle, vous pouvez... me toucher.

Je levai les mains et explorai son corps délicieux, imprévisible. Sa respiration s'accéléra. Elle inclina la tête, ses cheveux coulèrent sur son visage. Retombant en arrière, elle m'attira à nouveau sur elle, et ses mains se crispèrent sur mon dos. Je sentis son souffle brûlant sur mon cou. Elle mit du temps à se dénouer ; nous bougions lentement, patiemment, en murmurant et en nous embrassant, savourant avec intensité chaque instant. Et voilà, nous faisions l'amour. Pas sans maladresse, mais pas sans grâce non plus.

Après, elle me serra contre elle, commença à pleurer et ne s'arrêta plus. Elle s'abandonna aux larmes, comme une enfant fragile, versa toutes les larmes de son corps jusqu'à ce que son visage prenne une couleur cendrée. Sous la terreur et l'épuisement apparents, elle avait l'air transfigurée.

Elle passa une jambe sur mon ventre et se redressa sur un coude, son visage tout près du mien.

— Je suis désolée d'avoir pleuré.

— Ce n'est rien. Si tu as des excuses à présenter, c'est à toi-même.

Elle posa son menton sur ma poitrine.

— J'étais bonne à ce jeu-là, avant, tu sais.

— Pas moi, à ce qu'on m'a dit.

Elle rit, me donna un petit coup.

— Il paraît que les yeux sont le miroir de l'âme, dis-je. Je ne crois pas que ce soit vrai. Pour moi, ce sont les petits doigts de pied.

— Vraiment ? Et mes doigts de pied, comment tu les trouves ? fit-elle en les remuant.

— Magnifiques.

Nous parlâmes encore un peu, puis nous nous endormîmes en même temps. A 23 h 32, je me réveillai en sursaut.

— Quoi ? dit-elle d'une voix ensommeillée. Qu'est-ce qu'il y a ?

Je m'assis, essayant de calmer ma respiration.

Elle passa la main sur mes épaules.

— Seigneur, tu es en nage !

Je me rappelai alors ce dont je venais de rêver, ou de me souvenir, des détails d'une netteté choquante, moi dans ma voiture, la nuit fatale, allant chez Geneviève. Tout seul. Montant les marches de chez elle en courant. Tout seul. Trouvant la clé. Tout seul.

— Je ne peux pas passer la nuit ici. La dernière fois que j'ai passé la nuit avec quelqu'un, c'était quand je...

— Tu n'en sais rien.

— C'est bien ça, le problème.

— En tout cas, quoi que tu aies fait ou pas fait, tu avais une tumeur au cerveau.

— J'ai fait, ou pas fait, des tas de choses depuis.

Comme quand je m'étais réveillé pour découvrir que j'avais une entaille au pied. Avec mon joli brevet de santé mentale fraîchement recouvrée, j'avais suivi mes empreintes sanglantes dans toute la maison. Et j'étais revenu pour découvrir auprès du lit mon couteau à désosser, couvert de mes empreintes. Pour découvrir le bocal fracassé dans l'évier, et comprendre que mon gangliogliome était parti faire de la spéléo dans le broyeur à ordures. Et si je n'avais jamais été endormi au Sevoflurane ? Et si Morton Frankel n'était jamais venu chez moi ? Et si c'était seulement mon esprit tordu d'écrivain qui s'était échauffé sur une fiction à la mords-moi le nœud ? Une histoire plus pratique, tissée pour la même éternelle raison que celle pour laquelle sont tissées toutes les histoires qui permettent d'échapper à la réalité.

Un souvenir me frappa, aussi frais qu'une vision. Geneviève sautillant d'un pied sur l'autre le long de la falaise au-dessus de la plage de Santa Monica, en gloussant comme une folle alors que je la suivais comme son ombre, un mètre derrière elle. Un chantage ingénieux... Devais-je avoir peur ? Rester indifférent ? Devais-je approcher ? Des touristes regardaient avec inquiétude, des parents éloignaient leurs enfants. Nous nous étions disputés pour quelque chose de fondamental – tacos ou barbecue coréen ? – et ça avait dégénéré, comme souvent. *Qu'est-ce qu'il y a, Drew ? Je te mets mal à l'aise ?* Mal à l'aise, assurément, mais elle me faisait peur aussi, peur qu'elle ne glisse, et elle m'énervait. Parce que mes mains se refermaient sur le vide chaque fois qu'elle faisait mine de tomber. Sur le coup, je n'avais pas identifié le sentiment dissimulé sous les autres, comme une braise sous la cendre. De la colère.

*Je crois que n'importe qui est capable de n'importe quoi.*

En plus de mon moi instable, j'avais des périls nocturnes à offrir. Kaden et Delveckio pouvaient débarquer – après tout, je leur devais toujours un pistolet – et mêler Caroline à l'enquête. Qui sait si, à cet instant, Morton Frankel n'était pas en bas de chez elle, en train de se rouler une cigarette, les yeux rivés sur sa fenêtre ?

— Je ne sais pas où j'en suis. J'ai besoin de réponses.

— Pardon, dit-elle, mais dans notre relation il n'y a de place que pour *mes* problèmes.

Ce qui m'arracha un sourire. Elle enfila une chemise de nuit alors que je me rhabillais. Nous nous embrassâmes à la porte. Je passai le pouce le long de l'une de ses cicatrices.

— Et si en arrivant au bout de cette route, demanda-t-elle, tu découvres que c'est vraiment toi le coupable ?

— Je ne suis pas sûr d'arriver à vivre avec ça.

— Drew, dit-elle, la plupart du temps, on ne nous laisse pas le choix.

# 37

J'émergeai tout doucement de mon sommeil, et sus l'heure qu'il était avant même de regarder le réveil posé sur ma table de nuit. 1 h 08. Un grondement menaçant, au rez-de-chaussée. Une fraîcheur anormale, même pour un mois de janvier. Je roulai sur le côté et posai la main sur le calibre 22.

Le bruit cessa puis recommença de plus belle.

Xena grondait.

Je repoussai les couvertures, courus vers mon placard et m'habillai en vitesse. Je regardai par la fenêtre au-dessus de la baignoire et me figeai, le souffle coupé.

De l'autre côté de la rue, sous l'auvent ténébreux qui abritait la voiture du voisin, un homme était debout dans des strates d'obscurité, tourné vers chez moi. Ce n'était qu'une forme plus noire que les autres, à cause du jeu des ombres qui rivalisaient entre elles. Même sa taille était difficile à évaluer.

Morton Frankel, finalement venu me faire un petit coucou ?

L'homme était debout, immobile, l'inclinaison de sa tête laissant deviner qu'il regardait vers la fenêtre derrière laquelle je me trouvais. Pouvait-il me voir dans le noir, à travers la vitre ?

Je regagnai rapidement ma chambre et me faufilai sur la passerelle. Jetant un coup d'œil par-dessus la rambarde, je vis la barre de sécurité sur la moquette. Elle avait à nouveau été délogée de la glissière. Je ne voyais pas la porte coulissante proprement dite, mais Xena était plantée devant, les poils du cou et du dos hérissés comme ceux d'un loup. Une rafale de vent fit battre la porte-moustiquaire, et je sentis un courant d'air froid passer sur mon visage.

J'enlevai le cran de sécurité du pistolet, dévalai l'escalier en courant, m'appuyant de l'épaule contre la courbe du mur. Quelque chose bougea vers le haut de la porte d'entrée, là où j'avais maladroitement remplacé par du contreplaqué les carreaux de verre brisés. Juste au-dessous, au seul endroit où la bande de scotch était encore apparente, quelqu'un avait fait une entaille et l'avait élargie sur une quinzaine de centimètres avant de se rendre compte qu'il n'aurait pas la place de passer la main à l'intérieur et d'atteindre le verrou. Le ruban adhésif fendu jouait dans le vent, comme une sorte de bouche acrylique ricanante.

J'arrivai au pied de l'escalier. Xena avait dû sentir que c'était moi ; elle restait concentrée sur l'espace de cinquante centimètres laissé par la baie vitrée entrouverte. Des feuilles bruissaient sur la terrasse, rien de plus. J'arrivai à la hauteur de Xena. Morton ne s'attendait pas à ce que j'aie un chien de garde. Dans la gouttière de la porte coulissante, la peinture était écaillée à l'endroit où le slim jim[1] avait été glissé pour faire sauter la barre de sécurité de son logement.

J'ouvris la porte-moustiquaire et sortis sur la terrasse, en enfermant Xena à l'intérieur pour pouvoir me déplacer sans bruit. Comme la fois précédente, le portail de ma terrasse battait dans le vent avec un bruit métallique. Au bas de la colline, une meute de coyotes hurlait à la mort en s'approchant de l'endroit où dormait le caniche d'un voisin. Brandissant le calibre 22, je fis le tour de la maison sur la pointe des pieds, passant d'une ombre à l'autre jusqu'à ce que j'arrive à la rue.

Il n'y avait rien sous l'auvent, que le van de mes voisins et une mare d'ombre. Est-ce que je perdais les pédales encore une fois ? Je courus regarder derrière le van et au-dessous, puis me rendis à mon poste d'observation habituel, au milieu de la rue. Rien ne bougeait, sauf les branches et les feuilles qui frémissaient dans le vent.

1. Outil d'ouverture de véhicules.

Puis, dans le lointain, le ronflement d'un moteur se fit entendre.

Je tendis l'oreille, mais le bruit ne se rapprochait pas. Il ne s'estompait pas non plus.

Je remontai sur le trottoir et suivis la direction du bruit, qui se fit plus fort. Je passai ainsi devant deux maisons et m'arrêtai au pied du mur crépi qui protégeait l'allée de la villa du coin. Le mur réverbérait le bruit, et je ne savais pas très bien si le moteur de voiture se trouvait juste derrière ou plus loin, au carrefour.

Tenant toujours mon pistolet devant moi, je jetai un coup d'œil dans l'allée, mais le véhicule – s'il avait jamais été là – était trop loin, et je ne le vis pas. Retenant mon souffle, je tournai au coin du mur et vis dans une étroite allée plongée dans l'obscurité la masse d'une voiture tournée vers moi, à une dizaine de mètres peut-être. Son pare-brise était une dalle noire impénétrable, des gaz d'échappement montaient de l'arrière. La villa se dressait de l'autre côté du virage, au-dessus d'un raidillon. Une odeur de fumée de cigarette planait dans l'air. A ma droite, le mur, imposant, à ma gauche, une forêt de lierre.

Le conducteur de la voiture avait-il laissé tourner le moteur en prévision de son retour, ou était-il au volant, en train de m'observer ?

En surveillant mes arrières et les côtés, j'avançai à pas de loup, le pistolet braqué vers le pare-brise, prêt à courir. En dépit de ma peur et du froid, je réussissais à empêcher mon arme de trembler, les petits nuages de vapeur qui montaient devant mon visage trahissant l'accélération de ma respiration.

Quelques pas de plus me révélèrent que la voiture était une Volvo. De couleur sombre. La plaque d'immatriculation avait été dévissée. Quelques pas encore, et j'arriverais à voir s'il y avait quelqu'un sur le siège du conducteur.

Les phares s'allumèrent brutalement, m'aveuglant. Le moteur rugit et les pneus crissèrent, abandonnant de la gomme sur l'asphalte. La Volvo bondit en avant. Je tirai, la balle perça un trou dans le coin supérieur droit du pare-brise tandis que je plongeais sur ma gauche, et je ne touchais déjà plus terre lorsque le capot me heurta. Je fis un roulé-boulé par-dessus le pare-brise, le conducteur réduit à une ombre fugitive, volai de l'autre côté et atterris dans le lierre. La Volvo zigzagua dans la rue, traversa le carrefour et disparut. J'étais sur le dos, haletant, une tête d'arrosage automatique enfoncée dans le bas des reins. Des rats s'enfuirent autour de moi, dans le matelas de feuilles humides. Au bout d'un moment, les criquets reprirent leur concert. Le voisinage demeurait silencieux, apparemment indifférent au fait que je venais de tirer un coup de feu.

J'ôtais les brindilles de mes vêtements et de mes cheveux lorsque je remarquai à nouveau cette odeur de tabac. Crapahutant dans l'allée, je cherchai un mégot de cigarette roulée à la main. Sur le côté, comme posée sur une large feuille de lierre, il y avait une pochette d'allumettes. Et devinez ce qui était imprimé sur le rabat ?

Je pris une brindille pour soulever la pochette afin de préserver d'éventuelles empreintes. Les allumettes avaient toutes été utilisées mais, écrite au dos du rabat, avec ces majuscules désormais familières, il y avait une adresse.

Une adresse que je n'étais pas près d'oublier.

# 38

Le crâne et les tibias me foudroyaient du regard, désormais réduits à l'impuissance à l'intérieur du sachet en plastique où j'avais placé la pochette d'allumettes. Leur renvoyant leur regard maléfique, je faisais les cent pas sous la lampe de ma cuisine. Comme la fumée de cigarette, cette pochette d'allumettes me paraissait suspecte. Mais qu'étais-je censé comprendre ? Mort avait-il écrit l'adresse de Geneviève lorsqu'il était allé chez elle ? J'avais du mal à croire qu'une pochette d'allumettes ait pu durer quatre mois. Avait-il noté l'adresse à la hâte, tout en mettant au point son crime ? Peut-être qu'il avait utilisé la maison de Geneviève comme atelier, y emmenant Broach après son kidnapping, pour éviter de laisser des indices dans son propre appartement ? La maison était plus ou moins inoccupée, ce qui en faisait le repaire idéal. Le baiser que j'avais donné au pare-brise posait des questions supplémentaires : si Mort avait décidé de me faire porter le chapeau, pourquoi essayer de m'écraser *maintenant ?* Parce qu'il savait que j'étais sur sa piste ? Essayait-il de m'éliminer avant que je réussisse à apporter des indices concrets à la police ?

D'un coup de pouce, j'ouvris mon portable et composai un numéro. Angela répondit, accepta mes excuses et tendit le téléphone à son mari.

Comme toujours, Chic avait l'air parfaitement réveillé, comme si je l'avais surpris lors de sa promenade matinale. Il m'écouta sans rien dire. Je finis de le rencarder et demandai :

— Tu pourrais venir me retrouver chez Geneviève ?

— Sûr. Pourquoi ?

— Cette pochette d'allumettes me paraît aussi louche que la cordelette de bondage. Quelqu'un qui s'est donné tellement de mal pour ne pas laisser d'indices ne se garerait pas dans ma rue pour fumer sa clope et balancer par la vitre une pochette d'allumettes où est écrite une telle adresse...

— Sauf s'il te croit trop mort pour la trouver.

Là, il marquait un point.

— Je pense qu'on me balade.

— Et toi tu suis.

— Ouais. A mon avis, il a laissé quelque chose dans la maison, quelque chose qui m'incrimine encore davantage, et il me le fait savoir. Et je dois le trouver avant les flics, avant que le piège ne se referme.

— C'est un jeu dangereux.

— Je vais avoir besoin de renfort, pour couvrir mes arrières.

— Tu veux des grands forts ? Tu vas en avoir !

J'étais au bord du trottoir, Chic et ses frères – deux que je connaissais et un non – à mes côtés, dans l'ombre de la maison de Geneviève. Nous avions vérifié les rues adjacentes et le terrain alentour, Fast Teddie s'était glissé par une fenêtre des chiottes, avec un colt 45 plaqué or, et avait sécurisé la maison, s'assurant qu'il n'y avait personne à l'intérieur.

Chic me bourra les côtes.

— Prêt à jeter un coup d'œil ?

Et comment !

Nous traversâmes la pelouse, passâmes devant l'arroseur défoncé, puis nous remontâmes l'allée aux pavés branlants vers la véranda sur pilotis. Là, le philodendron. Et le pot de terre cuite, avec sa soucoupe fendue.

J'étais souvent venu ici, dans la vraie vie, en rêve et dans mes souvenirs. Cette visite nocturne ressemblait à un mélange des trois.

Fast Teddie crocheta la serrure de devant en trois secondes et demie.

Chic ouvrit la porte, me tendit une lampe torche et dit :

— On sera là où on a dit qu'on serait. Garde ton téléphone à portée de main.

J'entrai et refermai la porte derrière moi.

Seul dans la maison de Geneviève.

Un souvenir s'attachait à chaque objet. La coupe en cristal de Baccarat, lisse au toucher. Un rond dans la poussière, sur la table au bout du canapé, où il y avait eu autrefois un presse-papiers en verre de Murano. Jeté sur la rampe de l'escalier, le foulard à rayures roses et blanches où flottait encore son parfum, *Petite Chérie*. Les dalles en marbre de la cheminée étaient dures sous mes pieds. Le bloc à couteaux me guettait depuis l'îlot central de la cuisine, cinq poignées d'acier et un emplacement vide. Pensant au bain d'eau de Javel qu'avait reçu le corps de Broach, je vérifiai sous l'évier, puis me coulai dans le garage plongé dans les ténèbres. Après quoi je fouillai la salle de séjour, et l'alcôve moquettée que Geneviève avait la manie d'appeler sa « salle à manger », à la recherche de quelque chose sortant de l'ordinaire.

Il ne me restait plus qu'à aller voir dans sa chambre, à l'étage. Je sentis un fourmillement me parcourir les jambes alors que je montais l'escalier. D'adrénaline ? De peur ? La porte était restée entrouverte. Malgré la maigre lumière, on voyait une vaste tache claire, plus claire que le reste de la moquette beige, à l'endroit où des professionnels l'avaient nettoyée.

Le lit avait été fait, détail qui fit resurgir mes émotions. Qui avait arrangé les draps, après le crime ? La mère de Geneviève ? Un criminologue attentionné avait-il remis de l'ordre avant de plier bagage ?

Je cillai pour recouvrer mes esprits, explorai le placard et le lavabo, puis la luxueuse baignoire rose avec son appuie-tête gonflable, maintenant vert de moisissure.

Je retournai voir la tache sur la moquette, et m'assis en tailleur par terre.

C'était là que Geneviève avait rencontré la lame courbe du couteau à désosser.

C'était là que sa vie avait été soufflée.

C'était là que je m'étais assis, avec son cadavre, que j'avais plongé les mains dans le puits sanglant ouvert entre ses côtes, là que j'avais eu ma crise et que j'avais perdu conscience.

Quelque part, le souvenir gisait enfoui, perdu dans les tourbillons coralliens de mon lobe frontal.

Je voulais des réponses. Je voulais un soudain éclair de réminiscence. A la place, il n'y avait que moi et le calme inoxydable d'une chambre à coucher déserte.

Au bout de quelques instants, je remarquai un imperceptible sifflement. Je me relevai, tournai sur moi-même pour en repérer l'origine et me retrouvai l'oreille collée au haut-parleur encastré dans la tête de lit.

Je redescendis au rez-de-chaussée, vers le coin de la salle à manger qui était séparé de la cuisine par un mur de placards en bois précieux. Une baie vitrée, la plus grande de la maison, encadrait une vue de la colline et d'une partie de la rue qui descendait vers Coldwater. Le placard le plus à gauche, où selon une incompréhensible logique gauloise Geneviève avait caché les éléments de sa chaîne hi-fi, s'ouvrit sans effort sous mes doigts, libérant une vague de chaleur électronique. Un petit point vert brillait sous un empilement de matériels noirs. Le lecteur de CD était toujours allumé. Avait-elle mis un CD la nuit de sa mort ? La musique dont je me souvenais dans mes rêves, tandis que je me précipitais vers l'entrée, ne se trouvait peut-être pas seulement dans ma tête, contrairement à l'odeur pénétrante de caoutchouc brûlé. Le compteur digital indiquait que le CD avait été lu en entier. J'appuyai sur le bouton « eject », le plateau coulissa vers l'extérieur, m'offrant un disque sans marquage, quelque chose que Geneviève avait gravé à partir de sa bibliothèque iTunes.

Je m'apprêtais à remettre le plateau en place pour écouter le CD, quand la sonnerie de mon portable brisa l'épaisseur du silence. Mon regard se tourna vers la baie vitrée.

En bas de la colline, deux gros 4 × 4 noirs aux vitres teintées tournèrent dans Coldwater, tous feux éteints, et commencèrent à remonter vers chez Geneviève.

La voix de Chic résonna précipitamment dans mon portable :

— Tire-toi de là !

Je sortis de la maison à toute allure, les pavés oscillant violemment sous mes pas. Je bondis dans ma voiture, glissai le CD sans marquage sous mon tapis de sol, démarrai en trombe, allumai mon oreillette et regardai les feux arrière de Chic clignoter sur la portion de route visible au pied de la colline.

— Où sont-ils ?

— A une rue en bas de là où je suis, me dit Chic. Teddie vient d'effectuer le demi-tour en trois points le plus lent du monde pour les retarder. J'ai pas pu voir qui c'était à cause des vitres teintées. T'as ton arme ?

Je posai le calibre 22 sur le siège passager.

— Ouais.

— Reste calme. Tu descends sans t'affoler. La route est étroite, il leur faudra du temps pour négocier la montée. On se retrouve au bas de la colline et on part dans cinq directions différentes.

Ma main se crispa sur le volant. De l'autre, je coinçai le calibre 22 dans l'espace entre les deux sièges. Si ça tournait au vinaigre, je ne voulais pas qu'il glisse hors de ma portée.

Un virage en épingle à cheveu après l'autre, et pour finir un balayage de phares illumina les fourrés sur le bas-côté, à gauche. Je ralentis, serrai la paroi du canyon, et deux Tahoe noirs me croisèrent, faisant trembler ma voiture. Pas le temps de voir les plaques d'immatriculation. Les vitres étaient d'un noir impénétrable.

J'avais presque disparu à un détour de la route, quand tout à coup, dans mon rétroviseur, les feux stop du dernier Tahoe s'allumèrent. Mon estomac fit un bond.

En accélérant dangereusement sur la route, je dis à Chic :

— Ils m'ont repéré !

— Compris. On reste en ligne. Dis-moi où tu es.

Je débouchai sur Coldwater en dérapage contrôlé, projetant un jet de pierres et de gravillons sur la voie opposée, filai pied au plancher vers le haut de la colline et grillai le feu rouge pour tourner à gauche dans Mulholland.

— Je rentre chez moi.

— Je suis juste derrière toi.

Le mufle du Tahoe de tête apparut dans mon rétroviseur, mais je le perdis à nouveau à un détour de la route. Au carrefour de Benedict Canyon, le feu était orange. Je vis un autre gros 4 × 4 noir qui attendait à l'intersection et j'appuyai sur le champignon, réussissant à passer alors qu'il s'avançait pour me bloquer. Trois voitures lancées à ma poursuite ! Le FBI ? Des gangsters ? La Mafia ? Accélérant toujours dangereusement, roulant sur la file opposée pour négocier les virages, je réussis à garder un virage d'avance sur mes poursuivants.

— A quel croisement t'arrives ? me demanda Chic.

Juste avant Beverly Glen, Mulholland s'élargissait, en prévision du prochain carrefour.

Le vent m'apportait des bribes de voix amplifiées par un haut-parleur :

— Veuillez... ranger... le bas-côté, *maintenant* !

Je freinai à mort, fis une embardée dans le virage et vis le barrage droit devant : six véhicules de la police arrêtés pare-chocs contre pare-chocs, tous gyrophares allumés, les portières ouvertes, et je ne sais combien d'armes braquées sur votre serviteur. Quelques conducteurs déconcertés bouchaient le carrefour derrière eux, commençant à faire marche arrière pour s'éloigner de ce qui se préparait.

Lorsque le crissement de mes pneus se fut estompé, j'entendis les sirènes qui s'approchaient de moi par l'arrière.

— Les flics, dis-je.

— Bon, ben là je crois que je vais rentrer chez moi, m'informa Chic.

Dans mon rétroviseur, je vis le pick-up rouge cerise de Chic tourner à droite et prendre innocemment une rue latérale. J'allumai mon plafonnier, mis les deux mains bien à plat en haut du volant. L'un des Tahoe s'arrêta juste à côté de moi, et la vitre noire s'abaissa.

— Il y a un calibre 22 chargé sur le siège passager, dis-je.

Tout en me regardant par-dessus son Glock braqué sur moi, Bill Kaden me dit :

— Oui, d'ailleurs je crois savoir lequel.

# 39

Les mains menottées bien à plat sur la table de la salle d'interrogatoire, je regardai les murs jaunes et le miroir sans tain bordé de rouille, désormais familiers. C'était le matin, mais il n'y avait pas moyen de le prouver.

Kaden et Delveckio m'avaient fait conduire ici par deux policiers bourrus qui puaient le tabac, et qui firent semblant de ne pas me voir jusqu'au moment où ils me tirèrent du siège arrière. Quelques journalistes traînaient autour du Parker Center, alertés par une rumeur disant qu'un truand multirécidiviste allait être emmené vers le centre-ville pour y être jugé. Comme il n'était pas là, ils s'étaient contentés de m'immortaliser en train de suivre le chemin de tous les coupables. En haut, on m'avait laissé m'occuper tout seul pendant quelques heures.

La porte s'ouvrit en claquant, et Kaden fit son entrée. Les manches remontées sur les avant-bras, le holster visible sous l'aisselle, sentant la craie et le café. Derrière lui, Delveckio, qui se moucha bruyamment.

— On a trouvé la chemise de Kasey Broach dans l'évier de la buanderie, chez Geneviève Bertrand, dit Kaden.

La buanderie. Je n'avais même pas été assez futé pour dénicher l'indice qui m'accusait.

— Et tes empreintes dans toute la maison, ajouta Delveckio.

— Evidemment qu'il y a mes empreintes. J'y ai passé beaucoup de temps, avant notre rupture.

— On t'a pincé dans sa rue, dit Kaden.

— Je faisais un tour en voiture.

Kaden appuya fortement ses mains sur la table, fléchit les bras.

— Est-ce que tu nies t'être introduit chez elle il y a de ça quelques heures ?

— Je ne nierai ni ne confirmerai quoi que ce soit tant que je n'aurai pas parlé à mon avocat.

— Alors pourquoi n'en demandes-tu pas ?

— Parce qu'il faudrait qu'on arrête de parler. Je sais que vous pensez tenir quelque chose contre moi. Probablement quelque chose d'horrible. Et je veux savoir ce que c'est.

Je transpirais sous ma chemise.

— Je peux le dire rien qu'à la manière dont mon arrestation s'est déroulée. Neuf véhicules à ma poursuite, les menottes, vos sourires satisfaits. Alors, qu'est-ce que vous avez contre moi ? La fille avec qui je suis allé au bal de fin d'année a été retrouvée sous le parterre de tulipes dans mon jardin ?

— T'as pas de parterre de tulipes dans ton jardin, dit Delvecchio.

— Je sais, mais « hydrangéas », c'est un peu trop dur à dire.

Silence pesant. J'étais trop angoissé pour le laisser se prolonger plus longtemps.

— Allez, dis-je. Finissons-en.

— On était en route pour t'arrêter, dit Kaden, quand un appel anonyme nous a appris que quelqu'un s'était introduit au domicile de Mlle Bertrand.

— Et pourquoi étiez-vous en route pour m'arrêter ?

Il jeta devant moi, sur la table, un sachet pour pièces à conviction contenant un cheveu que je commençais à bien connaître.

— Ce cheveu correspond à plusieurs autres abandonnés derrière lui par le violeur de Redondo Beach au cours des trois dernières années.

— Je... quoi ?

— Il porte une cagoule de ski, ce qui fait qu'on n'a jamais pu établir de portrait-robot. Sept viols, et pas l'ombre d'une piste.

Juste quelques cheveux bruns, parfois. La couleur des tiens, ajouta Kaden en me fixant du regard.

— Mais c'est n'importe quoi ! Si ça continue, vous allez m'accuser d'avoir appris au bébé Lindbergh à aller sur le pot, juste avant que j'aille faire son affaire à Jimmy Hoffa[1] !

— Tu pourrais nous dire pourquoi tu as demandé à *notre* labo d'analyser un cheveu d'un violeur recherché par toutes les polices ?

— Ils ont donc établi une correspondance, et Ordean a pétoché, dis-je plus pour moi-même que pour eux.

— Bien sûr qu'il a flippé ! C'est qu'un putain d'acteur. Les clowns d'experts qui lui servent de consultants pour sa série télé ont effectué une comparaison au microscope pour se faire mousser, et ils ont procédé à une recherche croisée avec les affaires en cours les plus célèbres. Ils ont touché le gros lot, et ils ont manqué s'étrangler. Ordean dit que c'est toi qui lui as donné ce cheveu. Et il n'a aucune idée de l'endroit où tu l'as trouvé.

— Et vous, où vous croyez que je l'ai trouvé ?

Kaden se pencha vers moi et appuya avec le pouce sur le coquard que j'avais autour de l'œil.

— Chez Morton Frankel.

J'eus un mouvement de recul, et ils me regardèrent d'un air goguenard.

— Pourquoi es-tu allé chez Geneviève Bertrand ? demanda Kaden.

— Quelqu'un a essayé de s'introduire chez moi cette nuit, et il m'est rentré dedans avec une Volvo marron. Il a laissé ça derrière lui...

Faisant tinter mes menottes, je pris dans ma poche le sachet contenant la pochette d'allumettes à l'effigie du drapeau pirate – qui leur avait échappé lorsqu'ils m'avaient palpé à la recherche d'une arme –, et je le balançai sur la table.

Delveckio examina la pochette d'allumettes d'un air particulièrement sinistre, mais il se pouvait aussi que ce fût son expres-

1. Célèbre syndicaliste et mafieux américain, mystérieusement disparu, probablement assassiné, en 1975.

sion normale. Plus je le regardais, moins j'arrivais à l'imaginer fricotant avec Adeline – ou avec n'importe quel membre de la famille Bertrand, d'ailleurs. Ou plutôt, moins j'arrivais à les imaginer, *eux*, fricotant avec lui. Delveckio tripota maladroitement le sachet et montra à son partenaire l'adresse qui s'y trouvait inscrite.

— Qui vous a tuyautés ? demandai-je. Qui vous a dit que vous me trouveriez chez Geneviève ?

— Un appel anonyme, répondit Kaden.

— Vous n'avez pas cherché à savoir d'où venait l'appel ?

— C'est arrivé sur ma ligne privée. Pas par le 911. Il n'est pas passé par le standard.

— Alors c'était vraiment un appel anonyme de chez anonyme. Quand vous irez appréhender Mort, vous devriez essayer de voir s'il n'a pas votre numéro écrit quelque part...

— On peut pas aller l'appréhender, dit Delveckio.

— Ce type a voulu me transformer en Volvo burger.

— Ça, c'est toi qui le dis.

— Et la pochette d'allumettes...

— Cet indice, dit-il en tapotant le sachet contenant le cheveu, a été obtenu illégalement.

— Mais pas par vous, dis-je. Alors vous savez bien que vous pouvez l'utiliser pour obtenir un mandat et bâtir un dossier. Et si j'ai bien compris, tout le problème est là. Bâtir un dossier.

Kaden me fusilla du regard.

— Toi, t'es un putain de coriace, hein ?

Il eut un mouvement de tête en direction de Delveckio, et ils me laissèrent seul avec mon reflet pas très fringant.

Je n'avais pas de montre, et donc aucun moyen d'estimer l'heure qu'il était. De temps à autre, je demandais à aller aux toilettes, et alors on me conduisait respectueusement à l'autre bout du couloir, me faisant passer sous une pendule.

Après ma troisième expédition aux toilettes, quand on me ramena dans la pièce, je demandai si j'étais en état d'arrestation, et le garde me répondit :

— Pas encore. Pour l'instant, c'est un simple interrogatoire.

— Vous testez sur moi une nouvelle technique d'interrogatoire zen, les gars ? demandai-je.

Et comme il me regardait d'un œil bovin, j'ajoutai :

— N'êtes-vous pas obligés de m'accuser de quelque chose ou de me laisser partir ?

— Pas tant qu'on te retient comme témoin important.

— Témoin important... fis-je. C'est flatteur. Je pense que je vais appeler mon avocat, maintenant.

— Un instant, dit-il.

Et, comme si j'avais protesté, il répéta :

— Juste un instant.

Il sortit, laissant exprès la lourde porte entrouverte. Quelques minutes passèrent, puis j'entendis un bruit de pas staccato dans le couloir. Morton Frankel passa devant la porte, menottes aux poignets, encadré par Kaden et Delveckio. Frankel m'aperçut, essaya d'échapper aux deux inspecteurs en jouant des coudes et me foudroya du regard. Il avait les yeux pochés, conséquence du coup que je lui avais donné et qui lui avait cassé le nez, et il marchait en traînant la patte parce que je lui avais planté mon arme favorite dans la cuisse. Il avait le visage luisant de sueur, des auréoles foncées sous les bras ; ils avaient dû le passer sur le gril et l'y laisser un peu trop longtemps. Semblant se délecter de la confrontation, les inspecteurs ralentirent le pas.

Frankel me lança :

— Je vais t'arracher les yeux à la petite cuillère et te faire sortir la tête par les fesses !

Il se rua vers moi, me faisant sursauter. Ma chaise se renversa dans un grand bruit. En rigolant, les inspecteurs l'entraînèrent plus loin dans le couloir, et j'entendis Kaden ordonner à quelqu'un de s'occuper de sa garde à vue. Kaden et Delveckio revinrent, fermèrent la porte et se rassirent en face de moi. Le regard de Kaden s'appesantit sur mon genou qui tressautait encore, sous l'effet de la panique, et ses lèvres esquissèrent un sourire moqueur. D'après sa montre, il était déjà 14 heures.

— Bon travail d'investigation, dit Kaden. Chez lui, dans un casier, nos gars ont trouvé l'attirail du parfait violeur : cagoule de ski, lampe torche, passe-partout, bâillons et menottes souples en plastique. Bref, toute la panoplie. Cerise sur le gâteau, notre bonhomme était assez sentimental pour conserver quelques trophées : un foulard, une ceinture de peignoir, un bracelet...

Il s'interrompit et se mordilla les lèvres.

— Il n'y a qu'un problème, Danner. Ce qui s'est avéré aujourd'hui être l'un de ses cheveux avait été recueilli sur la victime d'une agression qu'il a commise la nuit du 22 janvier, sous le Redondo Pier. Vers 23 heures. L'heure et la date ne te disent rien ?

Le moment précis où Kasey Broach avait été kidnappée.

Je m'effondrai sur ma chaise, anéanti par la déception.

Delveckio me regarda avec un sourire blême.

— Alors, à moins que Frankel n'ait affrété un hélicoptère pour faire sa tournée ce soir-là, ça le met sacrément hors de cause.

— Et qui a emprunté sa voiture ? demandai-je.

— C'est ce qu'on cherche à savoir, dit Kaden. Nous pensons qu'il l'a prise pour aller violer Lucy Padillo, à Redondo.

— C'était sa voiture, dis-je. L'aile droite enfoncée, tout colle.

Delveckio jeta la pochette d'allumettes devant moi.

— On a demandé au labo d'examiner ça. Pas d'empreintes, ce qui nous paraît un peu bizarre compte tenu du fait que c'est une pochette d'allumettes. Mais tu vas adorer ce qui suit : ce n'est pas l'écriture de Frankel. Et tu sais celle de qui c'est ?

Kaden eut un grand sourire.

— C'est la tienne, mon pote.

J'en restai bouche bée, ne trouvant rien à dire.

— Tu cours après un fantôme, Danner.

Kaden déplia une photocopie – l'inscription de la pochette d'allumettes à côté d'un échantillon de mon écriture pris sur un formulaire de demande de carte grise que j'avais rempli l'année passée. Les similitudes avaient été entourées en rouge. On voyait tout de suite que c'était accablant.

— Les lettres capitales sont les plus faciles à imiter, dis-je faiblement.

Je ne savais pas si c'était vrai, mais ça me paraissait bien, et j'avais l'énergie du désespoir.

Kaden et Delveckio me regardèrent comme deux amis attentionnés qui s'apprêtent à vous dire que votre sac à main n'est pas assorti à vos chaussures.

— C'est vrai, dit Kaden, et notre bon vieux Mort a dû suivre un cours accéléré en graphologie, juste après son stage d'emboutissage de numéros de série sur pistolet...

— En tout cas, bravo, dit Delveckio avec une fausse jovialité, tu as pincé un violeur, et tu nous as aidés à boucler une enquête. Ce qui te lave de tout soupçon.

Il me tendit la main, mais je n'étais pas assez idiot pour la prendre.

Ils éclatèrent d'un grand rire.

— Ça ne marche pas tout à fait comme ça, dit Kaden, ainsi qu'on a essayé de te l'expliquer. Tu refuses de rester à ta place, et maintenant on te tient pour obstruction à la justice, agression, coups et blessures et quelques vols avec effraction. On te l'a demandé gentiment, on te l'a demandé pas gentiment, et on t'a averti que ça allait t'attirer tout plein d'ennuis. Mais t'étais trop occupé à jouer les Derek Chainer pour penser qu'on parlait sérieusement. Qu'il y aurait des conséquences. Alors on va t'inculper. Parce que, tu vois, on est vraiment curieux de savoir pourquoi tu cherches si désespérément à coller le meurtre de Kasey Broach sur le dos de quelqu'un d'autre. Tu as un alibi enregistré, OK, mais on va relier les points, et on sait qu'à la fin ça va faire une image. Et pendant qu'on s'occupe de ça, tu vas nous attendre bien sagement à la prison du comté, avec tous tes petits camarades meurtriers.

Kaden se leva, m'empoigna fermement par le haut du bras et m'entraîna dans le couloir. Qu'étais-je censé faire ? Me rouler par terre en hurlant ? Me débattre ?

Nous descendîmes par l'ascenseur, et ils me conduisirent jusqu'au centre de détention. Là, ils me tirèrent de la voiture, moi me déplaçant mollement, comme engourdi, n'arrivant pas à croire qu'ils allaient me mettre dans l'aquarium avec les assassins et les violeurs, tout en le croyant quand même. On me propulsa dans la tour numéro 1 du centre de détention. La forme hexagonale de ce bâtiment au design que le monde entier nous envie en fait un palais des glaces, chacun des modules se trouvant face à d'innombrables reflets de lui-même. L'odeur du bâtiment, gravée au fer rouge dans ma mémoire, me ramena à ces quatre mois qui avaient duré une éternité. Béton taché, bruits métalliques, échos des cris et des chocs étouffés par les murs. L'air poisseux, chargé d'amertume, s'insinua jusqu'au fond de ma gorge et s'y installa.

— Il faut d'abord que vous me mettiez en accusation, dis-je. Et que vous me laissiez appeler mon avocat.

Les inspecteurs laissèrent leur Glock à l'accueil, et nous franchîmes le sas de sécurité qui donnait dans le no man's land où des gardiens déambulaient dans leurs uniformes vert et beige, bombe lacrymo à la ceinture. Derrière une autre grille, les détenus tournaient en rond dans la grande salle de récréation, bavardant, leurs rires trop forts teintés d'agressivité. Frankel n'était pas parmi eux, mais il y avait gros à parier qu'il s'y retrouverait bientôt. Sous les yeux de deux comparses, un prisonnier au crâne rasé, avec une barbichette, se jeta sur un jeune Noir maigrichon et le plaqua contre une fenêtre à barreaux. Puis, comme conscientes de ma présence, les têtes se tournèrent vers la porte, dans ma direction.

Je tentai de dégager mon bras.

— Enfin merde ! Vous ne pouvez pas faire ça !

Kaden ouvrit mes menottes. Le garde fit signe à un collègue qui se trouvait derrière une vitre à l'épreuve des balles, et la grille se déverrouilla avec un bourdonnement qui m'aurait paru agréable dans d'autres circonstances. Il la poussa sur le côté et me flanqua une tape dans le dos. Je savais qu'il ne servirait à rien de me retourner pour les implorer, alors je restai planté là, debout devant les autres. La salle de récréation était vaste, avec au moins une centaine de combinaisons bleues affalées sur les bancs en métal ou suspendues aux agrès et autres équipements sportifs. Il n'y avait pas un poil d'air, il faisait lourd, et la chaleur de tous ces corps trempés de sueur, sous tension, semblait faire vibrer l'espace, comme sous l'effet d'une note grave, prolongée.

Derrière moi, la grille se referma avec un bruit d'acier implacable.

Une quinzaine de détenus environ s'avancèrent vers moi, leur intérêt éveillé. Un homme avec des croix gravées au fer rouge sur les avant-bras s'avança devant les autres, en pliant les doigts comme pour les assouplir. Je fis un pas de côté et m'adossai au mur de béton alors que ses acolytes se déployaient stratégiquement et entamaient leur approche.

# 40

Le détenu aux bras marqués au fer rouge eut un rictus, sa moustache rousse se déploya comme un éventail et il me fit une feinte. Je tentai de porter un coup et ratai lamentablement.

Les autres eurent un sifflement admiratif et s'esclaffèrent. J'entendis quelqu'un dire :

— Je le reconnais, c'est Mike Tyson !

— Moi j'dirais plutôt ce blanc-bec de Jack La Motta, rectifia l'un des détenus noirs. Je sens qu'on va bien se marrer...

Un autre type arriva sur ma gauche, et je lui balançai un swing de toutes mes forces. Je l'atteignis au menton, mais j'avais tellement d'élan que j'en perdis l'équilibre. Le détenu aux bras marqués me prit par-derrière et m'étreignit avec la force d'un ours, son corps collé au mien, son haleine empestant le tabac froid sur ma joue. Je pivotai, jouai des coudes, essayai de lui porter un coup, mais je fus soulevé de terre. Puis je heurtai le béton froid et vis des dizaines de chaussures de toile blanche avancer vers moi.

Il y eut un choc métallique. La foule se dispersa, mon agresseur me lâcha. Encadré par deux gardes, Kaden me souleva, me jeta dehors, puis me propulsa le long d'un couloir et dans un ascenseur où Delveckio et lui se dressèrent silencieusement à mes côtés. Des cadres allant au boulot. Avant que j'aie retrouvé une respiration normale, ils m'avaient fait traverser le hall d'entrée, et je fus expulsé dans la lumière de l'après-midi.

Kaden m'enfonça un doigt dans la joue.

— On va te donner un bon conseil. Tu vas garder ton petit cul loin de cette enquête. Non. Rectification. Loin de *toutes* les enquêtes et de *toutes* les activités de la police de Los Angeles. Compris ?

Je respirais toujours comme un soufflet de forge.

— Compris.

Delveckio me plaqua sur la poitrine une boîte à chaussures contenant mes affaires. Les portes en verre lancèrent des éclairs, et ils disparurent. Je fis quelques pas chancelants et m'assis sur une jardinière.

Deux secondes d'immobilité, puis je commençai à trembler de tous mes membres.

Les gens passaient sans me voir, discutant de projets de week-end, se plaignant de la bouffe de la cafétéria.

Après quelques minutes, je pus enfin aligner deux idées. Mon écriture sur la pochette d'allumettes ? Peut-être que j'étais plus dingue que je ne l'avais imaginé. Mais il y avait aussi des preuves du contraire. Ce n'est pas parce qu'on est paranoïaque qu'on n'est pas poursuivi. En réalité, il doit même être plus facile de piéger quelqu'un qui est perpétuellement au bord du gouffre.

La nuit du meurtre de Kasey Broach, Morton Frankel était occupé à violer une autre victime. Mais il avait été soupçonné du meurtre de Broach, tout comme moi. Faisait-il office de coupable de secours ? Ou avait-il été manipulé de manière à passer pour le gars qui m'avait manipulé ? Avait-il vraiment une dent contre moi ? Ou m'étais-je fait manipuler pour arriver jusqu'à lui ? Et j'étais là, cramponné au bord du vide, comme dans *Vertigo*.

Pour finir, je pris mon téléphone dans la boîte à chaussures et appelai Chic.

Il répondit au milieu de la première sonnerie.

— Viens me chercher, dis-je. J'ai des tas de choses à faire.

Je m'étais bien ressaisi lorsque Chic arriva, mais le souvenir des minutes passées dans la salle de récréation de la prison me donnait encore des brûlures d'estomac.

Chic s'arrêta juste devant moi et dit :

— Je commence à en avoir marre de venir te chercher à ta sortie de taule.

— On dira que t'es mon maquereau.

— Pour ce que ça me rapporte !

Quand je lui expliquai que j'avais donné le cheveu à Johnny Ordean, Chic se contenta de secouer la tête :

— Franchement, Drew-Drew... Là, t'as pas assuré... Tu devrais savoir qu'il ne faut pas confier un indice à quelqu'un qui est hystérique par vocation.

— Et qu'est-ce que tu voulais que je fasse ?

— Je suis sûr que quelqu'un connaît quelqu'un dans le business des tests de paternité qui aurait pu examiner ce cheveu pour toi. Faut faire les choses en douce. Pas sous les feux des projecteurs.

Je regrettai, et ce n'était pas la première fois, de ne pas être né avec le bon sens de Chic.

Nous roulâmes pendant un moment en silence, alors que je réfléchissais à ce que j'allais faire.

Mon téléphone sonna – Preston, impatient d'être mis au parfum. Ce que je fis. Puis Chic commença à me dire quelque chose, et j'appuyai sur le bouton du haut-parleur.

Nous étions là, à parler tous les trois en même temps ; mais Preston, évidemment, l'emporta haut la main :

— Bon, très bien, on t'a piégé, Mort s'est fait piéger. Y a forcément quelque chose qui t'échappe.

— C'est ce que je me tue à lui dire, dit Chic. Si Mort est pas ton bonhomme...

— Alors pourquoi cette étrange hostilité à ton égard ?

Agacé par leur numéro de duettistes, je tardai à répondre.

Chic me prit de vitesse :

— Parce que ce zig pensait que c'était *toi* qui essayais de le piéger.

— Il est juste du mauvais côté de l'histoire, exactement comme toi, dit Preston. Tu ne te poses toujours pas la question à un million de dollars, et c'est...

Preston et Chic, maintenant côte à côte au clavier du même piano, dirent de concert :

— Qui a piégé Mort ?

Chic me regarda d'un œil plein d'espoir. Du côté de Preston, silence sur la ligne. Visiblement, ils étaient meilleurs pour poser des questions que pour trouver des réponses. Nous ruminâmes, frustrés, pendant quelques instants, avant que Preston ne raccroche. Le silence qui suivit avait des accents de marche funèbre.

Mon Highlander était garé sur le bas-côté de Mulholland où je l'avais laissé.

Chic me fit un clin d'œil alors que je descendais de voiture.

— Appelle-moi quand tu auras trouvé.

Le soleil tapait à travers le toit ouvrant, et les sièges étaient brûlants. Je fermai les yeux, passai en revue tous les maillons de l'affaire comme on égrène un chapelet. Comment savoir qui avait une raison d'essayer de coincer Mort ? J'ignorais tout de lui. J'admirai le paysage. Le plus grand cul-de-sac du monde. Petit à petit, une lumière se fit en moi. Preston et Chic avaient tort de vouloir chercher à comprendre le mobile. Ce qui comptait, c'était l'opportunité.

La question n'était pas « pourquoi quelqu'un aurait voulu coincer Mort ? », mais « qui avait les moyens de le faire ? »...

Je me représentai l'aile avant droite de la Volvo de Mort. Mon esprit n'arrêtait pas de traiter toutes les données que j'avais accumulées jusque-là, et je n'aimais pas les conclusions auxquelles il parvenait.

J'appelai l'hôpital et demandai le service de Big Brontell.

Une employée anormalement aimable me répondit :

— Je regrette, il est sorti manger un morceau, mais il ne va pas tarder à revenir.

Je laissai mon numéro de portable, qu'elle nota gentiment, et je fis les trois kilomètres qui me séparaient encore de chez moi. Xena avait extrait mes baskets de la penderie et en avait transformé les extrémités en purée ; mais comme elle m'avait presque sauvé la vie l'autre nuit, je me dis que ça valait bien une paire de Nike. Je réchauffai un peu de viande à tacos et la mis dans le saladier qui lui servait de gamelle pour la récompenser de s'être aussi mal comportée. Puis je montai dans mon bureau et pris le dossier d'accusation et toutes les notes que j'avais réunies sur cette enquête.

J'étais à moitié redescendu quand je m'arrêtai net, remontai et embarquai mon manuscrit.

En retraversant la ville en voiture, je tournai et retournai les indices dans ma tête, en essayant d'en faire une belle histoire. J'échafaudai différents scénarios, tout aussi déplaisants les uns que les autres.

Bien que le soleil de 4 heures fût encore vigoureux, il y avait de la lumière aux fenêtres de chez Frankel – probablement un souvenir du passage des flics qui s'y étaient pointés la nuit dernière. Je poursuivis le long de la rue, passai devant la baraque à hot dogs, devant la boutique de tissu aux si inquiétants mannequins penchés dans la vitrine, et me garai devant le parking du loueur de voitures. Le garagiste de Frankel était juste de l'autre côté de la rue, en train de fermer son atelier. Je lui tombai dessus alors qu'il cadenassait le volet roulant.

— Bonjour, je m'appelle Drew. Je viens de la part d'un de vos voisins. Mort Frankel.

Je lui tendis la main, mais il leva la sienne avec un signe d'excuse. Elle était pleine de cambouis, ce qui faisait ressortir les lignes de sa peau rugueuse.

Il avait sur les bras des tatouages merveilleusement élaborés, des nymphes à la poitrine opulente et des dragons qui s'arrêtaient au niveau de ses poignets.

— Ah ouais. Mortie. Bien sûr.

— Il m'a dit que vous faisiez du super boulot.

— Oui, qu'il s'agisse d'égratignures ou d'épaves...

— Vous devez être rudement bon. Mortie n'est pas exactement prodigue de compliments, hein ?

— Ça, vous pouvez le dire.

— Vous lui avez arrangé son aile, il m'a dit.

— Exact.

— J'ai le même genre de problème. Quand j'ai repris ma voiture un matin, je l'ai trouvée enfoncée. L'aile, là aussi.

Je secouai la tête, comme exaspéré par un enfoiré imaginaire.

— Exactement comme Mort. Pas un mot, rien, ajoutai-je.

— Il se disait que c'était un salopard qui lui était rentré dedans à moto.

— On est garés côte à côte. Je pense que le type qui lui a fait ça a touché ma voiture en même temps. Il y a une semaine, mercredi dernier.

Le garagiste secoua la tête.

— Mort, c'est pas ça. Lui, ça lui est arrivé il y a deux nuits. Vous connaissez Mort – il me l'a apportée dès le lendemain matin.

— Vous êtes sûr ?

— Oui, je suis sûr. Il me l'a déposée à la première heure mardi matin, et il l'a récupérée à sa sortie du travail.

Le soir même où j'avais obtenu l'immatriculation du véhicule grâce à Junior, l'aile de la voiture de Mort avait été amochée. Et il n'y avait qu'une seule autre personne en dehors de Mort qui pouvait savoir ce qui s'était passé.

Sentant avec une conscience aiguë le vent frais passer sur mon visage brûlant, je dis :

— Vous travaillez vite, dites donc.

— Il est marrant, aussi, avec cette voiture. Vous avez plutôt intérêt à lui casser le nez que de toucher à sa caisse. Cela dit, je ne me risquerais pas à lui casser le nez.

— Non, dis-je. Moi non plus.

Je restai assis dans ma voiture, les coudes sur le volant, le visage appuyé dans les mains. J'avais mal aux yeux, surtout quand je me les frottais.

Il fallait que j'avance comme sur des œufs, en faisant bien gaffe à toutes les possibilités. Il restait deux options plausibles pour expliquer l'aile enfoncée de Mort. Et comme la première était totalement incroyable, je me concentrai sur la seconde. Mettons que Junior ait enjolivé son histoire de Volvo, ça m'aurait envoyé bille en tête sur une mauvaise piste, bornant le champ d'investigation à des voyous et des escrocs parmi lesquels je n'avais plus qu'à faire mon choix. Mais l'aile avant droite emboutie – une sacrée coïncidence dans ce scénario – faisait que c'était peu probable. Cependant, il fallait que je m'en assure.

J'appelai Hope House et j'expliquai à Caroline à quoi j'avais passé mon temps depuis qu'on s'était quittés.

— Quand t'auras deux minutes, dit-elle, tu pourras coller un joli procès au cul de la police de Los Angeles.

— Pour l'instant, je voudrais que tu vérifies que Junior est absolument sûr de tout ce qu'il m'a dit sur la Volvo marron. Pends-le par les pieds, fais-lui tout ce que les psys dans ton genre ont l'habitude de faire aux gens...

— Le pal !

Je la remerciai, m'arrêtai pour prendre un Coca et faire le plein à la station-service où j'avais aidé Junior à devenir accro à la cigarette. Le ciel commençait à se teinter d'orange sur les bords, soulignant les bâtiments et les arbres. Mon téléphone sonna.

— Junior est absolument sûr pour la Volvo, dit Caroline. Il dit qu'il est offensé que tu mettes sa mémoire en doute.

— Le contraire m'eût étonné. Dis-lui que je lui revaudrai ça dans un mois, à la soirée des Grands Frères.

Je remontai dans mon Highlander, démarrai et repris ma route.

Un quart d'heure plus tard, j'étais en face de la maison du meurtrier, à North Hollywood.

# 41

Je me garai à une rue de l'endroit où je voulais aller, sous un faux poivrier. Les ombres striaient le pare-brise, des branches tombantes griffaient le toit. De là où je me trouvais, seuls le garage et le coin de la maison étaient visibles.

La scène requérait une touche de noirceur – éclairage dramatique, ciel d'orage, nuages aux allures de fin du monde. Mais Los Angeles se montre parfois peu coopérative. Le soir s'était assombri de quelques tons, d'accord, mais les derniers feux du soleil couchant donnaient à l'ensemble une uniformité agréable, une platitude banlieusarde. Ce qui restait de la chaleur du jour s'attardait dans l'immobilité étouffante qui pesait sur la Vallée. Ça sentait l'humus et la viande grillée. Dans le ciel, un avion bourdonnait paresseusement en direction de Burbank.

La porte du garage était relevée, l'arrière du van était ouvert – apparemment, il était occupé, même si à cause de mon champ de vision limité je ne voyais pas s'il y avait ou non du mouvement autour de la maison. Le van était désormais son véhicule par défaut ; il ne courrait pas le risque de prendre l'autre voiture, plus maintenant.

Je ne voulais pas le croire – je n'arrivais pas à le croire –, mais qui d'autre aurait eu les moyens de faire tout ça ? Qui aurait pu faire irruption chez moi, prendre mon sang et le mettre sur le cadavre de Broach ? Qui pouvait, sans éveiller les soupçons, souiller la scène de crime avec un cheveu ? Qui m'avait aidé tant que j'avais suivi la mauvaise piste ? Qui avait des échantillons de mon écriture et pouvait l'imiter sur une pochette d'allumettes ? Qui avait consenti à me montrer que l'empreinte recueillie sur le rouleau de scotch était celle de Richard Collins, seulement après s'être assuré que ce n'était pas la sienne ? Qui avait sélectionné Mort parmi les propriétaires de Volvo marron sur lesquels je m'étais focalisé, après l'avoir élu criminel le plus digne d'être promu Meurtrier de l'Année ? Qui avait carte blanche pour accéder à du matériel, des bases de données et des pistolets de rebut ? Qui savait précisément comment orienter la lame dans un corps inconscient pour donner l'impression que le meurtrier était gaucher ? Qui s'était trouvé, comme par hasard, dans les parages de l'endroit où on avait retrouvé le cadavre de Broach, peut-être justement parce qu'il venait juste de l'y abandonner ?

Caroline l'avait parfaitement formulé : « C'est ce que vous n'arrivez pas à comprendre, dans vos écrits. Tout le monde est gentil. Tout le monde est méchant. Tout dépend de l'acuité avec laquelle vous voulez bien regarder. »

Je savais que j'allais être obligé de m'approcher de ce garage et de le voir avec mes propres yeux. Sa maison, le soir, le coin tranquille où je m'étais garé, tout cela paraissait irréel, des décors de carton pâte plantés en guise de réalité.

Une partie de mon manuscrit avait glissé du siège passager. Je regardai le haut de la page à côté de moi :

> Nous nous entendions bien, et je l'avais trouvé affreusement doué pour manipuler les éléments d'intrigue sur lesquels je le consultais, à tel point que je lui soumettais parfois des scènes entières pour qu'il y exerce ses talents.

Je descendis de voiture, refermai silencieusement ma portière et longeai la palissade de bois couverte de mousse qui délimitait le devant de sa propriété, la grande maison occupant peu à peu tout mon champ de vision. Je me glissai par la porte de la grange, le gravier de l'allée crissant sous mes semelles. Je suivis la façade aveugle jusqu'à la porte de la cuisine où Lloyd s'était appuyé en sanglotant, lundi soir, quand je l'avais quitté.

Marquant une pause, je collai mon oreille à la porte. Du remue-ménage dans les profondeurs de la maison. Une chaise qu'on traînait par terre puis qu'on remettait d'aplomb ?

Le soleil était maintenant assez bas sur l'horizon pour que, lorsque je me faufilai dans le garage, je sois obligé de plisser les yeux pour voir ce qu'il y avait au fond. La voiture à côté du van, cachée sous une housse noire, ressemblait à une masse informe. Elle avait été garée en marche arrière, comme les fois précédentes, la porte arrière du van ouverte, appuyée contre elle. Juste contre l'aile avant droite.

J'avais déjà vu toute cette scène. Je me rappelais la porte arrière du van : elle pesait si lourdement sur la voiture protégée sous sa housse qu'elle avait gémi quand Lloyd l'avait refermée.

Elle gémit à nouveau, écho onirique, lorsque je fis pivoter d'une trentaine de centimètres la lourde portière, la laissant reposer contre mon omoplate alors que je me tenais face au véhicule voisin. La voiture dont Janice ne se servait plus. Prenant la housse dans ma main, je soulevai le doux tissu et révélai le capot d'une Volvo marron. L'aile avant droite était abîmée. A l'endroit où le métal avait été enfoncé, une cicatrice blanche, aux bords déchiquetés, hérissée d'écailles de peinture. La peinture d'origine se voyait encore autour de la partie en creux. Jaune moisson.

Que m'avait dit Kaden ? « Le marron est, après le jaune caca d'oie, la deuxième couleur la plus répandue pour les Volvo. »

Je continuai de soulever la housse jusqu'à ce que je voie le trou causé par l'impact de la balle dans le coin supérieur droit du pare-brise. Le coup que j'avais tiré la veille au soir, dans l'allée de mon voisin.

Je reculai de quelques pas, laissai retomber la housse en place, la porte arrière du van se rouvrant en grinçant et revenant se loger à l'endroit même où l'aile de la Volvo était endommagée.

Lloyd avait repeint la Volvo de Janice en marron pour éviter qu'elle n'apparaisse sur les bases de données du service des immatriculations au cas où quelqu'un – Junior, par exemple – l'aurait repérée sur l'une des scènes de crime. Il y avait cent cinquante-trois propriétaires de Volvo dans le comté de Los Angeles. Sauf que la voiture de Janice était enregistrée comme une Volvo *jaune.*

Mon portable sonna, faisant un bruit strident dans le silence du garage, me foutant une trouille bleue. L'identifiant de l'appelant s'inscrivit sur l'écran : *CDRS HOPTL.* Regardant autour de moi, je coupai le volume et murmurai dans l'appareil :

— Deux secondes...

Puis je repartis furtivement sur l'allée de graviers, jetant un coup d'œil nerveux en direction de la maison, tout en essayant de ne pas faire de bruit.

Ayant réintégré l'abri de mon Highlander, bien en sécurité sous l'abri protecteur du faux poivrier, je laissai échapper un profond soupir, repris l'appareil et dis :

— Excuse-moi. Je t'écoute.

La voix de stentor de Big Brontell fit vibrer le téléphone contre mon crâne :

— Tu veux de l'aide, Drew-Drew ?

— Est-ce que tu peux vérifier pour moi si Janice Wagner est soignée en cancérologie chez vous ?

— Donne-moi une minute.

Je l'entendis taper sur un clavier et je me demandai comment il pouvait se débrouiller avec ses gros doigts pour appuyer sur les touches.

— On l'a eue il y a quatre mois, mais plus maintenant. Elle a été transférée dans un centre de soins palliatifs le 16 septembre.

Le 16 septembre. Une semaine avant la mort de Geneviève.

Je repris le manuscrit sur mes genoux, pour m'assurer que ma mémoire ne me trahissait pas. Les paroles de Lloyd me regardaient depuis la page :

> « Ça recommence. L'autre sein, maintenant. C'est sa troisième rechute. Là, ça passe ou ça casse. »

— Elle n'était pas traitée pour un cancer du sein, n'est-ce pas ?

— Du sein ? Non, du...

— Sang. Une leucémie, dis-je.

La tête bourdonnante, je feuilletai mon manuscrit. Je ne voulais pas le croire, et pourtant c'était là, en toutes lettres. Le mobile.

« Désolé pour le désordre. Janice est fille unique, et ses parents sont morts. Il n'y a pas grand monde pour nous aider. »

Janice n'avait pas de famille, personne pour lui faire un don de moelle osseuse. Ce qui voulait dire qu'elle était condamnée, à moins d'un sacré coup de chance. Et comme il ne s'était pas produit, son mari était intervenu.

Lloyd aurait pu se contenter de tuer Kasey Broach et de prélever sa moelle osseuse sur son cadavre. Alors pourquoi prendre le risque de l'endormir au Sevoflurane ?

— Il faut être vivant pour un prélèvement de moelle osseuse, hein ? demandai-je.

Couvrant le cliquetis du clavier, j'entendis Big Brontell répondre :

— En effet.

Je vous en prie, je vous en prie, faites que ce soit aussi lui qui ait tué Geneviève ! Faites que ce soit lui qui l'ait tuée et qu'il ait appris, après coup, qu'il devait laisser la suivante en vie pour que le prélèvement de moelle réussisse ! Faites qu'il en soit ainsi, pour que les deux meurtres puissent peser sur sa conscience et pas sur la mienne !

Un doute me tenaillait. Pourquoi Geneviève se serait-elle retrouvée sur le fichier des donneurs de moelle osseuse ? A ma connaissance, elle n'avait pas de parents malades, et elle n'était pas vraiment du genre à se dévouer corps et âme. Et puis, si Lloyd l'avait tuée, ma tumeur cérébrale prenait des allures de sacrée coïncidence.

— Quelles sont les chances pour qu'il y ait compatibilité de moelle osseuse entre deux individus ? demandai-je.

— Une sur vingt mille, répondit Big Brontell. Plus ou moins. Evidemment, cette statistique n'a été établie qu'à partir des gens qui ont passé le test.

— Y a-t-il des gens qui correspondent au profil de Janice, dans ta base de données ? Parmi les habitants de Los Angeles.

— Laisse-moi regarder…

Le téléphone crissa bruyamment contre la joue de Brontell et je l'entendis respirer lourdement tout en tapant.

Je feuilletai frénétiquement mon manuscrit, comparant mes souvenirs aux lignes en corps 12 :

> Mme Broach fit un geste de la main englobant sa fille et son mari, assis à ses côtés, et elle-même. « Mais Kasey était compatible. C'était l'ange de Tommy. Elle allait chaque fois se faire piquer la hanche, une aiguille grosse comme ça, sans jamais se plaindre. Pas une seule fois. »

J'imaginais le corps cyanosé de Kasey Broach étendu sur l'asphalte craquelé, sous la bretelle d'accès de l'autoroute. Sa hanche droite était salement écorchée. Je cherchai dans mes souvenirs si une abrasion similaire avait été remarquée sur Geneviève au même endroit. Il n'était pas difficile de camoufler les marques laissées par plusieurs trous d'aiguille, de dissimuler les traces des prélèvements sous une blessure suppurante. Avais-je vérifié ? Quelqu'un l'avait-il seulement fait ?

Que m'avait-il dit quand nous nous étions quittés la dernière fois ?

> « Je suis désolé, Drew. Mais Janice et moi, on doit d'abord penser à nous. »

Désolé, tu parles !

Ce n'était pas un sadique, même s'il avait placé une cordelette de bondage sur le corps pour nous lancer sur une fausse piste. Du Sevoflurane pour les maintenir en vie et coopératives. Du Xanax pour qu'elles restent relativement calmes, au cas où elles reprendraient conscience – un peu d'humanité dans un comportement inhumain. Il ne voulait pas faire souffrir les victimes, pas plus qu'il ne voulait me faire souffrir moi. Il voulait juste que sa femme survive, à n'importe quel prix. S'était-il excusé envers ses victimes comme il l'avait fait envers moi ? Avait-il pleuré quand il leur avait plaqué le masque à gaz sur la figure pour qu'elles arrêtent de se débattre ? Alors qu'il positionnait le couteau à désosser pour le coup de poignard final ?

— Il y a deux correspondances à L.A., fit Big Brontell, me rappelant dans le présent.

A force de retenir ma respiration, j'en avais la poitrine qui me brûlait. Je priais en silence. Faites que le nom de Geneviève soit l'un de ces deux-là...

— Voyons voir... dit Big Brontell avec un calme qui me donna envie de hurler. Kasey Broach, mais elle a enlevé son nom des donneurs volontaires.

Cela avait dû être un jeu d'enfant pour Lloyd que d'obtenir les autorisations d'accès au fichier des donneurs de moelle osseuse, puis de trouver les donneurs compatibles présents *et* passés.

— Et l'autre ? demandai-je d'une voix étranglée.

— Sissy Ballantine.

Je me pris le front dans la main, j'étais en sueur et brûlant.

— Elle est enregistrée comme donneuse intrafamiliale, poursuivit Big Brontell. Une transplantation est programmée.

Sa moelle était donc réservée à un frère ou à une sœur, ce qui voulait dire qu'elle ne serait pas disponible pour Janice. Ce qui voulait dire aussi que Lloyd devait prendre de force la moelle de l'une des deux donneuses potentielles, et la tuer pour supprimer les indices. Kasey Broach, qui n'était plus sur la liste des donneurs depuis longtemps et dont la piste était par conséquent encore plus difficile à remonter, était le meilleur choix.

— Merci beaucoup, Brontell. Tu ne sais pas à quel point...

— Ne quitte pas !

Puis je l'entendis crier à quelqu'un :

— Allez chercher les sangles et du Haldol !

Avant de revenir vers moi :

— Faut que j'y aille, Drew-Drew. On a besoin de ma carcasse en psychiatrie !

Il raccrocha, je repliai mon téléphone et le reposai sur le siège passager.

Quand je relevai les yeux, Lloyd était derrière ma vitre.

# 42

Lloyd me fit signe de la baisser. Je ne voyais pas son autre main, et il se tenait debout à moitié sur le trottoir, penché sous une branche tordue du faux poivrier. Tout en appuyant sur le bouton, je surveillai du coin de l'œil la main que je ne voyais pas. D'après la position de son bras, il tenait quelque chose. Mon téléphone me paraissait bien mince et dur dans mon poing.

— Salut, Lloyd !

Une vieille ceinture tressée resserrait son pantalon Dockers à la taille. Un polo rouge brique à moitié enfoncé dedans ressortait d'un côté comme si Lloyd avait fourni un effort important. Ses cheveux blonds ondulés étaient collés par la sueur sur son front et ses tempes.

— Salut. Qu'est-ce que tu fais là ?

J'indiquai d'un geste les pages du manuscrit que j'avais sur les genoux, gagnant un tout petit peu de temps pour que ma voix ne traduise pas la décharge d'adrénaline qui parcourait mes veines.

— J'étais passé pour te demander si ça ne t'ennuierait pas de regarder quelques pages pour moi, histoire d'y ajouter ta patte. J'étais juste en train de revoir…

Il bougea, son bras se déplaça, et j'étais à un poil de lui flanquer en pleine poire mon célèbre coup de poing fourré au portable. Mais ce qui s'offrit à ma vue n'était pas une arme ; juste un rouleau de ruban adhésif métallisé, qu'il faisait tourner distraitement autour de son doigt.

— Ecoute, Drew, je suis vraiment trop débordé en ce moment. Je ne peux pas t'aider, ni même te faire entrer. C'est vraiment pas le bon jour. Carrément impossible.

Malgré l'atrocité de ce qu'il avait fait, il disait la vérité. Il avait vraiment l'air dépassé par les événements, rongé par le chagrin et le désespoir. Comme si sa sonnerie d'alarme interne avait retenti si souvent qu'il n'entendait plus la clameur qui résonnait à l'intérieur de son crâne. Comme moi, il en était arrivé là par désespoir, choisissant le moins affreux entre deux scénarios. A en juger par la tête qu'il faisait, j'aurais dit qu'il avait eu sa dose de remords.

— Bon, tant pis. Désolé de t'avoir embêté.

Je fis jouer le sélecteur de vitesse.

— A plus !

— A plus, Drew, dit-il doucement.

Je déboîtai tout en le surveillant dans le rétroviseur. Il resta au bord du trottoir, à me regarder m'éloigner, puis il retourna vers chez lui, le dos rond, comme écrasé par le poids de ses pensées.

Je tournai au coin de la rue, m'arrêtai le long du trottoir et passai un coup de fil.

— L'inspecteur Unger, s'il vous plaît.

Cal décrocha.

— C'est Drew. Je suis au coin de chez Lloyd Wagner. Il faut que tu viennes tout de suite, et amène la cavalerie. Lloyd a une Volvo avec l'aile amochée comme il faut, repeinte en marron. Sa femme a une leucémie. Or, il n'y a à Los Angeles que deux personnes qui auraient pu lui donner leur moelle. Et l'une d'elles était Kasey Broach.

J'entendis un craquement de bois alors que Cal s'asseyait.

— Et l'autre, c'était Geneviève ?

— Non, dis-je. Une fille nommée Sissy Ballantine.

— Tu as bien dit *Sissy Ballantine ?*

— Ouais, pourquoi ?

La voix de Cal s'étrangla.

— On vient d'avoir une Alerte Enfants disparus à l'instant. Ballantine s'est fait enlever devant chez elle à Culver City il y a quelques heures. Un voisin a dit qu'il avait vu un type l'embarquer de force dans un van blanc.

Je passai au point mort et coupai le contact.

— Ne bouge pas, fit Cal. N'approche pas de cette maison. On arrive.

— Dépêchez-vous !

— N'approche pas de la maison. Promets-le-moi, Drew.

Je repliai mon téléphone, pris le cric dans le coffre et me dirigeai vers la maison.

# 43

Aussi discrètement que possible, je traversai la haie du voisin. La porte du garage avait été basculée en position fermée, et j'entendais le crissement du ruban adhésif qu'on déroulait à l'intérieur. En retenant mon souffle, je me hissai vers la fenêtre, sur le côté du garage, en écartant un taillis de genévriers. Un store vénitien aux lamelles poussiéreuses obstruait la fenêtre, mais à l'endroit où les lamelles rigides avaient été pincées je pouvais voir à l'intérieur malgré la pénombre.

Lloyd disparaissait jusqu'à mi-corps à l'arrière de son van. A ses pieds, une bâche de plastique roulée en tas. Il réapparut avec un rouleau de ruban adhésif dans la bouche, un gros cutter à la main. Apparemment, il était en train de finir son boulot.

Je reculai, jetant quelques coups d'œil par-dessus mon épaule. Il n'avait pas mis le verrou de la porte de la cuisine, et je me glissai à l'intérieur. Tous les plans horizontaux étaient couverts d'assiettes sales, de miettes et de bocaux ouverts, alors que je les avais débarrassés il y avait à peine quelques jours. Un burrito entamé était posé sur le joint en caoutchouc du broyeur à ordures – Lloyd faisait ce qu'il pouvait pour ne pas sombrer.

Tous les sens aux aguets, le cric battant sur ma jambe, je me dirigeai vers le corridor sombre et le rai de lumière qui filtrait sous la porte du fond. Derrière le tic-tac nerveux de la pendule de la cuisine, et celui, plus solennel, de la vieille horloge de famille qui trônait dans le salon, je distinguais des sifflements de matériel médical. Une dernière fois, je regardai les photos de

Lloyd et de Janice accrochées le long des murs, instantanés du long voyage à travers le temps que leur couple avait effectué. La traditionnelle photo de mariage, eux deux, radieux, cramponnés l'un à l'autre comme deux ados à leur premier rendez-vous. Leur voiture, au pare-chocs de laquelle étaient accrochés un rouleau de papier hygiénique et des boîtes de conserve, *Just Married !* écrit à la peinture blanche sur la vitre arrière. Au bord de la piscine à Hawaii, des livres retournés sur des chaises longues, eux deux brandissant des verres à cocktail hérissés de rondelles de fruits et de petites ombrelles. J'étais conscient du bruit de mes pas sur le parquet légèrement déformé, de ma respiration qui me brûlait la poitrine, de ce rai de lumière qui se rapprochait. Des fils gris commençaient à strier les cheveux de Janice lorsqu'ils avaient été immortalisés devant El Capitan, à Yosemite. Leurs sourires alors qu'ils se tenaient par la main, à une table de fer forgé sur une piazza vénitienne. La plupart des photos les avaient surpris tournés l'un vers l'autre plutôt que vers l'objectif, comme s'ils ne pouvaient s'empêcher de se regarder, comme s'ils partageaient un secret que le reste du monde ignorait.

J'arrivai au bout du corridor et posai la main sur le gros vieux bouton de la porte, entendant le chuintement du matériel médical qui couvrait maintenant le tic-tac des pendules. Dans la plus pure tradition des poncifs littéraires, je ne pus m'empêcher de repenser à une autre porte, derrière laquelle je m'étais retrouvé autrefois, redoutant d'entrer.

Avant de flancher, j'entrai dans la chambre.

Au milieu d'une grande pièce, un lit démesurément surélevé par un sommier à ressorts et entouré de barres en métal. Il était tourné vers la fenêtre afin que Janice puisse voir au-dehors la pente semée d'arbres. Dans la chambre planaient des relents de vieille bouffe, d'antiseptiques, de linge dans lequel on avait transpiré, et des odeurs d'excréments que Lloyd n'avait jamais réussi à chasser des bassins et des draps. A tout cela se superposaient une forêt de pieds à perfusion et une jungle électronique de moniteurs et de cadrans, qui me ramenaient à la chambre où je m'étais réveillé, quatre mois plus tôt, le sang de Geneviève incrusté sous mes ongles.

Janice paraissait étrangement lisse et moelleuse ; son crâne chauve donnait à sa tête un aspect anormalement rond. Elle n'avait plus de cils ni de sourcils, et ses yeux d'un bleu ardent étaient enfoncés dans leurs orbites. Un peignoir en éponge était entrouvert sur sa poitrine, laissant voir les clavicules saillantes au-dessus de ses seins. Elle avait les lèvres humides, et ses joues molles lui donnaient des faux airs de bébé. Un sac d'une substance écarlate à la surface légèrement mousseuse était accroché à un trépied, transfusant dans ses veines ce que je supposai être de la moelle osseuse fraîche. Un plateau métallique repoussé vers le mur disparaissait sous une montagne de seringues et de flacons de médicaments aux étiquettes inquiétantes. *CYTOXINE. BUSULFAN. CYCLOSPORINE.* J'avais l'impression de m'être égaré dans une pharmacie. A droite, un tuyau partait d'une porte à demi fermée.

Comme pour se protéger, elle leva un bras décharné d'où pendouillait une peau flasque, sa bouche s'ouvrant et se refermant lentement, cherchant à former un mot. Sa voix était réduite à un mince filet et ses lèvres crispées par le terrible effort dissimulaient ses dents, changeant sa bouche en une cavité noire, mouvante. Une parodie de cri. Faire semblant de ne pas la remarquer était inconcevable. Je m'approchai, comme on le fait devant le lit d'un mort pour les derniers hommages. A ma grande horreur, je me rendis compte qu'elle essayait d'articuler le nom de son mari. Je pris soudain affreusement conscience du cric que je tenais à la main, à la hauteur de mon genou.

— Non, murmurai-je, je ne vais pas vous faire de mal.

Un râle, si faible qu'il en était presque inaudible :

— Dites... lui... d'arrêter...

Je la laissai là, écartelée sur son lit. La porte du fond de la pièce donnait sur un petit couloir qui conduisait à une autre porte, restée légèrement entrouverte. Tout en guettant les grincements de la vieille maison qui m'annonceraient le retour de Lloyd, je m'avançai dans le couloir, les jambes flageolantes, une chambre plongée dans l'obscurité m'apparaissant peu à peu. Je vis progressivement une sorte d'appartement séparé, avec kitchenette et salle de bains. Tel un chantier de construction à l'abandon, il était tapissé de bâches de plastique et de housses. Des draps verts de bloc opératoire camouflaient les fenêtres et une porte coulissante vitrée qui donnaient sur la cour. Je supposai que sa femme ignorait ce qui se tramait ici, dans cet appartement séparé, même si, évidemment, elle devait bien se douter qu'il y avait quelque chose d'anormal. Une bâche en plastique soigneusement étalée sur le sol glissa sous mes chaussures, me donnant l'impression de marcher sur la banquise. Elle était maculée de gouttes de sang, dont la plupart avaient séché depuis longtemps. J'enjambai des rouleaux de cathéters, divers tubes médicaux et une bouteille de gaz. Un boîtier électrique, plat et de la taille d'un vieux convecteur, ronronnait. Une sorte de centrifugeuse, à en juger par les cadrans et les différents voyants lumineux. Entassés sur un comptoir en formica, des cartons de gants chirurgicaux, une collection de grosses seringues, des rouleaux de cordelettes blanches en coton, des poches de transfusion sanguine incrustées de sang séché. Là, sur un chariot métallique, un couteau à désosser japonais, dont les idéogrammes ressortaient fortement en noir sur l'acier inox. Autre objet inanimé, juste derrière, sur un lit de camp, gisait une jeune femme.

Telle la Belle au Bois Dormant, elle avait les yeux clos, et Lloyd, âme sensible, lui avait glissé un oreiller sous la tête. Je regardai son épaule se soulever doucement au rythme de sa respiration. La peau de sa hanche droite était criblée de petits trous noirs au niveau de la crête iliaque. Les marques étaient moins nombreuses et plus rapprochées que je ne l'aurais cru ; Lloyd avait répété la même opération plusieurs fois au même endroit, faisant glisser la peau pour atteindre l'os.

Elle reposait là, inerte et inconsciente, attendant le couteau à désosser. J'imaginais que Lloyd, qui lui faisait avaler du Xanax, n'aimait pas cette partie du scénario, et qu'il l'avait réservée pour la fin. Le moment où il aurait fini de préparer son van, afin d'y transporter le corps. Il ne pouvait pas la laisser vivre, pas plus qu'il n'aurait pu relâcher Kasey Broach après lui avoir pris ce dont sa femme avait besoin. Sa souffrance et les soins médicaux qui lui auraient alors été administrés auraient fatalement révélé le prélèvement de moelle osseuse. A partir de là, il n'aurait pas été difficile de faire le rapprochement avec la liste des patients en attente, et donc avec Janice. Abandonner un cadavre permettait aussi de réduire le risque que le prélèvement de moelle soit découvert. J'avais appris de Lloyd lui-même qu'au cours d'une autopsie les médecins légistes avaient généralement pour habitude d'extraire et de peser les organes, d'examiner les blessures visibles et de prélever des échantillons de fluides et de tissus. Il y avait peu de chances pour qu'ils cherchent des perforations dans l'os, sous une plaie à vif. Et évidemment, la patiente ne serait plus là pour se plaindre d'une douleur plus profonde.

De l'autre côté de la sorte de centrifugeuse, relogé dans un bocal en Pyrex et abandonné par terre comme une vieille chaussure, je vis mon gangliogliome. Ma tumeur avait trouvé l'assassin avant moi. Je mis un instant à détacher mon regard de l'amas familier de cellules que Lloyd, dans sa folle mise en scène digne de *Hantise*[1], avait kidnappé, me faisant croire que je l'avais détruit. Il prévoyait probablement de le laisser sur une scène de crime, ajoutant à ma confusion ou à ma prétendue culpabilité.

Je fis un pas en direction de la fille. Sissy Ballantine ? Je posai le cric à côté d'elle, sur le maigre matelas, et lui touchai le bras. La fille souleva paresseusement les paupières.

— Derrière vous, dit-elle calmement.

Je fis volte-face, manquant trébucher sur le bout renflé d'un cathéter.

Lloyd se tenait dans l'embrasure de la porte.

— Et merde, dit-il tristement. Et merde, Drew…

J'esquissai un pas sur la droite, espérant l'empêcher de voir le cric. Si je ne le provoquais pas, on pourrait peut-être régler ça en

1. Film de George Cukor, dans lequel un personnage en manipule un autre pour lui faire croire qu'il est la victime d'un fantôme.

douceur. Mais était-ce seulement possible ? Le chariot métallique me rentra dans les reins. Derrière moi, Sissy murmura quelque chose, et sa voix plana dans le vide.

— Je ne pouvais pas la laisser mourir, Drew, dit Lloyd. Je ne pouvais pas. Pas alors qu'il m'était possible de faire quelque chose.

— Mais pourquoi… pourquoi *moi* ? fis-je d'une voix rauque.

Il avait les yeux baissés, fixant mes chaussures.

— Depuis deux ans, il n'y a pas un jour où je n'aie regardé le registre des transplantations. Pas un seul jour. Et je voyais les noms de ces deux femmes dont la moelle était compatible avec celle de Janice. Une qui n'était plus sur la liste des donneurs, et l'autre dont la moelle avait déjà été attribuée. Et je n'y pouvais rien. Le jour, je manipulais des cadavres, et la nuit je regardais mourir ma femme…

Il posa la main sur la porte entrouverte, la fit légèrement pivoter sur ses gonds.

— Une nuit, j'ai été tiré de mon lit. Et Geneviève était là, gisant dans sa chambre à coucher. J'étais sonné. Les infirmiers m'ont dit qu'on t'avait emmené. Que tu avais fait une crise d'épilepsie. Que tu étais dans les vapes. Et déjà sur la table d'opération. Je suis retourné regarder Geneviève dans sa chambre, la peau intacte sur sa hanche. Et c'est là que j'ai compris comment je pouvais m'y prendre.

— Alors ce n'est pas toi qui l'as tuée…

— Non, ce n'est pas moi qui l'ai tuée.

Ses lèvres se crispèrent sur un triste sourire.

— Elle ne m'était d'aucune utilité Et à Janice non plus. Mais elle était là. Une inspiration. Et tu étais là. Terrifié. Paranoïaque. Aux prises avec des inspecteurs qui étaient déjà convaincus que c'était toi le tueur. Tout ce que j'avais à faire, c'était écorcher la hanche de la suivante. Et te lâcher la bride. C'est toi qui m'as fourni chacun des autres retournements de situation. Un repris de justice qui travaillait au Home Depot. Cent cinquante-trois propriétaires de Volvo marron parmi lesquels choisir un candidat. Tu avais tellement d'imagination…

Perdu dans ses pensées, il joua du bout du pied avec le tube qui serpentait derrière lui jusque dans l'autre pièce. Il finit par relever les yeux et me regarda.

— Pour que tout ça marche, j'avais besoin d'un Drew. Et tu étais le Drew idéal.

Comme anesthésié par le poids de la découverte et le bourdonnement soporifique du filtre, j'essayais de me concentrer sur ses paroles. Mais c'était difficile.

— Je t'ai aidé à écrire tous ces livres, dit Lloyd. Je me suis dit que c'était à ton tour de m'aider à écrire celui-là.

— Je savais que j'avais une dette envers toi, dis-je. Mais je ne pensais pas que l'addition serait aussi salée.

Il me regardait, et je lui rendis son regard. Il pesait de tout son poids sur la porte, qu'il coinçait contre le chambranle. Je ne voyais pas ses mains, ce qui me rendait nerveux. Alors je serrai les miennes derrière mon dos, agrippant le chariot métallique. Le cric était hors de portée, sur le lit.

— Alors ? dis-je.

— Alors…

Il fronça les sourcils, et sa bouche frémit comme s'il était au bord des larmes, puis il se calma et son expression redevint normale.

— Qu'est-ce qu'on fait, maintenant ? demanda-t-il.

— On appelle une ambulance pour Sissy Et pour Janice. Il y a de bonnes chances pour que des flics qu'on connaît toi et moi viennent te chercher. On les suivra. Et on réglera tout ça une bonne…

— Non, dit-il en secouant la tête. Voilà comment ça va se passer. Je vais te tuer. Puis je vais tuer Sissy. Et puis j'injecterai sa moelle à Janice.

Une chaleur soudaine envahit le tracé de ma cicatrice, la faisant picoter et bouillir. Le bout de mes doigts effleura la poignée du couteau dans mon dos.

— Et comment comptes-tu t'y prendre ? demandai-je.

Lloyd se pencha et attrapa quelque chose derrière la porte.

Je me sentis soudain la tête vide, comme pris d'un vertige. Plus qu'une odeur, je perçus un changement dans la consistance de l'air. Je fis un demi-pas en titubant, puis je repris mon équilibre. Quand je relevai les yeux, un masque à gaz me regardait depuis l'embrasure de la porte, ses filtres cylindriques dépassant comme les mandibules d'un insecte. La porte était maintenant grande ouverte, et je voyais la bouteille de gaz que Lloyd avait cachée derrière. Ses doigts étaient posés sur la valve métallique. Dans l'autre main, il tenait un deuxième masque facial, en plastique transparent celui-là, moulé pour couvrir le nez et la bouche, et dont le tube remontait jusqu'à l'embouchure de la bonbonne. Je regardai d'un œil morne le bout du tube à mes pieds, remarquant seulement maintenant le léger sifflement qu'il n'avait pas cessé d'émettre, mais qui passait presque inaperçu derrière le bourdonnement de la centrifugeuse.

Lloyd ouvrit la valve, envoyant le gaz vers le masque, et se jeta sur moi. Tout en cherchant le couteau à tâtons d'une main, je le bloquai avec l'autre, mais il réussit à me coller le masque transparent sur le visage, et j'inhalai malgré moi une grande bouffée de gaz. Mes jambes fléchirent. Je battis des bras, heurtai le plateau, partis en arrière dans un grand bruit de ferraille.

Ma main, comme livrée à elle-même, avait réussi à se refermer entre les plis de la bâche en plastique sur la poignée froide du couteau. Alors que Lloyd me tombait dessus, me pressant le masque sur la figure, je levai la lame et l'atteignis au ventre. Je sentis quelque chose se rompre avec une sorte de « plop ». Il s'écroula contre moi, et son masque à gaz bascula de guingois, remontant dans ses cheveux. Ne tenant plus sur mes jambes, je heurtai le bocal en Pyrex – tintement de verre brisé puis odeur de formol, comme dans les cours de biologie. Lloyd pleurait de terreur, le visage convulsé. Mes deux mains cramponnées sur le manche du couteau étaient coincées sous son corps alourdi par la mort déjà en route. Ses doigts blancs, crispés sur le masque de plastique, s'acharnaient à me l'enfoncer dans les joues, essayant de le maintenir tant bien que mal contre mon nez et ma bouche.

Il s'écroula et cracha, m'aspergeant la poitrine de sang.

Caoutchouc brûlé.

L'odeur âcre m'emplit la tête, me tapissant les fosses nasales, enveloppant mon cerveau. J'eus beau essayer de souffler, impossible de la chasser...

Je suis sur la route. L'horloge du tableau de bord indique 01 h 21.

La maison de Geneviève apparaît, et je donne un violent coup de volant, faisant sauter l'arroseur au bord de la pelouse.

Je remonte en courant l'allée qui mène à la maison, les muscles de mes cuisses en feu. Ma peau est collante, palpitant d'une terreur inconnue. J'arrive en chancelant sur le seuil. Il y a de la musique dans la maison.

J'attrape le pot de terre cuite, qui m'échappe des mains, la soucoupe se fissure. Je regarde sous le pot, j'attrape la clé de cuivre dans la terre de la soucoupe. Mes mains essaient maladroitement d'ouvrir la porte. Je laisse tomber la clé. Elle rebondit à la hauteur de mes genoux, réussit à ne pas retomber dans les interstices des planches de la véranda.

La tête embrumée par la puanteur, je récupère la clé, parviens enfin à l'enfoncer dans la serrure, la tourne et pousse la porte. Titubant à l'intérieur, je heurte la console de l'entrée. Le presse-papiers en verre de Murano vole tel un palet de hockey et se brise en mille morceaux, fragments effilés qui éclaboussent le sol de marbre.

Envolées de cordes, trompettes tonitruantes, plainte déchirante d'une soprano.

*Perché tu possa andar... di là dal mare...*

J'ai l'impression de voler vers le haut de l'escalier, mes semelles effleurant à peine la moquette.

Geneviève gît à terre, les genoux remontés sur le ventre, dans la position du fœtus.

Déjà morte.

Autour d'elle, la moquette est rouge de sang. Sa fenêtre est ouverte, et son déshabillé de soie crème frémit, caressé par la brise, dévoilant une épaule d'albâtre.

Quelque chose cède dans ma poitrine, je pousse un cri. Je me précipite vers elle, la prends délicatement par les épaules et la tourne vers moi. Un bras bascule avec raideur sur un coude, me heurtant le visage.

Crescendo de la musique, impitoyable.

*Amore, addio ! Addio ! Piccolo amor !*

Elle repose, inerte, dans mes bras, sa main délicate incurvée, l'index pointé comme celui de l'Adam de Michel-Ange. Entre ses genoux, un couteau est enfoncé jusqu'à la garde dans son ventre. En sanglotant, frénétiquement, j'empoigne à deux mains le manche d'acier et le retire de son corps. Elle roule de mes cuisses, retombe sur la moquette.

Une noirceur opacifie peu à peu tout mon champ de vision, dévorant mes souvenirs oniriques.

A travers le brouillard induit par le Sevoflurane, j'entends des sirènes.

# 44

Il était si tard qu'il était déjà tôt, mais le ciel se refusait encore à l'admettre. Un *Los Angeles Times* décorait l'escalier devant chez moi, le premier depuis que j'avais renouvelé mon abonnement, à ma sortie de prison. Couvert du sang de Lloyd Wagner, je me baissai pour le ramasser. Après tout, peut-être que les choses redevenaient enfin normales.

Au-dessus d'une photo de moi, l'air livide et ennuyé, un gros titre écrasait les ragots habituels : *DANNER À NOUVEAU EN GARDE À VUE.*

Après tout, peut-être que les choses ne redevenaient pas normales.

Je rentrai chez moi, Xena me fonça dessus pour m'accueillir. Je retirai la chemise tachée et la jetai à la poubelle, puis je m'aventurai vers le salon et m'assis dans mon vénérable fauteuil-club. Les présentateurs de télévision n'avaient que la mort de Lloyd à la bouche et, évidemment, le fait que j'y étais mêlé. Ce qu'ils *ne disaient pas*, c'est que je n'avais pas tué Geneviève Bertrand, ni qu'elle était déjà morte quand je l'avais trouvée. La preuve de ce détail était enfermée à double tour dans le coffre-fort de mon bien peu fiable lobe frontal. Et Fox News aurait beau faire, celui-là, ils n'étaient pas près de l'ouvrir.

Mais moi je le pouvais, maintenant.

Dans un feu d'artifice de flashs d'appareils photo, Cal tenait une conférence de presse, debout sur un podium devant la maison de North Hollywood. Il racontait par le menu la façon dont ils avaient fait irruption chez Lloyd et m'avaient trouvé avec Sissy Ballantine, en train de reprendre conscience dans la chambre d'hôpital improvisée. A l'arrière-plan, deux solides infirmiers emmenaient Janice sur un chariot, et nous, les téléspectateurs, avions droit à un zoom qui suivait son entrée sur roulettes dans l'ambulance qui l'attendait.

Elle méritait bien un gros plan ; elle était la vedette involontaire de cette histoire. Je n'en étais pas le protagoniste, tout compte fait, seulement un figurant – comme Kasey Broach et Sissy Ballantine. Morton Frankel, compagnon d'infortune, avait joué son rôle, tout comme moi. Deux silhouettes de Los Angeles qui avaient débité leurs répliques aux moments appropriés. J'avais obéi à la mise en scène de Lloyd avec un tel zèle, une telle ardeur, qu'on aurait eu du mal à faire mieux, l'appelant quelques heures seulement après ma sortie de prison, grattant la croûte imaginaire de ma culpabilité au point de me faire saigner. Livre après livre, j'avais amené Lloyd à faire de plus en plus appel à son imagination dans ce qui était jusque-là un travail scientifique aride. Sans lui, certains des crimes les plus diaboliques de mes romans n'auraient pas été aussi originaux. Et peut-être que, si je n'avais pas été là, son crime n'aurait pas été aussi bien scénarisé. Ou aussi tiré par les cheveux.

Une fiction improbable ? Certainement. D'un autre côté, qui avait envie d'échafauder l'histoire la plus vraisemblable qui soit ? On a toujours envie de raconter l'histoire qui réussira le plus à remuer les tripes, comme le ferait la lame incurvée d'un couteau à désosser.

A ma grande surprise, Lloyd s'était révélé un bien meilleur auteur de polars que moi.

J'éteignis la télévision et tapotai la grosse tête de Xena, savourant quelques minutes d'un silence bien mérité.

Le téléphone sonna. Pas mon portable, mais la ligne fixe, dont la victorieuse et chaleureuse sonnerie fut bientôt rejointe, après un imperceptible délai, par celle du poste de l'étage. Le bruit emplissait toutes les pièces. J'avais l'impression que ma maison s'était remise en marche.

Je m'approchai du téléphone sans fil fixé sur un mur du salon, et répondis.

— Bon, t'as fini de faire l'intéressant ? demanda Caroline.

— Je l'espère.

— Tu vas bien ?

L'intonation de sa voix traduisait son inquiétude. Je réfléchis un instant, puis je répondis sincèrement :

— Oui, ça va.

— Tu ne répondais pas sur ton portable, dit-elle.

C'est alors seulement que je me rendis compte que mon portable n'avait pas sonné depuis que j'étais sorti de chez Lloyd.

— J'ai trouvé le numéro de chez toi dans ton dossier de Grand Frère. J'ai quelque chose qui devrait te faire plaisir.

— Quoi ?

— Moi.

— Tu livres à domicile ?

— Oui.

Elle raccrocha. Xena s'empressa de m'enfouir sa grosse truffe entre les jambes. Jalouse ? Assurément.

J'allai dans ma voiture récupérer le manuscrit inachevé et le CD sans étiquette de Geneviève, que j'avais dissimulé sous mon tapis de sol.

Remontant à l'étage, je m'assis à mon bureau, posai mon manuscrit à côté de mon tapis de souris et insérai le CD dans le lecteur de mon ordinateur. L'interface d'iTunes s'afficha sur mon écran. Le logiciel me demanda si je voulais retrouver les informations des différentes pistes et de l'album, et donc identifier la musique gravée à partir de la bibliothèque musicale.

Je cliquai sur « oui ».

Pendant qu'iTunes cherchait, la célèbre barre en forme de sucre d'orge tournoyant pour me faire patienter, je décrochai le téléphone de mon bureau et appelai Chic. La ligne bêla pour m'indiquer que j'avais des messages.

Je composai le numéro de ma messagerie. Une voix synthétique me dit : « Bonjour. Vous avez quarante-neuf messages. »

Mes avocats et moi en avions écouté en boucle les copies numériques pendant que nous préparions ma défense. Apparemment, mes messages avaient été également sauvegardés par les mémoires électroniques de l'opérateur, entre le jour où la police de Los Angeles m'avait privé de messagerie téléphonique et celui où ma ligne avait été coupée. Je les fis défiler les uns à la suite des autres, à grands coups de bip, supprimant les premiers pour remonter au 22 septembre, puis à ceux de la journée du 23. Preston me harcelant parce que j'étais en retard, Preston me réclamant une quatrième de couverture, Preston me demandant d'apporter ma contribution à une anthologie. April me demandant à quelle heure elle devait venir dîner ce soir-là.

Enfin, la voix synthétique articula l'heure fatidique : « Cinquième message. Le 23 septembre. A 1 h 08. »

Le message fatal de Geneviève. Je me cambrai contre le dossier de mon fauteuil.

La voix au doux accent murmura à mon oreille :

— C'est moi.

Une vague de chaleur envahit mon visage, embrasant ma cicatrice. Je l'avais entendu un nombre incalculable de fois pendant mon incarcération et mon procès. Ce n'était pas comme ça qu'il commençait.

L'ordinateur avait fini de chercher, et iTunes confirmait ce que je savais déjà. *Madame Butterfly – CD 3.*

La première plage commença à retentir dans les haut-parleurs aux accents métalliques de mon ordinateur, accompagnant le message de Geneviève :

« Je voulais que tu saches que je suis en paix. Je vais bien, je me sens bien maintenant. J'ai appris que tu étais avec quelqu'un d'autre, et je te... Je suis heureuse pour toi. (Un souffle mouillé.) Je suis désolée. Pour le mal que je t'ai fait, pour le mal que j'ai fait à tout le monde. »

Quelle voix fragile, quel délicat accent français...

« Peut-être que tu en feras un jour une histoire. Peut-être que tu comprendras. »

Depuis mon ordinateur, madame Butterfly se lamentait, *Verrà, verrà, vedrai.*

« Peut-être que tu me pardonneras. Pour ça et pour le reste. Je ne te demande qu'une seule chose. Ma dernière demande. Ne me juge pas. J'espère que tu pourras te mettre un moment à ma place. C'est bien ce que tu fais, non ? Vois comme je souffre. Ecris sur moi, sur ma souffrance, pour que les autres se sentent moins seuls. »

*Salite a riposare, affranta siete... al suo venire vi chiamerò.*

« Adieu, mon amour. »

Bruit de l'appareil qu'on raccroche.

*Tu se con Dio ed io col mi dolor...*

Délicatement, je raccrochai à mon tour. Son vrai message, tellement différent de la version modifiée qu'on avait passée et repassée *ad nauseam* au tribunal. Ainsi que Preston me le rappelait chaque fois qu'il en avait l'occasion, tout est affaire de coupes. Lentement, je tendis la main et feuilletai le manuscrit en lambeaux :

> Les inspecteurs mis à part, Lloyd Wagner devait connaître le dossier de Geneviève mieux que n'importe qui. C'était lui qui s'était occupé de tout, depuis le message laissé sur mon répondeur jusqu'à la comparaison entre mon couteau et la blessure fatale.

Le message originel m'aurait disculpé, amenant le procureur à laisser tomber l'affaire. Mais si personne ne pensait que j'avais tué Geneviève, Lloyd perdait son coupable idéal. Un type que tout le monde – les flics, les médias, les jurés potentiels – croyait capable de meurtre. Un type que les policiers s'empresseraient d'envoyer au tribunal. Un type qui était déjà à moitié persuadé de perdre la tête. Lloyd savait qu'il ne pouvait pas supprimer le numéro de téléphone ni l'identité d'un appelant, mais il pouvait trafiquer les enregistrements du répondeur, pour en faire quelque chose d'aussi trouble que le reste du dossier puis le faire figurer parmi les pièces à conviction comme s'il venait d'être découvert. Il m'avait dit lui-même qu'il ne pouvait pas imaginer que je serais condamné, compte tenu de ma tumeur cérébrale. Je serais libre, mais pas lavé de tout soupçon, ce qui faisait de moi le sujet idéal pour son coup monté. Une enquête parfaitement scénarisée, où personne n'irait voir ce qu'il y avait dessous, à la recherche de failles cachées. D'accord, c'était risqué, mais c'était la vie de sa femme qui était en jeu, et il n'avait pas dû hésiter longtemps.

Je repassai le message de Geneviève, imaginant son impact sur moi la nuit du 23 septembre. Un suicide annoncé, et pas du tout un largage en règle.

Qu'avait dit le bon docteur ?

> « Parce que le lobe temporal est impliqué dans tout ce qui touche aux expressions, on a toutes les preuves qu'une fois qu'un patient a atteint un état aussi fragile, la rupture mentale fatale peut être déclenchée par un stress intense. »

Un stress intense. Un message d'une ex m'annonçant son intention de se tuer devait amplement faire l'affaire.

April, belle âme du Middle West, avait le sommeil lourd. Contrairement à moi, elle n'avait pas été réveillée par la sonnerie du téléphone. Dans les ténèbres de cette nuit-là, j'étais allé à tâtons dans mon bureau, je m'étais assis et j'avais écouté le message de Geneviève. Surpris, je m'étais relevé, renversant mon fauteuil.

Et puis, dans un état second, mort d'inquiétude, j'avais foncé chez Geneviève pour la trouver dans cette pose si exquisément dramatique, vêtue de ce qui la faisait le plus ressembler à une geisha, effondrée sur la lame qu'elle s'était elle-même plongée dans le ventre, pendant que la musique d'une mort d'opéra jaillissait des murs.

Ses empreintes avaient été retrouvées sur la poignée du couteau. Rien d'étonnant à cela – son couteau, sa maison. Mes empreintes, que j'avais déposées en retirant le couteau, avaient fait se hausser plus d'un sourcil.

Comme elle était droitière, l'angle du coup qu'elle s'était porté correspondait à celui qu'aurait pu lui porter un gaucher. Quand elle avait basculé vers l'avant, le bout du manche avait heurté le sol, enfonçant la lame assez profondément pour laisser penser qu'un homme de quatre-vingt-dix kilos environ avait porté le coup fatal.

Tout cela n'aurait pas été trop difficile à démêler, si je n'étais arrivé pour saloper la scène de crime.

Par reconnaissance envers les révélations que les dernières heures m'avaient apportées, j'allai chercher un bordeaux de 1982 que j'avais mis de côté bien des années auparavant et le versai dans l'évier. Je laissai Xena lécher le goulot quand j'eus fini.

Je repartis vers ma terrasse, posai les pieds sur la rambarde en regardant les lumières. Tant de gens, tellement d'histoires...

Xena courait après sa queue et se roulait dans les feuilles mortes.

Je m'étais lancé dans tout ça, innocent et désireux de libérer ma conscience. J'avais découvert que je n'étais pas un meurtrier. Et j'avais fait arrêter un meurtrier.

Je pouvais vivre avec ; ainsi que quelqu'un me l'avait dit, de toute façon, en général, on n'a pas le choix. La vie, c'est pas de la tarte – si vous voyez ce que je veux dire.

On sonna à la porte, un carillon prolongé. Xena releva la tête de ses pattes entrecroisées.

Je me levai et rentrai dans la maison.

# 45

Je suis un homme libre, du moins jusqu'à ma prochaine tumeur au cerveau. Cal a laissé filtrer le message téléphonique de Geneviève à la presse Qui, trop heureuse de pouvoir continuer à couvrir le scandale lié aux machinations de Lloyd, l'a largement diffusé, redonnant à mon nom le douteux standing qui était le sien avant le procès. Mes ventes ne cessent d'augmenter.

Un adjoint au shérif a confirmé le compte rendu que j'avais fait de l'épisode de la prison, mais avant que j'aie pu déposer une plainte en bonne et due forme contre Kaden et Delveckio, toutes les charges qui pesaient sur moi ont été abandonnées. Morton Frankel attend son jugement, mais il semblerait - comme on dit dans les vénérables couloirs du Parker Center - qu'il l'a dans l'os.

Cal passe parfois me voir, et on fume un cigare ou deux sur ma terrasse, en admirant le paysage. Il n'a pas encore obtenu sa promotion, mais son capitaine, qui a l'oreille collée derrière toutes les portes de la ville, dit que ça ne saurait tarder. On a beaucoup parlé de l'affaire, Cal et moi, et puis, tout d'un coup, plus du tout.

Je n'ai toujours aucune nouvelle des Bertrand, et je doute d'en avoir un jour. Le fait que je sois lié à toute l'horreur qui entourait leur fille m'a rendu définitivement coupable à leurs yeux, bien que je ne le sois pas, et je ne peux pas leur en vouloir de reconstruire à leur façon les événements.

Sissy Ballantine s'est rapidement rétablie et a enfin pu donner sa moelle à son frère. Je l'ai rencontré une fois, pour un brunch maladroit qui était une meilleure idée en théorie qu'en pratique. Ses épaules amaigries saillaient sous sa chemise de bowling vintage, il avait le fin duvet d'une barbe naissante et l'air humble d'un gamin déconcerté par toute l'agitation qu'il avait suscitée. Quand je lui ai serré la main, j'ai senti ses os à travers sa peau. Sissy m'a raccompagné dehors et m'a brièvement serré contre elle.

— Merci, m'a-t-elle dit avec ce grand sourire des gens en bonne santé.

Et je veux bien être pendu si je ne me suis pas senti un bref instant prêt à en remontrer à Derek Chainer.

Tout bien considéré, les Broach avaient perdu une fille parce qu'ils avaient déjà perdu un autre enfant quelques années auparavant.

N'oubliez pas ça, la prochaine fois que vous vous sentirez assuré de votre place dans l'ordre divin.

La chimio maison que Lloyd avait infligée à sa femme en prévision de la seconde transplantation, qui n'était jamais venue, lui avait vidé les os. Et il n'y avait rien eu pour la remplacer. Elle est morte une semaine environ après Lloyd. On ne peut pas appeler ça de la justice, ni même du karma.

Disons que c'est la vie.

Les Broach ont accepté l'exhumation, et quand le médecin légiste a soulevé la peau abrasée de la hanche de Kasey, il a découvert que l'os au-dessous portait des marques de piqûres pratiquées peu avant la mort. La presse de caniveau a réussi à mettre la main sur des photos de ça.

La greffe de moelle de Kasey, comme vous l'avez peut-être deviné, n'avait pas pris dans le corps de Janice. Ce n'est pas très compliqué à faire, à ce qu'on m'a dit. Mais ça l'est tout de même suffisamment pour qu'on ne vende pas de kits pour le faire chez soi. Lloyd n'était pas arrivé à extraire suffisamment de moelle dans la seule hanche droite de Broach ; il aurait fallu qu'il en extraie aussi de sa hanche gauche. Mais sans doute craignait-il qu'en multipliant par deux les éraflures sur le cadavre, ça ait du mal à passer. En tout cas, c'est ce que les inspecteurs ont supposé.

Depuis le début, Lloyd était désespéré, affolé par le peu de temps qu'il avait devant lui. Après avoir vidé les os de Janice, il avait dû aller vite avec Broach – d'où le flingue et les voisins –, et il avait dû aller encore plus vite avec Sissy Ballantine. L'un des médecins qui suivaient Janice devait dire par la suite que Lloyd semblait avoir surmonté bien des problèmes, que ses cocktails pharmaceutiques avaient réussi à mettre la leucémie de Janice en rémission temporaire, de sorte que la seconde transplantation aurait très bien pu prendre. Seulement voilà, une bonne partie de la moelle de Sissy Ballantine - prudemment prise des deux côtés de son bassin - n'est jamais allée de la centrifugeuse jusque dans les veines de Janice. Au lieu de cela, elle a été retirée de la machine et mise dans la glace pour le frère de Sissy - à qui elle était destinée dès le départ.

Janice était en trop mauvaise condition physique pour supporter un interrogatoire digne de ce nom, et elle avait été renvoyée dans ses pénates sans que personne soit certain de ce qu'elle savait ou pas de ce que Lloyd fabriquait dans ce petit appartement, à l'autre bout du couloir. Je crois avoir entendu dire qu'elle n'avait jamais su que son mari était mort dans la pièce voisine de la sienne.

Le lendemain de la mort de Janice, Cal m'a montré un extrait du journal de Lloyd, plein de remords torturés et d'excuses implorantes, dénotant une conscience aiguë de son chagrin et de son deuil. J'ai éprouvé une pointe de compassion.

Une pointe.

Je suppose que Lloyd tirera un peu de réconfort, au cours de sa longue traversée du Styx, du fait que sa femme n'ait jamais eu à comprendre toute cette histoire.

Et quelle était cette histoire ? Comme dirait Chic, c'était pas une balle roulante. Lloyd était un type comme les autres, je suppose, en proie à toutes sortes de pressions et de passions. Un type dont la femme était en train de mourir de manière atroce. Jour après jour, il s'était introduit dans ce registre de transplantations et avait regardé ces deux propriétaires obstinées de moelle compatible, son cerveau s'épuisant à trouver un biais - n'importe quel biais - qui puisse leur permettre, à Janice et à lui, de fêter leur vingt-cinquième anniversaire de mariage. Ce qui distinguait Lloyd de nombre d'autres personnes, c'est qu'il était particulièrement doué pour résister à toutes ces pressions. Je me retrouverai encore, dans je ne sais combien d'années, dans ma cour ou au In-N-Out, à repenser à l'une ou l'autre des failles de son plan. Failles que Lloyd aurait aplanies, j'en suis sûr, en bon criminologue qu'il était. Je n'avais jamais réfléchi aux ramifications sorties de cette première fois où il m'avait appelé, il y avait des années de cela, tout excité, pour me parler d'une scène de crime, une mort bizarre dans une baignoire à Manhattan Beach. C'est mon avidité d'écrivain qui m'avait entraîné dans tout ça. Je m'étais porté volontaire pour être son sujet, quand je l'avais impliqué dans l'écriture de mes histoires. J'ai toujours voulu apporter à mes intrigues une réalité que j'étais incapable d'y mettre tout seul. Et j'avais besoin de quelqu'un qui connaisse cette réalité de l'intérieur. Quelqu'un qui en avait senti la puanteur. Et je l'avais trouvé.

Une histoire, après tout, n'a pas besoin d'être vraie. Il suffit qu'elle soit vraisemblable.

Le printemps est lent à venir, si lent qu'on ne le voit presque pas arriver. Ma chienne est une tueuse vicieuse, qui s'attaque aux oreillers, aux chaussures et aux livres. J'ai un Petit Frère qui peint des fresques murales et qui crochète les serrures comme un grand. Il m'emmène aux matchs des Dodgers et sur les terrains de base-ball, ainsi que, plus souvent, au tribunal – quand il a enfreint sa mise à l'épreuve. Je vois encore parfois Geneviève, dans la vapeur de la douche, fredonnant une mélodie, ou quand je suis au volant de ma voiture, mais de moins en moins souvent.

Ce matin, je finissais mon petit déjeuner quand devinez qui s'est repointé sur la terrasse ? Gus. Un immense sourire, les bajoues gonflées et les dents de travers, l'air roublard d'un élève de primaire revenu de quelque mystérieuse aventure et porteur de secrets que nous ne connaîtrons jamais. Il a déambulé sur la terrasse et a commencé méthodiquement à faire un trou dans le tuyau d'arrosage. Je me suis levé et j'ai ouvert la baie vitrée. Caroline m'a suivi dehors et a lancé à Gus un morceau de toast. Il nous a gratifiés d'un coup d'œil indifférent, et a détalé dans le lierre.

Essayant, comme nous tous, de garder un pas d'écureuil d'avance sur les coyotes.

# Remerciements

Je tiens à exprimer ma gratitude à Robert Crais pour ses encouragements et pour avoir défendu ce livre depuis le stade du manuscrit jusqu'à sa publication.

Aaron Priest et Lisa Erbach Vance ont fait plus qu'honneur à leur réputation de formidables agents, bourrés de talent. Marc H. Glick, Rich Green, de la CAA, et Jess Taylor m'ont, comme toujours, apporté un soutien et des conseils inestimables. Je mesure la chance que j'ai d'avoir trouvé un directeur littéraire énergique et perspicace en la personne de Josh Kendall ; je lui suis infiniment reconnaissant, ainsi qu'à Clare Ferraro, et à bien d'autres chez Viking, de l'enthousiasme qu'ils m'ont témoigné et que leur a inspiré ce roman. Merci aussi au Dr Melissa Hurwitz, à Lucy Childs, au Dr Kristin Baird, à Nicole Kenealy, à Richard Kim, au Dr James Kryzanski, à Michael Sebastian et Maureen Sugden. Et enfin, merci à Delinah, qui a toujours été là et qui, pas une seule fois, ne m'a incité à jouer la sécurité.

*Composé par Nord Compo Multimédia*
*7, rue de Fives, 59650 Villeneuve-d'Ascq*

Cet ouvrage a été imprimé en France par

CPI
Bussière

à Saint-Amand-Montrond (Cher)
en juin 2009

N° d'édition : C07395. — N° d'impression : 091729/4.
Dépôt légal : juillet 2009.